Sabine Strick
Lava und Wellen: Tod auf dem Vulkan

Sabine Strick

Lava und Wellen: Tod auf dem Vulkan

Roman

PIPER

Mehr über unsere Autoren und Bücher:
www.piper.de

© Piper Verlag GmbH, Georgenstraße 4, 80799 München
www.piper.de
Für direkten Kontakt und Fragen zum Produkt wenden Sie sich bitte
an: *info@piper.de*

ISBN 978-3-492-50206-1
© 2019 Piper Verlag GmbH, München
Redaktion: Diana Naoplitano
Covergestaltung: Traumstoff Buchdesign traumstoff.at
Covermotiv: Joost van Uffelen und Deni_Sugandi / shutterstock.com
Printed in Germany

PROLOG

Kriminalkommissar Pascal Talon saß in seinem Büro im Hôtel de Police in Saint-Pierre und korrigierte missmutig die Einsatzpläne seines Teams für die nächsten Tage. Der bevorstehende Vulkanausbruch auf La Réunion hatte seine Planung wieder einmal durcheinandergeworfen, da die meisten seiner Mitarbeiter der Gendarmerie angehörten und somit ebenfalls für die Sicherheit des Départements zuständig waren.

Sergent Pierre-Eric Bonnard betrat das Büro nach kurzem Anklopfen. »*Mon Commandant,* wir müssen sofort los zum Piton de la Fournaise. Dort wurde gerade eine Leiche gefunden.« Aus seinen jungen Augen leuchtete die Abenteuerlust.

»Wir sollen auf den Piton? Das Ding kann jeden Moment ausbrechen!«, sagte Talon entrüstet. »Sollte es schon letzte Nacht.«

»Im Observatorium meinen sie, in den nächsten Stunden wird er nicht ausbrechen. Frühestens am späten Nachmittag. Die Vulkanologen sind es auch, die den Toten entdeckt haben.«

»Ein neugieriger Tourist wahrscheinlich? Verdammt, es ist doch alles abgesperrt!« Gelegentlich wurden erfrorene oder dehydrierte Wanderer gefunden, die vom Weg abgekommen waren. Normalerweise mussten die Mitarbeiter der Kriminalpolizei deshalb jedoch nicht auf den Vulkan steigen.

»Kein Tourist, sondern der Leiter des Observatoriums. Hat wohl eine schwere Kopfverletzung. Und bei seiner Bedeutung auf der Insel ...«

»Xavier Lefèvre?«, unterbrach ihn Talon ungläubig.

»Kennen Sie ihn persönlich?«

»Ich kenne seine Frau.« Er verzog grimmig das Gesicht. »Flüchtig.«

»Seine Frau hat heute Morgen bei der Wache in Le Tampon angerufen und wollte ihn als vermisst melden, weil er nachts nicht nach Hause gekommen ist. Aber nach zwölf Stunden Abwesenheit ist es für eine Vermisstenmeldung ja noch zu früh. Offenbar hat sie danach seine Kollegen alarmiert. Die haben mit dem Rettungshubschrauber nach ihm gesucht und ihn leblos an der Südflanke des Vulkans gefunden. Einer der Vulkanologen hat die Polizei benachrichtigt. Und da Xavier Lefèvre nicht irgendwer ist, wurde Général Delaborde informiert, und der hat entschieden, dass die Kriminalpolizei sich das vor Ort ansehen soll.«

Talon erhob sich und betrachtete verdrossen seine eleganten Halbschuhe aus poliertem Leder. »Soll ich damit etwa auf den Piton klettern?«

»Sie können sich Stiefel von einem der Gendarme ausborgen«, bot Pierre-Eric beflissen an.

»Nicht nötig«, knurrte Talon. »Zufällig hab ich welche in meinem Spind, zusammen mit meiner Uniform. Wo genau liegt die Leiche?«

Der Sergent trat an die Landkarte der Insel Réunion, die an der Wand hing und fuhr suchend mit dem Finger über das Gebiet des Piton de la Fournaise. Er tippte auf eine Stelle südlich des Hauptkraters.

»Hier, glaube ich. So in etwa.«

Der Kommissar ahnte Arges. »Und bis wohin führt die Straße?«

»Äh ... bis hier. Ungefähr vier Kilometer entfernt.«

Talon fluchte leise. »Wir nehmen den Helikopter«, entschied er. Die Sachlage rechtfertigte dies vollkommen. »Wo treffen wir den Vulkanologen, der uns den Weg zeigt?«

»Ich habe ihm gesagt, dass Sie ihn zurückrufen und das mit ihm besprechen, *mon Commandant*.« Pierre-Eric hielt ihm einen Zettel mit einer Handynummer hin.

»Na schön, ich rufe den gleich an.« Talon stürzte seinen lauwarm gewordenen Kaffee in einem Zug hinunter. »Verständigen Sie den Rechtsmediziner und die Spurensicherung, Bonnard.«

Eine halbe Stunde später landete der Polizeihubschrauber auf der großen Wiese neben dem Vulkanobservatorium in La Plaine-des-Cafres. Dort wartete bereits der Rettungshubschrauber, der die Leiche nach der kriminalistischen Untersuchung abtransportieren sollte und dessen Pilot nun wieder die Rotoren anließ. Ein hochgewachsener dunkelhaariger Mann im roten Overall trat aus dem holzverkleideten Gebäude des Observatoriums, lief geduckt zur Tür des Polizeihelikopters und setzte sich auf den freien Platz neben dem Kommissar. Dieser wandte sich zu dem Vulkanologen und reichte ihm die Hand.

»Bonjour. Ich bin Kriminalkommissar Pascal Talon.«

»Marc Vergnier, stellvertretender Leiter des Observatoriums«, antwortete der andere und setzte sich das Headset auf, das als Lärmschutz diente und die Kommunikation mit den anderen Passagieren erleichterte. Der Helikopter hob wieder vom Boden ab.

»Sie haben den Toten also gefunden.«

Der Vulkanologe nickte betrübt. »Mein Chef.«

»Konnten Sie ihn eindeutig identifizieren?«

»Ja. Er liegt halb auf dem Bauch, und ich habe ihn vorsichtshalber ein wenig angehoben, um das Gesicht besser zu sehen. Es ist eindeutig Xavier Lefèvre.«

Talons zog die Augenbrauen zusammen. »Sie haben den Toten bewegt?«

»Ich konnte ja nicht sicher sein, dass er tot ist, oder? Hätte ja sein können, er lebt noch und braucht Hilfe. Da musste ich doch nachsehen. Und schließlich habe ich eine Ersthelfer-Ausbildung.«

»Schon gut.«

»Äh ... mal 'ne andere Sache ...« Lieutenant Ahmed Boukalif vom kriminaltechnischen Dienst, der neben dem Piloten saß, trommelte mit den Fingern auf seiner Armlehne herum. »Wie dicht neben dem Toten ist der Helikopter gelandet?«

»Oh, oh!« Talon wusste, worauf er hinauswollte und verzog das Gesicht, als habe er Zahnschmerzen.

»Nun ja, nicht direkt daneben. Ist mir schon klar, dass der Wind der Rotoren einiges aufwirbeln würde.«

»Wie dicht?«, insistierte Boukalif.

»So etwa fünfzig Meter entfernt.«

»Ach du Scheiße.« Talon seufzte, und Boukalif schlug genervt die Hand vor die Stirn.

»Wieso?«

»Ein Helikopter sollte mit mindestens zwei Kilometern Abstand zu einem Tatort landen, sonst pusten die Luftverwirbelungen mögliche Spuren weg und verunreinigen den Tatort mit allem, was so auf der Erde liegt.«

»Nicht Ihr Ernst! Zwei Kilometer? Das wusste ich nicht. Außerdem wusste ich bei der Landung ja noch nicht mal, dass es vielleicht ein Tatort ist. Ich habe meinen Vorgesetzten leblos am Boden liegen sehen und wollte ihm so schnell wie möglich Erste Hilfe leisten«, verteidigte sich der Vulkanologe. »Und nicht erst eine halbe Stunde wandern müssen, bis ich ihn erreiche. Und es ist auch nicht so, dass ein Helikopter nach Belieben überall auf diesem Vulkan landen kann.«

»Ja, verstehe.« Talon dachte nach. Nun, da der Tatort ohnehin verunreinigt war, würde es ihnen ebenfalls einen Fußmarsch ersparen. Wie so oft siegte seine Bequemlichkeit über seine berufliche Sorgfalt. Der starke Wind, der über das Gebiet des Vulkans wehte, hatte die feinen Spuren sowieso bereits verweht. Vermutlich war es eh kein Tötungsdelikt, und er vergeudete nur seine Zeit.

»Da liegt er.« Vergnier beugte sich vor und gab dem Piloten ein Zeichen.

Talon spähte nach unten und erblickte einen reglos daliegenden Mann in einem leuchtend roten Anorak inmitten dieser mond- und marsartigen Landschaft aus dunklem und rötlichem Lavabasalt.

Der Helikopter landete auf einer der wenigen flachen Stellen in all dem Auf und Ab von Lavagestein, Fissuren und winzigen Kraterkegeln etwa hundert Meter von dem Mann entfernt. Der Rettungshubschrauber, der ihnen gefolgt war, landete kurz darauf in einigem Abstand auf der nächsten geeigneten Fläche. Die Kriminalbeamten, der Rechtsmediziner Frédéric Fougère und Marc

Vergnier sprangen aus den Hubschraubern, luden die Köfferchen mit ihren Ausrüstungen aus und machten sich auf den Weg. Die Piloten blieben bei den Helikoptern.

Talon war noch nie auf dem Piton de la Fournaise gewesen, obwohl er nun schon seit über zwei Jahren auf La Réunion lebte. Er war kein Wanderfreund und hatte sich bisher lediglich von seiner Familie zu Touren in den üppig begrünten Talkessel Cirque de Cilaos überreden lassen.

Während Dr. Fougère und Ahmed Boukalif in ihre weißen Schutzoveralls aus dünnem Plastik schlüpften, blickte Talon sich um. Zuerst, um die unmittelbare Umgebung des Tat- oder Unfallortes zu prüfen, dann schweifte sein Blick über die Landschaft. Die Sicht war klar, und er musste zugeben, dass das Panorama unbeschreiblich schön war. Der bedrohlich wirkende grauschwarze Vulkankegel stand in faszinierendem Kontrast zu den saftig grünen Regionen an seinem Fuß. Wenn man höher auf den Hauptkrater kletterte, konnte man wahrscheinlich auch den türkisblauen Indischen Ozean dahinter sehen. Die Lufttemperatur hatte sich um mindestens 15 Grad Celsius abgekühlt, und es pfiff ein scharfer Wind, doch der Lavaboden unter seinen Sohlen fühlte sich beunruhigend warm an.

»Er hatte selbst Anweisung gegeben, dass keiner mehr auf den Piton gehen sollte«, äußerte Vergnier und erinnerte Talon daran, dass er nicht wegen der Aussicht hier war. »Ich verstehe nicht, warum er im Alleingang hinauf ist. Generell machen wir so was nur mindestens zu zweit, damit im Notfall immer einer Hilfe holen kann.«

»Vielleicht war ja jemand bei ihm – sein Mörder«, gab der Kommissar zu bedenken.

»Glauben Sie wirklich, dass er ermordet worden sein könnte? Oh mein Gott – ich bin von einem Unfall ausgegangen.«

»Zurzeit wissen wir noch gar nichts«, schränkte Talon ein. »Deswegen sind wir ja hier – um alles gründlich zu untersuchen. Und bitte, halten Sie sich im Hintergrund. Wir wollen doch den Tatort nicht mit noch mehr Fremdspuren belasten.«

Vergnier zuckte die Schultern und trat einige Schritte zurück. »Da ich ihn vorhin berührt habe, sind meine Spuren wahrscheinlich ohnehin an ihm zu finden, tut mir leid.«

Wohl oder übel musste Talon den Blick von der faszinierenden Landschaft lösen und ihn dem weniger erfreulich anzusehenden Toten zuwenden.

Der mittelgroße, sportlich gekleidete Mann lag mit dem Kopf hangabwärts auf einem leicht abschüssigen Pfad halb auf der Seite, das Profil war dem Betrachter zugewandt. Eine Hornbrille saß schief auf seinem Gesicht. Der von Fliegen umschwirrte Hinterkopf mit dem kurz geschnittenen dunkelbraunen Haar war eine einzige Wunde, aus der das Blut weit den Pfad hinuntergeflossen war. Talon entdeckte einen Steinschlaghelm, der einige Meter den Hang hinuntergekullert war. Er nahm ihn mit einem Taschentuch auf und hielt ihn Marc Vergnier hin. »Gehört der Ihrem Chef?«

Der Vulkanologe nickte.

»Offensichtlich hat er ihn nicht auf dem Kopf getragen. Haben Sie dafür eine Erklärung?«

Vergnier hob die Arme. »Vielleicht war er ihm gerade lästig, vielleicht hat er sich am Kopf kratzen wollen ... Xavier war manchmal etwas nachlässig mit seinem Schutzhelm – er hat ihn oft erst in unmittelbarer Kraternähe aufgesetzt.«

»Aber er gehört schon zu Ihrer Standardausrüstung?« Talon legte den Helm neben dem Toten ab.

»Ja, unbedingt. Wenn er auch am Piton nicht so unverzichtbar ist wie an anderen Vulkanen.«

Der Rechtsmediziner, der gewartet hatte, bis Boukalif Fotos gemacht hatte, streifte dünne Gummihandschuhe über und begann seine Untersuchung.

Talon ging unruhig neben ihm auf und ab. »Auf wann schätzen Sie den Todeszeitpunkt, Fougère?«

»Es ist schwer zu sagen, weil die Ei-Ablage der Fliegen bereits in der agonischen Phase beginnen kann ...«

»Haben Sie es wenigstens so ungefähr?«

»Nach Totenstarre und -flecken zu urteilen: Zwischen siebzehn und zwanzig Uhr gestern Abend.«

»Was machte er so spät noch auf dem Berg? Da ist es doch schon dunkel.«

»Nun, er ist sicher schon eher hier raufgekommen. Die Kopfwunde sieht zwar schlimm aus, aber man stirbt daran selten sofort. Außerdem hätte er postmortal nicht mehr bluten können.«

»Halten Sie die Kopfwunde für die Todesursache?«

»Genau sagen kann ich das erst nach der Obduktion. Die Schädelbasis scheint zertrümmert zu sein, und etwas höher hat er eine Wunde wie von einem spitzeren Gegenstand. Aber kein Messer oder so was – sieht ungewöhnlich aus. Im Moment kann ich nicht sagen, ob er verblutet sein könnte, da ich keinen Überblick über die Blutmenge habe, die er verloren hat.« Fougère machte eine Handbewegung zu dem dünnen Blutrinnsal, das den Hang hinabgeflossen war. »Wichtiger als die Todeszeit wäre sicher der Zeitpunkt, als ihn etwas mit so großer Wucht getroffen hat, dass er später daran gestorben ist. Das werde ich erst bei der Autopsie feststellen können.«

Vergnier runzelte die Stirn. »Der Vulkan muss gestern bereits einige Gesteinsbrocken ausgestoßen haben. Das geschieht natürlich mit einer ungeheuren Kraft. Ich nehme an, Xavier hat einen abbekommen, als er dem Krater den Rücken zugewandt hat. Er wurde getroffen und ist den Pfad hinuntergestürzt.«

»Sieht so aus«, bestätigte Talon. »Oder sollte so aussehen. Aber der spitze Gegenstand ...?«

»Lavasteine können eine scharfkantige und teilweise spitze Oberfläche haben.«

»Wenn er von einem Lavastein erschlagen wurde, wo ist das Ding dann?« Er blickte sich suchend um. In der näheren Umgebung wimmelte es nur so von erkalteter Lava und Geröllsteinen aller Größe.

»Sie dürfen nicht erwarten, dass eine Lavabombe, die von einem Vulkan ausgestoßen wird, von einen menschlichen Körper abgebremst wird und daneben liegen bleibt«, erklärte Vergnier.

»Nein, sie kann noch mehrere Hundert Meter weit fliegen oder auch rollen. Sie dürfen sich aber gern umsehen und die Steine anfassen, ob einer noch heiß ist«, fügte er sarkastisch hinzu.

»Glüht so ein Ding dann noch?«

»Oft. Muss aber nicht.«

Talon sah sich nochmals um und konnte keinen Stein entdecken, der rot leuchtete. Dann schnupperte er und verzog angeekelt den Mund. »Hier stinkt es. Wer von euch war das?« Er stieß ein meckerndes Lachen aus. Boukalif und Fougère lächelten höflich über den Witz.

Vergnier streifte ihn mit einem empörten Blick angesichts seiner Pietätlosigkeit. »Das sind die Schwefelgase aus den Fumarolen.«

»Ja, sorry«, murmelte Talon, »das war unangebracht.«

»Schon gut. Es riecht wirklich wie faule Eier, und die Einheimischen sagen ja auch immer, der Vulkan furzt, wenn er ausbricht.«

Ein lautes Grummeln erklang. Talon warf einen unbehaglichen Blick zum kegelförmigen Hauptkrater, der etwa einen Kilometer entfernt lag. Da der Piton de la Fournaise aber mehrere Nebenkrater besaß und die Lava manchmal fast aus dem Nichts auszustoßen schien, konnte sich jeden Moment irgendwo in der Nähe eine Erdspalte öffnen und glühend heiße, flüssige Lava verspritzen, vermutete er unbehaglich.

»Ich kann es ebenfalls erst nach der Obduktion mit Gewissheit sagen«, kam Fougère auf das ursprüngliche Thema zurück, »aber auf den ersten Blick sieht die Wunde für mich nicht so aus, als ob die Haut Verbrennungen davongetragen hätte. Ich muss ihm die Haare rings um die Wunde abrasieren, um es besser zu sehen.«

»Vielleicht hat er sich beim Sturz den Kopf angeschlagen?«, meinte Vergnier. »Allerdings liegt er ja halb auf dem Bauch, das passt nicht zu einer Wunde am Hinterkopf, oder?«

»Wenn Sie seine Lage nicht verändert hätten, könnte man das besser beurteilen«, brummelte Talon.

»Ich habe seine Lage nicht verändert – er lag genau so da, als ich ihn gefunden habe.«

»An diesem Stein hier ist etwas Blut.« Boukalif wies auf einen melonengroßen Stein, der neben dem Toten lag. »Er könnte gestürzt und mit dem Hinterkopf draufgeknallt sein. Dann hat er versucht, sich aufzurichten, vielleicht davonzurobben, ist aber nicht weit gekommen. Stimmt's, Doc?«

Fougère erhob sich und ging zu dem Stein, um ihn zu begutachten. »Möglich, dass es so war. Aber dieser Stein hat eine glatte Oberfläche, das passt nicht zu der anderen Verletzung. Trotzdem sollten wir ihn mitnehmen und ihn genau untersuchen.«

»Ihn könnte also eine Lavabombe getroffen haben, er ist gestürzt, hat sich den Kopf an diesem Stein auf dem Boden angeschlagen«, fasste Boukalif zusammen und hob den Stein probeweise an. Er wog gut und gern seine fünfzehn Kilo und würde in keine Asservatentüte passen.

»Und was machen Sie mit den fehlenden Verbrennungen? Es gibt keine kalten Gesteinsbrocken, die von Vulkanen ausgestoßen werden, oder, Monsieur Vergnier?«

»Doch, gibt es. Bei explosiven Eruptionen werden sowohl glühende Lavabomben als auch bereits erkaltete Lavabrocken ausgestoßen. Aber der Piton ist kein explosiver Vulkan, sondern hat nur effusive Eruptionen. Das bedeutet, dass der größte Teil der Lava beim Austritt noch glüht«, ergänzte Vergnier, als er Talons fragend gerunzelte Stirn sah.

Plötzlich begann die Erde unter ihren Füßen zu vibrieren. »Hey, hey!«, machte Talon erschreckt. Er stellte fest, dass seine Knie ebenfalls zu zittern anfingen.

»Keine Sorge, wir haben schon seit einigen Tagen Tremor. Das bedeutet noch nicht, dass der Ausbruch sofort beginnt«, sagte Vergnier beruhigend. Aber Talon fühlte sich alles andere als beruhigt.

»Ein Erdbeben wäre auch nicht lustig«, brummelte er und ärgerte sich, so schreckhaft zu reagieren. »Ich denke, wir haben jetzt alles gesehen und können uns vom Acker machen.«

»Es gibt jedenfalls keine Spuren eines Kampfes.« Boukalif, der im Gegensatz zu seinem Vorgesetzten die Ruhe selbst war, nahm die Leiche und deren unmittelbare Umgebung von allen Seiten mit der Videokamera auf. »Aber die können leider auch durch den Wind der Rotoren zunichtegemacht worden sein.«

»Sie haben recht, Monsieur le Commissaire, wir sollten uns jetzt beeilen, von hier fortzukommen.« Vergnier wirkte auf einmal nervös. Talon folgte seinem Blick und bemerkte die dünne Rauchsäule, die sich in wenigen Hundert Metern Entfernung an einem kleinen Nebenkrater gebildet hatte. »Sonst könnte es passieren, dass wir dem armen Mann hier Gesellschaft leisten.«

»Ich dachte, er bricht frühestens am späten Nachmittag aus?« Talon guckte auf seine Armbanduhr. Es war kurz nach elf Uhr. Der Schwefelgeruch war intensiver geworden, genau wie das Grummeln. Die Erde vibrierte noch stärker.

»Ich mache mir eher Sorgen wegen des Wetterumschwungs.« Der Vulkanologe machte eine Armbewegung Richtung Himmel. Das Wetter war um den Vulkan herum unberechenbar, am gerade noch so blauen Himmel waren auf einmal dunkle Wolken aufgezogen, und Nebelschwaden hüllten den Hauptkrater in ein milchiges Kleid. Talon fühlte, wie kalter Nieselregen seine kurz geschnittenen dunkelblonden Haare und sein Gesicht befeuchtete.

»Die Helikopter fliegen nämlich nicht mehr, wenn es zu neblig ist, das ist zu gefährlich. Wenn wir hier nicht binnen fünf Minuten verschwunden sind, müssen wir entweder warten oder den Abstieg zu Fuß machen. Und auch das ist bei Nebel gefährlich, und Sie alle haben kein geeignetes Schuhwerk dafür.«

»Sicher nicht.« Talon blickte verärgert auf seine schwarzen Armeestiefel, die nun mit einer feinen Sandschicht bedeckt waren. Die Gummisohle würde vermutlich schon nach den ersten Metern durch scharfkantige Lava aufgeschlitzt werden.

»Ich bin schon fertig.« Fougère sammelte seine Instrumente ein. »Dann wollen wir den Toten mal einpacken und in den Heli schaffen.«

Boukalif packte den Leichensack aus, hob den Toten mit Fougères Hilfe hinein und zog den Reißverschluss zu.

»Kann der Rettungshubschrauber näher kommen, oder sollen wir die Trage herholen?«, fragte Vergnier höflich.

»Ja, die Helis können hier rüberfliegen.«

Der Vulkanologe griff in die Brusttasche seines roten Overalls, holte sein Handy hervor und wählte eine eingespeicherte Nummer an. »Jean-Claude? Ihr könnt uns jetzt abholen.«

Sekunden später setzten sich die Rotoren der beiden Helikopter wieder in Gang, und kurz darauf landeten sie zwanzig Meter entfernt. Der Vulkanologe und der Pilot des Rettungshubschraubers luden die Trage aus und legten sie neben den Toten, damit Fougère und Boukalif ihn vorsichtig hinaufheben konnten. Vergnier und der Pilot trugen sie zum Hubschrauber und schoben sie in die dafür vorgesehene freie Fläche hinter den Sitzen.

Inzwischen hatte sich der Nebel weiter verdichtet, und die Piloten drängten zum Aufbruch.

»Ich werde mich vom Rettungsheli am Observatorium absetzen lassen, dann brauchen Sie keinen Umweg fliegen.« Vergnier hob kurz zwei Finger zum Gruß und wollte sich abwenden.

»Ich würde mich gern noch ausführlicher mit Ihnen unterhalten, Monsieur Vergnier.«

»Natürlich, jederzeit, Monsieur le Commissaire.«

»Gut. Ich komme später im Observatorium vorbei. Jetzt werde ich erst mal Xavier Lefèvres Frau informieren.« In die Mundwinkel des Kommissars stahl sich ein fast zufriedenes kleines Lächeln.

Frédéric Fougère sah das zufriedene Lächeln und schüttelte den Kopf. In seiner Laufbahn als Rechtsmediziner hatte er noch nie mit einem so wenig sympathischen und so wenig empathischen Kommissar wie Pascal Talon zusammengearbeitet. Es war jedoch das erste Mal, dass dieser den Eindruck vermittelte, er freue sich darauf, eine Todesnachricht zu überbringen. Bei den meisten Ermittlungsbeamten war diese Aufgabe alles andere als beliebt. Oder tat er ihm Unrecht? Die schöne Melissa Lefèvre war früher eine bekannte Wetterfee im regionalen Fernsehen gewesen, und mehr als ein Mann auf der Insel hätte sich darum gerissen, sie kennenzulernen, egal unter welchen Umständen. Allerdings war das lange vor Talons Zeit auf La Réunion gewesen, sicher wusste er nichts davon. Das konnte es also nicht sein. Während Fougère aus den Augenwinkeln den vor sich hin pfeifenden Kommissar beobachtete, sagte er sich, dass noch etwas anderes dahinterstecken musste. Irgendetwas heckte der Mann aus. Perfide und boshaft, wie es zu seinem Charakter zu passen schien.

I

Unter leisem Donnergrollen schleuderte der Vulkan glühende Gesteinsbrocken in die Luft. Die rot leuchtende Lava spritzte in Fontänen in die Höhe und drängte auch aus seitlichen Ritzen und Spalten, bevor sie in verästelten Strömen hangabwärts floss. Es war ein schaurig-schönes Spektakel gegen den pechschwarzen Nachthimmel. Die umliegenden Berge der Insel wurden von der Dunkelheit verschluckt.

Lucien Mahé war auf einen der Aussichtspunkte geklettert, an den man mit dem Auto noch relativ gut herankam, und der nur einen kurzen Spaziergang erforderte. Für eine bessere Aussicht von einem der benachbarten Berge aus bedurfte es eines anderthalbstündigen Fußmarsches, und dazu fehlte ihm die Energie. Außerdem würde es dort nur so wimmeln von Einheimischen und Touristen, die den Ausbruch des Piton de la Fournaise beobachten wollten, und Menschenmassen ertrug er nur noch schwer. Es war einer seiner Gründe gewesen, sich von Paris in das kleine französische Übersee-Département im Indischen Ozean zurückzuziehen – wenn auch nicht der wichtigste.

Gebannt verfolgte Lucien den Ausbruch des Vulkans, der für die Bewohner von La Réunion selten wirklich gefährlich wurde und eher als kostenloses Spektakel betrachtet wurde. Seltsamerweise fühlte er sich beruhigt von dem dumpfen Grollen und der Energie, die von der glühend sprudelnden und fließenden Lava ausging. Als ob die zerstörerische Kraft des Vulkans das Selbstzerstörerische in ihm einlullte und die schrecklichen Geschehnisse in seiner jüngeren Vergangenheit weniger bedrohlich erscheinen ließ.

Es war richtig gewesen, in seine Heimat zurückzukehren. In

Paris wäre er draufgegangen. Er atmete tief die schwüle Nachtluft ein, die ein wenig nach Schwefel roch, und trat einen Schritt weiter vor an den ungesicherten Abhang. Geröll löste sich mit leisem Knirschen.

»Passen Sie lieber auf, Monsieur, das ist gefährlich«, sagte eine Männerstimme in dem singenden Französisch der Kreolen hinter ihm. »Sie stehen viel zu nah an der Kante. Ein falscher Schritt, und es ist um Sie geschehen.«

Und wenn schon, dachte Lucien, trat aber dennoch zurück und drehte sich halb zu dem Mann um. Wahrscheinlich hielt der ihn für einen leichtsinnigen Touristen.

»Danke.« Er zündete sich eine Zigarette an. Der Widerschein des Feuerzeugs erhellte für Sekunden sein Gesicht.

»Sind Sie nicht … Lucien Mahé?«, fragte der andere überrascht.

»Ja.« Lucien ließ das Feuerzeug in seine Jackentasche gleiten, holte stattdessen seine Taschenlampe hervor und knipste sie an.

Sein Gegenüber blinzelte geblendet. Sein Gesicht kam Lucien vage bekannt vor, aber er erinnerte sich nicht an seinen Namen.

»Es ist lange her«, murmelte er entschuldigend.

»Über zwanzig Jahre, oder? Und wenn man weggeht, vergisst man schnell die Gesichter aus der Heimat«, sagte der Mann vorwurfsvoll. »Ich bin Philippe, aus der Oberschule.«

»Richtig, jetzt erinnere ich mich wieder.« Lucien nahm hastig einen Zug von seiner Zigarette. »Pardon, es ist wirklich viel passiert seitdem.«

»Kann ich mir vorstellen. Machst du hier Urlaub?«, fragte Philippe.

Lucien schwieg kurz. »Ja«, antwortete er dann.

»Habe gehört, du bist Kriminalkommissar in Paris?«

»Hmm.« Er wandte den Kopf ab und starrte wieder auf die Feuergarben aus Lava vor dem dunklen Himmel. Genauer gesagt hatte er den Dienst vor zwei Monaten quittiert, aber das ging den anderen schließlich nichts an.

»Hast du Frau und Kinder dabei? Was hast du noch mal – einen Jungen und ein Mädchen, habe ich gehört, richtig?«

Es traf ihn wie ein glühender Lavastein in den Magen. Das Gefühl von Zuversicht, das er noch vor wenigen Minuten gespürt hatte, war plötzlich dahin. Er warf seine Zigarette auf den Boden und drückte sie mit der Schuhspitze aus.

»Ich muss gehen. Wir sehen uns sicher noch mal.« Er hob kurz die Hand zum Gruß.

»Warte doch, vielleicht können wir noch was miteinander trinken …«

Der Rest ging im Grollen des Vulkans unter, während Lucien fluchtartig über den mit Geröll bedeckten Pfad nach unten schlitterte.

Kurz darauf saß er in seinem Wagen und fuhr Richtung Saint-Pierre, der Kleinstadt, an deren Rand er wohnte. Er fuhr viel zu schnell auf der schlecht beleuchteten, kurvigen Straße. Als wolle er das Schicksal herausfordern. Dennoch erreichte er eine halbe Stunde später unbeschadet das flache, kleine Haus, das ihm seine Mutter für die unbestimmte Dauer seines Aufenthalts auf La Réunion zur Verfügung stellte. Die altmodische Einrichtung war nicht nach seinem Geschmack, aber wenigstens erinnerte ihn hier nichts an Elias.

Lucien schenkte sich einen Whisky ein. Danach hatte es ihn schon während des ganzen Nachhausewegs verlangt. Er zog die Schuhe aus und ging mit dem Glas in der Hand zwischen Wohnzimmer und dem nur durch einen schmalen Flur getrennten Schlafzimmer unruhig auf und ab. Vor dem langen, goldgerahmten Garderobenspiegel im Schlafzimmer blieb er stehen und starrte hinein. Der Spiegel warf ihm das Bild eines hochgewachsenen, athletischen Mannes Anfang vierzig zurück, mit dunkelbraunen Haaren und der hellen Haut der weißen Kreolen. In sein männlich-schönes Gesicht hatte die Zeit harte Falten gemeißelt, die es jedoch nur noch interessanter wirken ließen. Und in den letzten Monaten hatte sich die Trauer in seine Züge eingegraben.

Lucien stürzte einen Schluck Scotch hinunter. Der Blick der meerblauen Augen aus dem Spiegel bohrte sich anklagend in seinen. Das musste aufhören. Die Schuldgefühle, der Selbsthass und der Whisky. Er ertrug es nicht mehr, sein Konterfei anzusehen. Verzweifelt schleuderte er das Glas in den Spiegel, und beides zerbarst klirrend und knirschend.

Es war jedoch leiser als das ohrenbetäubende Klirren von zersplitterndem Glas und das Knirschen und Krachen von gewaltsam zusammengeschobenem Autoblech, als sein Wagen gegen den Baum der Landstraße gerast war. Lucien schlug die Hände vors Gesicht und ließ sich rücklings aufs Bett fallen.

2

Als Lucien erwachte, fiel gedämpftes Tageslicht durch die zugezogenen Vorhänge des Schlafzimmers. Sein Schädel schmerzte. Schlaftrunken wollte er sich umdrehen, als er noch einmal die Türklingel hörte, die ihn vermutlich auch geweckt hatte.

Lucien zog knurrend die dünne Bettdecke über die Ohren und vergrub das Gesicht in den Kissen. Aber nun wurde auch noch gegen die Tür gehämmert. Mit einem Seufzer warf er die Decke von sich und erhob sich. Als er zur Schlafzimmertür gehen wollte, spürte er einen scharfen Schmerz unter der Fußsohle und fluchte. Sein Blick fiel auf den zerbrochenen Spiegel und die Scherben des Whiskytumblers. Er griff nach seinen Jeans, die auf dem Boden lagen, schlüpfte hinein und schlurfte über den gefliesten Boden Richtung Eingangstür.

»Ich komm ja schon!«, schrie er, als das Klopfen andauerte, und riss die Tür auf. Vor ihm stand eine schlanke, brünette Frau, deren dunkle Augen ihm erwartungsvoll entgegensahen.

»Sie wünschen?«, fragte er missgelaunt.

»Lucien! Gott sei Dank bist du noch da.«

Er starrte sie an. Schulterlange schwarze Haare, samtige milchkaffeebraune Haut, liebliche kreolische Gesichtszüge. Wie durch ein Wunder löste sich ihr Name aus dem Nebel von Whisky, Tiefschlaf und Vergessen. »Melissa?«

»Ja, natürlich«, sagte sie ungeduldig. »Bitte, kann ich reinkommen?«

Er gab die Tür frei. »Woher weißt du …«, begann er und rieb sich die verquollenen Augen.

»Ich habe im Ort gehört, dass du wieder hier bist und im Haus deiner Mutter wohnst.« Sie reckte sich, um ihm die Wangen zu küssen.

»In welchem Ort? Wo lebst du jetzt?«

»In Trois-Mares. Ich habe deine Schwester dort letztens beim Zahnarzt getroffen, schon vor einigen Wochen, und sie hat es mir erzählt.«

»Du hast noch Kontakt zu Christine?« Er erinnerte sich daran, dass die beiden Mädchen auf der Oberschule befreundet gewesen waren.

»Nur wenn ich sie mal zufällig treffe. Richtig befreundet sind wir schon lange nicht mehr, wir haben uns nach der Schule auseinandergelebt. Und mit ihren drei Kindern hat sie jetzt einfach zu viel zu tun und ein ganz anderes Leben. Aber da sie im Nachbarort wohnt, laufen wir uns ab und zu über den Weg und quatschen dann ein bisschen. Ich habe sie oft gefragt, wie es dir geht und Grüße bestellt. Hat sie sie dir nicht ausgerichtet?«

»Kann mich nicht erinnern.« Lucien gähnte.

Melissa war im Wohnzimmer stehen geblieben. »Du humpelst ja.«

»Hab mir gerade eine Glasscherbe eingetreten, als ich vom Bett zur Tür wollte.«

»Oh Gott, tut mir leid. Komm mit ins Bad, ich werde dich verarzten.«

»Das schaffe ich gerade noch allein«, brummelte er. »Ich wollte mich sowieso ein wenig frisch machen, bevor ich Damenbesuch empfange. Setz dich, und gib mir zehn Minuten.«

»Sorry, dass ich so reinplatze.« Ihr Blick wanderte über seinen durchtrainierten Oberkörper. Lucien erinnerte sich plötzlich daran, dass sie als Teenager für ihn geschwärmt hatte.

»Schon okay. Es ist wohl sowieso Zeit fürs Aufstehen. Wie spät ist es?«

»Gleich elf. Hast du etwa noch geschlafen?« Ihr Blick fiel auf die fast leere Whiskyflasche, die auf dem Tisch stand.

»Ich war letzte Nacht am Piton.«

Er wunderte sich über ihr gequältes Aufstöhnen, beschloss aber, es zu ignorieren.

Im Bad setzte er sich auf den Badewannenrand und inspizierte den kleinen Schnitt in seiner Fußsohle, der zum Glück nicht sehr tief zu sein schien. Er desinfizierte die Wunde und klebte ein Pflaster darauf. Dann beugte er sich über das Waschbecken und klatschte kaltes Wasser in sein Gesicht. Mit den feuchten Fingern fuhr er sich durch das glatte, stufig geschnittene Haar und putzte sich schließlich die Zähne. Aber der unangenehme pelzige Geschmack auf der Zunge blieb.

Als er ins Schlafzimmer ging, um ein frisches T-Shirt aus dem Schrank zu holen, traf er dort Melissa an, die prüfend den kaputten Spiegel und die Scherben betrachtete.

»Ich bin hergekommen, weil ich deine Hilfe brauche, aber es sieht so aus, als könntest du sie ebenfalls gebrauchen«, stellte sie nachdenklich fest.

»Das kehre ich nachher zusammen, wenn du weg bist, und bring den Spiegel zum Glaser.« Er schlüpfte in ein schwarzes T-Shirt.

»Das meinte ich nicht.«

»Was hat meine Schwester noch erzählt?«, fragte er misstrauisch.

»Nicht viel, nur dass du dir eine Auszeit nimmst von deinem Leben in Paris.«

»So was in der Art. Komm, lass uns ins Wohnzimmer gehen.«

»Hast du dich von deiner Frau getrennt?«, wollte sie wissen, als sie auf der Couch Platz nahm.

»Das könnte man so nennen.« Er ließ sich in den Sessel ihr gegenüber fallen.

»Und wie geht es deinen Kindern? Die müssen ja inzwischen Teenager sein oder fast erwachsen.«

»Wann haben wir uns das letzte Mal gesehen Melissa?«, lenkte er ab.

»Vor ungefähr zehn Jahren bei der Beerdigung deines Vaters.«

»Richtig.« Ein Schatten huschte über sein Gesicht, als sie die Beerdigung seines Vaters erwähnte.

Luciens Vater stammte aus der Bretagne. Mit Anfang dreißig war er geschäftlich nach La Réunion gereist, hatte sich in die

Insel und die schöne Kreolin Ségolène verliebt und war für immer geblieben.

»Warst du danach noch mal hier?«

»Ja, ich habe vor sechs Jahren mit meiner Familie auf Réunion Urlaub gemacht und die Familie besucht.«

Sein Blick heftete sich auf ihre vollen Lippen, und er erinnerte sich, dass da ein Kuss gewesen war, kurz bevor er mit zwanzig seine Heimatinsel verlassen hatte, um auf dem Festland eine Ausbildung an der Polizeiakademie zu machen. Melissa und er hatten dieselbe Schule besucht, und ihre Eltern waren befreundet gewesen. Er kannte sie, seit er ein Teenager gewesen war, hatte sich aber nie übermäßig für sie interessiert. Für ihn war sie stets nur die kleine Melissa gewesen und der Kuss eine Laune auf einer Party.

»Aber reden wir von dir«, sagte er. »Wie geht es dir?« Erst jetzt fiel ihm auf, dass sie elend aussah. Ihre Augen waren gerötet und leicht geschwollen, als habe sie vor Kurzem viel geweint.

»Ich habe vor acht Jahren geheiratet, den Leiter des Vulkanobservatoriums.«

»Kenne ich den? Wie heißt er?«

»Xavier Lefèvre. Ich denke nicht, dass du ihn kennst. Er stammt aus Lyon und lebt erst seit zehn Jahren hier.«

»Und wofür brauchst du jetzt meine Hilfe?«

Melissa drehte nervös den Riemen ihrer modischen Lederhandtasche zwischen den Fingern. »Mein Mann wurde vor zwei Tagen ermordet. Seine Leiche wurde gestern Vormittag auf dem Piton de la Fournaise gefunden, also wenige Stunden vor dem Ausbruch.«

»Origineller Plan, um eine Leiche zu beseitigen«, stellte Lucien beinahe respektvoll fest.

Melissa zuckte zusammen und presste die Lippen aufeinander.

»Entschuldige«, sagte er rasch. »Nach zwanzig Jahren bei der Kripo bin ich etwas abgebrüht.«

»Schon gut. Es ist ja, wie du sagst. Das hätte der perfekte Mord sein können. Aber offensichtlich ist der Plan des Mörders nicht aufgegangen. Vulkane halten sich nicht an Terminpläne.« Ihre

Stimme kiekste, und sie klammerte ihre zitternden Hände um die Tasche.

Lucien schluckte. »Mein Beileid«, sagte er hölzern.

Nach so vielen Jahren als Überbringer von Todesnachrichten war es für ihn etwas Alltägliches, und er hatte bereits vor langer Zeit gelernt, sich gegen Mitleidsgefühle abzuschotten. Zumal sich die, die am lautesten weinten, am Ende oft als Täter herausstellten. Aber hier handelte es sich um seine Jugendfreundin Melissa. Er riss sich zusammen.

»Das muss schrecklich für dich sein. Tut mir sehr leid, Melissa.«

»Danke.« Sie wischte sich mit dem Handrücken über die Augen.

»Willst du was trinken?«, lenkte Lucien hastig ab und wies mit dem Kinn auf die Whiskyflasche.

»Hast du auch Pastis?«

»Glaube schon.« Er ging zur Hausbar, fand eine Flasche Ricard und schenkte davon in zwei Gläser ein. Er setzte sich neben sie, verdünnte den Pastis mit Wasser aus der Karaffe, die auf dem Tisch stand, und drückte ihr ein Glas in die Hand. »Und wie kann ich dir helfen?«

»Christine hat erzählt, dass du bei der Mordkommission bist.«

Lucien atmete tief durch. »Nicht mehr. Ich habe vor zwei Monaten den Dienst bei der Polizei quittiert.«

»Was? Wieso das denn?«

Er ignorierte die Frage. »Ich bin sicher, der zuständige Kommissar hier wird den Mord an deinem Mann aufklären, mach dir keine Sorgen«, sagte er hastig.

»Das ist es ja gerade. Ich habe Angst, dass er versuchen wird, mir den Mord in die Schuhe zu schieben.«

»Warum?«

»Ich kenne ihn, und er hasst meine Familie.«

»Wie sieht es bei dir aus mit Alibi und Motiv?«, fragte er sachlich.

»Ich war nachmittags und abends allein zu Hause. Und ich bin Alleinerbin von Xaviers Vermögen – mal abgesehen vom Pflichtanteil für seinen Sohn.«

Lucien wiegte den Kopf hin und her. »Dann sieht es erst mal nicht gut für dich aus«, bestätigte er.

»Deswegen brauche ich ja deine Hilfe! Ich möchte dich beauftragen, private Ermittlungen anzustellen, um den Mörder zu finden.«

»Das geht nicht«, lehnte er ab.

»Bitte, Lucien! Ich würde dich gut dafür bezahlen. Wovon lebst du jetzt überhaupt?«

Er antwortete nicht darauf. »Melissa, ich habe keine Dienstwaffe mehr. Und Mörder können manchmal verdammt ungemütlich werden, wenn man ihnen auf die Pelle rückt.«

»Xavier hat eine Pistole, die kann ich dir geben.«

»Das wäre illegal. Außerdem gibt mir die hiesige Kripo garantiert keine Einsicht in ihren Ermittlungsstand oder in pathologische Befunde. Privatermittler, die sich einmischen wollen, sind bei der Polizei im Allgemeinen ziemlich unbeliebt.«

»Aber du bist einer von hier, du kennst bestimmt noch viele Leute.«

»Das nützt nicht viel. Du weißt sicher, dass die örtliche Kriminalpolizei von der Gendarmerie gestellt wird und die Mitarbeiter alle paar Jahre ausgetauscht werden? Ich kenne da keinen Menschen.«

»Du hast aber sozusagen den Heimvorteil! Dir werden die Leute, die du befragst, mehr anvertrauen als jemandem, der vom Mutterland kommt und erst kurz auf der Insel ist.«

»Ach, Melissa – ich fühle mich einfach nicht in Form für so was. Es gibt Gründe, warum ich alles hinter mir gelassen habe.«

»Dann erkläre sie mir! Sag mir, warum du lieber Spiegel und Gläser zerschmetterst, als mir zu helfen.« Sie fuchtelte anklagend mit den Händen vor seinem Gesicht herum. »Was ist los mit dir, und was hast du mit dem Lucien gemacht, den ich mal gekannt habe? Und wieso hast du deinen Job bei der Kripo geschmissen?«

Wieder antwortete er nicht. »Die Tatsache, dass du noch nicht in U-Haft bist, beweist, dass sie dich nicht so ohne Weiteres festnehmen können.«

»Die konnten wegen des Vulkanausbruchs noch nicht richtig mit den Ermittlungen anfangen, habe ich gehört. Sie brauchen alle verfügbaren Leute zum Sichern der Umgebung.«

»Es wird auch wenig Zweck haben, dass die Spurensicherung noch mal den Tatort besichtigt«, bemerkte Lucien trocken. Er fuhr sich unruhig durch die Haare. Sie hatte recht mit ihrem Vorwurf. Sie brauchte seine Hilfe, er war dazu möglicherweise sogar in der Lage, aber aus Bequemlichkeit zog er es vor, sich weiterhin seinem Selbstmitleid hinzugeben. Hatte er sich nicht noch letzte Nacht vorgenommen, dies zu ändern?

Er seufzte. »Gut, erzähl mir alles, was du weißt. Ich werde versuchen, dir zu helfen. Versprechen kann ich aber nichts.«

»Ich danke dir!« Sie umarmte ihn und brach in Tränen aus.

»Ist ja gut.« Er streichelte beruhigend ihren Rücken und presste die Lippen zusammen. Flüchtig dachte er daran, dass er genau diese Situation nach dem Tod seines Sohnes nicht mehr ertragen hatte – weinende Angehörige nach dem Mord an einem Familienmitglied oder Ehepartner. Der Tod von Elias hatte seinen Schutzpanzer aufgebrochen, den er in all den Jahren errichtet hatte.

»Erzähl mir alles, was du weißt«, wiederholte er nach einigen Minuten mit brüchiger Stimme und räusperte sich.

Melissa richtete sich auf, kramte in ihrer Handtasche nach einem Taschentuch und putzte sich die Nase. »Xavier ist in der vorletzten Nacht nicht nach Hause gekommen und hat auch nicht angerufen, da bin ich natürlich sehr unruhig geworden. Zumal ich wusste, dass der Piton kurz davor war, auszubrechen und er manchmal in letzter Minute noch raufgeht, um Messungen durchzuführen. Bei seinem Handy sprang immer die Mailbox an, aber er hat nicht zurückgerufen. Also habe ich gestern früh im Observatorium angerufen. Es war nicht einfach, jemanden dazu zu bewegen, auf dem Piton nachsehen zu gehen – Xavier selbst hatte Anweisung gegeben, dass niemand mehr hinaufsollte. Als ich angedroht habe, dass ich selbst hinaufwandern würde, um nachzusehen, hat sein Stellvertreter schließlich einen Rettungshubschrauber alarmiert, und die haben ihn auf halber Strecke zum Hauptkrater gefunden.« Sie schluchzte auf.

»Ist ein Unfall oder natürlicher Tod ausgeschlossen? Was war die Todesursache?« .

»Er hatte eine schwere Kopfverletzung, sagte der Kommissar. Ein natürlicher Tod scheidet also aus.«

»Ich bin kein Experte, aber soviel ich weiß, husten Vulkane kurz vor dem Ausbruch auch mal große Steine aus, oder? Vielleicht wurde er davon getroffen.«

»Der Kommissar hat Andeutungen gemacht, er könne erschlagen worden sein. Absichtlich.« Sie wischte sich die Tränen von der Wange.

Lucien dachte nach. »Der Rechtsmediziner wird herausfinden können, womit er erschlagen wurde und ob es vielleicht ein glühender Stein war, der entsprechende Verbrennungen hinterlassen hat. Gibt es schon einen Bericht?«

»Keine Ahnung. Die Polizei war gestern Mittag bei mir, um mich über Xaviers Tod zu informieren und sich zu erkundigen, wo ich vorgestern Nachmittag und Abend war. Und dann sagte der Kommissar, sie würden sich melden und ich solle mich zur Verfügung halten. Er war ziemlich komisch zu mir, so, als würde er schon Maß für die Handschellen nehmen.«

»Wie heißt dieser Kommissar?«

»Pascal Talon.«

»Warum hast du gesagt, er hasst deine Familie?«

»Seine Frau hat eine Affäre mit meinem Bruder«, erklärte sie lakonisch.

»Mit welchem?«

»Mit Denis. Laurent ist inzwischen verheiratet und hat drei Kinder.«

»Ja, richtig, das habe ich gehört.«

»Denis hat auch drei Kinder, aber von drei verschiedenen Frauen, und mit keiner lebt er mehr zusammen und war auch mit keiner verheiratet. Er ist ein richtiger Hallodri.«

Lucien konnte sich ein Lächeln nicht verkneifen, als er an den jungen Burschen mit dem verschmitzten Lächeln und dem Schalk in den dunklen Augen dachte. Inzwischen musste er auch bereits achtunddreißig sein.

»Und du denkst, der Kommissar würde es ihm gern dadurch heimzahlen, dass er seine Schwester in den Knast bringt?«

»Ja, das scheint so ein rachsüchtiger Typ zu sein.«

»Warum gehst du eigentlich davon aus, dass es Mord war?«, wollte Lucien etwas irritiert wissen. »Wenn man auf einem in Kürze ausbrechenden Vulkan herumklettert, sind Unfälle bestimmt viel wahrscheinlicher als Mord. Melissa, gibt es da etwas, das ich wissen sollte?« Er bohrte seinen Blick in ihren.

»Wenn ich ihn umgebracht hätte, säße ich jetzt nicht bei dir, sondern bei einem Anwalt, oder?«, erwiderte sie gekränkt. »Ich habe meinen Mann geliebt.«

»Schon gut, ich glaube dir ja. Hatte dein Mann Feinde?«

»Ist mir nicht bekannt.«

»Wie alt war er?«

»Einundfünfzig.«

»Also elf Jahre älter als du.«

»Ist das ein Mordmotiv?«, fragte sie gereizt.

»Nein, das war rein private Neugier.« Lucien lächelte. »Du hast von Vermögen gesprochen …«

»Nun ja, wir sind nicht reich, aber schon wohlhabend, denke ich.«

»Verdient man so gut als Vulkanologe?«

»Er hat als Leiter des Observatoriums ein recht gutes Gehalt gehabt, aber vor allem hat er von seinen verstorbenen Eltern einiges geerbt.«

»Du hast einen Sohn erwähnt …«

»Ja. Yannick. Er ist dreiundzwanzig.«

»Und verstanden die sich gut?«

»Manchmal ja, aber sie haben auch oft gestritten. Sie sind beide stur und auch manchmal Hitzköpfe.«

»Wo lebt er?«

»In Saint-Pierre.«

Lucien runzelte die Stirn. »Du hast vorhin erwähnt, dass Xavier aus Lyon stammt und erst seit zehn Jahren hier lebt. Sein Sohn ist also in Frankreich aufgewachsen – auf dem Festland, meine ich. Ist er seinem Vater hierher gefolgt?«

»Er studiert Vulkanologie, und Xavier hat dafür gesorgt, dass er hier einen Studienplatz bekommen hat. Was gibt es Praktischeres, als ein Studienobjekt vor der Haustür zu haben? Noch dazu ein so aktives, das alle paar Monate ausbricht.«

»Das ist in der Tat praktisch. Was ist mit dem Wagen deines Mannes? Wo ist der?«

»Der wurde auf einem Parkplatz nahe dem Nebenkrater gefunden, der ausgebrochen ist. Die Polizei hat ihn für Untersuchungen mitgenommen.«

»Ich werde mich ein wenig bei euch umsehen müssen, Melissa.«

»Selbstverständlich.«

»Dann werden wir uns mal an die Arbeit machen.« Lucien wollte sich erheben, doch sie griff nach seinen Händen und hielt ihn zurück.

»Warte! Bitte sag mir, was mit dir geschehen ist.«

»Nichts! Ich hatte einfach nur mein Leben satt, habe meine Heimat vermisst und wollte eine Auszeit nehmen.«

»Das nehme ich dir nicht ab. Deine Schwester klang auch so komisch … bist du von der Polizei gefeuert worden?«

»Nein.« Er schüttelte den Kopf und wollte ihr seine Hände entziehen. Aber unter ihrem bittenden, teilnahmsvollen Blick überwand er sich schließlich. »Vor knapp einem halben Jahr war ich mit meinem Sohn im Auto unterwegs«, begann er mit belegter Stimme. »Wir haben eine kleine Sonntagsspritztour unter Männern gemacht. Auf dem Rückweg war es dunkel. Ich habe die Landstraße genommen, weil sie für die Autobahn Stau angesagt hatten. Elias und ich hatten einen tollen Tag und haben herumgealbert. Und plötzlich war da dieser Lkw in der Mitte der Straße, der direkt auf uns zugerast kam. Ich musste ausweichen. Instinktiv bin ich nach rechts ausgewichen, weil ich natürlich rechts gefahren bin und es der kürzere Weg war. Aber ich habe mich verschätzt ...« Er stockte und presste die Fingerspitzen vor die gerunzelte Stirn. »Auf einmal krachten wir in einen Baum. Elias ist in meinen Armen gestorben, bevor der Rettungswagen eintraf.« Er schluchzte trocken auf und legte die Hand vor die Augen. »Ich werde mir das nie verzeihen.«

»Das ist ja furchtbar«, sagte Melissa schockiert und zog ihn in die Arme. Er lehnte für einen Moment seinen Kopf an ihren. »Es tut mir so leid, ich weiß nicht, was ich sagen soll. Was war mit diesem Lkw?«

»Der Fahrer war wohl übermüdet und ist für einige Sekunden eingenickt und von der Fahrbahn abgekommen.«

»Aber dann war es seine Schuld.«

»Offiziell schon, aber ich fühle mich trotzdem schuldig.«

»Warum?«

»Wenn ich nicht mit Elias herumgealbert hätte, hätte ich den Laster etwas früher gesehen. Und ich hätte zur anderen Seite ausweichen sollen.«

»Aber dann wärst du in die Gegenfahrbahn gekommen, das wäre doch auch höchst riskant gewesen.«

»Auf dieser Seite standen keine Bäume, ich hätte in die Wiese fahren können. Aber es ging so schnell, und ich habe es in der Dunkelheit nicht gut genug überblickt. Und überhaupt, warum habe ich nicht die Autobahn genommen? Das bisschen Stau ... eine Stunde später zu Hause, aber mein Sohn würde noch leben. Er war erst fünfzehn.« In ohnmächtiger Wut hieb er gegen die Rückenlehne der Couch.

»Und du? Warst du verletzt?«

»Nur leicht. Eine Woche Krankenhaus, dann war ich wieder okay. Körperlich jedenfalls.« Er räusperte sich.

»Deswegen bist du weggegangen aus Paris? Um vor den Erinnerungen zu fliehen?«

»Ja. Für meine ohnehin angeknackste Ehe war es das Aus. Und meinen Job habe ich nicht mehr ertragen. Eigentlich hat er mir schon lange gestunken, und das Leben in Paris auch. Vielleicht war es eine Kurzschlussreaktion, einfach zu kündigen, statt mich krankschreiben oder beurlauben zu lassen, aber es hat sich richtig angefühlt. Ich wollte einen richtigen Neuanfang. Ich hatte das Bedürfnis, zu den Wurzeln zurückzukehren und auf La Réunion Kraft zu tanken. Aber bis jetzt scheint das noch nicht geklappt zu haben, obwohl ich schon sechs Wochen hier bin. Das meinte ich, als ich dir sagte, ich fühle mich nicht in Form, um wegen deines Mannes zu ermitteln.«

»So was dauert.« Sie drückte seine Hand. »Vielleicht wird es dir auch guttun, wieder eine Aufgabe zu haben.«

»Ja, kann sein. Was mir erst mal guttun würde, ist ein Kaffee.« Lucien lechzte nach Koffein, um einen klareren Kopf zu bekommen. Den würde er brauchen. »Willst du auch einen?«

Sie schüttelte den Kopf. »Mir ist das alles auf den Magen geschlagen, ein Kaffee würde dem den Rest geben.«

Lucien ging in die Küche und warf hastig die Nespresso-Maschine an, die in der altmodischen Kücheneinrichtung wie ein Fremdkörper wirkte. Musste ein Geschenk von Christine gewesen sein. Und da seine Mutter Filterkaffee bevorzugte, hatte sie die Maschine zurückgelassen, als sie kürzlich zu ihrem neuen Lebensgefährten gezogen war, kombinierte er.

»Wir sollten uns jetzt beeilen«, meinte er, als er ins Wohnzimmer zurückkehrte und dabei vorsichtig den heißen Espresso schlürfte. »Wenn die Polizei auf einen gewaltsamen Tod schließt, wird sie in Kürze vor deiner Tür stehen und das Haus durchsuchen wollen. Sie werden PC und Handy deines Mannes zur Untersuchung mitnehmen, und wer weiß, wann du es wiederbekommst. Ich würde lieber vorher mal einen Blick drauf werfen.«

»Wir können sofort los.«

»Ich will auch heute noch die Leiche sehen.«

»Was?« Sie starrte ihn erschrocken an.

»Melissa, das ist doch klar, oder? Ich kann mich nicht darauf verlassen, ein Obduktionsergebnis in die Hände zu bekommen, also muss ich mir deinen Mann wenigstens ansehen. Musstest du ihn schon identifizieren?«

»Nein. Das hat sein Kollege getan.«

»Ausgezeichnet. Dann geh hin und sag, du willst ihn noch ein letztes Mal sehen. Ich begleite dich als Freund der Familie. Du musst ja nicht hingucken. Weißt du, wo er liegt?«

Melissa dachte kurz nach. »Der Kommissar sagte, wenn ich ihn noch mal sehen will, soll ich ins *Centre Hospitalier Universitaire* in Saint-Pierre gehen.«

»Im CHU, wunderbar. Ich hatte schon befürchtet, er würde im Institut der Rechtsmedizin in Saint-Denis liegen. Aber so ist es viel einfacher.«

Er kippte den restlichen Espresso mit einem Zug hinunter und stellte die Tasse auf der Kommode ab. »Gehen wir.«

3

Sie fuhren mit Melissas Wagen zum Universitätskrankenhaus von Saint-Pierre und fragten sich zum Leichenhaus der rechtsmedizinischen Abteilung durch. Der zuständige Rechtsmediziner, ein Mann in den Dreißigern mit sanftem Gesicht und karamellbrauner Haut, stellte sich ihnen als Dr. Frédéric Fougère vor.

»Mein Beileid, Madame«, sagte er zu Melissa. »Bitte, folgen Sie mir.«

Lucien spürte, wie sich Melissas spitze Nägel in seinen Unterarm krallten, als sie dem Arzt in den kalten Raum folgten, wo die Leichen in Kühlfächern aufbewahrt wurden. Ihnen schlug ein Geruch nach Formalin und Desinfektionsmitteln entgegen, gemischt mit dem faulig-süßen Verwesungsgeruch.

Lucien bemerkte, dass Melissa blass wurde. Er selbst hatte sich in all den Jahren auch nie an diesen penetranten Geruch gewöhnen können. »Wenn du es dir anders überlegt hast, ist das okay. Es reicht, wenn ich ihn noch mal sehen kann.« Er hatte sich dem Arzt als einen Freund des Verstorbenen vorgestellt.

»Schon gut, ich pack das«, erwiderte sie tapfer.

Fougère öffnete die Tür eines der Kühlfächer, zog eine Bahre heraus und schlug das Leichentuch vom Kopf des Toten zurück. Dann trat er einige Schritte zurück, damit sie ungestört Abschied nehmen konnten.

Lucien betrachtete den Toten, der friedlich zu schlafen schien. Nur seine Haut hatte einen ungesunden wächsern-gelblichen Stich, und seine Wangen waren eingefallen.

Melissa streckte eine zitternde Hand aus und strich ihrem Mann zärtlich über die eiskalte Wange, die sich gummiartig anfühlte. Erschreckt zog sie die Hand zurück, presste die Lippen zusammen und wandte sich mit einem Aufschluchzen rasch ab.

Als Lucien sicher war, dass sie nicht mehr hinsah, zog er das Tuch ein Stück tiefer, bis zu der Y-förmigen roten Narbe auf dem Brustkorb.

Der Rechtsmediziner trat rasch neben ihn. »Monsieur, bitte nicht!«

»Sie haben ihn also bereits obduziert?«, fragte Lucien.

»Ja, gestern.«

»Und was ist dabei herausgekommen?«

»Verzeihen Sie, aber da unterliege ich der Schweigepflicht.«

»Bitte, Sie dürfen mir doch sicher sagen, ob es ein natürlicher Tod gewesen sein könnte.«

»Bei der Kopfverletzung wohl kaum. Außerdem waren die Organe gesund, die Blutwerte gut, kein Alkohol, keine Drogen. Er war topfit.«

Lucien vergewisserte sich, dass Melissa den Raum verlassen hatte. »Ich weiß, dass Sie mir keine Details über die Verletzung nennen dürfen, aber darf ich sie wenigstens sehen?«

Der Rechtsmediziner starrte ihn befremdet an.

»Pardon. Das ist eine Berufskrankheit, Todesursachen auf den Grund gehen zu wollen«, entschuldigte sich Lucien.

»Sind Sie vom Fach?«, fragte Frédéric Fougère interessiert.

»Nicht vom medizinischen Fach, sondern vom kriminalistischen. Ich bin …« Er räusperte sich. »Ich war in Paris viele Jahre Kriminalkommissar bei der Mordkommission.« Ihm fiel ein, dass er in seiner Brieftasche noch eine Kopie seines Polizeiausweises mit sich herumtrug, zog sie hervor und zeigte sie dem Arzt. Dieser zeigte sich beeindruckt.

»Ach so. Nun ja, eigentlich machen wir das nicht, aber ich werde ein Auge zudrücken und versuchen, ihn zu drehen.« Er stemmte von unten gegen die steife Schulter des Toten und drehte ihn so zur Seite, dass Lucien kurz die grob vernähten Wunden am Hinterkopf sehen konnte.

»Es sind zwei Wunden«, stellte er fest.

»Ja.«

»Eine, die ihn zum Fallen brachte und eine, die er sich beim Aufprall auf den Boden geholt hat?«, vermutete Lucien. »Sie brauchen nichts zu sagen, nicken Sie nur, wenn ich richtig liege.«

Der Mediziner deutete ein knappes Nicken an. Lucien merkte, dass er ihm gern mehr verraten hätte. Aber er wollte den Mann nicht in Verlegenheit bringen. Eine Frage musste er jedoch noch loswerden.

»Denken Sie, er wurde von einer Lavabombe niedergestreckt?«

»Ausgeschlossen. Sehen Sie, es gibt keine Verbrennungen. Und wie ich gerade gelernt habe, stößt unser Piton als effusiver Vulkantyp keine kalten Gesteinsbrocken aus.«

»Also ein Tötungsdelikt«, folgerte Lucien.

»Die Schlussfolgerungen überlasse ich Polizei und Staatsanwaltschaft«, wehrte Fougère ab.

»Schon klar. Danke, Doktor.« Unter dem prüfenden Blick des Rechtsmediziners fügte er hinzu: »Es war mir einfach wichtig zu wissen, wie mein Freund ums Leben gekommen ist.«

Frédéric lächelte freundlich. »Gern. Ich kann das verstehen. Insbesondere wenn Sie damit beruflich zu tun hatten, Monsieur le Commissaire.« Er schlug das Leichentuch wieder über den Kopf des Toten und schob die Bahre zurück in das Kühlfach, dessen Tür sich mit einem Klicken verriegelte. »Sagen Sie, haben wir uns nicht schon mal irgendwo gesehen?«

»Möglich. Ich wohne hier in der Nähe.«

»Wirklich? Schon länger?«

»Ich bin seit sechs Wochen hier. Nach dreiundzwanzig Jahren in Marseille und Paris.«

»Wow, das muss ja ein Unterschied sein. Sie müssen mir unbedingt mehr über die Arbeit im Mutterland erzählen.«

»Gern.«

»Vielleicht treffen wir uns mal auf ein Bier?«, schlug Frédéric vor.

»Ja, lässt sich einrichten.« Lucien war immer wieder aufs Neue angenehm überrascht, wie viel zugänglicher die Leute auf der

Insel waren im Gegensatz zum anonymen Paris. Allerdings hatte er bisher keinen Wert auf Kontakte gelegt, zu gefangen in seinem Kokon aus Depression und zermürbenden Grübeleien. Jetzt bemerkte er, dass er zum ersten Mal wieder den Wunsch nach Geselligkeit verspürte, vielleicht sogar nach einer Männerfreundschaft.

Er steckte die Visitenkarte des Arztes ein, verabschiedete sich von ihm mit dem Versprechen, sich zu melden, und ging zu Melissa zurück. Sie hatte sich im Wartebereich auf einen Stuhl sinken lassen und starrte unglücklich vor sich hin.

»Komm.« Er streckte ihr die Hand hin, zog sie hoch und umarmte sie kurz. »Wir müssen uns beeilen, zu dir zu fahren.«

4

Sie fuhren zu Lucien zurück, wo dieser in seinen geliehenen Peugeot 207 umstieg und dann hinter Melissa herfuhr. Inzwischen war es früher Nachmittag, und sein knurrender Magen erinnerte ihn daran, dass er an diesem Tag noch nichts gegessen hatte. Doch das würde warten müssen. Jetzt zählte erst einmal, vor der Polizei im Haus der Lefèvres einzutreffen.

Einer der zu dieser Jahreszeit häufigen Tropenschauer ging nieder und verlangsamte den zähflüssigen Straßenverkehr zusätzlich. Als sie das Ballungsgebiet von Le Tampon erreichten, kam der übliche Nachmittagsstau hinzu. Lucien seufzte ungeduldig vor sich hin und trommelte mit den Fingern auf das Lenkrad. Da kehrte man aus dem überfüllten Paris auf eine idyllische Insel zurück, nur um festzustellen, dass der Verkehr in den letzten Jahren genauso dicht und nervtötend war wie in der Ile-de-France.

Der Ort Trois-Mares, wo Melissa wohnte, lag bereits auf der Hochebene nahe der Berge, nur wenige Kilometer vom OVPF entfernt, dem Vulkanologischen Observatorium Piton de la Fournaise. Der Regen hörte so abrupt auf, wie er begonnen hatte, und Lucien musste die Sonnenblende herunterklappen, als ihn auf einmal blendende Helligkeit traf. Nach der schwülen Hitze, die trotz des Regenschauers unterwegs geherrscht hatte, war die Luft hier bereits klarer und frischer.

Lucien folgte Melissas silberfarbenem Renault Mégane zu einer Auffahrt, die von blühenden Büschen gesäumt wurde, deren Duft in das weit geöffnete Autofenster drang. Sie hielt vor einem modernen, gepflegten Einfamilienhaus, das auch in der Vorstadt von Lyon oder Valence hätte stehen können.

»Wie lange wohnt ihr schon hier?«, erkundigte er sich, als sie die Haustür aufschloss.

»Seit wir geheiratet haben.«

Sie ließ ihn in eine helle Diele eintreten, von der aus man in ein großes Wohnzimmer sehen konnte. Es besaß eine riesige Fensterfront, die einen atemberaubenden Blick auf einen tropischen Garten vor der Kulisse der Berge bot.

»Habt ihr eigentlich Kinder?«

Sie schüttelte den Kopf und stellte ihre Handtasche auf einem Sideboard ab. »Ich hätte schon gern gewollt, aber Xavier war nicht so scharf drauf, wollte warten. Und dann hat es nicht mehr geklappt.«

»Kann ich bitte ein Glas Wasser haben?«, bat Lucien.

»Natürlich. Komm mit.«

Er folgte ihr in die Küche, die links vom Flur lag. Sie öffnete den Kühlschrank, entnahm ihm eine Flasche Evian und schenkte daraus in zwei Gläser ein.

Durstig nahm Lucien einen langen Schluck. »Arbeitest du eigentlich, Melissa?«

»Im Moment nicht.«

»Was hast du noch mal gemacht? Warst du nicht beim Radio? Christine hat mir das erzählt, als ich das letzte Mal hier war, und ich hab dich sogar mal gehört«, fiel ihm ein.

»Ich habe Meteorologie studiert und war bei Radio France Outremer für die Wetterberichte zuständig. In der Zeit habe ich mich zusätzlich zur Sprecherin ausbilden lassen. Ich war dann Moderatorin bei Radio Freedom, da hast du mich wahrscheinlich gehört. Und auch immer noch freie Mitarbeiterin von RFO. Für die habe ich einen Beitrag darüber gemacht, wie der Piton de la Fournaise das Wetter in der Region beeinflusst. Dafür habe ich Xavier interviewt, der gerade als neuer Leiter des Observatoriums angefangen hatte. So haben wir uns kennengelernt.« Sie lächelte bei der Erinnerung. »Vor drei Jahren hat Radio Freedom mich wegen Personalabbau entlassen. Ich hab noch nichts Neues gefunden. Radiosprecher und Wetterfrösche gibt es einfach zu viele.

Höchstens bei der Wetterstation in Sainte-Clothilde hätte ich was haben können, aber das ist mir zu weit, um täglich zu pendeln. Außerdem besteht auch keine wirkliche finanzielle Notwendigkeit für mich zu arbeiten, und Xavier war das egal.«

»Die Arbeitslosigkeit auf der Insel ist auch für weniger ausgefallene Berufe ziemlich hoch, oder?«

»Ja. Genau wie all die sozialen Probleme, die das so mit sich bringt.«

Sie schlenderten ins Wohnzimmer, das sehr modern, elegant und kühl eingerichtet war mit dunkelgrauer Ledercouchgarnitur, Glastisch, Schränken aus dunkler Eiche und hellen Wänden, die nur von wenigen abstrakten Bildern verziert wurden. Fast männlich streng.

Lucien fand hier nichts von der Melissa, die er mal gekannt hatte, und die bunte Batikstoffe, warme Farben und exotische Muster geliebt hatte. Aber sie war auch viele Jahre älter geworden, der Geschmack änderte sich. Sie trug ein schlichtes schwarzes Kleid, doch das war sicher Trauerkleidung.

»Wohnt dein Stiefsohn bei euch?«

»Nein, höchstens mal am Wochenende oder in den Semesterferien. Er hat ein Zimmer hier, ist aber meistens in seiner Studentenwohnung in Saint-Pierre, nahe der Uni. Das ist praktischer.«

»Wie verstehst du dich mit ihm?«

»Unser Verhältnis ist etwas distanziert, aber nicht wirklich schlecht. Als neuer Ehepartner eines Elternteils hat man wohl einen schweren Stand«, erklärte sie.

»Kann ich mir vorstellen.« Lucien dachte an seine Kinder. Wenn er ihre Mutter verlassen hätte, um mit einer anderen zu leben, hätten die der Dame das Leben zur Hölle gemacht.

»Weiß er schon Bescheid?«

»Selbstverständlich. Ich habe es ihm gestern gleich gesagt.«

»Lass mich erst mal nach dem Computer sehen. Hast du das Passwort?«

»Ja, ich habe ihn auch manchmal benutzt.«

»Wo steht er?«

»Im Arbeitszimmer. Komm mit.«

In diesem Moment klingelte es an der Tür. Melissa ging rasch in die Küche und warf einen Blick durch das Fenster auf die Auffahrt. »Das ist die Polizei«, sagte sie nervös. »Soll ich aufmachen?«

»Ja, natürlich. Dein Wagen steht da, also wäre es blöd, so zu tun, als wärst du nicht da.«

Sie ging zur Haustür und öffnete. Pascal Talon, der vor der Tür stand, zog sein leichtes Sommerjackett über dem kräftigen Brustkorb gerade und straffte sich.

»Bonjour, Madame. Wir kennen uns ja bereits«, meinte er ironisch. »Und das ist mein Kollege Lieutenant Boukalif vom kriminaltechnischen Dienst.«

Melissa nickte knapp. »Guten Tag, Commissaire. Lieutenant.«

»Dürfen wir hereinkommen?«

»Natürlich.« Sie gab die Tür frei und ging ihnen voraus ins Wohnzimmer, wo Lucien an der Fensterfront stand und gedankenverloren auf das Panorama seiner Heimat starrte. Er drehte sich um, als Talon und Boukalif eintraten.

»Wir wollen Sie nicht lange aufhalten, Madame, wir wollen Sie nur bitten, uns den Computer Ihres Mannes zur Verfügung zu stellen. Vielleicht finden wir dort einen Hinweis darauf, wer die Tat begangen haben könnte.«

Lucien trat auf die beiden Polizisten zu. »Sie gehen also von einem Tötungsdelikt aus?«

»Und Sie sind?«, fragte Boukalif knapp und warf Lucien einen prüfenden Blick aus seinen dunklen Augen zu.

»Verzeihung, ich habe mich nicht vorgestellt: Lucien Mahé, Kriminalkommissar aus Paris, Quai des Orfèvres.« Wenn er Ex-Kommissar gesagt hätte, hätte das wohl kaum Eindruck gemacht.

Boukalif nahm unwillkürlich Haltung an.

»Was hat die Pariser Kriminalpolizei damit zu tun?«, wollte Talon misstrauisch wissen.

»Gar nichts. Ich bin privat hier. Bin ein langjähriger Freund von Monsieur und Madame Lefèvre.«

Lucien und Talon musterten sich kurz und abschätzend. Lucien selbst war mit seinen einszweiundachtzig nicht gerade klein, aber der Kommissar überragte ihn noch um einige Zentimeter und hielt sich außerdem kerzengerade. Sein helles Gesicht besaß kühne kantige Züge und schmale grüngraue Augen. Er hatte mit leichtem Elsässer Dialekt gesprochen.

»Bitte kommen Sie mit, ich bringe Sie ins Arbeitszimmer«, sagte Melissa und ging voran. Die drei Männer folgten ihr die vom Flur abgehende Holztreppe hinauf in einen kleinen Raum mit einem Schreibtisch und vielen Bücherregalen.

Talon blickte sich um. »Das war also das Arbeitszimmer Ihres Mannes?«

»Wir haben es beide benutzt. Mein Mann hatte ja sein Büro im Observatorium. Von zu Hause aus hat er höchstens mal wissenschaftliche Artikel verfasst. Die private Korrespondenz haben wir abwechselnd von diesem Laptop aus erledigt.«

»Dann haben Sie also das Passwort für den Laptop.«

»Ja. Ich schreibe es Ihnen auf.« Sie notierte etwas auf einem Zettel und reichte ihn dem Lieutenant.

»Gibt es sonst noch elektronische Geräte? Ein Tablet vielleicht?«

Melissa zögerte kurz. »Ja. Wenn es nicht im Observatorium ist.« Sie öffnete eine Schublade. »Nein, hier ist es.« Sie reichte den Beamten ein Tablet in einer schwarzen Lederhülle. »Sein Smartphone hatte er bei sich oder aber es liegt im Büro.«

»Das Handy haben wir bereits in seiner Jackentasche gefunden, danke.«

»Und sonstige Wertsachen?«, fragte Lucien.

»Brieftasche, Armbanduhr – alles war da.«

»Dann kann Raubmord also ausgeschlossen werden.«

»Das haben wir sowieso nicht in Betracht gezogen, wenn man den Ort bedenkt, wo er gefunden wurde.«

Lucien machte ein zweifelndes Gesicht. »Cracksüchtige sind zu allem fähig. Aber damit haben Sie auf La Réunion wahrscheinlich nicht zu tun.«

»Doch, es gibt leider immer mehr Probleme mit Drogendelikten, auch hier in der Gegend. Allerdings hatten wir noch keine

Süchtigen, die auf dem Piton herumgekraxelt sind, in der Hoffnung, dort Wanderer auszurauben.«

»Das wäre mühselig«, gab Lucien zu. »Besonders jetzt, wo wegen des Ausbruchs alles abgesperrt ist. Da müssten sie lange auf gut betuchte Wanderer warten, damit es sich lohnt.«

Pascal Talon lachte auf. »Allerdings.«

»Wäre es möglich, dass Monsieur Lefèvre irgendwo anders ermordet wurde und man die Leiche auf dem Piton nur entsorgen wollte? – Pardon, Melissa.« Er legte ihr rasch die Hand auf die Schulter.

»Ich lasse euch allein, dann könnt ihr fachsimpeln.« Sie drückte haltsuchend seine Hand, wandte sich dann ab und verließ den Raum.

»Vom Parkplatz aus, wo die Straße endet, muss man vier Kilometer einen schmalen Weg langmarschieren, der bergauf führt und aus Lavagestein und Geröll besteht. Würden Sie das freiwillig machen, mit einer ungefähr fünfundachtzig Kilo schweren Leiche auf den Schultern, wenn Sie die Leiche alternativ auch einfach im Meer verschwinden lassen könnten?«, erwiderte Talon mit gereiztem Unterton.

»Nein«, gab Lucien zu.

»Außerdem haben wir seine DNA auf dem Stein sichergestellt, gegen den sein Kopf beim Fallen geknallt ist. Und sein Blut ist den ganzen Hang hinuntergeflossen. Noch dazu haben wir die Position seines Smartphones zur Todeszeit ausgelesen – er ist auf dem Piton gestorben, da gibt es keinen Zweifel.«

»Der Wagen des Opfers wurde auf jenem Parkplatz gefunden, den Sie erwähnt haben. Wissen Sie schon, ob er seinen Mörder in seinem Wagen mitgenommen hat oder ob dieser mit eigenem Auto bis zum Parkplatz gefahren ist?«

»Wieso ist das wichtig für Sie?«, fragte Talon irritiert. »Sie wissen genau, dass ich Ihnen als Externen keine Ermittlungsergebnisse mitteilen kann.«

Lucien ließ sich nicht beirren. »Gibt es schon Verdächtige? Und wie werden Sie jetzt weiter vorgehen?«

»Das überlassen Sie mal mir, Herr Kollege aus Paris! Äh, wo wir schon dabei sind: Wo waren Sie eigentlich am Mittwochnachmittag?«

Lucien dachte kurz nach. Obwohl er die meiste Zeit allein verbrachte, seit er hier war, hatte er für diesen Nachmittag tatsächlich ein Alibi. »Ich habe meine Mutter in Saint-Benoît besucht. Vier Personen können das bezeugen – sie hatte noch weitere Gäste. Ich war dort von sechzehn bis zwanzig Uhr – deckt sich das mit der Tatzeit?«

Talon nickte knapp, und Lucien triumphierte innerlich, dass er nun die Zeitspanne für die Tat kannte.

»Schön, das sehen wir dann.« Talon klemmte sich den Laptop unter den Arm. »Wir sind fürs erste fertig, Madame Lefèvre«, sagte er laut.

Melissa erschien im Türrahmen. »Fürs erste?«

»Sie hören von uns.« Als er an ihr vorbeigehen wollte, blieb er einen Moment vor ihr stehen und blickte auf sie hinab.

Luciens feine Antennen fingen Spannung auf, die in der Luft lag, und er runzelte unwillkürlich die Stirn. Doch bevor er analysieren konnte, was ihn störte, drängte sich Boukalif an ihm vorbei und stieß ihn dabei versehentlich an. Luciens Aufmerksamkeit war abgelenkt, und als er wieder zu Melissa sah, war Talon bereits aus dem Raum verschwunden.

»Wir finden allein hinaus!«, rief er von der Treppe aus.

Luciens Blick fiel auf einen großen Bildband mit einem Lava speienden Vulkan auf dem Cover, der unter dem Laptop gelegen hatte, um ihn etwas zu erhöhen. Er ließ sich auf den Bürostuhl sinken und durchblätterte die ersten Seiten des Buchs.

»Das interessiert mich, darf ich mir das mal ausleihen?«, fragte er, als Melissa neben ihn trat.

»Ja, klar.«

»Zu blöd, dass die so früh gekommen sind. Den Laptop sehen wir so bald nicht wieder, fürchte ich.«

Melissa öffnete wieder eine Schreibtischschublade, diesmal die obere und nahm ein Tablet heraus. »Vielleicht hilft dir das weiter. Das ist Xaviers Tablet.«

Er sah sie verblüfft an. »Das haben die doch gerade mitgenommen?«

Sie lächelte. »Ich habe ihnen meines gegeben. Das hier ist von Xavier. Aber du solltest es bald ansehen, bevor sie den Irrtum bemerken.«

Lucien stöhnte auf. »Melissa, sei vorsichtig mit so was – du machst dich nur verdächtig!«

»Was denn – ich habe gerade meinen Mann verloren, darf ich da nicht ein bisschen durcheinander sein und die Tablets verwechseln? Zumal sie fast gleich aussehen.«

Er schmunzelte. »Und woran kannst du sie unterscheiden?«

»Die obere Schublade gehört Xavier, und in der unteren sind meine Sachen. Und die Lederhülle des Tablets ist ein anderes Fabrikat, aber das sieht man nur, wenn man genau hinguckt.«

»Hat dein Mann seine Korrespondenz auf dem Tablet?«

»Keine Ahnung. Ich weiß nur, dass er seine Mails draufhat, vielleicht hilft dir das weiter. Und so viel ich weiß, hat er seinen elektronischen Kalender auf allen Endgeräten synchronisiert.«

»Und WhatsApp?«

»Nein, das ging nicht, weil wir keine SIM-Karten für die Tablets haben. WhatsApp haben wir nur auf den Handys. Aber mit manchen Leuten hat er auch Nachrichten über Viber und den Facebook-Messenger ausgetauscht.«

»Ich schaue einfach mal, was ich finde.«

Melissa begann, in der oberen Schublade zu kramen und förderte schließlich einen USB-Stick zutage. »Ich glaube, er hat ziemlich viele Back-ups auf dem Stick gemacht, vielleicht ist da irgendwas Interessantes.«

»Ich sehe es mir an.« Lucien ließ den Stick in seine Hosentasche gleiten. Dann fiel ihm noch etwas ein. »Du hast vorhin erwähnt, dass dein Mann eine Schusswaffe besitzt. Warum? Hat er sich bedroht gefühlt?«

»Glaube ich nicht. Waffen waren ein Hobby für ihn, haben ihn fasziniert. Das ging von der Luftdruckpistole bis zum Samurai-Schwert. Er war früher Sportschütze und im Fechtklub. Die

Pistole hat er sich allerdings zugelegt, falls wir mal einen Einbrecher im Haus hätten oder so was. Die Kriminalität hat in der Gegend ziemlich zugenommen. Und ich bin ja auch oft allein im Haus … Er hat mir gezeigt, wie man damit umgeht.«

»Wo bewahrt er sie auf?«

»Hier.« Sie zog die obere Schublade bis zum Anschlag auf, und Lucien sah eine Beretta in der hintersten Ecke liegen. »Willst du sie wirklich nicht ausleihen?«

»Nein, lieber nicht, danke. Aber falls du ein leeres Notizbuch herumliegen hast, wäre das nützlich.« In Paris hatte er stets ein Notizbuch mit sich herumgetragen, um alles Gehörte und alle Ideen sofort notieren zu können.

»Mal sehen.« Sie öffnete einen Aktenschrank, wühlte in einer großen Schachtel und förderte ein Notizbuch mit einem Foto von Frangipaniblüten auf dem Deckel zutage. »Geht das?«

Er grinste. In Paris hätte er sich mit einem so femininen Büchlein zum Gespött der Kollegen gemacht, aber hier war die Nationalblume Frangipani durchaus passend. Außerdem hatte er keine Kollegen mehr. »Perfekt.«

»Brauchst du sonst noch irgendwas?«

Wie zur Antwort knurrte sein Magen. »Was zu essen wäre nicht schlecht. Ich hab heute noch nichts gegessen.«

»Wäre eine Pizza okay? Ich war seit einigen Tagen nicht mehr einkaufen, ich hab nicht viel da. Und du hast sicher keine Lust, eine Stunde zu warten, bis ich was Richtiges koche.«

»Pizza ist prima.« Schließlich aß er das etwa dreimal die Woche, seit er allein lebte.

»Erzähl mir mehr über deinen Mann«, bat er, als sie am Esstisch saßen und die Pizzastücke mit den Fingern verzehrten. »Du sagtest, er sammelt Waffen – hatte er Kontakt zu anderen Waffenliebhabern? Gab es darunter durchgeknallte Typen, die zur Gewalttätigkeit neigen und mit denen er Streit hatte?«

»Nicht dass ich wüsste. Außerdem hat er das Fechten und Schießen schon lange nicht mehr als Sport ausgeübt – gar nicht, seit er auf La Réunion lebte. Und schließlich ist er weder erschossen worden noch hat man ihn mit einem Degen im Rücken gefunden, oder?«

»Stimmt. War nur so eine Idee. Mit euren Nachbarn alles okay?«

»Ja. Alles nette, korrekte Leute.«

»Wie sieht es mit Freundschaften aus?«

»Es gibt zwei Pärchen, mit denen wir uns ab und zu getroffen haben. Du kannst dich gern mit ihnen unterhalten, vielleicht hat Xavier den Männern irgendwas erzählt, was er mir nicht anvertraut hat.« Sie zuckte die Schultern.

»Haben die mit ihm gearbeitet?«

»Nein. Bei dem einen Pärchen ist die Frau ursprünglich eine langjährige Freundin von mir, und mit ihrem Mann und Xavier hat es auch gut gepasst. Das andere Pärchen haben wir vor fünf oder sechs Jahren beim Paragliding kennengelernt.«

»Du hast Paragliding gemacht?«, staunte Lucien. »Respekt!«

»Xavier hat diesen Nervenkitzel geliebt – ich bin darauf nicht so scharf«, gestand sie.

»Das müssen umwerfende Ausblicke sein – ich würde das auch gern machen. Okay, warne deine Freunde vor, dass ich sie eventuell aufsuchen werde, falls die Infos auf dem Tablet nichts hergeben.«

Schweigend verzehrten sie den Rest der Pizza, und Lucien ließ sich das Gehörte durch den Kopf gehen.

»Warst du glücklich mit ihm, Melissa?«, fragte er dann unvermittelt.

Ihm entging nicht, dass sich ihre Stirn kurz kräuselte, bevor sie erwiderte: »Wir haben uns geliebt, und ich denke schon, dass wir eine glückliche Ehe geführt haben.«

Er blickte sie prüfend an.

Melissa zerbröselte ein trockenes Randstück ihrer Pizza zwischen den Fingern. »Mit Kindern wäre es vielleicht noch schöner gewesen.«

Lucien machte eine wegwerfende Handbewegung. »Natürlich

sind Kinder was Schönes, aber keine Garantie für Eheglück. Ich spreche aus Erfahrung.«

»Na, zumindest wäre ich wohl erfüllter gewesen. Obwohl, wenn ich sehe, was meine Brüder mit ihren Blagen so für Sorgen haben ...«

»Was hast du gemacht, seit du nicht mehr arbeitest?«

Sie lachte auf. »Ich bin eines von diesen verwöhnten Frauchen geworden, die ihre Tage damit ausfüllen, Shoppen zu gehen, ins Fitnessstudio, zur Kosmetik und all das.«

»Ist sicher nicht genug für eine Frau mit deiner Bildung und deiner Intelligenz«, bemerkte er freundlich.

»Ich werde mir was einfallen lassen, um mein Leben umzukrempeln«, murmelte sie und wischte sich die Finger an einer Serviette ab. »Es sei denn, ich lande für die nächsten Jahre hinter Gittern.«

»Ach was. Wenn du es nicht warst, wird deine Unschuld bewiesen werden können.«

»Was heißt hier, *wenn* ich es nicht war?«, erwiderte sie empört. »Ich war es nicht! Wenn nicht mal du mir vertraust ...«

»Entschuldige, so war das nicht gemeint. Ich wollte nur sagen, dass sie dich nicht verurteilen können, solange es keine Beweise oder Indizienkette gibt.«

»Du wirst mir helfen, ja?« Sie blickte ihn flehend an.

»Ja, Melissa.« Er legte kurz seine Hand auf ihre. »Ich werde tun, was ich kann.«

5

Mit einem geflochtenen Korb in der Hand streifte Lucien am folgenden Tag über den Wochenmarkt von Saint-Pierre, der ein regelrechtes Fest für die Sinne war. Nicht weit von zwei pracht- vollen hinduistischen Tempeln wurde jeden Samstag unter dem Schutz von geflochtenen Vacoa-Matten dieser farbenfrohe, sehr ursprüngliche Bauernmarkt aufgebaut. Zwar gab es einiges an indischem und chinesischem Ramsch, aber auch recht hochwer- tigen Schmuck, Dekoartikel aus Palmenwedeln und Lavagestein und Souvenirs aus Madagaskar. Die exotischen Früchte und Gemüsesorten überboten sich gegenseitig in ihren appetitlichen Farben und Formen. In die Ausrufe der Marktleute mischte sich das aufgeregte Gackern von Kampfhähnen. Die Luft war mal von aromatischen Duftölen, mal von würzigen Kräutertees aus Cilaos geschwängert.

Lucien ging weiter, schloss kurz die Augen und atmete tief ein. Pfeffer kribbelte kurz in seiner Nase, dann nahm er Zimt, Korian- der, Nelken und Kurkuma wahr. Und natürlich das liebliche Par- füm von echter Bourbon-Vanille, für die La Réunion berühmt war. Vom Nachbarstand drang ein betörender Duft nach Geraniumes- senz zu ihm. Er lächelte versonnen. Das waren die Gerüche sei- ner Kindheit.

Schon in Paris hatte Lucien gern an seinen freien Tagen auf Wochenmärkten eingekauft und sogar hin und wieder im Anschluss für seine Familie gekocht. Es entspannte ihn, den Geruch von frisch geputztem und geschnippeltem Gemüse ein- zuatmen und die geistig zermürbenden Grübeleien über Spuren- suche, Mordmotive und Möglichkeiten der Überführung gegen etwas so viel Einfacheres wie das Abwiegen von Zutaten und das Verrühren in Topf oder Pfanne einzutauschen. Und dann konnte er nur hoffen, dass die Erinnerung an die aktuellen Fotos von übel zugerichteten Leichen ihm nicht den Appetit verdarb.

Seit er wieder auf La Réunion lebte, hatte er wenig Interesse an gesunder Ernährung gehabt. Für sich allein zu kochen erschien ihm sinn- und freudlos. Manchmal war er bei seiner Mutter oder seiner Schwester zum Essen eingeladen, die sich freuten, ihn wieder in der Nähe zu wissen. Den Rest der Zeit begnügte er sich mit Fast Food oder schnell zusammengerührten einfachen Gerichten. Restaurants verkniff er sich, solange er nicht wusste, wie es beruflich mit ihm weitergehen sollte. Lebensmittel und Gastronomie waren auf La Réunion noch viel teurer als in Paris.

Bisher hatte er auf dem Wochenmarkt von Saint-Pierre höchstens bereits eingekochtes Gemüse gekauft, das in Gläsern verkauft wurde, außerdem Käse, von dem ausgezeichnete Sorten angeboten wurden, und Obst. Nun verspürte er zum ersten Mal seit Langem wieder Lust, richtig zu kochen. Und zwar kreolisch. Er hatte Melissa für den Abend zum Essen eingeladen.

Da es bereits kurz vor der Mittagszeit war, begannen sich die Marktbesucher an den Ständen zu drängen. Jemand neben ihm rempelte ihn an. »Oh, Pardon.«

Lucien warf dem Drängler einen irritierten Seitenblick zu und erkannte ihn. »Docteur Fougère!«

»Ach, der Herr Kommissar aus Paris.« Der junge Rechtsmediziner, der gerade nach einem Glas Mangokonfitüre gegriffen hatte, lachte. »Sehen Sie, wusste ich doch, dass ich Sie hier schon gesehen habe. Allerdings bin ich da nicht in Sie reingerannt – Verzeihung dafür.«

»Keine Ursache, kann passieren.«

Frédéric warf einen Blick in Luciens Korbtasche, aus der die einheimischen Gemüsesorten *chou-chou* und Jackfrucht sowie ein Fläschchen mit fertiger Vanillewürzsoße hervorlugten. »Ihre Frau kocht kreolisch? Ist sie auch von hier?«

»Nein, sie ist Pariserin, und da ist sie auch geblieben. Ich koche selbst. Ich habe heute Abend einen Gast.« Offensichtlich war bei diesen Worten ein gewisses Funkeln in Luciens Augen getreten, denn Frédéric grinste wissend. »Aaah. Sie genießen hier also eine Art Singledasein.«

»Ich probiere es gewissermaßen aus. Ich weiß noch nicht genau, wie es weitergehen wird – weder beruflich noch privat.« Lucien wunderte sich über sich selbst. In Paris hätte er nie und nimmer jemandem, den er kaum kannte, so persönliche Dinge anvertraut.

»Kommt Zeit, kommt Rat.« Frédéric klopfte ihm freundschaftlich auf die Schulter und warf dann einen Blick auf seine Armbanduhr. »Ich würde Ihnen vorschlagen, noch was trinken zu gehen, aber ich muss jetzt los. Meine Frau wird sonst sauer, wenn sie die Einkäufe nicht rechtzeitig fürs Mittagessen bekommt.«

Lucien nickte verständnisvoll und dachte bei sich, dass das Singleleben durchaus Vorteile hatte.

Als Lucien seinen Marktbummel beendet hatte und zu Fuß nach Hause zurückkehrte, lud er seine Einkäufe in der Küche ab. Ihm blieben noch einige Stunden Zeit, bevor er mit dem Kochen beginnen musste.

Er hatte Melissa eingeladen, da er sich vorstellen konnte, dass sie in ihrer Situation ungern allein war. Zwar hatte sie genug Familie in der Region, zu der sie hätte gehen können, aber sie hatte Luciens Angebot erfreut angenommen.

Den vorigen Abend hatte er mit der Durchsicht von Xaviers Korrespondenz und Fotos auf Tablet und USB-Stick verbracht. Und er hatte herausgefunden, dass es jemanden gab, der tatsächlich ein Mordmotiv gehabt hatte – und vielleicht auch die Gelegenheit. Ein Blick in Xaviers elektronischen Kalender auf dem Tablet bestätigte seinen Verdacht.

Da Lucien seine neue Tätigkeit als Privatermittler ernst nehmen wollte, setzte er sich am Nachmittag mit einer Dose Schweppes an den PC und tippte eine Zusammenfassung seiner Feststellungen in eine Datei, die er Melissa bei Bedarf präsentieren würde.

6

Obwohl es Samstagnachmittag war und er keinen Dienst hatte, saß Pascal Talon in seinem Büro. Er fand es dort erträglicher als zu Hause, wo dicke Luft herrschte, seit er seine Frau in den nougatbraunen Armen eines einheimischen Fitnesstrainers ertappt hatte. Und er selbst war es auch noch, der sie dazu ermutigt hatte, mehr Sport zu treiben. Das hatte er nun davon. Ein Fitnesstrainer, pah! Was außer Muskeln hatte der denn zu bieten? Zwar hatte Valérie ihm versichert, dass sie die Affäre beendet hatte, aber er glaubte nicht so recht daran. Auch sonst war das Familienleben keine Freude.

Seine Kinder waren aufsässig und entwickelten sich nicht wie erhofft. Aber es war nicht ihre Schuld – alle paar Jahre umziehen zu müssen und immer wieder vertraute Umgebung und Freunde zu verlieren, konnte sich nicht gut auf die schulischen Leistungen auswirken.

Er hatte es selbst satt, alle drei bis fünf Jahre versetzt zu werden. Was ihm zu Beginn seiner Karriere in der mobilen Übersee-Gendarmerie noch als spannend erschienen war, war eine Bürde geworden. Er war heilfroh, dass vor Kurzem sein Versetzungsgesuch auf einen Posten der *Gendarmerie Nationale* auf dem Festland akzeptiert worden war. Allerdings blieben ihm noch knapp zwei Jahre auf La Réunion, und das kam ihm wie eine Ewigkeit vor.

Er hatte begonnen, die Insel zu hassen, mit diesem Kack-Vulkan, der alle paar Monate ausbrach und durch die Lavamassen oft die Straßen im Südosten lahmlegte. Wenn es nicht der Vulkan war, waren es Zyklone, die sein Berufsleben schwierig gestalteten.

Und man konnte der Familie noch nicht einmal ein Bade-
paradies bieten, da die wenigen Orte mit vernünftigen Sand-
stränden völlig überlaufen und zugebaut waren. Seit einigen Jahren häuften sich Hai-Attacken und machten das Schwimmen
zu einem höchst riskanten Vergnügen. Als ob die gefährlichen
Strömungen und die messerscharfen Korallenriffe nicht schon
schlimm genug wären. Seine Familie hatte praktisch Badeverbot.
Zum Strandurlaub fuhr er lieber an die Küsten Frankreichs oder
nach Mauritius. Und alles war völlig überteuert – das konnte
seine Auslandszulage kaum ausgleichen. Das Paradies hatte seine
Tücken.

Nicht zuletzt war es auch die schwüle Hitze von November bis
März, die ihm zu schaffen machte. Die tropischen Regenschauer,
die in dieser Jahreszeit regelmäßig vom Himmel prasselten, brachten keine nennenswerte Abkühlung. Und die Büros des Hôtel
de Police in Saint-Pierre besaßen noch nicht einmal eine Klima-
anlage.

Talon tupfte sich mit einem Taschentuch die Schweißperlen
von der Stirn und dachte wieder über den Mann nach, den er am
Vortag bei Melissa angetroffen hatte. Lucien Mahé. Er hatte gerade
eine Stunde am Polizeicomputer verbracht und in der polizeiinter-
nen Datenbank über ihn recherchiert. Wie sein leichter Dialekt
vermuten ließ, war er auf La Réunion geboren und aufgewachsen.
Mit zwanzig war er aufs französische Festland gezogen und hatte
auf einer Pariser Universität die erforderliche Qualifikation für
das zweijährige Studium an der Polizeiakademie in Saint-Cyr-au-
Mont-d'or erworben, aus dem er als Commissaire hervorgegangen
war. Es folgten fünf Jahre im Drogendezernat von Marseille. Ein
hartes Pflaster, das er offensichtlich mit Bravour gemeistert hatte,
denn danach ging es schnurstracks zum Quai des Orfèvres, dem
offiziellen Amtssitz der Kriminalpolizei in Paris. Wer dort arbeitete, hatte im gehobenen Polizeidienst Karriere gemacht. Mahé
hatte drei Jahre bei der Sitte verbracht und war danach aufgrund
seiner glänzenden Leistungen zur Mordkommission versetzt worden. Das galt als die Königsdisziplin.

Aber vor zwei Monaten wurde die Akte von Mahé auf einmal geschlossen. Er hatte plötzlich den Dienst quittiert und nirgends fand sich ein Hinweis, warum. Hatte er etwas ausgefressen, und die Verwaltung war so kulant, es nicht in seiner digitalen Akte zu vermerken? Oder war er zu einer Art Undercover-Agent geworden? Am Ende sollte er gar den Polizeiapparat von La Réunion überprüfen? Nach einem kurzen Moment des Schreckens atmete Talon durch. Unsinn. Die Kriminalpolizei auf der Insel wurde von der Gendarmerie gestellt, und falls jemand deren Arbeit kontrollieren sollte, wäre das ein *Inspecteur* auf Sondermission mit dem Dienstrang eines Generals oder mindestens Colonels.

Mahé dagegen war Zivilperson – er hatte gerade mal seinen einjährigen Wehrdienst absolviert, direkt nach dem Abitur, und ansonsten mit dem Militär nichts zu tun gehabt. Nein, wahrscheinlich hatte er einfach die Nase voll gehabt vom Polizeidienst und wollte in seine Heimat zurück. Es war nicht selten, dass erfolgreiche Polizisten einen Koller bekamen und sich auf Inseln in den Überseeregionen zurückzogen. Aber dort begnügten sie sich mit dem Fischen oder vögelten sich durch die Betten der hübschen Mulattinnen. Sie mischten sich normalerweise nicht erneut in Mordfälle ein. Talon wusste nicht, was er von diesem Mann halten sollte, und das irritierte ihn.

Natürlich war es auch wegen Melissa. Ein alter Freund der Familie? So lange wie Mahé fort gewesen war, war es unwahrscheinlich, dass er Xavier Lefèvre überhaupt gekannt hatte. Eher war er lediglich ein alter Freund von Melissa. Sie waren beide in Saint-Pierre aufgewachsen, hatten die gleiche Oberschule besucht. Welcher Art diese Freundschaft wohl war? Ob sie miteinander ...? Talons Laune verschlechterte sich bei dieser Vorstellung noch. Außerdem sah er verdammt gut aus, dieser Mahé. Sicher ein Frauentyp, mit seinem schönen und dennoch männlichen Gesicht, den tiefblauen Augen und der sonnengebräunten Haut, die trotzdem hell genug war, um in ihm einen Nachfahren der ersten weißen Siedler und Landbesitzerfamilien zu vermuten. Wahrscheinlich kam daher auch seine Arroganz.

Wütend knüllte Talon den Zettel zusammen, auf dem er einige Stationen von Lucien Mahés Leben notiert hatte, und warf ihn in den Papierkorb. Dann wandte er sich dem Smartphone des Toten zu. Boukalif hatte es geschafft, den PIN-Code zu knacken, und mehrere entgangene Anrufe blinkten nun im Display auf.

Talon verband das Smartphone mit dem WLAN des Hôtel de Police und öffnete WhatsApp, wo mehrere Nachrichten aufpoppten. Drei davon waren von einem Kontakt eingegangen, der als »I. Abadie« abgespeichert war, genau wie zwei der entgangenen Anrufe. Es gab kein Foto zu diesem Kontakt. Aber dafür einen vielsagenden Text: »Sehen wir uns morgen wie vereinbart? Kuss, Inès.« Die Nachricht war vom Donnerstag, ein Tag nach dem Tod von Xavier Lefèvre.

Dann eine vom Freitag: »Was ist los, warum meldest du dich nicht? Vermisse dich! Bitte ruf mich an. D ist heute Abend nicht da.«

Die letzte Nachricht war vom gleichen Morgen, der Ton war spürbar gereizt geworden: »Das ist echt nicht die feine Art! Wenn du Schluss machen willst, sag es mir wenigstens ins Gesicht, statt einfach abzutauchen!«

Talons Laune besserte sich. Der Herr Vulkanologe hatte also eine Geliebte. Somit hatte Melissa ein handfestes Tatmotiv. Er öffnete kurz die Fotogalerie des Handys, fand aber keine Bilder, die Lefèvre mit einer Dame zeigten, die nicht Melissa war. Offensichtlich war er sehr vorsichtig gewesen. Trotzdem musste Melissa es herausgefunden haben – dumm war sie ja nicht.

Talon schaltete das Handy aus und fuhr den PC hinunter. Nun galt es noch, die Dame ausfindig zu machen, aber mit diesen groben Arbeiten sollte sich Sergent Bonnard beschäftigen. Und er selbst konnte Melissa Lefèvre endlich festnehmen.

7

»Hm, das riecht ja lecker.« Melissa schnupperte, als Lucien sie eintreten ließ. Sie küssten sich die Wangen, und Melissa hielt eine Flasche Rumpunsch in die Höhe. »Hier, der Digestif.«

Melissa hatte die schwarze Kleidung vom Vortag gegen ein leichtes mitternachtsblaues Baumwollkleid mit Paisleymuster eingetauscht. Ihre offenen Haare lagen duftig um ihre Schultern und schimmerten wie schwarze Seide. Lucien fand, dass sie wunderschön aussah, nur die Schatten unter ihren Augen verrieten, dass es ihr nicht gut ging.

»Komm mit in die Küche«, bat er. »Es dauert noch ein paar Minuten.«

»Was gibt es zu essen?«, wollte sie wissen, während sie ihm folgte.

»*Boucané ti'jacques* mit *gratin au chou-chou*.« Lucien warf einen prüfenden Blick durch das Backofenfenster auf Schweinebraten mit Jackfrucht und Chou-Chou-Auflauf.

Sie hob beeindruckt die schmalen dunklen Augenbrauen. »Du kochst kreolisch?«.

»Ja, aber ich bin nicht sicher, ob es so schmeckt, wie du es gewohnt bist«, gestand er. »Ich habe mir in Paris eine etwas eigene Art der kreolischen Küche angewöhnt, schon um mich dem Geschmack meiner Familie anzupassen und weil ich nicht immer alle Zutaten hatte.«

»Kreolische Küche mit Pariser Flair – das klingt gut.« Sie lächelte. »Was hältst du von einem Rumpunsch als Aperitif?« Sie stellte die mitgebrachte Flasche auf den Küchentisch, den Lucien bereits für zwei gedeckt hatte.

»Gern.« Er öffnete eine Schranktür und holte zwei kleine Gläser hervor. Er schraubte die Flasche auf, inhalierte das Rum-Aroma wie ein kostbares Parfüm und schenkte ihr und sich selbst davon ein.

»Bitte, setz dich doch.« Er wies auf die Essecke. Melissa ließ sich auf einen der Stühle sinken.

»Hast du schon was rausbekommen?«, wollte sie wissen und naschte eine Saucisse-Scheibe aus dem bereitgestellten Schälchen.

»Ich habe mich inzwischen durch alle Mails und alle Korrespondenz gelesen, die es auf Tablet und Stick gibt. Sagt dir der Name Olivier Savignon etwas?«

»Ist das nicht der Senator, der hier im Département für Forschung und Finanzen oder irgend so was zuständig ist?«

»Genau. Wie es scheint, hatte dein Mann ziemliche Meinungsverschiedenheiten mit ihm.«

»Ach ja, daher kommt mir der Name bekannt vor, Xavier hat ihn mal erwähnt. Er hat sich ziemlich über ihn geärgert, glaube ich. Er will ihm Gelder fürs OVPF streichen und den geplanten Ausbau verhindern, oder?«

»Genau.« Lucien begann, ein Baguette in schräge Scheiben zu schneiden.

»Dieser Ausbau des Observatoriums war seit Kurzem sein Lieblingsprojekt, das war ihm sehr wichtig. Und er sollte eine Stelle abbauen, aber sie sind bereits etwas knapp besetzt, fand Xavier.«

»So ist es. Und um das zu verhindern …« Lucien machte eine Pause. »Tut mir leid, wenn ich jetzt was über deinen Mann sagen muss, das dir vermutlich nicht gefallen wird oder ein schlechtes Licht auf ihn wirft … Xavier hat Savignon erpresst.«

»Was?« Sie starrte ihn entgeistert an.

»Er hat einen Detektiv auf ihn angesetzt, und dieser hat herausgefunden, dass Savignon eine Affäre mit einer Siebzehnjährigen hat. Und wenn Savignon nicht von seinen Plänen absieht und darüber hinaus durchdrückt, das OVPF großzügig zu sponsern, würde Xavier die Affäre publik machen. Was das für einen Politiker bedeutet, kannst du dir ja vorstellen, zumal er verheiratet ist und zwei kleine Kinder hat.«

»Wie alt ist der Typ?«, fragte sie angeekelt.

»Laut Google ist er siebenunddreißig. Jedenfalls wäre das ein gutes Mordmotiv.«

»Arbeitet der nicht in Saint-Denis?«

»Schon, aber an diesem Vormittag hatte er einen offiziellen Termin in Saint-Pierre. Stand in der Zeitung. Und Xavier wusste das auch, denn in seinem elektronischen Kalender steht an diesem Tag ›OS in SP‹. Wäre also möglich, dass sich die Männer nachmittags getroffen haben.«

»Um zusammen auf den Vulkan zu steigen?« Melissa wirkte skeptisch.

»Warum nicht?« Lucien zuckte die Schultern. »Dein Mann hatte bestimmt oft Anfragen nach Privatführungen, oder? Für viele ist es sicher der ultimative Nervenkitzel, auf einen Vulkan kurz vor dem Ausbruch zu steigen.«

»Xavier war sehr verantwortungsbewusst«, verteidigte Melissa ihren Mann. »Er wollte ja nicht mal, dass seine Mitarbeiter dann noch auf den Vulkan gehen, obwohl für die viel weniger Risiko besteht, weil sie die Gefahren besser einschätzen können.«

Lucien kam plötzlich ein neuer Gedanke: Und wenn Xavier es darauf ankommen lassen wollte oder sogar geplant hatte, den Senator auf dem Vulkan einen tödlichen Unfall erleiden zu lassen? Und dieser ihm zuvorgekommen war?

Laut sagte er nur: »Savignon könnte ihn zu der Tour auf den Vulkan überredet haben, falls er tatsächlich den Plan hatte, Xavier dort umzubringen. Wir sollten uns mal mit den Kollegen deines Mannes unterhalten, vielleicht haben sie gesehen, ob Xavier sich mit jemandem am Observatorium getroffen hat.«

Sie nickte. »Ich will sie zur Beerdigung einladen – vielleicht fahren wir zusammen hin und übergeben die Trauerkarten persönlich, dann kann ich dich vorstellen, und du hast Gelegenheit, mit ihnen zu sprechen.«

»Das ist eine gute Idee.« Lucien öffnete die Ofentür und holte die Braten- und die Auflaufform heraus. »Das Essen ist fertig – lass uns über was anderes reden.«

Sie nickte und schien aufzuatmen.

»Möchtest du einen Pinot Noir aus Cilaos zum Essen?«

»So sehr ich die Produkte meiner Heimat liebe – aber der bessere Wein kommt für mich vom Festland«, gestand sie.

»Das lässt sich nicht bestreiten.« Er griff nach einer anderen Weinflasche. »Ein St. Emilion also?«

»Ja, gern.«

»Wie hast du dich hier eingelebt?«, fragte Melissa, als sie von dem scharf gewürzten Rohkostsalat aß, den es als Vorspeise gab.

Lucien wiegte den Kopf hin und her. »Anfangs war ich etwas geschockt, wie viel sich verändert hat. Obwohl ich das natürlich bei meinem letzten Besuch auch schon mitbekommen habe, aber ich finde, es ist seitdem noch schlimmer geworden. Besonders in den Badeorten – einige sind ja einbetoniert wie spanische Touristenhochburgen. Aber wenn es durch den Tourismus mehr Arbeitsplätze schafft, kann das nur gut sein. Und trotz allem tut es unsagbar gut, zu den Wurzeln zurückzufinden.«

»Wie geht es deiner Mutter, warum wohnt sie nicht mehr in der Gegend?«

»Es geht ihr prima. Sie hat seit drei oder vier Jahren wieder einen Partner und ist vor Kurzem zu ihm nach Saint-Benoît gezogen. Dieses Häuschen hier, in dem sie mit meinem Vater gelebt hat, seit Christine und ich ausgezogen sind, hat sie Gott sei Dank noch nicht verkauft, und so habe ich das Glück, drin wohnen zu können.«

»Erzähl mir was von Paris. Wie war es da so?«

Lucien dachte kurz nach und nahm einen Schluck Wein. »Laut, voll, hektisch.«

»Ich weiß, ich war mal da. Ich fand es allerdings wunderschön. Die vielen historischen Gebäude, die schönen gepflegten Parks, die romantische und mondäne Atmosphäre.«

»Ja, sicher ist es hübsch, aber im Alltag auch ziemlich nervig und anstrengend. Vor allem wenn man beruflich nur mit der dunklen Seite zu tun hat.«

»Als ich nach Paris gefragt habe, meinte ich auch eher dein Privatleben, ich wollte nur nicht so direkt fragen«, gestand sie.

»Aaah.« Lucien lächelte, antwortete aber nicht.

»Wie bist du zurechtgekommen in den ersten Jahren?«

»Anfangs war es nicht immer leicht. Alles viel hektischer als auf der Insel, das Wetter kälter, genau wie die Menschen. Die Festlandfranzosen haben eine ganz andere Mentalität, auch das ist gewöhnungsbedürftig. Paris ist so anonym und riesig – ich habe mich dort zuerst ziemlich verloren gefühlt. Und der Unibetrieb war schwer zu durchschauen. Dann habe ich Suzanne kennengelernt und mich in sie verliebt. Von da an war Paris die schönste Stadt der Welt.« Er lächelte wieder. »Etwas ungeplant ist unsere Tochter Alizée angekommen. Ich bin kurz darauf trotzdem auf die Polizeiakademie in Saint-Cyr-au-Mont-d'Or gegangen, Suzanne ist mit dem Baby mitgekommen.«

»Wo liegt das?«

»In der Nähe von Lyon.«

Für den Nachtisch wechselten sie ins Wohnzimmer und aßen dort *Mousse au chocolat* mit Vanillesoße – allerdings nicht selbst gemacht, sondern aus dem Supermarkt. Danach gab es noch einen Rumpunsch als Digestif.

»Es war ein schöner Abend«, sagte Melissa dankbar und lehnte sich entspannt in der Couch zurück. »Hat mich ein bisschen abgelenkt.« Sie seufzte tief auf.

»Das freut mich. Hast du jemanden, der sich um dich kümmert, wenn du nicht allein sein willst?«, fragte er fürsorglich.

»Sicher. Ich kann zu meinen Eltern oder meinen Brüdern. Aber ich bin froh, dass wir uns wiedergetroffen haben, Lucien.«

»Ich auch.« Lucien merkte, dass es stimmte. Er hatte sich schon lange nicht mehr so wohl gefühlt wie an diesem Abend.

Er ging zum Schreibtisch hinüber, holte Xaviers Tablet und gab es ihr.

»Du kannst das Tablet wieder mitnehmen – falls die Polizei danach fragt, solltest du es parat haben, damit die angebliche Verwechslung glaubhaft wird.«

»Ich danke dir. Für das Essen und für deine Nachforschungen.«

Melissa öffnete ihre Handtasche, ließ das Tablet hineingleiten und reichte Lucien dann einen Scheck. »Hier ist eine Anzahlung.«

Er starrte verblüfft auf die Summe. »Das ist ja mehr als ich als Bulle im Monat verdient habe!«

»Ich habe keine Ahnung, was Privatdetektive so nehmen. Und du wirst vermutlich noch ein Weilchen mit der Sache beschäftigt sein.«

Lucien hätte den Scheck gern großmütig abgelehnt und als galanter Ritter seine Hilfe gratis angeboten, aber das konnte er sich nicht leisten. Das Leben auf La Réunion war teuer, auch wenn seine Mutter ihn mietfrei in ihrem Haus wohnen ließ und er für das alte Auto, das ihm seine Schwester lieh, lediglich Benzin und Kfz-Steuer zahlte. Aber seine Ersparnisse würden nicht ewig reichen. Und eigentlich hatte er dieses Geld auch für Alizée anlegen wollen.

»Danke.« Er beugte sich zu ihr und küsste sie auf die Wange. »Kann ich dir sonst noch bei irgendwas helfen?«

»Kann ich deinen Laptop bekommen?«, bat Melissa. »Ich habe morgen einen Haufen Formalitäten zu erledigen und Briefe zu tippen, und unser PC ist ja bei der Polizei …«

»Natürlich.«

»Darf ich ihn gleich mitnehmen?«

»Sicher. Wenn du willst, kann ich morgen auch bei dir vorbeikommen – vielleicht kann ich mich nützlich machen?«

»Ja, das wäre toll«, sagte sie dankbar. »Ich muss einiges für die Beerdigung planen.«

»Klar.« Er verzog den Mund. »Darin habe ich Übung.«

»Tut mir leid.« Sie legte ihm rasch eine Hand auf den Unterarm. »Du musst nicht, wenn das zu schwierig für dich ist.«

»Schon okay, es sind ja nur Formalitäten.« Lucien zwang sich zu einem Lächeln.

8

Lucien begann den Tag mit Sit-ups auf seiner Veranda. Er hatte sich gehen lassen in den letzten Wochen, und seine vernachlässigten Muskeln rächten sich nun durch Anstrengungsverweigerung. Seit er auf der Insel lebte, hatten sich seine sportlichen Aktivitäten darauf beschränkt, auf steile Klippen und Berghänge zu klettern und zu überlegen, ob er hinunterspringen sollte, oder genau an den Tagen ins Meer hinauszuschwimmen, an denen es Hai-Alarm gegeben hatte. Aber die Viecher hatten sich nie blicken lassen, und auch keine der vor La Réunions Küsten herrschenden Strömungen hatte ihn verschlungen. Wahrscheinlich hatte er einfach mehr Glück als Verstand gehabt.

Und wenn er die Pistole von Melissas Mann ausgeschlagen hatte, dann nicht nur weil es illegaler Waffenbesitz wäre, sondern weil er es vorzog, nicht über eine Waffe zu verfügen, mit der er sich in einem besonders schlechten Moment eine Kugel in den Kopf schießen könnte. Ein Teil von ihm hing noch immer am Leben, nur schien ab und zu ein böser, zerstörerischer Dämon von ihm Besitz zu ergreifen. Doch damit würde nun Schluss sein. Genau wie den übermäßigen Alkohol- und Zigarettenkonsum würde er auch die Dämonen zum Teufel schicken, schwor er sich, als er schweißüberströmt und verbissen auf seiner Veranda Fitnessübungen betrieb. Zum ersten Mal war ihm klar geworden, dass Elias enttäuscht darüber gewesen wäre, wie sein Vater sich hängen ließ. Lucien war immer sein Vorbild gewesen, zu dem er aufschauen wollte. Obwohl er die Mutproben mit den Klippen und den Haien vielleicht irgendwie cool gefunden hätte. Idiotisch, aber cool.

»Hey, Papa, nun krieg dich mal wieder ein«, hatte er ihn am letzten Abend vor dem Einschlafen sagen gehört – oder vielmehr kieksen, denn er war mitten im Stimmbruch gewesen. »Du baust gerade mehr Scheiße mit deinem Leben als Alizée und ich es je geschafft hätten. Wie sollen wir dich da noch respektieren?«

Das hatte auf Lucien wie ein notwendiger Tritt in den Allerwertesten gewirkt. Er war im Bett hochgefahren und hatte sich dann zum ersten Mal, seit er auf La Réunion lebte, den Wecker gestellt, um den Tag mit Sport zu beginnen.

Nachdem seine Muskeln nun vor Anstrengung zitterten und er in der schwülen Morgenluft japste, ließ er sich in den blau lackierten Schaukelstuhl fallen, der auf der Veranda stand.

Er wohnte in einem typisch kreolischen Häuschen mit weißen Holzwänden, hellblauen Fensterläden, die von filigranen Metallblenden verziert wurden, und einem dunkelroten Wellblechdach. Als seine Mutter noch hier gelebt hatte, war der Vorgarten zwischen Veranda und dem hübsch geschnitzten Holzzaun immer mit herrlichen Blumen bepflanzt gewesen. Aber Lucien hatte zum Gärtnern wenig Bezug. Die regelmäßigen Regenschauer befeuchteten die im Tropenklima üppig wuchernden Pflanzen, das musste genügen. Obwohl, falls er länger hierbliebe, würde er nicht umhinkommen, sich um diesen verwilderten Grünstreifen zu kümmern, der sich langsam in einen Miniatur-Dschungel verwandelte. Außerdem brauchten Haus und Zaun dringend einen neuen Farbanstrich, und seine Mutter hatte beim letzten Treffen bereits eine Andeutung gemacht, dass er sich in dieser Hinsicht mal nützlich machen dürfte. Er musste zugeben, dass dies ja auch das Mindeste war, wenn er bereits mietfrei hier wohnte. Aber erst einmal hatte er einen Mordfall aufzuklären. Dieser Satz wirkte belebend auf ihn. Er sprang auf, duschte, kleidete sich an, frühstückte eine Kleinigkeit und fuhr dann zu Melissa.

An diesem Morgen trug sie ein weißes Kleid – vermutlich eine kleine Referenz an ihre indischen Vorfahren, für die Weiß und nicht Schwarz die Trauerfarbe war.

Er setzte sich zu ihr an den Esstisch, der in einem separaten Teil des geräumigen Wohnzimmers stand, und auf dem sie Papiere ausgebreitet hatte.

Sie schob ihm den Laptop zu. »Ich habe Briefe an die Kranken- und Rentenversicherung getippt, um den Todesfall zu melden – kannst du bitte noch mal gegenlesen, bevor ich sie ausdrucke? Ich fühle mich so konfus, ich würde meine Fehler nicht sehen, glaube ich.«

Während Lucien las und hier und dort eine Kleinigkeit verbesserte, blätterte Melissa durch ein dickes Adressbuch und erstellte eine Gästeliste.

»Wirst du ihn auf Réunion beisetzen lassen?«, wollte Lucien wissen.

Sie nickte. »Ja. Er hat er die Insel geliebt und sogar mal erwähnt, dass es für ihn der perfekte Ort wäre, um zur ewigen Ruhe gebettet zu werden. Außerdem hat er keine Familie mehr in Frankreich, da sein Sohn jetzt ja auch hier ist – obwohl der nach seinem Studium natürlich dorthin gehen muss, wo er eine Arbeit bekommt.«

»Sicher wollte Xavier versuchen, ihn im OVPF unterzubringen?«

»Ja, das wollte er. Deswegen passte es ihm auch nicht, dass da eine Stelle gestrichen werden sollte, statt eine neue schaffen zu können. Yannick will übrigens nachher vorbeikommen, dann kann ich euch einander vorstellen.«

»Wann wird die Beerdigung sein?«

»In einer Woche. Einige frühere Kollegen wollen kommen. Wobei die natürlich darauf hoffen, dass der Piton dann immer noch ausbricht.« Sie lachte unfroh auf. »Vulkanologen sind einfach besessen.«

»Na, da könnten sie Glück haben. In den Nachrichten haben sie gesagt, dass der Vulkan immer noch brodelt und es in den nächsten Wochen weitere Eruptionen geben könnte.«

»Ich war dabei, die Angebote von zwei Bestattungsunternehmen zu vergleichen.« Sie schob ihm die Dokumente zu, und

Lucien vertiefte sich darin. Zwar glaubte er nicht, dass er wesentlich zu einer Entscheidung beitragen konnte, aber es fühlte sich gut an, gebraucht zu werden.

»Du bist natürlich auch eingeladen.« Sie setzte seinen Namen auf die Gästeliste.

Lucien zögerte. »Tut mir leid, aber nein, ich kann das nicht. Ich müsste immer an die Beerdigung von Elias denken.«

»Bitte, Lucien, ich möchte dich dabei haben.« Sie blickte ihn flehend an. »Meine Brüder werden auch kommen. Sie würden sich total freuen, dich wiederzusehen.«

»Wie geht es denen denn überhaupt?« Laurent war sein Klassenkamerad gewesen, und mit dem fünf Jahre jüngeren Denis hatte er oft gespielt, als sie beide Kinder gewesen waren.

»Ganz gut. Laurent ist stellvertretender Filialleiter bei Euromarché und ist ein Familienmensch. Denis ist Fitnesstrainer und genießt sein Singleleben.«

»Ach ja, und er schläft mit der Frau des Kommissars«, erinnerte sich Lucien und grinste.

Es klingelte an der Tür.

»Das muss Yannick sein. Hat wohl seinen Schlüssel vergessen.« Melissa erhob sich und ging zur Haustür.

Der junge Mann, der kurz darauf das Wohnzimmer betrat, war jedoch nicht Melissas Stiefsohn, sondern Sergent Pierre-Eric Bonnard, dicht gefolgt von Kommissar Pascal Talon.

Lucien ahnte sofort, dass das nichts Gutes zu bedeuten hatte.

Der Kommissar runzelte unwillig die Stirn, als er Lucien erkannte. Dieser trug schmal geschnittene weiße Hosen und ein dunkelblaues Hemd, dessen Ärmel er lässig aufgekrempelt und bis zu den Ellenbogen hochgeschoben hatten. Seine nackten Füße steckten in dunkelblauen Mokassins, und er verströmte eine Leichtigkeit und Ungezwungenheit, die Talon nicht einmal an einem Strandtag erreichte.

Die Männer nickten einander knapp zu, und in Talons Blick lag ein deutliches »Was hat der denn hier schon wieder zu suchen?«.

»Möchten Sie einen Kaffee?«, fragte Melissa höflich.

»Nein, danke. Madame Lefèvre, Sie haben uns das falsche Tablet gegeben!«, beschwerte sich Talon.

»Oh! Das tut mir leid. Wir verwechseln sie auch andauernd. Ich muss mir endlich mal eine andere Hülle für meines holen«, sagte Melissa entschuldigend. »Ich mag Rot sowieso viel lieber. Ich gehe es gleich holen.«

»Nicht mehr nötig. Wir haben bereits eine neue Spur gefunden – eine perfekte Verdächtige.« Seine Miene war eisern, sein kalter Blick durchdringend.

»So?« Melissa sog hörbar die Luft durch die Nase ein und krallte eine Hand in den Stoff ihres Rocks.

Talon hob den durchsichtigen Beweismittelbeutel mit Xaviers Smartphone in die Höhe und ließ es vor Melissas Nase herumbaumeln.

»Es waren einige interessante WhatsApp-Nachrichten dabei.« Er legte eine Kunstpause ein.

»Ich pflege nicht die Nachrichten meines Mannes zu lesen«, erwiderte sie kühl.

»Madame Lefèvre, war Ihnen bekannt, dass Ihr Mann eine Geliebte hatte?«

Melissa wurde eine Nuance blasser. Sie schüttelte stumm den Kopf.

Lucien beobachtete sie besorgt. Es lag ihm auf der Zunge zu sagen, dass dies eine geschmacklose Art war, einer Frau auf diese Weise so eine Neuigkeit zu überbringen, aber er wusste, dass der Kommissar nur seine Arbeit machte und schließlich nicht für Einfühlsamkeit bezahlt wurde.

»Aus diesen Nachrichten geht eindeutig hervor, dass Ihr Mann eine Geliebte hatte«, fasste Talon zusammen. »Ich vermute mal, er wollte sich von Ihnen trennen. Noch dazu haben Sie vielleicht einen Ehevertrag und gehen bei einer Scheidung leer aus?«

Melissa presste die Lippen zusammen, als wolle sie sich an einer Antwort hindern.

»Das werden wir noch herausfinden, Madame.«

»Das sind doch nur an den Haaren herbeigezogene Vermutungen«, warf Lucien verärgert ein, der wusste, worauf es hinauslief.

Talon holte Luft. »Melissa Lefèvre, ich nehme Sie vorläufig fest wegen Verdacht des Mordes an Ihrem Ehemann. Sie haben das Recht zu schweigen – alles was Sie sagen, kann vor Gericht gegen Sie verwendet werden. Sie haben das Recht auf einen Anwalt. Wenn Sie sich keinen Anwalt leisten können – na, den Satz spare ich mir jetzt mal, das dürfte ja kein Problem sein.«

Lucien fing Melissas angstvollen Blick auf.

»Ich will mitkommen zur Vernehmung«, sagte er sofort.

Talon schoss einen verärgerten Blick auf ihn ab. »Behaupten Sie jetzt, Anwalt zu sein?«

»Nein. Ich habe Ihnen gesagt, was ich bin.«

»Ha! Was Sie waren! Ich habe über Sie recherchiert, Mahé! Sie haben gelogen – Sie haben den Polizeidienst vor zwei Monaten quittiert.«

Lucien zuckte die Schultern. »Ich habe gesagt, ich war Kommissar, haben Sie was anderes gehört?«

»Allerdings.«

»Ach, seien Sie nicht kleinlich. Ich habe Ihnen auch gesagt, dass ich privat hier bin, was spielt das also für eine Rolle?«

»Ihre kreolische Nonchalance zieht bei mir nicht.« Talons Schläfenader begann zu pochen.

»Meine kreolische Nonchalance sagt mir, dass Sie sich erst mal den gehörnten Ehemann der Whats-App-Lady vorknöpfen sollten, sofern sie einen hat, bevor Sie Madame Lefèvre festnehmen«, kommentierte Lucien ungerührt. »Falls er Kreole ist, könnte er schneller das Messer – oder in diesem Fall vielmehr den Stein – zur Hand gehabt haben, als Sie es sich vorstellen können. Und vernehmen Sie den Politiker Olivier Savignon – oder haben Sie vor freudiger Aufregung über die pikante Affäre des Toten vergessen, seine Mails und Dokumente zu checken? Ist die kleine Erpressung von Monsieur Lefèvre, die viel eher ein Mordmotiv wäre, etwa Ihrer Aufmerksamkeit entgangen?«

»Sagen Sie mir nicht, wie ich meinen Job zu machen habe,

Monsieur Mahé!« Talons wässrig-grüngraue Augen waren eisig geworden, und er baute sich drohend vor ihm auf.

Lucien deutete ein Lächeln an. »Zufällig verstehe ich ein bisschen was davon. Mordermittlungen waren in den letzten zehn Jahren mein täglich Brot.«

»Ah, ich vergaß, der große Kriminalkommissar vom Quai des Orfèvres«, höhnte Talon, und die Wangenmuskeln über seinen breiten Kieferknochen mahlten.

»Er hat bestimmt mehr Ahnung als Sie, Sie Provinzgendarm«, fauchte Melissa, und Lucien stöhnte innerlich. Ihr Stolz gefiel ihm, aber er würde sie teuer zu stehen kommen.

Die Art, wie Pascal Talon Melissa daraufhin ansah, machte Lucien stutzig. Nicht nur Verärgerung über ihre beleidigenden Worte lag in seinem Blick, es mischten sich auch Verachtung, aber vor allem Begehren darunter. Was Lucien zwei Tage zuvor bereits nahezu unbewusst wahrgenommen hatte, verstärkte sich nun zu einem Verdacht. Doch es gab keine Gelegenheit, mit Melissa darüber zu reden, denn schon ließ Talon Stahlschellen um ihre zarten Handgelenke schnappen.

»Muss das sein?«, fuhr er ihn an. »Denken Sie, sie könnte wegrennen auf den drei Metern zum Auto?«

»Mir scheint, Sie wissen nicht, wozu die Dame fähig ist, Mahé.« Talon maß ihn mit einem herablassenden Blick. »Und Sie werden nicht mit aufs Kommissariat kommen, damit das klar ist. Es sei denn mit einer Vorladung, falls Ihr Alibi nicht stimmt, das ich überprüfen werde.«

»Ruf Xaviers Anwalt an, Lucien«, bat Melissa. »Maître Dufour. Du findest die Nummer in dem Adressbuch, das auf dem Tisch liegt.«

»Mach ich sofort. Und du sagst nichts ohne Gegenwart eines Anwalts, verstanden?«

Sie nickte.

Als Talon sie am Arm packte und eine Spur zu heftig mit sich riss, verspürte Lucien plötzlich den Wunsch, ihm einen Lavastein über den Kopf zu schlagen, falls er einen gehabt hätte. Oder ihm zumindest einen Karatetritt ins Kreuz zu verpassen. Er ballte die Fäuste, bis sich seine kurz geschnittenen Fingernägel in die Handflächen eingruben und zwang sich, tief durchzuatmen. Melissa würde es nicht helfen, wenn er die Beherrschung verlor. Im Moment konnte ihr ein guter Anwalt am besten helfen. Er nahm das Adressbüchlein und suchte nach der Telefonnummer von Maître Dufour. Wie erwartet, kam nur der Anrufbeantworter einer Kanzlei. Es war Sonntag. Aber es stand auch eine Handynummer in den Kontakten.

Der Anwalt, der bereits aus den Lokalnachrichten von Xaviers Tod erfahren hatte, war sehr betroffen darüber. Und bestürzt zu hören, dass Melissa unter Mordverdacht stand.

»Ich würde sie gern verteidigen, aber ich möchte lieber einen auf Strafrecht spezialisierten Anwalt zu Rate ziehen«, sagte er. »Ich bin mehr ein Generalist.«

»Kennen Sie jemanden, den Sie empfehlen könnten?«

Maître Dufour dachte kurz nach. »Ja, ich denke schon. Maître Bellancourt ist ein ausgezeichneter Strafverteidiger. Ich werde ihn bitten, den Fall zu übernehmen. Ob er allerdings an einem Sonntag sofort Zeit hat, kann ich nicht versprechen.«

»Ich gebe Ihnen meine Handynummer, falls irgendwas ist.« Lucien nannte ihm die Nummer und auch seine E-Mail-Adresse.

Nach dem Gespräch wanderte er unruhig im Wohnzimmer auf und ab.

Er nahm ein gerahmtes Foto zur Hand, das im Bücherregal stand und Melissa mit ihrem Mann zeigte. Er betrachtete Xavier, der dort wesentlich besser aussah als in der Leichenhalle. Ein gutgeschnittenes Gesicht mit etwas kühlen braunen Augen, das durch die Hornbrille streng wirkte. Er lächelte gewinnend, aber Lucien konnte sich eine gewisse Härte und Berechnung gut vorstellen. Melissa wirkte angespannt und nicht besonders glücklich.

Wie hatte es wohl wirklich in ihrer Ehe ausgesehen? Wahrscheinlich nicht so gut, wie sie ihm weismachen wollte. Und hatte sie tatsächlich nicht geahnt, dass Xavier eine Geliebte gehabt hatte? Wer konnte das sein? Offensichtlich war er zumindest sehr vorsichtig und diskret damit umgegangen, denn auf dem Tablet hatte er weder eine Nachricht noch ein Foto von ihr gefunden.

»Wer sind Sie?«, hörte er eine scharfe Stimme hinter sich.

Lucien drehte sich hastig um und sah sich einem hochgewachsenen Mann Anfang oder Mitte Zwanzig gegenüber, dessen grünbraune Augen ihn beinahe durchbohrten und der seine Muskeln anspannte, als würde er sich auf einen Kampf vorbereiten.

»Lucien Mahé, ein Freund von Melissa. Ich bin kein Einbrecher, der sich aus Sentimentalität Fotos von Paaren ansieht«, versuchte er die Situation zu entkrampfen und stellte das Foto zurück. »Sie müssen Yannick sein.«

»Richtig.« Der kleine Scherz schien Yannick nicht zu entspannen, aber zumindest wirkte er nicht mehr, als würde er jeden Moment eine Waffe ziehen. »Wo ist Melissa?«

»Die Polizei hat sie gerade in Gewahrsam genommen.«

»Was?« Er schien aus allen Wolken zu fallen und starrte Lucien einen Moment lang entsetzt an.

»Der Kommissar verdächtigt sie des Mordes an … Ihrem Vater. Mein Beileid übrigens, Monsieur Lefèvre.«

»Danke.«

»Darf ich Yannick sagen?«

»Von mir aus.«

»Es ist nur eine vorläufige Festnahme, *garde à vue*, das übliche Prozedere«, beruhigte Lucien den jungen Mann, der sich unruhig durch das hellbraune Haar fuhr, das an den Seiten kurz geschnitten war und auf dem Oberkopf in fingerlangen Strähnen wild durcheinander fiel.

»Was für eine Art Freund von Melissa sind Sie?«, fragte Yannick misstrauisch. »Sie hat Sie nie erwähnt.«

Lucien machte eine kleine Geste zur Couchecke hin. »Bitte, setzen Sie sich. Können wir uns unterhalten?«

Yannicks dichte Brauen zogen sich zusammen. »Eigentlich bin ich hier zu Hause und sollte Ihnen einen Platz anbieten, nicht umgekehrt.« Eindeutig hielt er in diesem Fall Lucien für den Unhöflichen, nicht sich selbst.

Gut, dass ich ihm nicht auch noch Kaffee angeboten habe, dachte Lucien und fragte sich, warum der junge Mann so empfindlich war. Andererseits – er hatte gerade seinen Vater verloren, mit der Aussicht darauf, dass seine Stiefmutter ihn möglicherweise ermordet hatte – das konnte durchaus ein Grund für aggressives Verhalten sein.

»Es muss schwer sein, was Sie gerade durchmachen«, sagte Lucien mit väterlicher Milde und ließ sich in den Sessel sinken.

Yannick setzte sich ihm gegenüber auf die Couch. »Bitte kommen Sie zur Sache.«

»Gut. Melissa wollte uns einander heute vorstellen, aber dazu ist es ja leider nicht mehr gekommen. Sie und ich waren auf der gleichen Schule, unsere Eltern waren befreundet, und ihr älterer Bruder war ein Klassenkamerad von mir. Wenn sie mich nie erwähnt hat, dann sicher, weil ich in den letzten dreiundzwanzig Jahren nicht auf der Insel, sondern auf dem Festland gelebt habe. Ich war Kommissar beim Morddezernat in Paris, daher hat sie mich gebeten, Nachforschungen anzustellen, wer Ihren Vater ermordet haben könnte. Sie hat befürchtet, dass sie als Verdächtige festgenommen werden würde. Offensichtlich ist der hiesige Kommissar Melissas Familie nicht wohlgesonnen.«

Yannick schwieg einen Moment. »Also ist sicher, dass es Mord war?«

»Ein natürlicher Tod wird ausgeschlossen, und ein Unfall ist extrem unwahrscheinlich.«

»Woher wollen die wissen, dass ihn kein Gesteinsbrocken getroffen hat, der vom Piton ausgeworfen wurde?«

»Weil eine Lavabombe Verbrennungen hinterlassen hätte, die es nicht gab. Und als angehender Vulkanologe wissen Sie ja sicher, dass der Piton keine kalten Steine herausschleudert.«

»Richtig«, gab Yannick zu.

»Ich wundere mich übrigens, dass Ihr Vater keinen Schutzhelm getragen hat.«

»Er mochte die Dinger nicht. Und dort, wo er gefunden wurde, war es vielleicht auch noch nicht unbedingt nötig, einen zu tragen.

Ich denke, er konnte das Risiko gut einschätzen. Kann er schlicht und einfach gestürzt sein?«

Lucien wollte den jungen Mann nicht mit blutigen Details konfrontieren und ihm auch nicht zu viel über die Ermittlungsgrundlagen verraten, also blieb er vage.

»Er ist gestürzt, aber das war höchstwahrscheinlich nur eine Folge des Schlags.«

»Also Mord.« Er pfiff durch die Zähne. »Und haben Sie schon einen Verdacht?«

»Es gibt zwei Männer mit einem Motiv. Genaues darf ich Ihnen nicht sagen.«

»Halten Sie es für möglich, dass Melissa es war?« Yannick kaute auf seiner Unterlippe herum.

»Wenn Sie mich als ihren Jugendfreund fragen – nein, ich traue ihr keinen Mord zu.«

»Und wenn ich Sie als ehemaligen Kommissar frage?« Gespannt blickte er Lucien an. »Der hiesige Kommissar traut es ihr offenbar zu.«

»Nun, sie hatte ein Motiv – sie erbt den Großteil des Vermögens Ihres Vaters. Ist es so?«

Yannick nickte mit schmerzlich verzogenem Mund. »Hat sie kein Alibi?«

»Nein. Sie war allein zu Hause.«

»Autsch.«

»Allerdings halte ich es dennoch für zweifelhaft, dass sie die Täterin sein könnte.« Er legte eine Kunstpause ein und konnte fast spüren, wie die Anspannung im Gesicht seines Gegenübers wuchs.

»Warum nicht?«, fragte Yannick ungeduldig.

»Ich bin nicht sicher, ob eine recht zierliche Frau, die noch dazu um einiges kleiner ist als das Opfer, einen schweren Stein hochheben und dann kräftig genug zuschlagen könnte, um ihn augenblicklich zu Fall zu bringen. Denn es muss ein einziger gezielter Schlag gewesen sein, es gibt keinen Hinweis auf einen Kampf oder darauf, dass erneut auf das Opfer eingeschlagen wurde, als es schon am Boden lag.«

»Aber man braucht keinen Zwanzig-Kilo-Stein, um jemanden zu erschlagen, oder? Lavasteine sind relativ leicht, auch wenn sie groß sind.«

»Leider war der Täter so umsichtig, den Stein nicht in der Nähe herumliegen zu lassen. Zumindest hat die Spurensicherung ihn nicht gefunden.«

Yannick zuckte die Schultern. »Er wird ihn irgendeinen Hang hinuntergeworfen haben, das ist ja ein Leichtes. Und auf dem Piton liegt genug Geröll zur Auswahl herum, wenn man einen Stein zum Zuschlagen sucht.«

»Ja, es war ein guter Plan – keine Zeugen da oben in der Einsamkeit, und die Beseitigung der Leiche übernimmt der Vulkan.«

»Nicht unbedingt«, wandte Yannick ein. »Man hat keine Gewissheit, dass die Lava dahin fließt, wo der Tote liegt. Wenn man Pech hat, fließen die Ströme dran vorbei, je nachdem, aus welchem Krater oder Nebenkrater die Eruption kommt. So was könnten höchstens Vulkanologen berechnen.«

Vielleicht auch angehende Vulkanologen, durchzuckte es Lucien.

»Und man hat keine Garantie, dass die Lavaströme dicht genug sind, um einen Körper völlig zu bedecken«, ergänzte Yannick.

»Aber das wissen Laien im Allgemeinen nicht. Und die Leiche wäre ziemlich unkenntlich. Höchstens durch die Zähne zu identifizieren.«

»Bei tausendzweihundert Grad Celsius heißer Lava wahrscheinlich nicht mal mehr das, oder? So heiß wird nämlich die Lava des Piton de la Fournaise.«

Lucien dachte kurz nach. »Kann sein, dass der Zahnschmelz das übersteht, aber zumindest kann man dann niemanden mehr daran identifizieren, das stimmt. Zahnkronen halten solche Temperaturen jedenfalls nicht aus.«

Der junge Mann presste die Lippen zusammen.

»Entschuldigung, wenn ich so offen rede – falls es zu schmerzhaft für Sie ist, sagen Sie es bitte.«

»Angenehm ist es nicht gerade«, murmelte Yannick und

schluckte. »Aber das muss wohl sein. Ich will auch, dass das Schwein gefasst wird.«

»Wie groß war Ihr Vater?«

»Einssechsundsiebzig oder einsachtundsiebzig – so in dem Dreh.«

»Also nur mittelgroß. Schade – wenn er einsneunzig gewesen wäre, kämen nur Leute über einsfünfundachtzig als Täter infrage.« Lucien wusste, dass dies nur bedingt richtig war. Falls Xavier sich auf dem Abstieg des leicht abschüssigen Geländes befunden hatte und der Mörder hinter ihm ging, hätte auch ein kleinerer Mörder ihm den heftigen Schlag hoch auf dem Schädel zufügen können. Aber er wollte Yannick, der ungefähr einen Meter fünfundachtzig maß, verunsichern und aus der Reserve locken. Melissa schätzte er im Übrigen auf etwa einsachtundsechzig, so groß wie seine Tochter Alizée.

Bei dieser Theorie störte ihn allerdings, dass sich Xavier im Fallen gedreht haben musste, um mit dem Hinterkopf auf einen Stein aufzukommen. Aber vielleicht hatte er noch die Kraft gefunden, sich zu seinem Angreifer umzudrehen und war erst danach gestürzt. Er musste unbedingt noch herausfinden, in welcher Position der Tote gelegen hatte, als man ihn gefunden hatte.

»Hat Ihr Vater Sie manchmal mit auf den Vulkan genommen?«

»Natürlich.«

»Wann war das letzte Mal?«, pirschte sich Lucien an das heikle Thema heran.

Yannick warf ihm einen schrägen Blick zu. »Jedenfalls nicht letzten Mittwoch, falls Sie das meinen.«

»Vielleicht sagen Sie mir einfach, wo Sie Mittwochnachmittag waren, dann haben wir das hinter uns.«

Erneut traf ihn ein finsterer Blick. »Ich war bei einer Kommilitonin, wir haben gelernt.«

»Verraten Sie mir den Namen dieser Studienfreundin?«

»Warum fragen Sie nicht gleich, ob ich meinen Vater ermordet habe?!«, fauchte Yannick.

»Weil Sie es mir sicher sowieso nicht sagen würden, wenn es so wäre.«

»Ich habe kein Motiv. Melissa erbt das meiste.« Verbitterung schwang in seiner Stimme mit.

»Es geht ja nicht immer nur um Geld. Gerade zwischen Vätern und Söhnen kann es auch mal ordentlich krachen, und das endet dann nicht selten in Gewalttätigkeiten.«

Yannick sprang auf und hob drohend eine Faust in Luciens Richtung. »Das ist unerhört! Sie kommen in das Haus meines Vaters und beschuldigen mich, ihn ermordet zu haben! Lassen Sie sich was Besseres einfallen, um Melissa reinzuwaschen.«

»Bitte beruhigen Sie sich.« Lucien ließ sich nicht aus der Ruhe bringen. »Es ist reine Routine, dass die Polizei die Alibis aller Personen überprüft, die mit einem Mordopfer in Verbindung standen. Sicher wird Kommissar Talon in Kürze auch deswegen mit Ihnen Kontakt aufnehmen. Da Sie sagen, Melissa reinwaschen – trauen Sie es ihr denn zu?«

Die Wangenmuskeln zuckten noch in Yannicks attraktivem Gesicht, aber er ließ sich auf die Couch zurücksinken und atmete durch. »Weiß nicht. So gut kenne ich sie nun auch wieder nicht. Weiß man denn je, zu was Menschen in extremen Situationen fähig sein können?«

»Stimmt, das weiß man nicht. Und oft weiß man es nicht mal von sich selbst. Fallen Ihnen Leute ein, mit denen Ihr Vater verfeindet gewesen ist oder die sonst irgendeinen Grund gehabt haben könnten, ihn umzubringen?«

Yannick dachte nach und verzog den Mund zu einem schiefen Lächeln. »Es gab Zeiten, in denen meine Mutter sehr schlecht auf ihn zu sprechen war, aber sie würde mit Sicherheit nicht hierherfliegen und ihm auf einen Vulkan folgen, um ihm dort eins mit der Bratpfanne überzuziehen.«

Lucien lachte ein wenig. Er hielt es für besser, ihm nicht auf die Nase zu binden, dass sein Vater eine Affäre gehabt hatte. Das würde er noch früh genug von der Polizei oder von Melissa erfahren. Falls Yannick die Neuigkeit schlecht aufnahm, würde er wieder auf den Boten einschlagen. Zumindest verbal. Etwas unbeherrscht schien er ja zu sein. Unbeherrscht genug, um seinem Vater im Streit einen Stein über den Kopf zu schlagen? Vielleicht hatte Xavier seinem Sohn die finanzielle Unterstützung kürzen wollen oder Ähnliches. Darüber musste er unbedingt mit Melissa reden.

»Ob ich Melissa besuchen kann?«, fragte Yannick in Luciens Gedanken hinein.

Er schüttelte den Kopf. »Falls sie in U-Haft kommt, geht das nur mit Genehmigung des Richters – ich glaube nicht, dass Sie die bekommen würden. Aber wenn ihr Anwalt einigermaßen auf Zack ist, wird sie schon morgen wieder draußen sein.« Vorläufig jedenfalls, fügte er in Gedanken hinzu.

»Wenn Sie was für Melissa tun wollen – da auf dem Tisch liegen alle möglichen Dinge, die sie für die Beerdigung mit Ihnen abstimmen wollte. Sie können es sich ja schon mal ansehen – und vielleicht auch die Briefe abschicken, die sie geschrieben hat. Da müssen Fristen eingehalten werden, und die werden überschritten sein, falls sie morgen doch noch nicht entlassen wird.«

Yannick nickte und fuhr sich mit den Händen über das Gesicht. Er wirkte auf einmal müde und mutlos. Lucien schlüpfte aus der Rolle des Kommissars in die des Privatmenschen und spürte Mitleid mit ihm. Er mochte zum Kreis der Verdächtigen gehören, aber in erster Linie war er ein junger Mann, der gerade seinen Vater verloren hatte. Er zückte sein Notizbuch und schrieb seine Handynummer auf. Dann erhob er sich und reichte Yannick den Zettel. »Alles Gute. Falls Ihnen noch was einfällt oder falls Sie was brauchen, erreichen Sie mich unter dieser Nummer.«

»Danke«, murmelte Yannick und blickte ihm nach, als er sich zum Gehen wandte.

9

Lucien fuhr nach Hause und wärmte sich die Reste des gestrigen Abendessens auf. Danach wurde er schläfrig und legte sich auf die Couch. Und ehe er es sich versah, war er eingeschlafen.

Als er etwa eine Stunde später erwachte, brauchte er eine Weile, um zu sich zu kommen. Sein Hirn fühlte sich an wie in Watte gepackt. Das konnte er gar nicht gebrauchen. Offensichtlich waren in den letzten Wochen nicht nur seine Muskeln ineffizienter geworden.

Er trank einen Espresso, stieg in den Peugeot und fuhr an der Küste entlang Richtung Südosten. Die kleinen Strände in der Umgebung von Saint-Pierre waren beliebt, und da es Sonntag war, wurden sie von Scharen von Einheimischen bevölkert, die im Schatten der Kokospalmen picknickten, musizierten, Pétanque spielten und feierten. Die sonntägliche Familienzusammenkunft bei einem ausgiebigen Picknick war Tradition auf La Réunion.

Lucien verwarf den Gedanken, sich dort hinzusetzen. Ihm war nicht nach einer fröhlichen Strandparty, außerdem musste er sich konzentrieren.

Er fuhr weiter, bis er zu einem Parkplatz gelangte. Dort stellte er den Wagen ab und erreichte zu Fuß in wenigen Minuten eine von Vacoa-Bäumen bestandene hohe Klippe, gegen die das Meer toste. Er ließ sich im Schneidersitz auf der Klippe nieder und hoffte, dass der starke Wind seinen Kopf durchpusten und ihm klare Ideen bringen würde. Auf jeden Fall trug der Wind die Gischt wie Sprühnebel zu ihm, befeuchtete seine Haut und hinterließ einen salzigen Geschmack auf den Lippen. Lucien schloss die Augen und genoss das Gefühl. Das Geräusch der Brandung war beruhigend und belebend zugleich und eine wunderbare Begleitmusik für seine Grübeleien.

Am späten Abend, als er längst wieder zu Hause war, fühlte er sich zermürbt. So viele Spuren und so viele Sackgassen. Er hatte nun drei Verdächtige und kam an keinen heran, weil er offiziell niemanden vernehmen durfte. Melissas Freiheit hing womöglich davon ab, ob er den Mörder stellen konnte – und das ohne den Polizeiapparat im Rücken, den er gewohnt war. Wie sollte er Olivier Savignon befragen, wenn er nicht einfach in sein Haus oder Büro spazieren und ihm seine Polizeimarke unter die Nase halten konnte? Und wenn er versagte, wurde Melissa vielleicht Opfer eines Justizirrtums. Vom Stichwort Opfer war es nur noch ein winziger Gedankenschritt zu dem Unfall vor einem halben Jahr.

Er spürte, dass die Melancholie erneut von ihm Besitz ergreifen wollte. Wie die Arme eines Riesenkraken, die den Taucher nicht mehr losließen und ihn gewaltsam mit sich in die Tiefe rissen. In einen Strudel, aus dem es kein Entkommen gab. Es war verlockend, sich einfach sinken zu lassen in dieses dunkle, trübe Gewässer. Ein, zwei Gläser Whisky, und es gäbe keinen Schmerz mehr und kein Grübeln, nur noch sanftes Abtauchen und Watte im Kopf.

Aber er durfte sich nicht treiben lassen. Melissa brauchte ihn. Und er hatte nicht nur einen verunglückten Sohn, sondern auch eine Tochter. Um die er sich in den letzten Monaten kaum gekümmert hatte.

Statt zur Whiskyflasche zu greifen, griff er zum Handy und rief Alizée an. In Paris war es erst acht Uhr abends.

»Hallo Papa?« Sie klang recht erstaunt.

»Hallo mein Spatz. Ich wollte mich endlich mal wieder melden.«

»Das ist nicht zu früh«, murmelte sie. »Seit Neujahr hab ich nichts mehr von dir gehört.«

»Das ist doch erst einen Monat her … Was machst du gerade?«

»Ich lerne fürs Studium. Wie geht's dir, Papa?«

»Im Moment gerade nicht so gut«, antwortete er ehrlich. »Ich dachte, es würde mir guttun, deine Stimme zu hören.«

»Bitte komm nach Hause zurück, dann kannst du sie wieder jeden Tag hören.«

Lucien griff nach seinen Zigaretten und zündete sich eine an.

»Kommst du bald zurück?«, fragte sie hoffnungsvoll.

»Ich weiß es nicht. Nein, nicht so bald. Ich fühle mich hier wohler.«

»Und es ist dir egal, was aus Maman und mir wird?« Ihre Stimme war nun vorwurfsvoll und kleinmädchenhaft.

Er schnalzte mit der Zunge. »Nein. Aber deine Mutter will mich sowieso nicht mehr um sich haben, und du betonst immer, dass du jetzt erwachsen bist.«

»Trotzdem kann ich dich ja brauchen, oder?«

»Als ich noch in Paris war, war ich auch nicht viel für dich da seit … Es tut mir leid, Alizée. Das wollte ich dir noch sagen. Ich war wohl ziemlich egoistisch. Du hast schließlich deinen Bruder verloren.«

»Na ja, das ist nicht ganz dasselbe«, gab sie zu. »Und du hattest eben genug Probleme mit dir selbst. Mann, ich mache dir doch gar keine Vorwürfe.«

»Hab ich auch nicht so verstanden. Was ist eigentlich mit deinem Freund – tröstet der dich?«

Eine kurze Stille. »Wir haben uns getrennt.«

»Tut mir leid«, sagte Lucien betroffen. »Warum?«

»Ach!« Er sah förmlich vor sich, wie sie eine wegwerfende Handbewegung machte und sich dann mit den Fingern durch die schulterlangen kastanienbraunen Haare fuhr. »Ich war in den letzten Monaten halt nicht gut drauf wegen Elias und wegen dir. Und da hat er mich gegen eine fröhliche, dümmliche Blondine eingetauscht. Und mehr Busen hat sie auch.« Alizée knurrte.

»So ein Mistkerl. Dann hat er dich nicht geliebt und ist deiner nicht wert, Schatz. Du findest bald einen neuen«, tröstete Lucien.

»Ja ja. Ich will nicht weiter darüber reden.«

»Okay. Was macht das Studium?«

»Das ist öde. Ich bin nicht mehr sicher, ob mich Geologie wirklich interessiert«, klagte sie.

»Du hattest einen schlechten Start. Gib der Sache noch länger eine Chance.« Ihr erstes Semester hatte kurz nach Elias' Tod begonnen, aber da sie bereits ein Jahr auf einen Studienplatz gewartet hatte, hatte sie den Beginn nicht weiter hinauszögern wollen.

»Es ist so viel langweilige Theorie.«

»So ist das bei jeder Wissenschaft. Denk immer daran, warum du dieses Studium mal machen wolltest. Es hat dich doch fasziniert, die Geheimnisse unserer Erde zu entdecken«, versuchte er, einen leichten Ton anzuschlagen.

»Erinnerst du dich, dass ich eigentlich Meeresbiologin werden wollte?«

»Das wollen zu viele. Hättest du wirklich noch ein weiteres Jahr auf einen Studienplatz warten wollen?«

»Ich glaube, ich brauche eine Auszeit.«

»Alizée, du hattest bereits nach dem Abi eine Auszeit und warst ein halbes Jahr in Asien unterwegs«, erinnerte er. »Du studierst erst seit einem halben Jahr. Irgendwann musst du mal was Vernünftiges machen.«

»Du nimmst auch gerade eine Auszeit«, erinnerte sie.

»Ich war schon viele Jahre berufstätig, das ist was anderes.«

»Wenn es die Eltern machen, ist es immer was anderes«, knurrte sie.

»Ja, das Leben ist zutiefst unfair.« Er lachte leise. »Ich muss Schluss machen. Aber ich melde mich bald wieder bei dir – versprochen.«

»Okay. Gute Nacht, Papa.«

»Gute Nacht, Schatz, schlaf schön.«

Als er auflegte, stellte er fest, dass er sich tatsächlich bedeutend besser fühlte.

10

Am nächsten Morgen gönnte sich Lucien etwas mehr Schlaf, absolvierte dann sein Fitnessprogramm, duschte, rasierte sich und kleidete sich an. Er holte ein Baguette und das Journal de l'île de la Réunion, bereitete sich einen *café crème* zu und setzte sich damit an den Tisch auf der Veranda. Als er gerade mit dem Frühstück fertig war und in der Tageszeitung blätterte, klingelte sein Handy.

»Ich bin wieder draußen«, teilte Melissa ihm mit. »Kannst du mich abholen und nach Hause bringen? Ich hatte gehofft, mein Anwalt könnte mich fahren, aber er hatte gleich im Anschluss einen Gerichtstermin in Saint-Pierre.«

»Na klar – bist du noch im Hôtel de Police?«

»Nein, ich sitze im Café *Chez Paul* daneben.«

»Bin gleich da.« Er griff nach seinen Wagenschlüsseln.

Melissa hatte Augenringe, wirre Haare, war ungeschminkt, und ihr weißes Kleid war angeschmutzt und zerknittert. Vor ihr stand eine große geleerte Teetasse, und sie verzehrte hungrig die letzten Bissen eines Croissants.

Ihr Anblick verhieß nichts Gutes für Lucien, und auch nicht der verstörte und wütende Blick ihrer Augen. Als er zu ihr trat, knallte sie einen Zehneuroschein auf den Tisch und erhob sich.

»Umarme mich lieber nicht – ich stinke sicher wie ein Wiesel.«

»Nein, tust du nicht.« Er drückte ihr einen Kuss auf die Wange.

Sie schnappte sich ihre Handtasche. »Gehen wir.«

»Wie ist es gelaufen?«, fragte er, als sie im Wagen saßen und aus der Stadt herausfuhren.

»Der hat mich absichtlich an einem Sonntagvormittag festgenommen, damit ich noch länger in *garde à vue* schmoren muss«, sagte sie wütend. »Er hat behauptet, er habe das getan, weil Fluchtgefahr bestünde.«

»Wie haben sie dich behandelt?«, wollte er zögernd wissen.

»Wie eine Schwerverbrecherin! Lucien, es war so demütigend!«, stieß sie hervor. »Ich musste mich restlos entkleiden, sie haben mir alles abgenommen – Uhr, Handy, Schmuck, sogar meinen Ehering. Sie haben in all meine Körperöffnungen geguckt, und dann haben sie mich die ganze Nacht in eine eklige Zelle gesperrt, in der es nicht mal ein Klo gab, nur ein stinkendes Loch im Boden und eine ranzige Matratze auf einer klapprigen Pritsche. Es war furchtbar.« Sie zog eine Sonnenbrille aus ihrer Handtasche und setzte sie auf. »Ist das überhaupt legal?«

Lucien sah sie mitfühlend an und wiegte den Kopf hin und her. »Diese Praxis des Polizeigewahrsams ist eine Unsitte bei uns. Der europäische Menschenrechtshof hat Frankreich vor einigen Jahren aufgefordert, das *garde à vue* abzuschaffen, und Sarkozy hat schließlich ein Gesetz dagegen unterschrieben. Aber es gab in der Folge viel Hickhack darum, und anscheinend hat sich dieses Gesetz noch nicht bis zu den Übersee-Départements herumgesprochen.«

»Kann ich den Kommissar wegen seines Vorgehens verklagen?«, fragte sie grimmig.

»Solange deine Unschuld nicht eindeutig bewiesen ist, würde ich mir das stark überlegen. Wann bist du vernommen worden?«

»Gerade eben erst. Der Anwalt, den Maître Dufour geschickt hat, scheint gut zu sein – er hat kurzen Prozess gemacht und die Sache aufgrund mangelnder Beweislage ziemlich schnell als beendet erklärt. Und der Untersuchungsrichter musste einen Haftgrund verneinen. Talon war total sauer, dass er mich laufen lassen musste.«

»Versteh ich nicht, es gibt ja noch andere Verdächtige – und er hat sich ja offenbar nicht mal die Mühe gemacht, sich mit ihnen zu beschäftigen. Sag mal, ist da mal was zwischen euch gelaufen? Er hasst dich sicher nicht nur, weil dein Bruder mit seiner Frau schläft – da ist doch noch mehr.«

»Ich kenne seine Frau Valérie aus dem Fitnessstudio, war mal bei ihr eingeladen, und dadurch habe ich Talon kennengelernt.« Sie seufzte. »Er wollte sich vor einigen Wochen mit mir treffen, nachdem er Denis zur Rede stellen wollte und bei ihm abgeblitzt ist. Weil mir diese Affäre peinlich war, habe ich mich darauf eingelassen und ihn zum Aperitif eingeladen. Xavier sollte eigentlich auch dabei sein, aber er hat sich verspätet – angeblich weil der Piton Schluckauf hatte«, fügte sie ironisch hinzu. »Jetzt denke ich eher, er war bei seiner Geliebten. Talon war jedenfalls recht wütend wegen der Affäre, hat über meinen Bruder geschimpft. Ich habe Denis verteidigt. Ich meine, weiß man denn, was für ein Ehemann dieser Talon ist? Sie wird schon Gründe haben, ihn zu betrügen. So was in der Art habe ich ihm auch gesagt. Das hat ihn noch mehr verärgert. Er wollte mir beweisen, was für ein toller Liebhaber er ist, hat mich in die Arme gerissen und geküsst. Ich habe ihm das Knie in den Schritt gestoßen, ihm eine geknallt und ihm gesagt, er solle sich zum Teufel scheren.«

Lucien lachte ein wenig, aber seine Miene hatte sich verfinstert. Die Vorstellung, dass sich Talon beinahe an Melissa vergriffen hatte, machte ihn wütend. Und auf einmal überraschte er sich bei dem Gedanken, dass ihm die Vorstellung nicht gefiel, wie Melissa einen anderen Mann küsste. Gar nicht gefiel. Er hatte das Gefühl, er habe vor langer Zeit etwas weggeworfen und erst jetzt erkannt, welchen Wert es hatte.

»Außerdem ist er Rassist, er hat ziemlich komische Äußerungen gemacht, als ich was über meine Vorfahren erzählt habe.« Wie bei vielen Réunionesen mischten sich in Melissa französisches, indisches und madagassisches Blut und verliehen ihr das Aussehen einer orientalischen Prinzessin mit hellbrauner Samthaut, Glutaugen und dichten, schwarzen Haaren.

»Dann steht er wahrscheinlich auf dich und verachtet sich selbst dafür.«

»Vor allem verachtet er mich dafür!«

»Manche Leute versuchen zu zerstören, was sie nicht bekommen können«, meinte Lucien nachdenklich.

»Glaubst du, er wird ernsthaft versuchen, den Täter zu finden?«

»Kann sein, dass er es schleifen lässt. Ich hoffe, er geht nicht so weit, Beweise zu manipulieren, um dich nochmals festnehmen zu können.«

»Die Motive sind ja schon belastend genug«, murmelte sie.

Er warf ihr einen kurzen Seitenblick zu. »Hattest du wirklich keine Ahnung, dass Xavier eine Geliebte hatte?«

Melissa atmete tief durch, zögerte kurz. »Ich hatte einen Verdacht. Meist fühlt man ja, dass was nicht stimmt, ohne es begründen zu können. Aber ich dachte, ich würde mir vielleicht was einbilden.« Sie mied seinen Blick.

»Hast du ihn nicht darauf angesprochen?«

»Er hätte mir kaum die Wahrheit gesagt, oder?«

Lucien zuckte die Schultern. »Manche Menschen warten geradezu darauf, um es zu gestehen.«

»Ich wollte nicht als übertrieben eifersüchtig dastehen. Außerdem war ich der Meinung, wir wären glücklich.«

»Wirklich?«

Nun zuckte sie die Schultern. »Okay, es war nicht mehr die große Verliebtheit vom Anfang, aber in einer Beziehung muss man nun mal viele Zugeständnisse machen.«

»Du hast also keine Ahnung, wer diese Dame ist?«

»Kommissar Talon hat mir ihren Namen genannt – er hat das geradezu genossen, das kann ich dir sagen!«

»Und, wie heißt sie?«

»Inès Abadie. Sie ist Xaviers Friseurin – genauer gesagt, ist sie die Inhaberin des Friseursalons in Trois-Mares, wo wir hingehen. Talon hat mir ihr Foto von den WhatsApp-Nachrichten gezeigt, und ich habe sie erkannt.«

»Ausgezeichnet«, murmelte Lucien.

Melissa sah ihn aufgebracht an. »Was findest du daran so toll?«

»Natürlich nicht, dass dein Mann dich mit seiner Friseurin betrogen hat, aber wenigstens weiß ich jetzt endlich, wer sie ist! Ist sie verheiratet?«

»Keine Ahnung.«

»Wie alt ungefähr?« Er hielt an einer roten Ampel. Sie waren inzwischen in Trois-Mares angekommen.

»Anfang oder Mitte Dreißig.«

»Wie sieht sie aus?«

»Offensichtlich attraktiver als ich«, murrte Melissa.

»Sicher nicht. Ich formuliere um: Wie erkenne ich sie?«

»Karamellblonde Locken, eine Hautfarbe wie Latte Macchiato und so eine Sanduhrfigur, wie ihr Männer sie ja liebt.«

Unwillkürlich ließ Lucien den Blick über Melissas Figur schweifen, an der es auch nichts auszusetzen gab, aber er verkniff sich das Kompliment, das ihm auf der Zunge lag. Er wollte unter allen Umständen professionell bleiben, und flirten würde ihn nur ablenken.

Kurz darauf erreichten sie die Auffahrt zum Haus der Lefèvres, und Lucien hielt vor der Haustür, wo ein Mountainbike abgestellt war.

»Yannick ist da«, bemerkte Melissa.

»Wir haben gestern bereits Bekanntschaft geschlossen. Er kam, kurz nachdem du weg warst.«

»Oh. Da war er sicher überrascht, dich dort anzutreffen.«

»In der Tat. Und nicht allzu begeistert.«

»Danke fürs Fahren. Möchtest du auf einen Kaffee mitkommen?«

»Gern. Vor allem würde ich gern dein WLAN benutzen, um meine Nachrichten zu checken. Meine Mutter hat Telefon und Internet abgemeldet, und ich muss immer ins Café, wenn ich ins Internet will.«

»Kein Problem, surfe bei mir, solange du willst.« Sie warf ihm ein schiefes Lächeln zu und öffnete die Tür des Peugeots.

Melissa warf ihre Handtasche auf das Sideboard in der Diele, schlüpfte aus ihren Pumps und ging barfuß in die Küche. Lucien folgte ihr.

Auf dem Küchenfußboden stand eine Getränkekiste mit Saftflaschen, aus der eine entnommen worden war.

»Typisch Yannick, er nimmt sich, was er braucht und lässt den Rest einfach herumstehen«, bemerkte Melissa verärgert, bückte sich und ging dabei leicht in die Knie.

»Lass mich das machen«, sagte Lucien hastig, aber da hatte sie die Kiste bereits mühelos hochgehoben und auf die Arbeitsfläche neben dem Kühlschrank gestellt.

»Du bist ja kräftig«, staunte er und beobachtete sie nachdenklich, wie sie drei Saftflaschen in den Kühlschrank räumte und die restlichen acht in einen der Küchenschränke.

Sie hob den rechten Arm und spannte die Oberarmmuskeln an, damit er sie bewundern konnte. »Mein Bruder ist schließlich Fitnesstrainer, er trainiert mich.«

»So. Super.« In Anbetracht der Umstände war er eher unangenehm überrascht über diese Entdeckung.

Yannick kam die Treppe hinunter und betrat die Küche.

»Hi, Melissa«, sagte er mit etwas mürrischem Gesicht, während er Lucien wortlos zunickte. »Sie haben dich also wieder gehen lassen.«

»Ja. Keine Beweise. Schade für dich, was?«, bemerkte sie spitz und tat eine Kaffeekapsel in die Nespresso-Maschine.

Klar, dachte Lucien, wenn Melissa wegen Mordes verurteilt würde, könnte Yannick über das gesamte Erbe verfügen – zumindest hätte er wahrscheinlich keine Mühe, das Testament anzufechten. Er beobachtete Yannick, doch dessen Miene war undurchdringlich. Lediglich seine Schultern hatten sich angespannt. Er hatte das Gefühl, dass die beiden sich gern allein unterhalten würden.

»Geht doch schon ins Wohnzimmer«, meinte er hastig. »Ich komme allein mit der Kaffeemaschine zurecht. Für Sie auch einen, Yannick?«

Der junge Mann warf ihm einen irritierten Blick zu. »Und heute Abend kochen Sie uns das Essen oder was?«

»Das wäre nicht das Schlechteste – er ist ein sehr guter Koch«, nahm Melissa Lucien in Schutz.

»Keine Sorge, ich will mich hier nicht einquartieren, ich habe selbst ein recht nettes Häuschen.«

»Hm.« Yannick verzog den Mund. »Ich nehme einen *Noisette*.« Er legte die Hand in Melissas Rücken und schob sie sachte zur Tür hinaus.

Lucien stellte für den *Noisette* die Maschine auf Espresso ein, legte eine neue Kapsel ein und gab eine winzige Menge Milch in eine Tasse.

Während er auf den dünnen braunen Strahl starrte, der mit leisem Zischen aus dem Gerät lief, atmete er genussvoll den köstlichen Duft ein, der in seine Nase stieg. Es machte ihm Spaß, mit diesen Kaffeeautomaten zu hantieren. Vielleicht sollte er eine Ausbildung zum Barista absolvieren und sich mit einem Café in Saint-Pierre selbstständig machen, überlegte er. Daran hatte er bereits in Paris ab und zu gedacht, wenn er abgehetzt und gestresst von seinen Ermittlungen in ein Café oder Bistro kam und sich beim Anblick der chromblitzenden Maschinen, die köstliche Kaffeesorten aller Art produzierten, sofort entspannt hatte. Vielleicht wäre es eine Überlegung wert. Wobei es ihn vor allem reizte, sein eigener Chef zu sein – mit oder ohne Café.

Aber erst einmal hatte er Dringenderes zu tun, ermahnte er sich, während er die dritte metallicblaue Kapsel in den Automaten schob und auf Start drückte. Zurück zum Thema. Xaviers Geliebte war also Friseurin. Benötigte er nicht sowieso unbedingt mal wieder einen Haarschnitt?

Lucien verließ die Küche und ging in den Flur zum Garderobenspiegel, um kritisch die Länge seiner Haare zu begutachten. Der Spiegel war so gestellt, dass man ins Wohnzimmer hineinsehen konnte, wo Melissa und Yannick standen. Er hielt sie in den Armen und streichelte beruhigend über ihren Rücken, während sie das Gesicht schutzsuchend an seine breite Schulter schmiegte. Nun küsste er auch noch ihre Stirn.

Lucien ließ die Hand sinken, mit der er durch seine Haare gewuschelt hatte, und starrte das Spiegelbild der beiden an. Diese Umarmung sah so gar nicht danach aus, dass sie sich nicht besonders gut verstanden. Irgendwas roch plötzlich faul für ihn und ihn durchzuckte ein Gedanke. Hatten die beiden am Ende trotz ihres Altersunterschiedes ein Verhältnis miteinander? Taten sie so, als würden sie sich nicht besonders mögen, um dies zu verschleiern und keinen Verdacht darauf zu lenken, dass sie gemeinsame Sache machten und Xavier gemeinsam getötet hatten? Denn wenn Xavier Melissa verlassen und erneut geheiratet hätte, wären sie beide nahezu leer ausgegangen, falls es einen Ehevertrag gab.

Obwohl Melissa den Mord rein physisch vermutlich auch allein geschafft hätte, wie die Sache mit der Getränkekiste gerade gezeigt hatte. Aber traute er ihr einen Mord wirklich zu? Ging hier das Misstrauen des langjährigen Kriminalkommissars mit ihm durch? Oder hatte im Gegenteil seine Freundschaft zu Melissa das verschleiert, was er schon eher hätte erkennen müssen?

Aber warum hätte sie einen Privatermittler beauftragen sollen, wenn sie schuldig war? Um sicherzugehen, dass genug andere Verdächtige gefunden wurden? Und war der hohe Betrag auf dem Scheck etwa als Schweigegeld gedacht? Wie um alles in der Welt sollte er sich verhalten, falls er sie tatsächlich als Täterin entlarvte?

Lucien atmete tief durch. Der zerzauste Zustand seiner Haare passte zu dem aufgewühlten Zustand seines Inneren.

Melissa bemerkte auf einmal, dass er sie im Spiegel beobachtete und löste sich von Yannick. Lucien wandte sich brüsk ab und ging in die Küche zurück.

Während er in seinen durchgelaufenen Kaffee einen Schwups Milch goss und dann die drei Tassen auf ihre Untertassen stellte, trat Melissa hinter ihn.

»Das ist nicht das, wonach es vielleicht gerade aussah«, erklärte sie hastig.

Er drehte sich zu ihr um. »Wonach sah es denn aus?«

»Du könntest denken, wir haben was miteinander.« Sie lachte gezwungen.

»Und – habt ihr?« Er drückte ihr eine Tasse in die Hand.

»Natürlich nicht. Mein Gott, Yannick ist siebzehn Jahre jünger als ich; er interessiert sich nur für Frauen um die zwanzig.«

»Selbst wenn ihr kein Verhältnis miteinander habt – aber es ist anzunehmen, dass Yannick nun sehr nett zu dir sein wird, wenn du fast alles erbst«, erklärte Lucien mit gesenkter Stimme, um sicherzugehen, dass Yannick es nicht hören konnte. »Außerdem bist du eine attraktive Frau, und viele junge Männer schätzen eine Frau mit Erfahrung. Mit Geld natürlich sowieso.«

»Was wirst du jetzt als Nächstes tun?«, lenkte sie ab.

»Mir von dieser Inès einen Haarschnitt verpassen lassen und sie dabei unter die Lupe nehmen.«

»Montags hat der Salon geschlossen.«

»Dann eben morgen oder übermorgen. Ich hoffe, sie ist nicht auf Wochen hinaus ausgebucht. Kannst du mir die Telefonnummer geben?«

»Ja. Komm mit ins Wohnzimmer.«

Sie setzten sich an den Esstisch, auf dem noch die Papiere verstreut lagen. Die Briefe, die Melissa am Vortag getippt hatte, lagen ausgedruckt zur Unterschrift bereit. Offensichtlich hatte Yannick das erledigt.

»Ich werde meinen Laptop brauchen«, sagte Lucien.

»Können Sie mitnehmen«, erklang Yannicks Stimme von der Couch. »Ich glaube, es ist alles fertig, und ich habe notfalls meinen dabei.« Er tippte auf ein kleines Notepad, das vor ihm auf dem Couchtisch stand. Dann erhob er sich und schlenderte zum Esstisch, wo Lucien seinen *Noisette* abgestellt hatte.

»Wir können uns ruhig duzen«, bot Lucien an. »Ich glaube, wir werden noch öfter miteinander zu tun haben.«

»Von mir aus«, brummte Yannick.

»Wie lange willst du bleiben?«, fragte Melissa. »Es sind noch Semesterferien, oder?«

»Ja. Wenn es dir nichts ausmacht, werde ich heute Nacht hierbleiben.«

»Es macht mir nichts aus.« Sie nahm einen langen Schluck Kaffee. Dann notierte sie etwas auf einen Zettel und reichte ihn Lucien. »Hier ist die Telefonnummer des Frisiersalons, und darunter steht das Passwort fürs WLAN. Nimm dir die Zeit, die du brauchst, aber ich werde jetzt endlich duschen und mich dann hinlegen. Ich habe heute Nacht kein Auge zugetan.« Sie stürzte den Rest des Kaffees hinunter.

Er nickte. »Sagst du mir Bescheid, wenn du die Traueranzeigen hast, damit wir ins Observatorium fahren und uns mit Xaviers Mitarbeitern unterhalten können?«

»Mach ich. Und – danke für alles, Lucien.« Sie wirkte nun in der Tat sehr erschöpft, und er stellte fest, dass er sie am liebsten persönlich die Treppe hinaufgetragen und ins Bett gebracht hätte. Und das, obwohl er gerade noch überlegt hatte, ob sie die Mörderin sein oder zumindest Beihilfe geleistet haben könnte. Verdammt, solche Verwicklungen konnte er überhaupt nicht gebrauchen.

»Ruh dich aus«, sagte er knapp und wandte sich seinem Smartphone zu, um es ins Internet einzuloggen.

Yannick setzte sich mit seiner Espressotasse wieder auf die Couch und vertiefte sich in ein Lehrbuch.

»Sag mal, läuft da was zwischen Melissa und dir?«, fragte Lucien ihn in vertraulichem Ton.

Yannick blickte ihn befremdet an. »Nein, natürlich nicht.«

»Ich finde nur, ihr habt gerade sehr vertraut miteinander gewirkt, als du sie so in den Armen gehalten hast«, bohrte Lucien.

»Himmel noch mal, wir haben beide jemanden verloren, den wir geliebt haben, darf man sich da nicht mal tröstend in den Arm nehmen?«

»Doch, klar. Nur hatte ich anfangs den Eindruck, ihr mögt euch nicht besonders – nach dem, was Melissa erzählt hat.«

»Anfangs schon«, gab Yannick widerstrebend zu. »Sie hat mich als Eindringling betrachtet, und für mich war sie die Frau, die meine Mutter ersetzt hat. Als ich angefangen habe, hier zu studieren, sind wir recht misstrauisch umeinander herumgeschlichen. Aber dann …« Er zuckte die Schultern.

»Was?«, hakte Lucien nach.

»Da war ein Abend, es ist noch nicht lange her. Sie und Vater hatten Streit wegen irgendwas, an einem Wochenende, wo ich hier übernachtet habe. Es hat so richtig gescheppert, und er hat ihr eine gelangt. Und hat Kleinholz aus einem Stuhl gemacht. Melissa hatte Angst und ist zu mir ins Zimmer geflüchtet. Sie hat mir leidgetan, und so habe ich sie in meinem Zimmer übernachten lassen. Aber ich habe auf einer Matratze am Boden geschlafen«, beteuerte er.

Lucien hob skeptisch eine Augenbraue. »Danach?«

»Mann, Blödsinn, was soll die Fragerei?«, sagte Yannick verärgert. »Für so was ist sie mir viel zu alt, okay?«

»Aber sie ist eine attraktive Frau.«

»Hey, sie ist vierzig«, sagte Yannick in einem Ton, als würde dies bereits Pflegestufe 2 bedeuten

Lucien musste sich ein Lächeln verkneifen. »Und hat dein Vater dich auch mal geschlagen?«

»Und wenn? Habe ich dann ein weiteres Mordmotiv?«, fragte Yannick aggressiv zurück.

Lucien schwieg und wartete ab.

»Früher mal«, gab Yannick schließlich zu. »In den letzten Jahren nicht mehr. Da bin ich ihm wohl zu groß geworden.«

»Hm, mit deinem Vater war wohl nicht immer gut Kirschen essen, was?«

Yannick zuckte nur die Schultern und Lucien ließ es damit gut sein.

Nachdem er seine Nachrichten und Mails angesehen hatte, trank er seinen *café crème* aus und warf einen Blick zur Uhr. Wenn er schon mal in Trois-Mares war, konnte er auch gleich seine Schwester besuchen, die im Nachbarort Pont d'Yves wohnte. Es gab da plötzlich einige Fragen, die ihm auf der Zunge brannten.

II

Mit dem Wagen war es ein Katzensprung von Trois-Mares in den kleinen Ort Pont d'Yves, der sich eng an die Berge kuschelte und von saftig grünen Wiesen umgeben wurde, auf der Ziegen und Kühe weideten.

»Christine, schön, dass du zu Hause bist.« Lucien zog seine Schwester in die Arme, als sie ihm die Tür des Einfamilienhauses öffnete. »Ich hoffe, ich störe dich nicht.«

Christine schwang das Geschirrhandtuch über ihre Schulter und strich sich eine braune Haarsträhne, die sich aus dem Pferdeschwanz gelöst hatte, hinters Ohr.

»Nein, aber es wäre mir lieber gewesen, du hättest mir vorher Bescheid gesagt.«

»Du weißt, die Polizei meldet sich nie an.« Er zwinkerte ihr zu. »Und ich bin sozusagen dienstlich hier.«

»Wie darf ich das denn verstehen?«, fragte sie verblüfft und ließ ihn eintreten.

»Du erinnerst dich sicher an Melissa Lefèvre – also ehemals Melissa Brissard.«

»Ja natürlich!« Sie versetzte ihm einen Klaps. »Ich bin zwar gerade vierzig geworden, aber ich bin noch nicht dement!«

»Habt ihr noch Kontakt? Wie gut kennst du sie noch?«

»Sag mal, willst du nicht erst mal reinkommen, oder sollen wir das wirklich zwischen Tür und Angel besprechen? Hast du es so eilig?«

»Ich habe es gar nicht eilig«, gab er zu und dachte bei sich, was für ein Luxus das war. »Entschuldige, ich glaube, der kommissarische Autopilot hat gerade übernommen. Und ich weiß ja nicht, ob du eigentlich Zeit für mich hast.«

Christine warf einen Blick zur Uhr. »In einer Stunde muss ich Judicaël von der Kita abholen. Und bis dahin habe ich noch ungefähr hundert Dinge zu tun, die eine Mutter und Hausfrau so zu erledigen hat, aber ich höre dir zu, Bruderherz. Willst du einen Kaffee?«

»Nein, ich hatte schon zwei, und bei der Hitze ist mir eher nach was Kaltem.«

»Dann kannst du den Eistee kosten, den ich für die Kinder gemacht habe.« Sie ging in die Küche voran, öffnete die Kühlschranktür und entnahm ihr eine große Karaffe, in der Fruchtstückchen in einer honigfarbenen Flüssigkeit schwammen.

»Wie geht es meinem Auto? Wie viele neue Beulen hat es schon?«

Nachdem Christines drittes Kind nun ein Jahr alt war, hatte sie sich gerade ein größeres Auto gekauft, als Lucien auf der Insel angekommen war. Unter der Bedingung, dass er die Kfz-Steuer beglich, lieh sie ihm ihren alten Peugeot, bevor sie ihn zum Verkauf anbieten würde. Lucien war der Meinung, dass er sowieso eher reif für den Schrotthändler war, aber im Moment leistete er ihm noch gute Dienste.

»Ach, seit ich damit letztens einen Abhang im Cirque de Salazie hinuntergekullert bin, ist die Kühlerhaube Schrott, aber der Motor läuft noch«, scherzte er.

»Sehr witzig. Weil du von Melissa redest«, begann sie, während sie ihm Eistee in ein Limonadenglas einschenkte, »ich habe vorgestern in den Nachrichten gehört, dass ihr Mann am Piton tödlich verunglückt ist. Weißt du davon?«

»Ja.« Er setzte sich an den Küchentisch und trank durstig.

»Ist das nicht furchtbar? Wenn man einen Mann mit so einem Beruf hat, ist man vor so was ja nicht gefeit. Ich wette, Suzanne kann davon auch ein Lied singen. Gott, bin ich froh, dass Jean-Marc Steuerberater ist.«

»Christine – bitte behalte das für dich, aber … Es ist sehr wahrscheinlich, dass Xavier Lefèvre nicht verunglückt ist, sondern dass da jemand nachgeholfen hat.«

»Im Ernst?« Christine hatte sich angeschickt, den Geschirr-spüler auszuräumen, aber nun starrte sie ihren Bruder mit offenem Mund an und ließ sich auf einen Stuhl am Küchentisch sinken. »Und was hast du damit zu tun? Hast du hier einen Job bei der Mordkommission ergattert?«

»Nein, und ich bin auch gar nicht scharf drauf. Melissa hat mich um Hilfe gebeten. Ich soll versuchen, als Privatermittler herauszubekommen, wer ihren Mann umgebracht hat.«

»Wieso das denn? Traut sie das der hiesigen Kripo nicht zu?«

Lucien erklärte ihr knapp den Sachverhalt.

Christine prustete los und wandte sich wieder dem Geschirr-spüler zu. »Denis! Das sieht ihm ähnlich! Die Frau eines Kommis-sars zu verführen, tsss!«

»Wie gut kennst du Melissa? Ich erinnere mich, dass ihr auf der Schule ziemlich gut befreundet wart. Seid ihr das noch?«

»Nein. Eigentlich haben wir nach dem Abi immer mehr den Kontakt verloren. Sie ist nach Saint-Denis gegangen, um zu stu-dieren, und danach hat sie beim Wetterdienst in Sainte-Clothilde gearbeitet und schließlich als Radiosprecherin. Wir haben manch-mal telefoniert, aber gesehen haben wir uns höchstens noch einmal im Jahr. Und als sie Xavier geheiratet hat und nach Trois-Mares gezogen ist, war sie zwar gleich um die Ecke, aber inzwischen hatte ich die Kinder und einfach keine Zeit mehr für Frauen-treffen, die nicht am Spielplatz stattfinden.« Sie rührte in dem großen Topf, der auf dem Herd stand und in dem ein köchelndes Cari einen köstlichen Duft zu verströmen begann. »Koste mal.« Sie hielt Lucien einen Löffel vor den Mund. »Achtung, ist heiß.«

Er pustete und kostete dann vorsichtig von dem Ragout. »Mmmh, sehr lecker.«

»Wenn du willst, kannst du was davon essen, bevor du gehst.«

»Das lasse ich mir nicht zweimal sagen. Ähm, also jetzt habt ihr praktisch keinen Kontakt mehr?«

»Wir reden kurz miteinander, wenn wir uns mal zufällig irgendwo treffen – beim Bäcker, im Supermarkt oder beim Fri-seur ...«

»Beim Friseur? Gehst du auch zu dem Salon von Inès Abadie?«

»Ja, der ist gut und nicht zu teuer. Seit wann interessierst du dich dafür, wo ich mir die Haare schneiden lasse?«

Lucien wollte nicht indiskret sein und seiner Schwester auf die Nase binden, dass Melissas Mann eine Affäre gehabt hatte. Wobei er Kommissar Talon, der die Feinfühligkeit eines Rhinozerosses zu besitzen schien, durchaus zutraute, diese Information der Presse zuzuspielen.

»Wie du siehst, brauchen meine Haare mal wieder einen Schnitt«, erklärte er ausweichend.

Sie beäugte ihren Bruder kritisch. »Ja, das ist wahr. Und woher kommt nun dein plötzliches Interesse an Melissas und meiner Freundschaft?«

»Ich bin in der heiklen Situation, dass ich nicht völlig ausschließen kann, dass meine Auftraggeberin eventuell die Täterin sein könnte.«

Christine hob die Augenbrauen. »Und nun willst du wissen, ob ich ihr so was zutraue?«

»Nein, so eine Frage würde ich dir nie stellen. Ich möchte nur von dir wissen, ob du mal beobachtet hast, dass Melissa jähzornig war oder sich berechnend verhalten hat. Oder ob du weißt, ob sie ihren Mann betrogen hat. Wie sie zu ihrem Stiefsohn steht. Und ob du sie mal beim Lügen ertappt hast. Das bleibt natürlich unter uns.«

»Puh. Das sind verantwortungsvolle Auskünfte, was?«

»Keine Sorge, ich lasse sie nicht festnehmen, nur weil sie dich als Kind mal mit der Schaufel gehauen oder dem Lehrer gesagt hat, sie wäre zu krank für die Hausaufgaben gewesen, obwohl sie bummeln war.«

»Da ist nichts, woran ich mich speziell erinnere. Ja, sie konnte wütend werden, wenn man sie geärgert hat, und ich kann mich erinnern, dass sie in der Schule einem Typen eine geklebt hat – aber der hat sie echt provoziert. Und sie hat mich auch ein- oder zweimal wegen irgendwas angelogen – aber schwindeln wir nicht alle mal? Mir ist nicht bekannt, dass sie ihren Mann betrogen hat – jedenfalls habe ich nie Tratsch darüber im Ort gehört. Kaltblütigen Mord traue ich ihr eigentlich nicht zu. Wie ist er denn gestorben?«

»Von hinten erschlagen. Aber behalte das bitte für dich.«

»Hm, heimtückisch. Also, Melissa war immer sehr geradeheraus, jemanden von hinten anzufallen passt nicht zu ihr.«

»Ich persönlich glaube auch nicht, dass sie zu einem Mord in der Lage ist, aber ich … weiß nicht, ob ich wirklich objektiv sein kann.« Er trommelte mit den Fingern auf die Tischplatte.

»Ach nee!«, machte Christine interessiert. »Hat es etwa bei dir jetzt auch gefunkt? Sie war ja früher sehr in dich verschossen.«

»Tatsächlich?« Hastig nahm er einen Schluck Eistee.

»Du warst wahrscheinlich der einzige, der es nicht mitbekommen hat. Na ja, es war eine Teenager-Schwärmerei. Aber jetzt seid ihr erwachsen.« Ihre blaugrauen Augen durchbohrten ihn fragend.

Lucien zuckte die Schultern. »Was heißt gefunkt«, brummte er. »Sie ist eine anziehende Frau, ja, aber ich …« Er ließ den Satz unvollendet. »Jedenfalls kenne ich sie schon so lange, dass ich da nicht so unvoreingenommen herangehen kann, als wenn sie eine Fremde wäre. Und andererseits kenne ich sie lange nicht gut genug.«

»Hast du noch andere Spuren?«

»Ja, einige.«

»Dann geh doch erst mal denen nach. Wenn du Glück hast, kannst du ja einem davon den Mord nachweisen.«

Luciens Gesicht blieb grüblerisch. »Ob sie was mit ihrem Stiefsohn hat?«

Sie lachte. »Gib es zu, das willst du jetzt als Mann wissen und nicht als Ermittler.«

»Oh doch. Es würde das Motiv vergrößern. Als Mann ist es mir wurscht, mit wem sie schläft.« Die beiden steilen kleinen Falten zwischen seinen Augenbrauen vertieften sich.

»Du hast auch schon besser gelogen.« Christine beugte sich zu ihm hinunter und küsste ihn auf die Stirn, bevor sie wieder zum Herd ging. »Zu mir hat sie jedenfalls nie eine Andeutung gemacht, dass sie in Xaviers Sohn etwas anderes sieht als … eben ihren erwachsenen Stiefsohn. Keine aufleuchtenden Augen bei der Erwähnung seines Namens, kein vermehrtes Namedropping …«

»Bitte was?«

»Verknallte Frauen haben die Angewohnheit, den Namen ihres Liebsten bei jeder Gelegenheit einzustreuen. Obwohl, wenn ich es mir recht überlege, hat sie seinen Namen schon etliche Male erwähnt.« Christine grinste. »Yannick will Vulkanologe werden, Yannick zieht jetzt nach Saint-Pierre, Yannick kommt am Wochenende zu uns, Xavier und Yannick machen eine Wandertour im Cirque de Mafate … Du wirst es in Kauf nehmen müssen, vielleicht einen sehr jungen Nebenbuhler zu haben.«

Lachend hob sie die Hände, als ein von Lucien geworfener Topflappen sie traf.

»Mal eine andere Sache: Kennst du zufällig jemanden, der in der Präfektur in Saint-Denis arbeitet?«, lenkte er ab.

Christine dachte nach. »Sylvie ist Sekretärin in der Präfektur.«

»Welche Sylvie?«

»Na, die Tochter von Jérôme.«

Jérôme war der neue Lebensgefährte von Luciens Mutter, und er hatte ihn und seine Tochter und deren Familie an Weihnachten kennengelernt. Aber sie hatten nicht über ihre Arbeit gesprochen.

»Hast du ihre Telefonnummer?«

»Nein, so gut kenne ich sie nicht. Aber Maman hat sie bestimmt.«

»Gut, dann rufe ich sie nachher an.«

Lucien war klar, dass er sich eine List einfallen lassen musste, um sich wenigstens kurz mit Olivier Savignon unterhalten zu können.

So telefonierte er am Abend mit Sylvie, erklärte ihr in groben Zügen sein Problem und bat sie um Hilfe.

»Ich werde sehen, ob ich was tun kann«, versprach diese. »Ich melde mich morgen bei dir.«

12

Talon ärgerte sich immer noch, dass er Melissa Lefèvre wieder hatte laufen lassen müssen. Aber der Polizeigewahrsam durfte nicht länger als vierundzwanzig Stunden dauern, und wenn die Beweise nicht reichten, um den Verdächtigen dem Haftrichter vorzuführen, konnte die Person nicht länger festgehalten werden.

Zu schade. Die Vorstellung, Melissa jederzeit in ihrer Arrestzelle aufsuchen zu können, hatte ihm gut gefallen. Auch wenn er sie natürlich nicht anrühren durfte, wie er es zu gern getan hätte. Während sie im Keller des Hôtel de Police schmorte, hatte er die halbe Nacht wach gelegen und schmutzige Fantasien darüber gehabt, wie er es mit ihr in der Zelle trieb. Denn natürlich könnte sie es sich nicht leisten, weiter die Stolze zu spielen und ihn abzuweisen, wenn er die Macht darüber hatte, sie für lange Jahre hinter Gitter zu bringen. Bis sie wieder draußen wäre, würde es vorbei sein mit der exotischen Schönheit. Sie würde ihn anbetteln, mit ihr zu schlafen, wenn er dafür großzügig die gesammelten Beweise verschwinden ließe …

Wenn er denn mal welche hätte. Ihr Anwalt war ein erfahrener Strafverteidiger, der kurzen Prozess gemacht hatte: ohne Beweise oder zumindest bessere Indizien keine Anordnung von U-Haft, ohne Anordnung von U-Haft sofortige Freilassung. Talon schwor sich, Beweise zu finden. Allerdings war er verpflichtet, inzwischen auch anderen Spuren nachzugehen. Und dieser verdammte Lucien Mahé hatte natürlich recht damit, dass Olivier Savignon ein gutes Motiv gehabt hätte. Und vielleicht auch die Gelegenheit.

So befand sich Talon an diesem Vormittag zusammen mit Sergent Bonnard auf dem Weg nach Saint-Denis, um das Alibi des Politikers festzustellen.

Nachdem sie sich durch die vollen Straßen der kleinen Hauptstadt geschlängelt hatten, parkte Bonnard den Wagen der Gendarmerie auf dem Parkplatz des Präfekturgebäudes, einem ehemaligen Gouverneurspalast. Vor dem eleganten neoklassizistischen Gebäude mit den weißen Säulengängen flatterten nebeneinander die Trikolore, die Fahne der Europäischen Union und die Flagge von La Réunion.

Sie betraten nach kurzem Anklopfen das Vorzimmer des *Sénateur Départementale* für Forschung und Finanzen.

»Wir möchten zu Monsieur Savignon«, kündigte Talon an und näherte sich dem Schreibtisch der Sekretärin.

Die korpulente ältere Dame mit der weißen Seidenbluse und den straff aus dem braunen Gesicht gekämmten Haaren musterte ihn streng über den Rand ihrer Lesebrille hinweg. »Er empfängt niemanden ohne Termin.«

»Das ist meine Terminbestätigung.« Talon baute sich vor ihr auf und hielt ihr seinen Polizeiausweis vor die Nase. »Ich will ihn sofort sprechen. Dauert auch nicht lange.«

»Ich muss erst fragen, ob es passt.« Sie hielt seinem Blick unbeeindruckt stand und drückte auf eine Taste der Telefonanlage. »Monsieur Savignon, hier sind zwei Herren von der Gendarmerie, die Sie sprechen wollen. – Ja, gut. – Sie können reingehen«, sagte sie gnädig und legte auf.

»Danke, sehr liebenswürdig«, erwiderte Talon ironisch und marschierte auf die Tür aus dunklem Holz zu.

Als er, gefolgt von Bonnard, das Büro betrat, erhob sich hinter dem mächtigen Schreibtisch aus Eichenholz ein mittelgroßer schlanker Mann mit entschlossenen Gesichtszügen, schmaler, vorspringender Nase und locker aus der Stirn gekämmten dunkelblonden Haaren. Er trug einen gutgeschnittenen sandfarbenen Anzug, und Talon registrierte neidisch, dass das Büro klimatisiert war.

»Meine Herren, treten Sie näher«, sagte Olivier Savignon jovial und strahlte sie an. »Haben Sie mich vielleicht beim Falschparken erwischt, oder was kann ich für Sie tun?«

»Wir sind nicht von der Verkehrspolizei«, stellte Talon beleidigt klar. »Sondern von der Mordkommission.«

»Oh, na so was!« Ein Anflug von Schreck blitzte in den eisblauen Augen des Politikers auf. »Wer ist denn gestorben?«

»Dürfen wir uns setzen? Wir würden uns gern mit Ihnen unterhalten.«

»Dann nehmen wir am besten hier drüben Platz.« Savignon machte eine einladende Geste zum Besprechungstisch hin.

Talon und Bonnard nahmen auf den gepolsterten Stühlen Platz.

»Möchten Sie etwas trinken?«

»Nein, vielen Dank. Ich werde zügig zur Sache kommen, um Sie nicht zu lange aufzuhalten, Monsieur.«

Savignon setzte sich ihm gegenüber und blickte ihn erwartungsvoll an. Er war ein charismatischer Mann, der nicht unsympathisch wirkte, aber wenn Talon sich vorstellte, dass er mit einem Mädchen herummachte, das nur wenige Jahre älter war als seine Tochter, wurde ihm übel. Vielleicht bezahlte er das Mädel sogar dafür. Er räusperte sich. »Ich gehe mal davon aus, dass Sie in den Nachrichten vom Tod von Xavier Lefèvre erfahren haben.«

»Sie meinen diesen Vulkanologen? Ja, davon habe ich gehört. Tragisch.«

»Haben Sie ihn gekannt?«, fragte Talon lauernd.

Savignon wiegte den Kopf hin und her. »Flüchtig. Wir haben uns ein- oder zweimal bei irgendwelchen Anlässen getroffen.«

»Zum Beispiel bei dem Anlass, dass Sie die Gelder fürs OVPF kürzen wollten?«

Savignons Augenbrauen zuckten. »Dazu hatten wir nur schriftlich Kontakt.«

»Monsieur Savignon, wo waren Sie letzten Mittwochnachmittag?«

Er schluckte. »Kommt drauf an – wann genau?«

»Schildern Sie uns doch mal kurz, was Sie an diesem Tag gemacht haben.«

Savignon rutschte unruhig auf seinem Stuhl herum, während seine eben noch aufgeschlossene Miene undurchdringlich wurde.

»Ich habe den Vormittag in Saint-Pierre verbracht und dort an einer Sitzung teilgenommen, die bis kurz nach zwölf gedauert hat.«

»Und dann?«

»Bin ich wieder nach Hause gefahren.«

»Haben Sie da nicht ein Detail vergessen?« Talon blickte den Politiker scharf an. »Zum Beispiel, mit wem Sie zu Mittag gegessen haben?« In Xaviers geschäftlichem Tischkalender, den er im OVPF sichergestellt hatte, war zwar nur der Name des Restaurants zu finden, aber er hatte ebenfalls die Initialen O. S. im privaten elektronischen Kalender entdeckt. Er war noch nicht dazu gekommen, das Personal des *Auberge du Volcan* zu befragen.

Savignon holte Luft. »Ja, ich habe mich mit Lefèvre zum Mittagessen getroffen – wir haben dabei unsere Unstimmigkeiten über diese Finanzierung beigelegt.«

Talon legte den Kopf schief. »Und war er dann bereit, die Erkenntnisse des Privatdetektivs über Ihre Affäre mit einer Minderjährigen zu vernichten?«

Savignon schnappte nach Luft. »Ich muss doch sehr bitten! Das ist mein Privatleben und geht Sie überhaupt nichts an.«

»Es tut mir leid, aber bei einem Tötungsdelikt ist nichts mehr privat.«

»Tötungsdelikt? War es denn kein Unfall?«

»Stellen Sie keine Gegenfragen, beantworten Sie meine, okay?«

»Soll das etwa heißen, Sie beschuldigen mich des Mordes? Dann will ich meinen Anwalt anrufen!«

»Ich beschuldige Sie nicht, ich überprüfe lediglich Ihr Alibi. Es steht Ihnen frei, Ihren Anwalt zu kontaktieren, wenn Sie meinen, dass Sie einen brauchen. Dann müsste ich Sie allerdings bitten, uns zur Vernehmung nach Saint-Pierre zu begleiten, samt Anwalt. Ansonsten würde ich mich damit begnügen, dass Sie mir einfach sagen, wo Sie im Anschluss an das Essen gewesen sind. Es sei denn, Sie wollen ein Geständnis ablegen.«

Savignon blickte ihn entrüstet an. »Natürlich nicht. Nach dem Essen bin ich nach Saint-Denis zurückgefahren, wo ich gegen …«

Er dachte kurz nach. »Sechzehn Uhr dreißig oder siebzehn Uhr eingetroffen bin.«

»Kann das jemand bezeugen? Ihre Sekretärin vielleicht?«

Das war ungefähr die Zeit, zu der Lefèvre von dem Schlag getroffen worden war – wenn die Angabe stimmte, konnte Savignon nicht der Täter sein, da er vom Piton de la Fournaise bis nach Saint-Denis um diese Uhrzeit etwa zwei Stunden gebraucht hätte.

»Ich bin nicht ins Büro zurückgekehrt, das hätte sich nicht mehr gelohnt, sondern habe von zu Hause aus weitergearbeitet.«

»Und? Sie leben ja nicht allein, oder?«

»Meine Frau war mit den Kindern unterwegs, und sie sind erst gegen neunzehn Uhr dreißig nach Hause gekommen.«

»Also kein Alibi«, bemerkte Talon freundlich und zufrieden.

»Haben Sie denn keinen Chauffeur, der das bezeugen kann, Monsieur le Sénateur?«, warf Bonnard ein.

»Ha! Wir unterstehen zwar dem Innenministerium, aber leider werden wir nicht mit den gleichen Aufmerksamkeiten bedacht. Auf Réunion sind wir so was wie die armen Verwandten.«

Talon konnte ihm insgeheim nur zustimmen, aber er musste sich seine persönliche Meinung hier verkneifen.

»War's das jetzt?«, fragte Olivier Savignon ungeduldig.

»Sie hören von uns. Halten Sie sich bitte in der nächsten Zeit zu unserer Verfügung.« Talon erhob sich, und Bonnard folgte seinem Beispiel.

»Messieurs …« Savignon begleitete sie zur Tür. Seine Miene war nun nicht mehr undurchdringlich, sondern eindeutig verdrossen, und sein Lächeln zum Abschied frostig.

13

Lucien betrat den Friseursalon *Hair Flair* an der Hauptstraße von Trois-Mares, wo ihm die für Friseursalons typische Geruchsmischung aus duftenden Chemikalien und trockener Föhn-Wärme entgegenschlug. Der große Raum war modern und freundlich eingerichtet und von emsiger Geschäftigkeit erfüllt.

»Ich habe einen Termin mit Inès«, erklärte er der jungen Frau, die an einem kleinen Tresen stand und ihm erwartungsvoll entgegen lächelte. »Lucien Mahé. Ich habe vorhin angerufen.«

»Bitte setzen Sie sich einen Moment, Inès ist noch beschäftigt«, sagte die junge Dame mit einer Handbewegung zu ihrer Chefin, die einer Kundin die Haare föhnte.

Nach Melissas treffender Beschreibung hätte er die gepflegte Frau mit den überschulterlangen braunblonden Locken und der engen Kleidung, die ihre Kurven betonte, auch ohne Hinweis erkannt.

Lucien nahm im Wartebereich Platz und tat, als würde er sich in ein Automagazin vertiefen, während er in Wirklichkeit über den Rand der Zeitschrift hinweg Inès beobachtete.

Ob sie inzwischen wusste, dass Xavier tot war? Es war anzunehmen. Der Leiter des OVPF war für die Réunionesen ein wichtiger Mann, da der Vulkan im Inselleben eine zentrale Rolle spielte. Und so hatte sich die Presse auf die Neuigkeit gestürzt, wenn auch mit etwas Verspätung. Bis Samstag war es der Gendarmerie gelungen, den Todesfall vor der Öffentlichkeit geheim zu halten.

Lucien selbst hatte Samstagnachmittag im Radio zum ersten Mal davon gehört. Abends war laut Christine ein Bericht in den Fernsehnachrichten gekommen, den er verpasst hatte, da er mit Melissa zu Abend gegessen hatte. Und am Sonntag hatten die Tageszeitungen von La Réunion die Meldung aufgegriffen und mehr oder weniger ausführlich darüber berichtet. *Le Journal de la Réunion* hatte am Montag einen ausführlichen Artikel über das Leben und den Tod des Wissenschaftlers hinterhergeschoben. Es war also unwahrscheinlich, dass die Neuigkeit an Inès vorbeigegangen war.

So wie sie mit ihrer Kundin scherzte und lachte, während sie ihr die Haare toupierte, ging ihr Xaviers Tod entweder nicht besonders nahe oder aber sie hatte sich gut im Griff und zeigte ihren Kummer nicht.

Aus Solidarität mit Melissa war Lucien davon überzeugt gewesen, ihre Rivalin könne ihr nicht das Wasser reichen. Bestimmt war sie eine vulgäre Person, die Xavier lediglich mit Sex-Appeal eingefangen hatte.

Doch die hübsche kurvige Mittdreißigerin, die ihm einige Minuten später lächelnd entgegenkam, wirkte zwar sehr wohl sexy, aber auch warmherzig und intelligent.

Lucien erhob sich eilig und behielt dabei das Automagazin in der Hand.

»Schön, dass es so schnell geklappt hat.«

»Sie hatten Glück, ein Kunde hat gerade abgesagt, bevor Sie angerufen haben. Normalerweise dauert es länger, wenn Sie von mir persönlich die Haare geschnitten haben möchten.«

»Das glaube ich gern, aber Sie sind mir besonders empfohlen worden.«

»Von wem denn? Sie waren noch nicht hier oder?«

»Nein. Meine Schwester hat Sie mir empfohlen«, antwortete Lucien, und das war ja nicht direkt gelogen. Er hielt es für besser, Melissa und Xavier nicht zu erwähnen, damit sie nicht misstrauisch wurde. »Christine Pignon. Ich wohne erst seit Kurzem wieder in Saint-Pierre und habe mich dort noch nicht nach einem Friseur umgesehen.«

»Was für ein Glück für uns beide. Kommen Sie bitte mit.« Sie geleitete ihn zu den im Nebenraum aufgereihten Waschbecken.

Lucien ließ sich tief in einen der gepolsterten und mit Kunstleder bezogenen Stühle sinken, die vor den Waschbecken standen und legte den Hals in die kleine Aussparung des Beckens.

Inès ließ Wasser aus dem kleinen Duschkopf über seine Haare laufen und regulierte die Temperatur. »So angenehm?«

»Perfekt.«

Ihre langen schlanken Finger begannen, seine Haare einzuschäumen und seine Kopfhaut zu massieren. Lucien schloss die Augen und gab sich dem angenehmen Gefühl hin. Aufreizend langsam kreisten ihre Daumen dann über seinen Nacken, und Lucien musste ein wohliges Aufstöhnen unterdrücken. Fast meinte er, ihre Hände auch über seine Brust und Kehle streicheln zu spüren. Die kräftige und doch sinnliche Berührung ihrer Finger erregte ihn, und das Prickeln auf seiner Kopfhaut zog langsam einige Etagen tiefer. Hastig legte er sich die Zeitschrift über seinen Schoß. Er hatte definitiv zu lange keinen Sex mehr gehabt. Es war aber auch das erste Mal seit Monaten, dass er ein eindeutiges Verlangen danach verspürte, und er begrüßte dieses Gefühl wie einen alten, lange vermissten Freund. Nur gerade jetzt konnte er es gar nicht gebrauchen, er benötigte einen klaren Kopf, um Inès unauffällig ein paar Infos zu entlocken.

»Danke, das hat gutgetan, Mademoiselle«, sagte er, als sie schließlich den Schaum aus seinen Haaren spülte.

»Madame«, korrigierte sie mit leisem Bedauern in der Stimme und wischte beinahe zärtlich die letzten Shampooreste von seinen Schläfen.

Während sie ihm kräftig die Haare frottierte und Lucien versuchte, die Oberhand über seine unerwünschten Fantasien zu gewinnen, überlegte er, wie er sich unauffällig an das heranpirschen konnte, was ihn interessierte. Ihm blieb nicht viel Zeit, ein Herrenhaarschnitt dauerte nicht sehr lange.

Mit dem Handtuch um den Kopf folgte er ihr zu einem der Frisiertische, wobei er so lässig wie möglich die Zeitschrift vor sich hertrug.

»Wie möchten Sie die Haare geschnitten haben?«, fragte Inès, als er vor ihr saß.

»Wie vorher, nur kürzer.« Er lächelte sie im Spiegelbild an. »Stufig, aber oben nicht zu kurz.«

»Gut.« Ihm fiel auf, dass das Lächeln nicht ihre grünbraunen Augen erreichte, die leicht gerötet waren und traurig wirkten. Also hatte Xaviers Tod doch Spuren hinterlassen.

»Ich habe Sie hier noch nie gesehen. Sie stammen nicht aus der Gegend, oder?«, wollte sie wissen, während sie seine feuchten Haare kämmte.

»Doch, aber ich habe lange im Mutterland gelebt. Und Sie?«

»Ich komme aus Saint-André. Mein Mann ist vor einigen Jahren nach Le Tampon versetzt worden, und so habe ich mich hier selbstständig gemacht.«

Wunderbar, das Gespräch nahm genau die Wendung, die Lucien erhofft hatte.

»Was arbeitet er denn, Ihr Mann?«, erkundigte er sich so beiläufig wie möglich.

»Er ist bei der Feuerwehr.«

»Da hatte er sicher gut zu tun in den letzten Tagen, um die Brände zu löschen, die der Vulkanausbruch angerichtet hat.« Eine Eingebung ließ ihn das erwähnen, obwohl er wusste, dass die Lava auf ihrem Weg keine größeren Brände verursacht hatte.

»Nein, mein Mann ist seit letzter Woche krankgeschrieben.«

»Was Schlimmes?«, heuchelte Lucien Interesse, während ihm eine Idee kam.

»Nur eine dumme Sommergrippe oder so was. Männerschnupfen.« Sie zwinkerte ihm zu. »Es geht ihm schon wieder besser, aber er kann diese Woche noch zu Hause bleiben.«

»Nun ja, die Arbeit von Feuerwehrleuten ist auch extrem anstrengend und verantwortungsvoll, da ist es sicher besser, er kuriert sich völlig aus.«

»Klar.« Sie schien seine Empathie nicht zu teilen. Nun, falls Kommissar Talon ihren Mann schon mit der Neuigkeit konfrontiert hatte, herrschte zu Hause sicher dicke Luft – da war es ihr bestimmt lieber, ihr Mann hatte Spätschicht und sie liefen einander in der nächsten Zeit möglichst selten über den Weg.

Schade, dass sie seinen Vornamen nicht erwähnt hatte, das hätte ihm einiges erleichtert.

Sie beugte sich dichter über ihn, um die Haare an den leicht ergrauenden Schläfen zu schneiden. »Ist die Länge so okay?«

»Genau richtig. Sie haben geschickte Finger«, lobte Lucien und schenkte ihr sein charmantestes Lächeln, von dem er wusste, dass es die Frauen meist schwach machte.

Ihre Blicke trafen sich im Spiegel, und diesmal trat das Lächeln auch in ihre Augen.

»Jahrelange Übung, Monsieur.« Sie zauste seine Haare, um deren Fall nach dem Schnitt zu prüfen, aber ihm entging nicht, dass sie ihn dabei mehr als nötig berührte.

»Bitte nennen Sie mich Lucien.« Er ertappte sich bei dem Gedanken, ob Inès ihren verstorbenen Liebhaber wohl zügig zu ersetzen gedachte.

Kurz darauf schaltete sie den Föhn ein, und der dabei entstehende Geräuschpegel verbot jedes weitere Gespräch von selbst. Aber Lucien war zufrieden. Mit dem, was er gehört hatte, würde er weiterkommen – blieb nur noch ein Detail herauszufinden.

»Wann machen Sie heute Feierabend?«, fragte er, als seine Haare trocken waren und sie den Föhn ausschaltete.

»Gegen neunzehn Uhr – wieso?«

»Ich würde Sie gern zum Aperitif einladen.«

»Oh.« Sie überlegte kurz. »Gern, aber … heute passt es nicht.«

»Macht nichts«, versicherte Lucien. Er hatte sowieso nicht die Absicht gehabt, sie zu einem Drink einzuladen, er wollte nur in Erfahrung bringen, wann sie Dienstschluss hatte. Obwohl die Aussicht auf ein Date mit ihr alles andere als unangenehm war, aber dies würde möglicherweise zu Verwicklungen führen, die er nicht gebrauchen konnte. Schließlich konnte er Inès nicht aus dem Kreis der Verdächtigen ausschließen, solange er die Hintergründe und Details nicht kannte. Ein heftiger Streit unter Liebenden, oder vielleicht hatte Xavier ihr gedroht, ihrem Mann von der Affäre zu erzählen, wenn sie sich nicht von ihm trennte. Auch wenn ihm das ziemlich unwahrscheinlich vorkam. Eher noch hatte ihr betrogener Ehemann ein Motiv.

»Rufen Sie mich an, wenn Sie den Drink nachholen wollen«, sagte Inès, als er gezahlt hatte, und drückte ihm eine Visitenkarte des Salons in die Hand.

»Gern.« Auch wenn bei diesem Date vermutlich der Ermittler und der Mann miteinander ringen würden.

Als er das Geschäft mit schickem neuem Haarschnitt verließ, verriet ihm sein knurrender Magen, dass es Mittagszeit war.

Er fuhr nach Saint-Pierre zurück und holte sich bei einer Garküche an der Küste ein Schälchen scharf gewürztes Hühnchen-Cari. Damit setzte er sich an den Strand und ließ den Blick über das bewegte türkisblaue Meer schweifen. Er erinnerte sich an seine hastigen Mittagspausen in Paris und dachte, dass ein kreolischer Imbiss mit Meeresblick dem hektischen Berufsalltag in der Hauptstadt bei Weitem vorzuziehen war.

Wenn alles nach Plan lief, würde er Inès an diesem Abend heimlich verfolgen und so herausfinden, wo sie wohnte. Er dachte bei sich, wie viel umständlicher die Ermittlung war, wenn man nicht einfach einen Mitarbeiter damit beauftragen konnte, mal eben eine Adresse im Polizeicomputer zu recherchieren. Aber gleichzeitig machte es die Sache auch interessanter. Lucien liebte Herausforderungen. Während er mit der Plastikgabel in dem schmackhaften Ragout pickte und sein Cari verzehrte, feilte er an seinem Plan, unter welchem Vorwand er sich Monsieur Abadie am nächsten Tag nähern würde.

14

Pascal Talon hatte einen recht unerfreulichen Dienstag. Zunächst einmal suchte er Didier Abadie auf. Er hatte es auf seiner zuständigen Dienststelle probiert und erfahren, dass er krankgeschrieben war. Also fuhr er zu der Privatadresse, die Bonnard in Sekundenschnelle für ihn herausfand.

Das kinderlose Ehepaar hatte eine Wohnung in einem der modernen Gebäude im Ballungszentrum Le Tampon, einem Viertel, wo nur Palmen und die Kulisse der steilen begrünten Berge darauf hinwiesen, dass man auf einer tropischen Insel war und nicht in der Vorstadt von Nantes oder Limoges.

Didier Abadie war in den Dreißigern, mittelgroß und recht kräftig, trug eine verwaschene Jogginghose, Flipflops an den Füßen und ein weißes Unterhemd, das einen starken Kontrast zu seiner braunen Haut bildete.

»Bitte, kommen Sie herein, Monsieur le Commissaire«, sagte er höflich. »Kann ich Ihnen was anbieten? Ich hab mir gerade eine Kanne Kaffee gekocht, möchten Sie einen?«

Talon hatte schlecht geschlafen und war müde, daher nahm er dankend an.

»Wo waren Sie letzten Mittwochnachmittag, so zwischen fünfzehn und neunzehn Uhr?«, eröffnete er das Gespräch, als sie sich in der Essecke der unaufgeräumten Küche mit zwei Schalen Milchkaffee gegenübersaßen.

»Na, zu Hause. Ich war da schon krankgeschrieben.«

»Zu Hause, hm. Allein?«

»Ja. Meine Frau hat gearbeitet. Ich hab geschlafen und ein bisschen ferngesehen. Meine Virusinfektion hat mich ganz schön umgehauen.«

Sein Kreolisch wich so stark vom Standardfranzösisch ab, dass Talon Mühe hatte, ihn zu verstehen. Die meisten Inselbewohner beherrschten problemlos den Wechsel, aber Abadie war dafür entweder zu schlicht gestrickt oder hielt es nicht für nötig, schloss er verärgert.

»Warum wollen Sie das wissen?«

»Kennen Sie Xavier Lefèvre?«

»Sie meinen den Vulkanologen, der auf dem Piton verunglückt ist? Ich habe davon gehört, das kam ja in den Nachrichten, und ich hab's auch in der Zeitung gelesen.«

»Kannten Sie ihn persönlich?«

»Nein, woher denn? Abgesehen davon, dass wir beide mit sehr heißer Materie zu tun haben, gibt es zwischen dem und mir keine Verbindung.« Er lachte.

Talon beschloss, direkt zur Sache zu kommen. »Dann wissen Sie also nichts von der Affäre Ihrer Frau mit Xavier Lefèvre?«

»Was??!« Abadie machte eine unkontrollierte Handbewegung und brachte seinen Kaffee zum Überschwappen. »Quatsch! *Putain de merde!* Sie verarschen mich doch, oder?«

»Hey hey, passen Sie mal auf Ihre Wortwahl auf, ja?«

Abadie sprang auf. »Moment mal, Sie kommen her, saufen meinen Kaffee und erzählen mir dabei seelenruhig, dass meine Frau sich von einem Vulkanologen bumsen lässt! Geht's noch? Als Nächstes wollen Sie mir unterstellen, ich hätte den Typen umgebracht, um mich zu rächen, was?« Seine dunklen Augen glühten in seinem wutverzerrten Gesicht.

»Haben Sie?«, fragte Talon eisig. »Sie haben ein Motiv und kein Alibi, also seien Sie vorsichtig, wie Sie mit mir reden.«

»Na hier, dann legen Sie mir doch Handschellen an!« Abadie hielt ihm die Fäuste unter die Nase. »Aber Sie können meinen Arzt fragen: Ich wäre am Mittwoch nicht in der Lage gewesen, auf den Vulkan zu kraxeln, um dort jemanden umzulegen. Ich konnte ja kaum aufs Klo!«

Der Kommissar hatte nicht übel Lust, ihn zu verhaften. Aber immerhin war er Feuerwehrmann, und Talon verspürte noch immer Respekt und Bewunderung für die Helden seiner Kindheit, die unter Einsatz ihres Lebens Menschen aus brennenden Häusern retteten.

Er schob ihm einen Block und einen Kugelschreiber zu. »Notieren Sie mir den Namen Ihres behandelnden Arztes, dann besorge ich einen richterlichen Beschluss, der ihn von seiner Schweigepflicht entbindet und werde ihn kontaktieren. Ich nehme Sie heute nicht fest, aber verlassen Sie nicht die Stadt, Monsieur Abadie.«

Mit heftiger Schrift kritzelte Abadie das Gewünschte auf den Block.

Als Talon ins Kommissariat zurückkehrte, läutete sein Telefon. Er meldete sich noch etwas außer Atem. Zwar war er nicht gerannt, aber bei der schwülen Hitze ging ihm häufig mal die Puste aus.

»Thibault Delaborde!«, erklang eine sonore Stimme, und unwillkürlich nahm Talon militärisch straffe Haltung an.

»*Bonjour, mon Général*!« Général Thibault Delaborde war der Befehlshaber der Gendarmerie von La Réunion und somit Talons Vorgesetzter. »Was kann ich für Sie tun?«

»Gegen Sie liegt eine Beschwerde vor, Commandant Talon.«

»Was?«, machte Talon erschreckt. »Wer hat …?«

»Sie haben gestern Olivier Savignon vernommen – als Tatverdächtigen im Mordfall Lefèvre.«

»Nun, *mon Général*, er hat ein Motiv, und ich habe sein Alibi überprüft, das ist alles. Das war keine Vernehmung.«

»Sie sollen ihn dabei auf eine heikle private Angelegenheit angesprochen haben, die überhaupt nichts mit dem Fall zu tun hat.«

»In einem Mordfall ist alles von Bedeutung. Diese Sache hatte durchaus mit dem Mordfall zu tun, sie wäre sein Motiv gewesen«, protestierte der Kommissar.

»Ich erwarte künftig mehr Takt im Umgang mit hochgestellten Staatsbediensteten von Ihnen, Talon.«

»*Mon Général*, ich habe ihn nur darauf hingewiesen, dass er …«

»Das war keine Frage, sondern ein Befehl.«

Talon schwieg und fühlte die Ader an seiner rechte Schläfe pochen.

»Sie werden Savignon von Ihrer Liste der Tatverdächtigen streichen und ihn in Ruhe lassen – ich verbürge mich für ihn. Haben wir uns verstanden?«

Talon hatte große Lust, den Hörer einfach auf die Gabel zu schmettern. Wenn das seinen Weggang aus La Réunion beschleunigen würde, sollte es ihm nur recht sein. Leider riskierte er, sich danach in irgendeinem verschlafenen Kaff in Frankreich wiederzufinden und dort Verkehrsdelikte zu bearbeiten, wenn er es sich mit der Obrigkeit verscherzte.

Er sog hörbar Luft durch die Nase ein. »Ja, verstanden, *mon Général.*«

»Gut. Dann ist das ja geklärt. Halten Sie mich auf dem Laufenden«, sagte Delaborde kühl und unbeteiligt. »Wiederhören.« Er legte auf.

Vor Zorn bebend zog Talon es flüchtig in Erwägung, sich mit dem Feind zu verbünden und Lucien Mahé zu bitten, Savignon weiter auf den Zahn zu fühlen. Der war frei und musste sich vom Polizeichef gar nichts verbieten lassen. Aber sein Stolz verbot ihm, bei Mahé zu Kreuze zu kriechen. Und falls dieser Savignon tatsächlich den Mord nachweisen konnte, würde er auch die Lorbeeren dafür einheimsen und er selbst wieder der Dumme sein. Das würde sein Ansehen keinesfalls erhöhen. Besser er vergaß Savignon und kümmerte sich erst mal um die anderen Verdächtigen. Derer gab es ja noch einige mehr.

15

Trotz der anhaltend hohen Temperaturen holte Lucien am nächsten Morgen seinen leichten hellgrauen Anzug hervor und zog ihn an. Es war der einzige, den er mitgebracht hatte. Alle anderen hingen noch in seinem Schlafzimmer in der großen Wohnung des 17. Arrondissements in Paris. Nach kurzem Zögern verzichtete er auf Schuhe und Socken und schlüpfte stattdessen in schwarze Flipflops mit dicken Sohlen. In Paris hätte er sich damit zum Gespött gemacht, hier aber war es völlig normal, dass auch Geschäftsmänner Flipflops oder Badelatschen zu Anzug, Hemd und Krawatte trugen. Geschlossene Schuhe und Socken waren bei der feuchten Hitze nur schwer zu ertragen.

Lucien fuhr zu dem Gebäude in Le Tampon, in dem die Abadies eine Wohnung hatten. Er sah, dass Inès' grüner Golf noch dort am Straßenrand geparkt war, wo sie ihn am Vorabend abgestellt hatte, und wartete, bis sie herauskam. Sie durfte auf keinen Fall noch zu Hause sein, wenn er sich bei ihrem Mann vorstellte, das würde seinen Plan zunichtemachen.

Er ließ sich tief in den Sitz seines Peugeots rutschen und rückte seine Sonnenbrille gerade. Sie achtete jedoch ohnehin nicht auf ihn, als sie relativ dicht an seinem Wagen vorbeiging. Lucien bemerkte, dass ihr rechter Wangenknochen unter dem Auge rotblau angelaufen war, was ihr Make-up nicht völlig verdecken konnte. Vermutlich hatte ihr Mann am Vortag also von der Affäre erfahren. Es sei denn, er schlug sie häufiger.

In Lucien stieg die Lust, sich diesen Kerl vorzuknöpfen. Auch wenn ihn mit Inès nicht mehr verband als ein Haarschnitt, fiel es ihm schwer, berufliche Distanz zu wahren. In Marseille und

Paris hatte er immer wieder Frauen gesehen, die von ihren Männern weitaus schlimmer zugerichtet worden waren, und war dabei relativ emotionslos geblieben. Kopfschüttelnd dachte er, dass sein Job einen gefühllosen Roboter aus ihm gemacht hatte. Aber so langsam eroberte der wahre, der empathische Lucien Mahé sein Terrain zurück. Plötzlich durchzuckte ihn die Frage, ob Xavier Melissa vielleicht nicht nur dieses eine Mal geschlagen hatte, von dem Yannick ihm berichtet hatte. Aber er verscheuchte diesen Gedanken wieder – er wollte nicht noch ein Motiv mehr bei ihr finden.

Nachdem Inès weggefahren war, wartete er noch einige Minuten. Dann griff er nach dem Aktenkoffer, den er sich am Vorabend von Christines Mann ausgeliehen hatte, ging zu dem Wohngebäude und klingelte bei Abadie.

»Wer ist da?«, kam es missgelaunt durch die Sprechanlage.

»*Sécurité Sociale*«, sagte Lucien in autoritärem Ton, in dem er früher »Kriminalpolizei« gerufen hatte.

Einige Sekunden vergingen, in denen er angespannt die Stirn runzelte. Dann ertönte der Summer.

Im Hausflur sah Lucien die Briefkästen und suchte nach dem Namen Abadie. Er hatte Glück: darin steckte ein großer Umschlag, den er mit den Fingern erreichen konnte. Nachdem er sich vergewissert hatte, dass ihn niemand beobachtete, fischte er schnell den Umschlag heraus und blickte auf die Adresse. Er war an Monsieur Didier Abadie adressiert. Noch mal Glück gehabt. Wenn ein Sachbearbeiter der gesetzlichen Krankenkasse auf Kontrollbesuch nicht den Vornamen seines Schützlings kannte, machte das keinen seriösen Eindruck.

Er steckte den Umschlag in den Briefkasten zurück und stieg die Treppe in den zweiten Stock empor. Als er oben angekommen war, stand ein Mann in der Türöffnung und blickte ihm unwirsch entgegen.

»Monsieur Didier Abadie?«, fragte Lucien höflich, aber in festem Ton.

»Ja.«

»Darf ich einen Moment hereinkommen? Ich bin Lucien Mahé von der *Sécu*.«

Der Mann, der sportliche Freizeitkleidung trug, musterte ihn kurz und gab dann die Tür frei.

»Ich hab Ihnen meine Krankschreibung geschickt, also was wollen Sie?«, fragte Abadie missgelaunt, als er durch den unaufgeräumten Flur ins Wohnzimmer vorging.

»Kleiner Kontrollbesuch, ob Sie auch zu Hause sind, Monsieur. Auf der Krankschreibung steht, dass Sie das Haus nur kurzzeitig verlassen dürfen.« Das war in Frankreich Standard bei Krankschreibungen, wenn die Person eine fieberhafte Infektion hatte und wurde gelegentlich durch Spontanbesuche kontrolliert. Lucien hoffte, dass dies auf La Réunion genauso gehandhabt wurde.

»Ja, und? Ich war immer zu Hause, also was?«

»Nun, wir gehen da einem anonymen Hinweis nach … Letzten Mittwoch wurden Sie gegen sechzehn Uhr in La Plaine-des-Cafres gesehen.« Natürlich bluffte Lucien. Er wollte sehen, wie Abadie reagierte.

»Was? Das kann ja gar nicht sein! Letzten Mittwoch? Moment mal! Wie kommt es, dass Sie sich ausgerechnet für letzten Mittwoch interessieren?«, fragte er scharf. »Danach haben mich gestern schon die Bullen befragt. Und La Plaine-des-Cafres, da ist doch das Observatorium. Na klar, Sie stecken mit denen unter einer Decke.«

»Was für eine Decke, Monsieur Abadie?« Lucien gab sich verwirrt.

»Der Mord an diesem … diesem Vulkanologen!« Er spuckte es aus, als wäre es ein obszöner Beruf. »Da will mir jemand was anhängen! Wer will mich da gesehen haben?«

»Ich sagte ja, das war anonym.«

»Ha! Zeigen Sie mir mal Ihren Dienstausweis.«

Das hatte Lucien befürchtet. Er griff in die Innentasche seines Sakkos, holte seine Brieftasche heraus, kramte darin herum, schüttelte den Kopf und steckte die Brieftasche wieder weg. »Moment noch, ich muss ihn in den Koffer getan haben.« Er legte den Aktenkoffer auf den Wohnzimmertisch, ließ die Schlösser aufspringen und kramte darin herum.

»Sie sind überhaupt nicht von der *Sécu*! Verarschen kann ich mich auch allein, also verpissen Sie sich, Sie Wichser, wer immer Sie auch sind!«

»Schön ruhig, sonst werde ich Ihre Frau veranlassen, gegen Sie Anzeige wegen Körperverletzung zu erstatten. Das waren doch Sie, der ihr das Veilchen verpasst hat?«

»Lassen Sie meine Hure von Frau aus dem Spiel!« Abadie stürzte sich auf ihn.

Geschickt wich Lucien seinen Fäusten aus, wirbelte herum, während er gleichzeitig nach seinem Arm schnappte, ihm mit festem Polizeigriff beide Unterarme auf dem Rücken zusammen hielt und ihn dann in die Knie zwang. Erleichtert stellte er fest, dass seine Reflexe noch funktionierten und er die alten Tricks nicht verlernt hatte. Dumm nur, dass er den Kerl jetzt nicht abführen konnte.

»Ich werde mich beschweren wegen Polizeigewalt!«

»Pech gehabt, ich bin nicht von der Polizei. Aber wir sollten die jetzt anrufen – Sie haben ja eine unbestreitbare Neigung zur Gewalttätigkeit.«

Allerdings fragte er sich, ob es eine gute Idee war, nachdem die Polizei offensichtlich bereits mit Abadie gesprochen hatte, ohne ihn festzunehmen. Und die Tatsache, dass er sich unter falscher Identität bei Abadie eingeschlichen hatte, würde kaum zu seinen Gunsten sprechen.

»Ich habe den Typen nicht umgebracht. Okay, ich hab meiner Frau eine geballert, als ich gestern gehört habe, dass sie was mit 'nem anderen hat, aber ich ermorde doch keinen deswegen.«

»Sie waren also zu Hause am Mittwoch?«

»Ja! Ich hatte Fieber und Dünnschiss, ich wäre gar nicht in der Lage gewesen, auf den Piton zu klettern und da mit jemandem zu kämpfen.«

Lucien hatte den Eindruck, dass er die Wahrheit sagte, aber das machte ihm Abadie nicht sympathischer.

»Kann ich Sie jetzt loslassen, ohne dass Sie mir noch mal an die Gurgel gehen?«

»Ja.« Er schien sich beruhigt zu haben, und so riskierte Lucien es, ihn freizugeben.

Abadie rappelte sich hoch. »Was haben Sie überhaupt damit zu tun, wenn Sie kein Bulle sind?«

»Ich habe ein privates Interesse daran, den Mörder von Xavier Lefèvre zu finden.«

»Waren Sie 'n Freund von dem Kerl?«

»Nein, ich kannte ihn nicht persönlich.«

»Was also dann?«

»Ich bin Privatermittler.«

»Für wen arbeiten Sie?«

Lucien hielt es für besser, ihm den Sachverhalt nicht auf die Nase zu binden. Auch wenn es ihm vielleicht Sympathie einbringen würde, dass er für die ebenfalls betrogene Ehefrau arbeitete. Er griff nach seinem Aktenkoffer. »Tut mir leid, wenn ich Sie gestört habe, Monsieur Abadie. Weiterhin gute Besserung.«

»Hauen Sie bloß ab!«, knurrte der andere.

16

Am Nachmittag des gleichen Tages suchte Talon Yannick Lefèvre in seiner Studentenwohnung auf, die in einem großen Wohnkomplex in der Nähe des Universitätscampus lag.

An der Wand der Einzimmerwohnung hing ein riesiges Poster eines feuerspeienden Vulkans, und an der Pinnwand hinter dem kleinen Schreibtisch waren Postkarten von Vulkanen befestigt, die Aschewolken oder Lava ausstießen.

»Mein Beileid zum Tod Ihres Vaters«, begann Talon höflich und setzte sich auf den angebotenen Sessel neben dem Couchtisch.

»Danke.« Yannick ließ sich am Schreibtisch nieder.

»Ich hätte da einige Routinefragen, die ich Ihnen stellen muss.« Er zückte seinen Block.

»Bitte, legen Sie los.« Der junge Mann verschränkte die Arme vor der Brust.

»Hatte Ihr Vater Feinde?«

»Nicht dass ich wüsste.«

»Und Sie, wie haben Sie sich mit ihm verstanden?«

»Bestens. Er war mir immer ein toller Vater, und ich bin untröstlich über seinen Verlust.« Yannick starrte Talon in die Augen. »Ich hoffe, Sie finden möglichst bald denjenigen der das getan hat.«

»Gab es nie Streit?«

»Na ja, kam schon mal vor, aber nicht oft.«

»Wann das letzte Mal?«

»Keine Ahnung. Ist schon länger her. Nichts Ernstes.«

»Hat Ihr Vater Sie manchmal mit auf den Vulkan genommen?«

»Natürlich. Schließlich studiere ich Vulkanologie.«

»Wann haben Sie ihn das letzte Mal gesehen?«

»An dem Sonntag vor seinem Tod.«

»Und wo waren Sie am letzten Mittwochnachmittag?«

»Diese Fragen habe ich doch alle schon mal beantwortet«, erwiderte Yannick gereizt.

Talon runzelte verblüfft die Stirn. »Wem?«

»Lucien Mahé.«

»Das ist völlig irrelevant, denn der arbeitet nicht bei der Polizei.« Talon begann innerlich vor Wut zu kochen. Dieser Mahé wagte es tatsächlich, sich in seine laufenden Ermittlungen einzumischen und Tatverdächtige zu vernehmen! »ICH bin die Polizei!«

Yannick blickte ihn herablassend mit einem kleinen spöttischen Lächeln im rechten Mundwinkel an, was Talon noch mehr aufbrachte.

»Also los, Ihr Alibi«, forderte er ihn barscher auf als beabsichtigt.

»Ich hatte Besuch von einer Kommilitonin«, sagte Yannick gelangweilt. »Sie war zwischen drei Uhr nachmittags und halb neun Uhr abends bei mir.«

»Ihr Name?«

»Delfine Dupin.«

»Wo finde ich die junge Dame?«

»Sie wohnt in Mont-Vert-Les-Bas.«

»Haben Sie auch den Straßennamen?«

»Nein, war noch nie bei ihr. Sie wohnt bei ihren Eltern.«

»Vorname des Vaters?«

»Woher soll ich das wissen, ich will sie ja nicht heiraten.«

»In Ihrer Situation wäre ich lieber nicht so patzig, Lefèvre.« Talon machte eine Eintragung in sein Notizbuch, schloss es dann und steckte es weg. »Ich werde das überprüfen. Sie hören von mir.«

Kommissar Talon klingelte an der Tür des Einfamilienhauses in Mont-Vert-Les-Bas, einem Ort in der Nähe von Saint-Pierre.

Eine mollige Frau in mittleren Jahren öffnete ihm. Er zeigte seinen Dienstausweis und stellte sich vor. »Guten Tag, Madame.

Ich würde mich gern einen Moment mit Ihrer Tochter Delfine unterhalten. Ist sie zu Hause?«

»Hat sie was ausgefressen?«, fragte Madame Dupin erschrocken.

»Nein. Ich müsste nur wissen, wo sie letzte Woche Mittwoch am späten Nachmittag war.«

»Du liebe Zeit, das weiß ich jetzt nicht mehr.«

»Darf ich reinkommen?«

»Natürlich. Delfine ist oben in ihrem Zimmer. Kommen Sie bitte mit.«

Talon trat ein und folgte ihr die Treppe hinauf.

»Während ich mit ihr rede, könnten Sie bitte darüber nachdenken, wo sie an diesem Tag war? Vielleicht fällt es Ihnen ja wieder ein.« Es wäre sicher hilfreich, die Versionen von Mutter und Tochter zu vergleichen.

»Braucht sie ein Alibi?«, fragte Madame Dupin beunruhigt.

»Nein, keine Sorge. Ich will nur das Alibi von jemand anderem überprüfen.«

Madame Dupin öffnete nach kurzem Klopfen eine Zimmertür und ließ Talon eintreten. »Delfine, Besuch für dich.«

Delfine, die vor ihrem PC saß und tippte, blickte auf. Talon grüßte und stellte sich vor.

»Bitte, setzen Sie sich, Monsieur le Commissaire.« Sie überließ ihm den Schreibtischstuhl und nahm selbst auf ihrem ordentlich gemachten Bett Platz. Talon blickte sich kurz in dem ordentlichen, aber etwas lieblos und unpersönlich eingerichteten Raum um und musterte dann unauffällig seine Bewohnerin.

Delfine verbarg ihre mollige Figur unter weit fallender Kleidung und hatte die dünnen blonden Haare streng aus dem Gesicht gebunden. Auch ihre dicke Hornbrille und die schmalen Lippen trugen nicht dazu bei, ihre Erscheinung lieblicher wirken zu lassen.

»Ich werde Sie nicht lange aufhalten. Ich möchte nur wissen, was Sie letzten Mittwoch am Nachmittag und frühen Abend gemacht haben.«

»Ich war bei einem Kommilitonen«, erwiderte sie wie aus der

Pistole geschossen. »Yannick Lefèvre. Wir haben zusammen ge-büffelt.«

»Kann das jemand bezeugen?«, fragte er misstrauisch.

»Brauchen Sie ein Alibi fürs Alibi?« Ihre grauen Augen blickten ihn ironisch an, und er bohrte seinen Blick forschend in ihren.

»Woher wissen Sie denn, dass er ein Alibi braucht?«

Sie zuckte die Schultern. »Sein Vater ist doch am Mittwoch gestorben, oder? Und es gehen Gerüchte, dass es möglicherweise kein Unfall war. Da dachte ich, Sie verdächtigen ihn vielleicht.«

»Glauben Sie denn, dass er Gründe haben könnte, seinen Vater umzubringen?«

»Nein, natürlich nicht!« Sie rutschte unruhig auf dem Bett hin und her.

»Erzählen Sie mal von Yannick. Wie lange kennen Sie ihn?«

»Seit er auf La Réunion lebt, das ist jetzt etwa ein Jahr. Wir besuchen die gleichen Kurse an der Uni.«

»Wie ist er so?«

»Er ist ein netter Typ. Ziemlich still, aber ich denke, dass er einfach nur schüchtern ist. Ein bisschen ist er schon aufgetaut, wenn wir uns treffen.« Delfine lächelte, ihre Augen begannen zu strahlen, und sie wirkte auf einmal viel weniger streng. Auch wenn Frauenpsychologie nicht gerade Talons Spezialgebiet war, gehörte nicht viel dazu zu erkennen, dass sie in ihn verschossen war.

Schüchternheit war allerdings nicht der Eindruck, den Talon von Yannick gewonnen hatte – Arroganz traf seine Form der Zurückhaltung wohl eher, dachte der Kommissar. Aber wenn er Delfines Vertrauen gewinnen wollte, musste er auf ihre Schwärmerei eingehen.

»Kommen wir auf letzten Mittwoch zurück. Von wann bis wann waren Sie bei ihm? Und meinen Sie seine Wohnung in Saint-Pierre oder das Haus seines Vaters?«

»Seine Wohnung. Ich bin ungefähr um drei zu ihm gegangen. Um neun Uhr abends war ich wieder zu Hause.«

»Ich will ja nicht indiskret sein, aber – was haben Sie fast sechs Stunden lang dort gemacht?«

»Wir haben gelernt, das sagte ich ja schon. Man könnte auch sagen, ich hab ihm Nachhilfe gegeben. In Geochemie ist er nämlich nicht so gut.« Sie kicherte.

Talon klappte das Buch zu, das neben dem PC lag, um das Cover betrachten zu können. Als einer der drei Autoren dieses Lehrbuchs für Geochemie der Lithosphäre wurde Xavier Lefèvre aufgeführt.

»Sein Vater hat an einem Lehrbuch mitgewirkt?«, fragte er erstaunt und wider Willen beeindruckt.

»Ja, aber das ist eigentlich nichts Besonderes. Geologen und Vulkanologen veröffentlichen viel über die Ergebnisse ihrer wissenschaftlichen Arbeit. Und sein Vater war eine echte Koryphäe.«

»Hm. Und Sie haben wirklich sechs Stunden lang gebüffelt? Geht da überhaupt noch was rein in den Kopf?«

»Nein, nicht die ganze Zeit.«

Talon versuchte einen väterlich-vertraulichen Ton anzuschlagen. »Sind Sie eigentlich seine Freundin? Ich meine, gehen Sie miteinander oder so was? Sagt man das noch?«

Sie lachte. »Nein, das sagt man nicht mehr, das ist total Old School.«

»Wie würden Sie Ihre Beziehung zu Yannick denn beschreiben?«

Sie zögerte. »Nun ja, wir ... treffen uns zum Lernen, und manchmal hängen wir auch einfach so zusammen ab. An jenem Mittwoch haben wir uns nach dem Lernen eine Pizza kommen lassen, haben gegessen und dann Fernsehen geguckt. Eine Wiederholung von Vampire Diaries.«

»Sie wären aber gern seine Freundin«, stellte Talon fest.

Sie deutete ein Nicken an, und er beglückwünschte sich zu seinem psychologischen Spürsinn.

»Sie würden alles tun, um ihm zu helfen, nicht wahr? Und damit meine ich jetzt nicht nur Nachhilfe bei Chemie.«

»Öh ...« Verlegen rieb sie sich die Nase.

»Vielleicht wird das ja noch«, tröstete er, und sie warf ihm einen dankbaren Blick zu. »Wie oft treffen Sie sich denn privat?«

»Nicht so oft, wie ich es gern hätte. Und in Zukunft wahrscheinlich noch weniger, weil Yannick sich einen Job suchen muss. Wenn er neben der Uni auch arbeitet, wird er noch weniger Zeit haben.« Sie seufzte.

Talon wurde hellhörig. »Wieso einen Job? Sein Vater ist doch wohlhabend, unterstützt der ihn nicht?«

»Bisher schon, aber ...« Sie brach ab und biss sich auf die Lippen.

»Jetzt wollte sein Vater ihm den Geldhahn zudrehen?«, beendete Talon in harmlosem Ton den Satz.

Sie schwieg betreten und mied seinen Blick.

»Tja, jetzt wo er tot ist, erbt Yannick Geld und braucht sich keinen Job mehr suchen. Vielleicht kriegt er seine junge Stiefmutter rum, ihn weiter zu unterstützen. Da wird ihm schon was einfallen, um sie zu bezirzen. Ist bei einer so attraktiven Frau ja auch kein Opfer.«

Delfine warf ihm einen verstörten Blick zu.

Talon zückte eine Visitenkarte und legte sie auf die Tastatur. »Wenn Ihnen noch was einfällt, zum Beispiel, dass Sie am Mittwoch doch etwas anderes gemacht haben, dann rufen Sie mich bitte an.« Er erhob sich. »Au revoir, Mademoiselle.«

Als er auf die Haustür zuging, trat Madame Dupin auf ihn zu. »Es ist mir wieder eingefallen, Monsieur le Commissaire«, sagte sie eifrig.

»Ja?« Er hoffte auf eine Information, dass Delfine einen Arzttermin gehabt hatte oder beim Geburtstag ihrer Tante gewesen war oder irgendetwas, das Yannicks Alibi platzen lassen würde.

»Sie war den ganzen Nachmittag unterwegs und erst gegen neun zu Hause. Sie sagte, sie wäre mit einer Freundin zusammen gewesen, aber ich hab den Eindruck, da steckt ein Mann dahinter!« Sie sah ihn zufrieden an.

Talon seufzte. »Vielen Dank, Madame. Au revoir.«

17

Wenn Lucien in Ruhe nachdenken wollte, ging er gern spazieren. Es half ihm, seine Gedanken zu ordnen und neue Ideen zu entwickeln. In Paris war er durch die wunderschön angelegten kleinen Parks und Gärten geschlendert. Früher war er manchmal auch gejoggt, aber vor einigen Jahren hatte er Knieprobleme bekommen und damit aufhören müssen. An diesem frühen Abend marschierte er zügig an der langen Strandpromenade von Saint-Pierre entlang und genoss die Weite des Meeres zu seiner rechten Seite. Die lärmende Blechkolonne auf der Küstenstraße versuchte er so gut es ging zu ignorieren, indem er sich auf den warmen Wind und die Bewegung der Brandung konzentrierte. Er zog Bilanz seiner bisherigen Ermittlungen. Schon sechs Tage an dem Fall, und alle Spuren führten ins Leere, für nichts gab es Beweise. Gut, dass er keinen quengelnden Vorgesetzten mehr im Nacken hatte.

Aber sein Ehrgeiz und sein Berufsethos verlangten von ihm, Melissa für ihr Geld ein konkretes Ergebnis liefern zu können und Beweise, die zur Verhaftung des Mörders ihres Mannes führten. Am nächsten Tag wollten sie die Trauerkarten im Observatorium abgeben, und Lucien erhoffte sich neue Erkenntnisse von dem Gespräch mit Xaviers Mitarbeitern. Freitag würde er nach Saint-Denis fahren und versuchen, an Olivier Savignon heranzukommen, der nach wie vor sein Verdächtiger Nr. 1 war.

Luciens Weg führte an einem Bouleplatz vorbei, auf dem sich einige Einheimische dem beliebten Nationalspiel widmeten, das auf La Réunion genauso populär war wie im Mutterland. Unwillkürlich verlangsamte er den Schritt, um zuzuschauen. Als er den Rechtsmediziner Frédéric Fougère erkannte, der sich grade anschickte, seine Kugel in Richtung des roten *cochonnet*, der Zielkugel, zu werfen, blieb er stehen.

Frédéric schien ein guter Spieler zu sein – seine Metallkugel traf das *cochonnet* und schnickte auf dem Weg eine gegnerische Kugel weg. Zufrieden klatschten er und sein Spielpartner sich ab. Lucien, der früher ebenfalls gern Pétanque gespielt hatte, applaudierte spontan. Frédéric blickte in seine Richtung, erkannte ihn und winkte ihm lächelnd zu.

»*Salut, Commissaire*!«, rief er vergnügt.

Lucien ging langsam auf ihn zu. »*Salut, Médecin légiste*. Guter Wurf.«

»Danke. Wollen Sie mitspielen?«

»Ein anderes Mal«, wehrte Lucien ab. Er wusste, dass ihm zu viel durch den Kopf schwirrte, um sich auf das Spiel konzentrieren zu können. Und er hatte seit mindestens zehn Jahren keine Pétanquekugel mehr in der Hand gehalten.

»Wir sind gleich fertig – gehen wir ein Bier trinken?«, fragte Frédéric.

»Sehr gern.« Vielleicht konnte er dem Rechtsmediziner Infos zu Xaviers Tod entlocken. Aber davon abgesehen spürte er, dass es ihm guttun würde, sich mit ihm zu unterhalten.

Eine Viertelstunde später saßen sie sich in einem nahe gelegenen Bistro gegenüber, stießen mit Bier an und beschlossen, sich zu duzen.

»Wie bist du eigentlich auf die Idee gekommen, Rechtsmediziner zu werden?«, wollte Lucien wissen. »Ist das nicht ziemlich trostlos und deprimierend? Zu den Gerichtsmedizinern, die ich in Paris gekannt habe, hat es gepasst, die waren alle etwas schräg, aber du wirkst so lebenslustig und – normal.«

Frédéric grinste. »Danke – scheint bloß so. Nein, im Ernst, ich finde, das schließt sich nicht aus. Ich war früher Unfallarzt in der Notaufnahme – das hat mich total gestresst und runtergezogen, da war ich immer angespannt und privat nicht halb so fröhlich wie jetzt. Als Rechtsmediziner stehe ich nicht mehr unter dem

Druck, Leben retten oder verlängern zu müssen, und das finde ich sehr befreiend. Und ich finde es spannend zu ergründen, wie meine Patienten ums Leben gekommen sind. Und ich kann in Ruhe arbeiten.«

»Ohne dass sie dich vollquatschen«, warf Lucien amüsiert ein.

»Genau. Hart ist es, wenn es Kinder sind«, gab er zu. »Aber ich habe ja auch nicht nur mit Toten zu tun. Ich begutachte auch Verletzungen an Lebenden, wenn die Ursachen dafür vermutlich vor Gericht landen werden – Schlägereien, Vergewaltigungen, all das.«

»Findest du es nicht eklig, an Leichen herumzuschnippeln?«

»Wenn du denkst, dass Eiterbeulen oder Krebsgeschwüre appetitlicher aussehen?« Er grinste.

Lucien verzog angeekelt den Mund. »Schon gut, reden wir über was anderes.«

»Wann ist die Beerdigung von deinem Freund? Sorry, auch kein lustiges Thema, aber dann sind wir durch und können über Sport und Mädels reden.« Er blinzelte ihm zu.

Lucien war froh, dass Frédéric von sich aus das Thema anschnitt.

»Am kommenden Montag. Eingeäschert wird er in diesen Tagen, soviel ich weiß. Der Staatsanwalt hat seine Leiche freigegeben.«

»Feuerbestattung also – passend für einen Vulkanologen.«

»Stimmt. Diesen Wunsch soll er laut seiner Frau mal geäußert haben. Verbrennung durch glühende Lava wäre ihm vermutlich am liebsten gewesen. Wäre ja auch beinahe so gekommen.«

»Dann ist keine Exhumierung mehr möglich«, gab Frédéric zu bedenken.

»Aber du bist doch fertig mit der Autopsie?«

»Ja, ich habe ihn sehr gründlich obduziert, vom jetzigen Erkenntnistand aus gesehen bringt es nichts, ihn später noch mal ausbuddeln zu lassen. Aber ich habe da schon von allerlei kuriosen Fällen gehört …«

»Ja, ich auch. Wurden eigentlich DNA-Spuren am Opfer gefunden?«

»Unter den Fingernägeln war nichts. Falls es Hautschuppen oder Haare oder so was auf der Leiche gab, wurden die vom Winde verweht. Oder von Helikopter-Rotoren.«

»Ich weiß, dass du mir nichts sagen darfst. Aber tun wir mal so, als würden wir nur allgemein reden.«

»Warum bist du so scharf darauf, alle Einzelheiten zu kennen? Dein Kumpel ist tot, und nichts, was du darüber erfährst, kann ihn wieder lebendig machen.«

»Ich kannte Lefèvre gar nicht«, gestand Lucien. »Seine Witwe hat mich mit privaten Ermittlungen beauftragt.«

»Aaah, jetzt verstehe ich. Das ist natürlich was anderes. Irgendwie habe ich mir schon so was gedacht.«

»Ich will dich nicht in Schwierigkeiten bringen, Frédéric, aber alles, was du mir verraten könntest, würde mir möglicherweise helfen.«

Frédéric kratzte sich am Kopf. »Die genauen Autopsieergebnisse darf ich dir natürlich nicht zukommen lassen, aber ich glaube auch nicht, dass diese Details für dich relevant sein könnten. Vieles kann ich selbst nur vermuten und überlasse es der Polizei, Rückschlüsse zu ziehen.« Er fuhr sich glättend über sein kurzes, leicht krauses Haar.

»Dann sag mir deine Vermutungen. Bitte. Und ohne Fachchinesisch. Ich verspreche, es für mich zu behalten.«

»Lefèvre hat einen harten Schlag mit etwas Scharfkantigem gegen den oberen Bereich des Hinterschädels erhalten – ob dies tödlich gewesen wäre, ist sehr schwer festzustellen. Jedenfalls nicht sofort. Er muss durch diesen Schlag ins Taumeln gekommen sein und ist auf dem abschüssigen Pfad so unglücklich gestürzt, dass er sich den Hinterkopf an einem großen Stein angeschlagen hat. Das ist ein Fakt – der Stein wurde sichergestellt und untersucht. Es kam entweder schon durch den ersten Schlag oder durch den Aufprall auf den Stein zu einer Hirnblutung, die zu Bewusstlosigkeit geführt hat. Der Täter muss ihn für tot gehalten haben.«

»Du hast einen abschüssigen Pfad erwähnt – lag er mit den Füßen oder mit dem Kopf voran?«

»Mit dem Kopf.«

»Todesursache war also was genau? Verbluten?«

»Nein, auch wenn natürlich etliche Gefäße verletzt wurden und der Blutverlust hoch war – da es den Hang hinuntergeflossen ist und in den Boden gesickert ist, kann ich nicht genau sagen, wie viel. Aber genug, um sicher zu sein, dass er noch eine Weile gelebt hat. Nach meiner Untersuchung war die Todesursache Atemstillstand nach epiduraler Hirnblutung.«

»Schrecklich. Ganz allein auf einem Vulkan, ohne Hoffnung, dass einen jemand findet ...« Lucien presste die Lippen aufeinander und runzelte dann die Stirn. »Aber er hatte immerhin sein Handy dabei.«

»Er war mit Sicherheit nicht mehr in der Lage zu telefonieren. Ich denke, dass er bewusstlos war oder sein Bewusstsein zumindest so weit getrübt war, dass er seine hoffnungslose Lage nicht wahrgenommen hat. Allerdings ist es möglich, dass er kurz zu sich gekommen ist und sich bewegt hat, denn er wurde halb auf dem Bauch liegend gefunden – und sonst hätte er ja auf dem Rücken liegen müssen. Es sei denn, der Täter hat ihn umgedreht.«

»Hm. Ob er lange genug zu sich gekommen ist, um hangabwärts zu krabbeln und dabei zusammenzubrechen?«

»Dann hätte es noch anderswo auf dem Pfad Blutspuren geben müssen, und das war nicht der Fall.«

»Was mich interessiert: Wenn es vielleicht gar nicht der erste Schlag war, der zum Tode geführt hat, musste der Täter also kein Rambo sein, um kräftig genug zuzuschlagen?«

»Nein. Er wurde unglücklich getroffen, und natürlich durchaus mit Wucht, aber die meisten einigermaßen kräftigen Menschen hätten den Schlag ausführen können. Wie gesagt, ob er ohne den Aufprall mit dem Hinterkopf auf den Stein bei unterlassener Hilfeleistung überlebt hätte, kann ich nicht rekonstruieren.«

»Arbeitest du schon lange mit diesem Kommissar Talon zusammen?«

»Seit er diesen Posten innehat, etwa zwei Jahre.«

»Und wie kommst du mit ihm klar?«

»Geht so. Zum Glück arbeite ich ja für die Staatsanwaltschaft und nicht für ihn.«

»Klingt so, als würdest du nicht viel von ihm halten.«

»Er ist nicht der Netteste. Das wäre ja nicht so schlimm, dafür wird er schließlich nicht bezahlt, aber er ist oft auch nicht der Hellste. Jedoch sehr von sich überzeugt.«

»Oha.« Das deckte sich mit dem Eindruck, den Lucien von Pascal Talon gewonnen hatte.

»Das bleibt unter uns, ja?«, vergewisserte sich Frédéric hastig.

»Selbstverständlich. Ich neige nicht zum Tratschen.«

»Hatte ich mir auch nicht vorgestellt. Und sag mal, wie war es in Paris so bei der Kripo?«

»Ich habe keine Vergleichsmöglichkeiten – außer Marseille –, aber Paris ist für die Polizei kein Zuckerschlecken. Die Organisierte Kriminalität hat stark zugenommen, die arabischen Clans gewinnen immer mehr an Einfluss. Das Gewaltpotenzial unter den Einwohnern ist ebenfalls gestiegen. Egal ob Ehekrach oder Prügelei unter Saufkumpanen – die Beteiligten enden oft auf dem Seziertisch des Rechtsmediziners. Im Morddezernat ist immer reichlich zu tun gewesen.«

»Dann ist das mit der Stadt der Liebe also nur ein Klischee?«

Lucien zuckte die Schultern. »Natürlich hat Paris wunderschöne Ecken und hat für Touristen und Liebende ein romantisches Flair – aber das ist nicht der Alltag.«

»Sind die Pariserinnen so schön und elegant, wie behauptet wird, oder ist auch das nur ein Klischee?« Frédéric verzog die vollen Lippen zu einem genussvollen Lächeln.

»Es ist auch nicht mehr das, was es mal war oder was uns in Filmen vorgegaukelt wird. Aber viele sind schon sehr attraktiv und elegant gekleidet.« Lucien lächelte ebenfalls.

»Und deine Frau? Was für ein Typ ist sie?«

»Eine Augenweide.« Er lächelte kurz, seufzte und nahm einen langen Schluck Bier.

»Hast du eigentlich Kinder, Lucien?«

»Eine Tochter, die gerade angefangen hat, Geologie zu studieren. Und …« Er stockte.

»Und …? Sie studiert noch was anderes als Geologie?«

»Nein. Ich wollte sagen, dass ich auch einen Sohn hatte. Er ist vor einem halben Jahr ums Leben gekommen.«

»Tut mir sehr leid. Willst du darüber reden?«

Nein, wollte Lucien aus Gewohnheit sagen, doch er überraschte sich dabei, wie er dem Rechtsmediziner den Unfall in wenigen Worten schilderte.

Frédéric nickte betroffen. »Kann mir vorstellen, dass du danach einen Tapetenwechsel brauchtest.«

Lucien verzog den Mund. »So richtig geholfen hat das aber noch nicht.«

»He, das kannst du nach einem knappen halben Jahr auch nicht verlangen. Und deine Frau?«

»Suzanne scheint besser damit fertig zu werden, indem sie mich dafür hasst«, sagte er bitter.

»Bist du sicher? Ich bin kein Psychologe, aber projizierst du da vielleicht was? Hasst du selbst dich dafür?«

»Nicht ausgeschlossen«, murmelte Lucien.

»Meistens sind es die Mütter, die besser mit dem Schock fertig werden. Sie reagieren zwar emotionaler, erholen sich aber schneller. Männer versuchen immer, stark zu sein, aber der Schmerz frisst sich so in sie hinein, dass sie am Tod ihrer Kinder zerbrechen können«, erklärte Frédéric.

»Danke für diese tolle Aussicht«, brummte Lucien. »Dafür, dass du kein Psychologe bist, scheinst du aber eine Menge darüber zu wissen.«

»Nun ja, durch den Beruf natürlich.«

Lucien stellte fest, dass es ihm guttat, mit Frédéric zu reden, der verständnisvoll war, dabei aber sachlich und angenehm mitleidlos blieb.

Dennoch musste er das Gespräch nun beenden, wie er mit einem Blick auf seine Armbanduhr feststellte. »Ich muss leider los. Ich bin noch verabredet.«

»Kein Problem – ich muss auch nach Hause. Wenn ich nach sieben komme, denkt meine Frau immer gleich, dass ich bei einer anderen war.« Er blinzelte ihm zu und winkte dann dem Ober. »Zahlen bitte!«

Lucien hatte mittags mit Inès Abadie telefoniert und sich mit ihr im Anschluss an ihren Feierabend auf einen Drink verabredet. Er saß bereits an einem der Fenstertische in dem Bistro in der Nähe des Friseursalons und drehte sein Cola-Glas in den Händen, als sie ein wenig abgehetzt eintraf.

»Bonsoir, Lucien. – Einen Vanillepunsch bitte«, sagte sie zu dem Kellner, der an den Tisch getreten war, und zog ihren leichten Baumwollblazer aus. Darunter trug sie ein seidenes Neckholder-Top, und Lucien war froh, dass es hochgeschlossen war. Ein tiefes Dekolleté hätte ihn womöglich aus dem Konzept gebracht.

»Schön, dass Sie kommen konnten«, sagte er.

Sie nickte. »Aber das ist kein Date, okay? Ich brauche nur jemanden zum Reden.«

»Klar«, erwiderte er halb enttäuscht und halb erleichtert. »Ist es nicht schon ein bisschen zu schummrig dafür?«, scherzte er und wies auf ihre Sonnenbrille, obwohl er sich vorstellen konnte, warum sie sie trug.

Inès nahm langsam die Brille ab und entblößte ihr Veilchen, das nun noch deutlicher sichtbar war als am Morgen.

»Um Himmels willen, was ist Ihnen denn passiert?«, heuchelte Lucien Überraschung. Das Entsetzen brauchte er nicht zu heucheln.

Er rechnete mit der üblichen Ausrede, dass sie gegen einen Türrahmen gerannt sei oder Ähnliches, und wurde von ihrer Ehrlichkeit überrascht.

»Meinem Mann ist die Hand ausgerutscht.«

Er begutachtete das Hämatom. »Wohl eher die Faust. Kommt das oft vor?«,

»Nein.« Sie zögerte. »Das dritte Mal in acht Jahren – das ist nicht oft, oder?«

»Es ist dreimal zu viel«, erwiderte Lucien ernst. »Sie könnten und sollten ihn anzeigen. Ich hatte früher beruflich hin und wieder mit so was zu tun – es wird in der Regel nicht besser.«

»Ich werde darüber nachdenken, was ich tun soll«, murmelte sie und zupfte eine Locke dicht an ihr Auge, um die Verletzung zu kaschieren.

»Denken Sie nicht zu lange nach. Wenn der Bluterguss verheilt ist, haben Sie keinen Beweis mehr.«

»Ich könnte ihn ja auch verlassen, ohne ihn anzuzeigen.«

Der Kellner brachte den Vanillepunsch und Inès mied Luciens Blick, indem sie sich auf ihr Getränk konzentrierte.

»Ich kann Ihnen vielleicht helfen, wenn Sie wollen«, hörte er sich sagen.

»Was machen Sie denn beruflich, dass Sie sich mit häuslicher Gewalt auskennen und mir helfen könnten? Sind Sie Frauenbeauftragter im Abgeordnetenhaus, Arzt, Seelsorger oder Immobilienmakler?«

Lucien schmunzelte. »Sehe ich aus wie irgendwas davon?«

»Nein. Das heißt, doch: Im weißen Kittel würden Sie in einer Arztserie eine tolle Figur machen.« Sie rang sich ein Lächeln ab.

Er musste lachen. »Ich war *Flic*. Kriminalkommissar beim Drogendezernat, bei der Sitte und beim Morddezernat.«

»Wow, auch nicht schlecht. Aber nicht auf Réunion, oder?«

»Nein, in Marseille und Paris.«

»Und was machen Sie hier?« Sie nippte an ihrem Rumpunsch. »Réunionese sind Sie aber schon, oder?«

»Ja. Und ich hatte Heimweh.«

»Verständlich. Ich könnte gar nicht woanders leben als auf Réunion, glaube ich.«

Lucien schwieg kurz, dann rang er sich dazu durch, seine Karten offen auf den Tisch zu legen.

»Ich war nicht ganz ehrlich mit Ihnen, Inès. Das heißt, ich habe nicht gelogen, aber es gibt einiges, was ich gestern nicht gesagt habe, weil Ihr berufliches Umfeld dafür kein passender Ort ist. Deswegen wollte ich Sie noch mal treffen.«

»Ach, nur deswegen?« Eine Spur von Enttäuschung malte sich in ihre Züge.

Er lächelte. »Nicht nur, aber – ich will nicht daran schuld sein, wenn Ihrem Mann gleich noch mal die Hand ausrutscht.«

»Sie wissen doch gar nicht, warum er ...«

»Doch. Ich weiß, warum er das getan hat.« Lucien holte Luft. »Ich weiß von Ihrer Beziehung zu Xavier Lefèvre und dass die Polizei Ihrem Mann davon berichtet hat. Zumindest nehme ich stark an, dass er Sie deswegen geschlagen hat.« Er hatte die Stimme gesenkt, damit keine Gesprächsfetzen von den Leuten an den Nachbartischen aufgefangen werden konnten.

»Woher? *Wer* sind Sie, Lucien?«, wollte sie beunruhigt wissen.

»Ich bin ein früherer Freund von Xaviers Frau Melissa. Und ich will herausfinden, wer ihn getötet hat, denn damit hat mich seine Frau beauftragt.«

»Oh ... Verdächtigen Sie mich etwa?«

»Nein, eigentlich nicht. Aber Sie können mir gleich sagen, wo Sie an dem Nachmittag waren, als Xavier ums Leben gekommen ist, dann ist das erledigt.«

»Ich war im Salon, von zehn bis neunzehn Uhr. Meine Mitarbeiterinnen und etliche Kundinnen können das bestätigen.«

»Das habe ich mir gedacht.« Lucien nickte. »Und Ihr Mann?«

Sie lachte bitter auf. »Noch gestern hätte ich Ihnen versichert, dass er zu krank war, um es überhaupt auf den Piton zu schaffen, aber heute fände ich es gar nicht so übel, wenn er hinter Gitter müsste.«

»Verständlich, aber bleiben Sie trotzdem bei der Wahrheit, ja? Ein Ehemann im Knast kann ein Klotz am Bein sein.«

»Klar. War nur ein Scherz.«

»Jedenfalls wissen wir, dass Ihr Mann aus Eifersucht zu Gewalt neigt. Und nicht nur aus Eifersucht – ich habe mich gestern Vormittag bei ihm als Mitarbeiter der *Sécu* ausgegeben, und als er mich enttarnt hat, ist er auf mich losgegangen.«

»Sie waren bei uns zu Hause?«, fragte sie ungläubig.

»Ja. Ihr Mann ist für mich tatverdächtig, und ich musste ihn unter die Lupe nehmen. Offiziell vernehmen darf ich ihn ja nicht.«

»Meinen Sie wirklich, er könnte Xavier getötet haben?« Sie rang nervös die Hände.

»Heute bin ich nicht mehr so sicher. Das da stört mich bei der Theorie.« Er tippte sich auf den Jochbogen unter dem Auge.

»Wieso? Wie Sie gerade sagten, ist es ein Beweis, dass er zur Gewalttätigkeit neigt.«

»Schon, aber wenn er Xavier aus Eifersucht getötet hätte, warum hat er Sie dann nicht bereits vertrimmt, als er von der Affäre erfahren hat? Warum erst jetzt?«

»Da ist was dran«, gab sie zu.

»War er in letzter Zeit verändert? Hatten Sie das Gefühl, er wusste was?«

Sie dachte nach. »Manchmal fand ich ihn irgendwie komisch, aber vielleicht hat mich nur mein schlechtes Gewissen das glauben lassen.«

»Wie lange ging das schon mit Xavier?«

»Seit einem halben Jahr.«

»Hat Xavier mal erwähnt, ob er den Eindruck hatte, dass Melissa etwas ahnte?«

»Nein.«

»Nein, er hat es nicht erwähnt oder nein, er hatte nicht den Eindruck?«, bohrte Lucien.

Sie legte eine Hand vor die Stirn, als habe sie Kopfschmerzen oder Fieber. »Er hat nie erwähnt, dass Melissa etwas ahnen könnte.«

»War es was Ernstes zwischen Ihnen?«

Als sie zögerte, machte er eine abwehrende Geste. »Ich frage das nicht aus privater Neugier, sondern weil es der Aufklärung dienen könnte.«

»Wenn er seine Frau verlassen und mit mir hätte leben wollen, wäre ich nicht dagegen gewesen«, gab sie zu. »Ich war geschmeichelt, dass er sich für mich interessiert hat – ein so gebildeter und erfolgreicher Mann. Aber gerade deswegen habe ich mir auch keine großen Hoffnungen gemacht. Solche Männer lassen sich nicht scheiden, um eine Friseurin zu heiraten.« Eine Spur von Bitterkeit klang in ihrer Stimme mit. »Nun, ich habe zumindest gehofft, dass es mehr als nur eine Bettgeschichte für ihn war.«

»Stellen Sie Ihr Licht nicht unter den Scheffel, Inès. Sie sind immerhin selbstständige Unternehmerin mit einigen Mitarbeitern, und außerdem sind Sie eine attraktive, sympathische Frau.«

»Danke schön.« Ein kurzes Lächeln erschien auf ihrem Gesicht wie ein Sonnenstrahl zwischen Wolken.

»Es war also nie die Rede davon, dass er seine Frau verlassen wollte?«

»Nein, nie. Oder doch, einmal hat er so was gesagt, aber da hatten sie sich gestritten, er war sauer auf sie, deswegen habe ich es nicht ernst genommen.«

»Hat er darüber gesprochen, ob es in seiner Ehe nicht so lief?« Lucien hatte das Gefühl, Melissa mit diesen Fragen zu hintergehen, aber er musste die Wahrheit herausfinden.

»Also, meiner Meinung nach hat kein Mann, der total glücklich mit seiner Frau ist, ein halbes Jahr lang eine Affäre mit einer anderen, oder?«

Lucien wiegte skeptisch den Kopf. »Ach, manche Männer sind da ein bisschen anders gestrickt und kriegen romantische Liebe und Sex nicht unter einen Hut. Sie können ihre Frau anbeten, aber sie bietet ihnen im Bett vielleicht nicht alles, was sie brauchen beziehungsweise wollen sie sie nicht zu gewissen Dingen erniedrigen, also ...«, begann Lucien vorsichtig. Er wollte Inès nicht kränken, außerdem war es nur eine Hypothese.

»Ich habe verstanden«, sagte sie müde.

Lucien legte kurz seine Hand über ihre. »Ich bin sicher, Xavier hat Sie auf seine Weise geliebt.«

Sie blickte ihn dankbar an. »Kann ich Ihre Telefonnummer bekommen?«

Er lächelte. »Natürlich. Wenn mich schon mal eine schöne Frau danach fragt ...«

Sie ging auf den Scherz nicht ein. »Ich will nur reden. Ich habe sonst niemanden, mit dem ich über Xavier reden kann. Und falls ich mich tatsächlich entschließe, mich von Didier zu trennen ... Denn wenn ich glücklich mit ihm wäre, hätte ich mich kaum in Xavier verliebt, oder?«

»Wahrscheinlich nicht.« Lucien holte sein Notizbuch hervor, schrieb seine Handynummer auf, riss die Seite heraus und gab sie ihr.

Sie leerten noch in Ruhe ihre Drinks, dann zahlte Lucien und begleitete Inès bis zu ihrem Wagen. Zum Abschied zog er sie kurz in die Arme und küsste ihre Wangen.

18

Melissa steuerte ihren Renault die Route Nationale entlang, in Richtung des Vulkanobservatoriums. Der kleine Ort La Plaine-des-Cafres war von dichten Wäldchen und sattgrünen Wiesen umgeben, und nichts deutete darauf hin, dass das Gelände einige Kilometer Luftlinie entfernt wie eine Mondlandschaft aussehen würde.

Lucien starrte aus dem Fenster. »Wenigstens hier hat sich nichts verändert.«

»Nein, nur das Innere des Observatoriums hat sich technologisch erheblich weiterentwickelt, seit wir es als Schulkinder besichtigt haben.« Melissa bog von der Route Nationale in eine schmalere Straße ab.

»Wie gut kennst du die Kollegen deines Mannes?« Lucien hatte am Vormittag lange im Café gesessen und im Internet über die Mitarbeiter des OVPF recherchiert, deren Namensliste er auf der Webseite des Observatoriums gefunden hatte. Etwas Besonderes war ihm nicht aufgefallen, nur die Orte, an denen diese Wissenschaftler bereits gearbeitet hatten, weckten sein Interesse und sein Fernweh: Tansania, Ecuador, Bali, Sumatra, Japan, Kolumbien … Es las sich wie ein Reisekatalog.

»Nur flüchtig. Xavier war mit keinem befreundet, er wollte das nicht mischen, und es gab nur wenige Anlässe, bei denen wir zusammengetroffen sind. Anne Vergnier, die Frau von Xaviers Stellvertreter Marc, treffe ich manchmal im Fitnessstudio. Sie ist aber keine Vulkanologin, sondern Lehrerin in Le Tampon.«

»Und die Frau von Kommissar Talon, kennst du die auch? Hat sie Denis in dem Fitnessstudio kennengelernt, wo er arbeitet?«

»Ja. Valérie Talon hat immer den Rücken-Fit-Kurs mitgemacht, den er Mittwochvormittags unterrichtet. Parallel dazu ist er ihr Personal Trainer geworden und dann ihr Lover. Ich weiß nicht, warum. Eigentlich ist sie gar nicht sein Typ.«

»Ist sie so unattraktiv?«

»Das nicht. Sie sieht schon gut aus, aber nicht wirklich sexy – eher ladylike und klassisch. Und sie ist ein Jahr älter als er. Normalerweise steht er auf jüngere Frauen.«

Lucien zuckte die Schultern. »Vielleicht brauchte er mal ein Kontrastprogramm.«

Melissa lachte auf. »Wahrscheinlich ist er einfach alle jungen Frauen auf der Insel durch.«

Sie parkte den Wagen auf dem kleinen Parkplatz hinter dem unauffälligen, flachen Gebäude des Observatoriums.

Sie betraten ein Büro, wo sportlich gekleidete Wissenschaftler an Computern saßen. Große Monitore an der Wand übertrugen Messungen der Seismografen, geothermische Daten und Signale der auf dem Vulkan installierten GPS-Geräte.

Eine Frau in mittleren Jahren mit blondem Pferdeschwanz blickte auf und erhob sich, als sie Melissa erkannte. Sie ging auf sie zu und zog sie in die Arme. »Noch mal persönlich mein Beileid, Madame Lefèvre.« Sie hatte bereits telefonisch kondoliert.

»Danke schön.« Melissa legte ihre Hand auf Luciens Arm. »Das ist Lucien Mahé, ein Jugendfreund von mir. Er unterstützt mich in dieser schweren Zeit. Lucien, das ist Sophie Dumont.«

»Sehr gut. Wir sind alle noch ganz geschockt.« Sie reichte Lucien die Hand.

Ein jüngerer blonder Mann mit Vollbart löste sich von seinem Bildschirm und kam auf sie zu.

»Ich habe Ihren Namen vergessen«, gestand Melissa, als er ihr die Hand schüttelte.

»Ich bin ja auch noch nicht so lange dabei.« Er lächelte. »Ingo Steinert.«

»Ach ja, Sie sind aus Deutschland«, erinnerte sich Melissa angesichts seines starken Akzents.

Zwei weitere Männer standen ebenfalls auf, begrüßten sie und sprachen Melissa ihr Beileid aus.

»Wie viele Personen arbeiten hier?«, erkundigte sich Lucien. Zwar wusste er das bereits, aber er wollte sich nicht zu gut informiert geben.

»Vierzehn. Nun ja, jetzt dreizehn«, antwortete Sophie.

»Das ist ja eine ganze Menge.«

Sie lächelte. »Der Piton ist ja auch sehr aktiv und braucht permanente Betreuung. Wir arbeiten in Schichten.«

»Wer war denn da an jenem Nachmittag, als Xavier ums Leben gekommen ist?«, fragte Lucien sofort.

Sophie hob die Schultern. »Ich nicht, ich hatte an diesem Tag frei.«

»Ich war bis spätabends da«, gab Ingo Auskunft. »Und Marc bis ungefähr achtzehn Uhr.«

»Haben Sie gesehen, wann Xavier gegangen ist?«

»Nein, ich war gerade im Labor, es muss ungefähr um 14.30 Uhr oder 15.00 Uhr gewesen sein – so in dem Dreh. Als ich gesehen habe, dass er nicht mehr da war, habe ich angenommen, er hätte einen externen Termin.«

»Waren Sie und Marc allein hier?« Lucien blickte fragend die beiden anderen Vulkanologen an.

Einer der beiden schüttelte den Kopf. »Ich hatte Frühschicht.«

»Und ich Nachtschicht. Bryan war auf jeden Fall da, das weiß ich. Kann mich erinnern, dass ich ihn getroffen habe, als ich gekommen bin.«

»Ähm, pardon, aber ist das jetzt ein Verhör oder was?«, fragte der erste etwas ungehalten. »Sind Sie bei der Polizei?«

»Nein«, gab Lucien zu. »Aber Madame Lefèvre hat mich mit privaten Ermittlungen über den Todesfall beauftragt.«

»Und ich bin eigentlich nur hier, weil ich Sie alle zur Beerdigung einladen möchte.« Melissa zog den Stapel schwarz geränderter Umschläge aus ihrer großen Handtasche und drückte sie Sophie in die Hand. »Wären Sie so freundlich, das für mich zu verteilen?«

»Selbstverständlich.«

Eine der hinteren Türen öffnete sich, und Marc Vergniers athletische Gestalt erschien im vorderen Büro.

»Melissa!« Er trat auf sie zu und umarmte sie kurz. Sie hatten nach Xaviers Tod bereits miteinander telefoniert, und er hatte ihr seine Hilfe angeboten.

»Sie sind natürlich auch zur Bestattung am kommenden Montag eingeladen. Bringen Sie gern Ihre Frau mit, wenn sie Zeit hat.«

»Danke.« Er blickte Lucien fragend an, und dieser stellte sich vor.

Marc Vergnier hob die Augenbrauen, als er hörte, dass Lucien Ex-Kommissar war und private Ermittlungen führte. »Trauen Sie das der Polizei hier nicht zu, Melissa?«

»Nicht wirklich«, meinte sie nur.

»Wird Monsieur Tréguier auch zur Beerdigung kommen?«, erkundigte sich Marc.

Lucien sah Melissa fragend an. »Wer ist das?«

»Xaviers Chef in Paris.«

»Und, kommt er?«

»Nein. Er hat angerufen und kondoliert, aber sein Terminkalender erlaubt ihm so kurzfristig keine so weite Reise.«

Lucien blickte Marc an. »Ich habe im Netz gelesen, dass das Vulkanobservatorium dem *Institut de Physique du Globe de Paris* untersteht.«

»Das ist richtig.«

»Wird dieses Institut Xaviers Nachfolger bestimmen?«

»Ja.«

»Und wer wird das sein?«

»Vorübergehend leite ich das Observatorium«, sagte Marc.

»Und spricht was dagegen, dass Sie es auch weiterhin tun werden?«

»Nein, eigentlich nicht.«

»Dann sind Sie also befördert worden«, stellte Lucien fest.

Marc winkte ab. »Ich weiß gar nicht, ob ich das weiterhin machen möchte. Ich bin ein Mann des Terrains, ich möchte nicht meine Zeit mit den Medienvertretern und kaufmännischen Dingen verbringen müssen.«

»Können wir uns kurz unter vier Augen unterhalten, Monsieur Vergnier?«

»Bitte. Kommen Sie, wir gehen in mein Büro.«

Lucien folgte ihm die wenigen Meter in das Büro, an dessen Türschild noch der Name von Xavier Lefèvre stand. Er nahm gegenüber von Marc in der kleinen Besprechungsecke Platz.

»Wie kann ich Ihnen weiterhelfen?«, erkundigte sich Marc.

»Können Sie mir bitte schildern, was an dem Nachmittag vorgefallen ist, als Xavier ums Leben gekommen ist? Sie waren bis 18.00 Uhr im Büro, sagte Ihr Kollege.«

»Richtig. Ich kann mich erinnern, dass Xavier einen Termin zum Mittagessen in einem Restaurant in der Nähe hatte. Im *Auberge du Volcan*, glaube ich. Er ist dann auch noch mal wiedergekommen. Ich war zusammen mit Ingo in dem Büro vorn, wo wir gerade waren. Bryan hatte auch Dienst, er hat in dem anderen kleinen Büro hier schräg gegenüber gesessen. Da wo all die Seismografen stehen.«

»Haben Sie gesehen, wann Xavier weggegangen ist und ob er allein war? Er musste doch durch das große Büro, um zum Ausgang zu kommen?«

»Das schon, aber ich habe auch früher nicht in dem großen Büro am Eingang gesessen, sondern in dem kleinen gleich gegenüber.« Er machte eine Handbewegung. »Daher hätte ich nicht sehen können, wann er gegangen ist. Außerdem war ich zwischendurch im Labor, bei den Seismografen und in der Pausenküche, um einen Happen zu essen.« Er lächelte Lucien an. »Ich halte es nie sehr lange am gleichen Platz aus, ein reiner Bürojob wäre für mich Folter. Erst als ich mich um sechs verabschieden wollte, habe ich gemerkt, dass Xavier nicht mehr in seinem Büro war.«

»Und wie ging es am nächsten Morgen weiter? Sie haben Xavier gefunden, ist das richtig?«, vergewisserte sich Lucien.

»Ja. Als er am nächsten Morgen nicht im Büro aufgetaucht ist, habe ich mir Sorgen gemacht und auf Verdacht eine Runde mit dem Rettungshubschrauber gedreht. Als hätte ich eine Ahnung gehabt ...«

»Das muss ein Schock für Sie gewesen sein.«

»Allerdings. Von oben dachte ich, er wäre nur bewusstlos. Aber ...« Marc biss sich auf die Lippen und schüttelte den Kopf.

Lucien runzelte die Stirn. »Ich hatte verstanden, dass Melissa Sie und Ihre Kollegen überreden musste, nach ihrem Mann zu suchen. Dass Sie erst bereit dazu waren, nachdem sie angedroht hat, allein auf den Vulkan zu klettern.«

Über Marcs gutgeschnittenes, wettergegerbtes Gesicht flog ein Schatten. »So hat sie das dargestellt?«

Lucien nickte.

Marc zögerte. »Nun, sehen Sie, so ein Helikopterflug kostet viel Geld, und wir müssen uns für die Notwendigkeit rechtfertigen. Xavier fängt meist gegen neun an zu arbeiten, und nur weil er um halb zehn noch nicht da ist, schalten wir noch nicht auf Alarmstufe rot. Und zu Fuß hetze ich kurz vor dem Ausbruch auch keinen meiner Kollegen auf den Piton.«

»Hat Melissa nicht gesagt, dass er die ganze Nacht nicht nach Hause gekommen ist?«

»Doch, aber ...« Marc wirkte auf einmal peinlich berührt. »Unter uns – er hatte da eine kleine Affäre am Laufen, habe ich mitgekriegt. Kann ja sein, er ist bei der Dame eingeschlafen und deswegen nicht nach Hause gekommen. Aber soll ich Melissa das auf die Nase binden?«

Lucien seufzte. »Verstehe. Aber Sie geben zu, dass Melissa Sie erst überreden musste, nach Xavier zu suchen?«

Marc zögerte. »Ja, stimmt schon«, brummelte er dann.

Lucien beobachtete ihn scharf. Wollte er Melissa decken? Oder war es ihm nur unangenehm, dass er nicht sofort aufgebrochen war, um seinen Chef zu suchen?

»Wie lange wird es dauern, bis ich den ...« Er konnte sich das Wort Tatort in letzter Sekunde verkneifen. »Bis ich sehen kann, wo Xavier gestorben ist?«

»In einigen Wochen, falls der Piton inzwischen nicht erneut ausbricht, wonach es im Moment aussieht, wird die Lava nur noch fünfzig oder sechzig Grad heiß sein, dann könnte man erste Versuche machen – mit entsprechender Schutzausrüstung natürlich. Aber aus Sicherheitsgründen ist das nur den Vulkanologen erlaubt. Man kann nämlich durch die äußere erstarrte Schicht der Lava einbrechen wie in einen gefrorenen See – und darunter glüht noch flüssige Lava. Von Ihren Füßen können Sie sich dann verabschieden.«

Verdrossen strich Lucien die Tatortbesichtigung von seiner Liste. Er lehnte sich in seinem Stuhl zurück und betrachtete die Weltkarte an der Wand. »Es muss toll sein, in seinem Job so viel herumzukommen. Zuletzt waren Sie auf Sumatra, ist das richtig?«

Marc nickte.

»Sie waren zu der Zeit dort, als dieser Vulkan ausgebrochen ist – wie hieß er doch gleich?«

»Sinabung. Natürlich ist dort ein Vulkan ausgebrochen. Wenn es keine Vulkanausbrüche gäbe, bräuchte ich mich an diesen Orten nicht aufzuhalten«, erwiderte Marc ironisch.

»Schon klar. Verzeihen Sie. Ich habe nur gefragt, weil ich vorhin im Internet von diesem Ausbruch vor knapp zwei Jahren gelesen habe, bei dem mehr als hundert Menschen ums Leben gekommen sind.«

»Das ist bedauerlich, aber nicht viel beim Ausbruch eines Vulkans vom explosiven Typ. Da können es schnell einige tausend Opfer werden.« Er trommelte mit den Fingern auf den Tisch.

»Ich weiß. Ich stelle es mir nur schrecklich vor, wenn man es aus nächster Nähe miterlebt und trotz modernster Technik nichts tun kann, um es zu verhindern«, sagte Lucien nachdenklich.

»Sie meinen, obwohl das mein Job wäre?«, fragte Marc sarkastisch.

»Das wollte ich nicht sagen. Dass Sie einen Vulkan nicht am Ausbruch hindern können, ist mir schon klar.« Lucien lächelte beschwichtigend. »Ich konnte als Kommissar auch nie jemanden am Töten hindern.«

Der Vulkanologe lachte auf und warf dann einen demonstrativen Blick auf seine Armbanduhr.

»Ich will Sie nicht länger aufhalten.« Lucien erhob sich und streckte Marc die Hand hin. »Vielen Dank für Ihre Auskünfte.«

»Die Polizei tippt also auf Mord?«, erkundigte sich Marc.

Lucien zuckte mit den Schultern. »Da müssen Sie Kommissar Talon selbst fragen.«

»Und was glauben Sie?«

»Ich versuche, das herauszukriegen«, antwortete Lucien ausweichend und verließ das Büro.

Sophie stand am Faxgerät und las ein Fax, das gerade angekommen war.

»Wer hat eigentlich den Rettungshubschrauber geordert?«, wollte er wissen.

»Das war ich. Nachdem Marc zugestimmt hat.«

»Nachdem Madame Lefèvre darauf gedrungen hat?«

»Ja, genau«, bestätigte Sophie und nickte Melissa zu, die sich auf einem leeren Drehstuhl niedergelassen hatte. »Ich war am Telefon, als sie angerufen hat, aber ich habe nicht die Befugnis, darüber zu entscheiden, also habe ich sie mit Marc verbunden. Sie haben einige Minuten geredet, und als er aufgelegt hat, hat er mich damit beauftragt, mich um den Heli zu kümmern.«

Lucien war erleichtert, dass Melissas Version nicht gelogen war.

»Für Ihren Kollegen ist das ja sicher nicht einfach, von heute auf morgen die Stelle seines Chefs einzunehmen, was?«

»Nun ja, er ist schon länger sein Stellvertreter, ganz neu ist das für ihn nicht. Nur muss er seinen alten Job natürlich auch noch machen. Aber ich unterstütze Marc bei den administrativen Aufgaben und den Behörden- und Medienkontakten. Diese Dinge mag er nicht besonders.«

»Na, dann hoffe ich mal, er bekommt als Entschädigung wenigstens eine ansehnliche Gehaltserhöhung.«

»Das weiß ich nicht, da müssen Sie ihn schon selbst fragen«, erwiderte sie, etwas befremdet durch seine Direktheit.

»Verzeihung, ich wollte nicht indiskret sein. Warten Sie, ich gebe Ihnen meine Kontaktdaten, falls Ihnen noch was einfällt, was wichtig sein könnte.« Er kritzelte seine Adresse und Telefonnummer auf ein Post-it und drückte es ihr in die Hand. »Melissa, können wir?«

Sie nickte und erhob sich.

»Au revoir, Madame.«

»Und, hast du was Interessantes erfahren?«, erkundigte sich Melissa, als sie wieder im Wagen saßen und in Richtung Le Tampon zurückfuhren.

»Nicht wirklich. Sag mal, kann die Gehaltserhöhung für Marc Vergnier so hoch sein, dass sie ein Mordmotiv darstellen könnte?«

»Nein, das kann ich mir nicht vorstellen. Allenfalls ist das Ansehen höher, denn der Leiter des OVPF steht oft im Licht der Öffentlichkeit. Aber ich habe nicht den Eindruck, dass Marc daran was liegt.«

»Wie lange ist er schon dabei?«

»Noch nicht so lange – ein oder anderthalb Jahre.«

»Und da ist er schon Xaviers Stellvertreter?«

»Er wurde sofort als solcher eingestellt, weil er als Vulkanologe mehr Erfahrung hat als die jungen Kollegen und offenbar Führungsqualitäten besitzt.«

»Er ist aus dem Süden, oder? Sein Dialekt klingt nach Languedoc-Roussillon, würde ich sagen.«

»Stimmt. Er stammt aus Montpellier, hat er mal erwähnt.«

»Wie war so das Arbeitsklima unter den Leuten im Observatorium, hat Xavier das erwähnt?«

»Recht harmonisch, glaube ich. Natürlich gab es mal die eine oder andere Meinungsverschiedenheit, aber Xavier hat sich nie beklagt. Und Sophie wirkt immer recht entspannt, wenn ich sie mal zufällig treffe. Sie wohnt auch in Trois-Mares.«

»Dann können wir das wohl abhaken. Morgen will ich nach Saint-Denis und mir diesen Politiker ansehen.«

»Hast du einen Termin bekommen?«

»Nein. Ich habe einen anderen Plan.« Die steilen kleinen Falten zwischen seinen Augenbrauen verrieten, dass dieser Plan auf recht wackeligen Beinen stand.

Lucien aß mit Melissa zu Abend und kehrte dann nach Saint-Pierre zurück. Zu Hause machte er es sich auf der Couch bequem und guckte einen Krimi im Fernsehen. Gegen zehn Uhr abends klingelte sein Handy. Er sah Alizées Foto im Display und nahm das Gespräch eilig entgegen.

»Hallo, Spätzchen, das ist ja eine Überraschung.«

»Du wirst gleich noch viel überraschter sein.«

»Wieso, was ist los?«

»Ich bin am Flughafen, Papa. In Orly.«

»Oh, wo geht's denn hin um diese Jahreszeit? Zum Skilaufen?«

Kurzes Schweigen am anderen Ende, er hörte nur noch die Geräuschkulisse vieler Menschen in großen Hallen und eine Lautsprecherdurchsage.

»Hallo?«, rief er.

»Ich bin noch dran. Nein, ich gehe nicht Skilaufen. Ich lande morgen um neun Uhr fünfundfünfzig mit der Air France in Saint-Denis. Kannst du mich abholen?«

»Du kommst hierher? Alizée, du veräppelst mich doch!«

»Nein, tu ich nicht. Ich leite dir mein Online-Ticket weiter, wenn du mir nicht glaubst.«

»Nicht nötig, ich traue es dir zu. Ist was passiert?«, fragte er beunruhigt.

»Nö. Ich hab nur die Schnauze voll von Paris und von Maman und vermisse meinen Vater, reicht das nicht als Grund?«

»Weiß nicht, ob ich geschmeichelt sein oder mir Sorgen machen soll.«

»Brauchst du nicht. Dir Sorgen machen, meine ich. Kannst du mich nun abholen?«

Lucien dachte kurz nach. Ohnehin wollte er ja am nächsten Tag nach Saint-Denis fahren, um Olivier Savignon unter die Lupe zu nehmen. »Ja, kann ich.«

»Oh, super! Dann sehen wir uns morgen früh«, meinte Alizée fröhlich. »Ich freu mich.«

»Ich mich auch. Guten Flug.« Lucien war immer noch völlig überrumpelt, als die Verbindung abbrach und er kopfschüttelnd auf das Display starrte.

19

Am nächsten Morgen wühlte sich Lucien mit seinem Peugeot durch die Staus der Inselautobahn, die um die Hauptstadt herum zunehmend dichter wurden.

Der Flug aus Paris hatte fast eine Dreiviertelstunde Verspätung, und Lucien ärgerte sich, dass er sich am Morgen so beeilt hatte, um nun untätig auf dem Flughafen herumsitzen zu müssen. Und er sorgte sich um seinen Anschlusstermin. Falls das Flugzeug noch später ankommen würde, war sein Plan zunichtegemacht.

Endlich sah er die zierliche Gestalt seiner Tochter mit ihrem Koffer durch die Türen hinter der Gepäckausgabe kommen.

Alizée warf die Arme um seinen Hals, und er drückte sie an sich. »Hallo, mein Schatz. Guten Flug gehabt?«

»Ja, ganz okay. Bis auf ein paar Turbulenzen und das viele Babygeschrei.«

»Sag mal, sind die Semesterferien nicht in Kürze vorbei?«

»Übernächsten Montag.«

»Dann bleibst du also nur eine Woche?«

»Hach, komm, wenn ich die ersten ein oder zwei Wochen Vorlesungen verpasse, macht das gar nichts.«

»Das sehe ich anders!«

»Freust du dich denn gar nicht, mich zu sehen?« In ihr hübsches Gesicht malte sich Enttäuschung.

»Doch, natürlich.« Er zog sie noch einmal in die Arme. »Aber warum hast du nicht früher Bescheid gesagt?«

»Ich hatte Angst, du würdest Nein sagen«, gestand sie. »Ich wollte dich überraschen. Eigentlich wollte ich einfach vor der Tür stehen, aber dann ist mir eingefallen, dass es so umständlich ist, mit dem Bus vom Flughafen nach Saint-Pierre zu kommen. Und mit dem Taxi hätte es ein Vermögen gekostet.«

»Apropos – woher hast du das Geld für den Flug?«, fragte Lucien misstrauisch. »Hat deine Mutter es dir gegeben?«

»Nein. Sie hat es auch erst erfahren, als ich gestern in Orly auf den Flug gewartet habe. Na ja, genau genommen habe ich das Geld schon von ihr.« Alizée druckste herum. »Sie hat ihre Kreditkarte herumliegen lassen, damit habe ich den Flug im Internet gebucht.«

Lucien stöhnte auf.

»So teuer war es nun auch wieder nicht«, verteidigte sie sich. »Ich habe nur ein One-way-Ticket gebucht.«

»Soll das heißen, du hast kein Rückflugticket?«

»Gut kombiniert, Monsieur le Commissaire«, spottete sie.

»Alizée!«

»Nö, ich hab kein Rückflugticket. Ich weiß ja nicht, wann ich zurückfliegen will.«

»Na toll! Dann muss ich das wohl kaufen.«

»Willst du mich gleich wieder loswerden?«, fragte sie gekränkt.

Er legte den Arm um sie. »Nein, natürlich nicht. Aber irgendwann wirst du zurückwollen.«

»Ich dachte, wir würden zusammen zurückfliegen«, sagte sie leise.

»Du bist hergekommen, um mich nach Hause zu holen?«, meinte er verblüfft.

»So was in der Art.«

»Ich kann und will aber nicht so schnell hier weg. Ich bin mitten in Ermittlungen.«

»Du ermittelst?« Alizée riss überrascht die blaugrauen Augen auf. »Hast du hier einen Job bei der Polizei gefunden?«

»Nein, ich ermittle privat.«

»Du bist Privatdetektiv geworden? Das ist ja cool! Ich habe schon immer gefunden, dass du was von Remington Steele hast.« Obwohl diese TV-Serie älter war als sie selbst, liebte sie sie und hatte als Jugendliche zusammen mit ihren Eltern die Wiederholungen geguckt.

Lucien lachte amüsiert. »Nun komm erst mal an, das müssen wir ja nicht hier im Gedränge besprechen.«

»Boah, was für eine Affenhitze!« Alizée fächelte sich mit ihrer schwarzen Baseballkappe Luft zu, als sie das Flughafengebäude verließen.

»Wenn du es kühler magst, hättest du bis zum Winter warten müssen.«

Sie warf ihm einen verständnislosen Blick zu. »Aber wir haben doch Winter.«

»Du bist hier auf der Südhalbkugel, Frau Geologin«, erinnerte er.

Sie schlug sich die Hand vor die Stirn. »Wie blöd von mir. Ich habe heute Nacht nicht viel geschlafen«, entschuldigte sie sich. »Hast du ein Auto hier?«

»Dachtest du, ich würde dich mit dem Taxi abholen kommen? Christine leiht mir zurzeit ihr Auto.« Er warf einen Blick zur Uhr.

»Hast du es eilig? Du wirkst etwas nervös.«

»Nein, ich muss nur aufs Timing achten. Wir müssen nach Saint-Denis reinfahren, bei den Staus kann das dauern. Kommt aber gut hin.«

»Was hast du zu tun?«

»Erkläre ich dir später.« Er öffnete die Tür des Peugeots und ließ Alizée einsteigen, während er ihr Gepäck im Kofferraum verstaute.

»Wow, ein toller Anblick!« Sie wies auf die beiden spitzen Berge, die man hinter dem Parkplatz in den Himmel ragen sah.

Sie fuhren über die Autobahn zur nahe gelegenen Inselhauptstadt, und Alizée starrte gebannt auf das in der Sonne glitzernde Meer. »Wie herrlich!«

Bald kamen die ersten Häuser von Saint-Denis in Sicht, die ersten Ampeln und die ersten Staus. Am Stadtrand ragten karge Hochhäuser empor, gespickt mit Satellitenschüsseln.

»Oh je, das sieht ja aus wie das Saint-Denis bei Paris«, stellte Alizée fest.

»Stimmt. Zum Glück ist es die einzige trostlose Gegend hier.«

Lucien kurvte ein wenig durch die Stadt und zeigte Alizée im Vorbeifahren einige Sehenswürdigkeiten. Unter die kolonialen Bauwerke mischten sich Tempel, Pagoden und Kirchen – religiöse Vielfalt in trauter Einigkeit. In den kleineren Straßen des eng bebauten Zentrums reihten sich chinesische Läden, indische Boutiquen, französische Bäckereien und arabische Cafés aneinander.

Alizée wedelte mit angeekeltem Gesicht die Abgaswolke von sich, die durch das geöffnete Autofenster drang.

Lucien suchte einen Parkplatz in der Nähe des Präfekturgebäudes und warf erneut einen Blick auf die Uhr. »Viertel nach zwölf, das ist perfekt.«

»Wofür denn nun?«

Er blickte seine Tochter an. In Paris wäre es ihm im Traum nicht eingefallen, sie in einen seiner Fälle hineinzuziehen. Aber hier konnte er ihre Hilfe gut gebrauchen. Wenn Olivier Savignon auf Siebzehnjährige stand, würde er vielleicht auch eine Zwanzigjährige als Köder interessant finden. Wohlgemerkt nur als Köder, er würde keine Gelegenheit bekommen, seine Hände auf sie zu legen.

Alizée hatte ihre Sweatshirtjacke ausgezogen. Darunter trug sie ein schwarzes Tanktop, das am tiefen Ausschnitt mit Spitze besetzt war und aussah wie ein Unterhemd. Vielleicht war es auch eines, wer konnte das bei der Kleidung der jungen Frauen schon noch sagen, dachte Lucien. Sein Blick streifte befremdet den schweren Silberschmuck, den sie an Fingern, Handgelenken und Hals trug. Wenigstens war die Phase mit der violetten Strähne vorbei; ihre leicht gestuften Haare waren nun wieder überall kastanienbraun und umspielten ihre nackten Schultern.

Er nahm ihr die Baseballkappe ab, die sie verkehrt herum aufgesetzt hatte, und wuschelte durch ihre Haare, als wäre er ein Starfriseur kurz vor der Vollendung seines Werkes.

»Was wird das denn?«, wollte sie verblüfft wissen.

Prüfend musterte er ihr etwas übernächtigt wirkendes Gesicht.

»Hast du Lippenstift dabei?«

»Ja.« Sie starrte ihren Vater an, als hätte er sich gerade vor ihren Augen in den Weihnachtsmann verwandelt.

»Dann leg mal welchen auf.«

Alizée schüttelte den Kopf vor Verwunderung und begann in ihrer Handtasche zu kramen. »Was soll das?«

»Wir werden Mittag essen gehen, in einem Restaurant hier um die Ecke.«

»Und dafür soll ich mich aufbrezeln? Lippenstift unmittelbar vor dem Essen?«

»Auf dem Weg dahin werde ich dir erklären, was du tun sollst.«

»Habe ich etwa einen Undercover-Einsatz?«, fragte sie belustigt.

»Genau.«

»Hey, spannend!« Sie klappte die Sonnenblende hinunter und malte sich in dem kleinen Spiegel die Lippen in einem kräftigen Erdbeerrot an.

Das Restaurant *Au Paradis des îles* war um die Mittagszeit stets gut besucht. Lucien blieb stehen, als sie einen Punkt erreicht hatten, von dem aus er die Terrasse überblicken konnte, ohne selbst aufzufallen.

»Siehst du den Mann, der da allein in der hinteren linken Ecke der Terrasse sitzt?«

»Der spießige Typ mit dem blauen Hemd?«

»Wieso findest du ihn spießig?«

»Nur so. Sieht irgendwie nach Investmentbanker oder so was aus.«

»Na, egal. Bitte geh zu ihm, und frag ihn mit deinem schönsten Lächeln, ob du dich zu ihm setzen darfst, weil alle anderen Tische schon besetzt sind.«

»Okay. Und dann?«

»Nichts weiter. Falls er ein Gespräch mit dir beginnt, sag ihm nur, du wärst Touristin und gerade angekommen – rede nicht von mir. Ich werde kurz danach auf der Terrasse auftauchen, du wirst überrascht tun, mich zu sehen und mich an den Tisch winken.

Überlass den Rest mir, rede so wenig wie möglich und vor allem, nenn mich nicht Papa, sondern beim Vornamen.«

»Klar doch. Worum geht es denn?«

»Sage ich dir lieber erst hinterher.«

»Und wenn er ablehnt, dass ich mich zu ihm setze?«

»Dann haben wir Pech gehabt. Und gehen woanders essen.«

»Okay.« Sie wuschelte sich durch die Haare und zupfte ihr Top zurecht. Dann ging sie mit wiegenden Schritten und graziös trotz Jeans und Sneakers auf das Restaurant zu. Lucien konnte beobachten, wie sie sich umsah, zu zögern schien und dann an Savignons Tisch trat. Der Senator blickte auf.

Als ein Lächeln über sein Gesicht huschte, wusste Lucien, dass er angebissen hatte. Zwei Sekunden später saß Alizée ihm gegenüber.

Lucien wartete, bis sie sich in eine Speisekarte vertieft hatte, dann schlenderte er auf das Lokal zu und ließ seinen Blick über die Terrasse schweifen. Langsam näherte er sich dem Tisch, an dem die beiden saßen, und setzte eine überraschte Miene auf. Da Alizée ihm halb den Rücken zuwandte, trat er neben sie, um prüfend in ihr Gesicht spähen zu können.

»Ah, Alizée, du bist es wirklich.«

»Lucien! Das darf ja nicht wahr sein!« Sie ließ die Speisekarte sinken und strahlte ihn an.

Olivier Savignon blickte etwas irritiert von seinem Teller auf.

Lucien machte eine entschuldigende Geste. »Pardon, Monsieur. Alizée, störe ich euch?«

»Oh, nein, wir kennen uns gar nicht. Ich habe nur den Herren gebeten, ob ich mich zu ihm setzen kann, weil kein Tisch mehr frei war.«

»Ja, in der Tat.« Lucien ließ den Blick nochmals über die Terrasse schweifen. »Sagen Sie bitte, Monsieur, würde es Sie sehr stören, wenn ich mich dazusetze?«

»Nein, schon in Ordnung.«

Alizée setzte ihr liebenswürdigstes Lächeln auf. »Das ist ja sooo lieb von Ihnen. Wir haben uns nämlich eeewig nicht gesehen.«

Der Senator blickte kurz zwischen den beiden hin und her und konzentrierte sich dann wieder auf sein Essen.

»Entschuldigen Sie bitte, aber ich kenne Sie doch von irgendwoher«, sprach Lucien ihn erneut an.

Savignon sah auf. »Kann sein, ich bin ab und zu im Fernsehen.«

»Richtig! Sie sind dieser Politiker, über den man im Moment so viel spricht.«

»Tut man das?« In seinen kühnen Gesichtszügen mischten sich Selbstgefälligkeit und Misstrauen.

»Ja, jedenfalls in Saint-Pierre. Sie sind einer der letzten, der diesen Vulkanologen lebend gesehen hat, oder?«

Sein Gesicht verschloss sich wie eine Auster. »Blödsinn.«

»Aber Sie haben mit ihm zu Mittag gegessen an seinem Todestag, stimmt's?«

»Wer sind Sie überhaupt, dass Sie solche Fragen stellen?«

»Ein Freund der Witwe, Madame Lefèvre.«

»Dann richten Sie ihr aus, dass ich mit dem Tod ihres Mannes nichts zu tun habe.« Verärgert attackierte Savignon sein Steak mit Messer und Gabel.

»Na, ein Motiv hätten Sie ja immerhin. Haben Sie denn ein Alibi für die Zeit nach dem Mittagessen?«, erkundigte sich Lucien beiläufig und blätterte dabei durch die Speisekarte.

»Das habe ich bereits der Polizei beantwortet, und sofern Sie nicht von der Polizei sind, möchte ich Sie jetzt bitten zu gehen.«

»Ich bin nicht von der Polizei, ich ermittle privat.«

»Wie heißen Sie?«

»Lucien Mahé.«

»Privatdetektiv?«

»Nicht offiziell. Aber ehemaliger Kommissar. Sie würden mir sehr helfen, wenn Sie meine Fragen beantworten.«

»Warum sollte ich das tun?«

»Weil alles andere schlecht für Ihr Image wäre.«

»Sie sind also gar nicht zufällig an meinem Tisch gelandet, sondern haben eine junge Frau vorgeschoben, um sich zu mir setzen zu können – das ist jämmerlich!«, wetterte der Senator.

»Der Zweck heiligt die Mittel«, erklärte Lucien ungerührt. »Ihr Hang zu sehr jungen Frauen ist mir bekannt, da hielt ich es für eine wirkungsvolle Methode. Hat ja auch geklappt. Schmeckt das Steak?«

»Jetzt nicht mehr!« Savignon knallte sein Besteck klirrend auf den Teller und winkte dem Ober. »Zahlen!« Er erhob sich so hastig, dass der Tisch wackelte.

Lucien seufzte und wartete, bis er außer Hörweite war. »Wäre auch zu schön gewesen, wenn er kooperativ gewesen wäre«, sagte er zu Alizée, die das Gespräch mit großen Augen und leicht geöffnetem Mund gespannt verfolgt hatte.

Gleich nachdem Savigon das Restaurant verlassen hatte, setzte sich eine junge brünette Frau in einem kurzärmeligen Sommerkostüm auf seinen Platz. Sie streckte Lucien die Hand entgegen. »Véronique Courreau von Télé Réunion – haben Sie kurz Zeit für mich?«

»Sicher.« Lucien schüttelte verblüfft ihre Hand. »Ich bin Lucien Mahé.«

»Ich habe Ihr Gespräch mit Monsieur Savignon vom Nebentisch aus verfolgt.«

»Dann sind Sie jetzt sicher genauso enttäuscht wie ich.«

»Das war zu erwarten. Er hat mich auch abblitzen lassen, als ich ihn um ein Interview gebeten habe. Ich habe mitbekommen, dass die Kriminalpolizei am Dienstag bei ihm war. Waren Sie dabei?«

»Nein, ich war bei der Mordkommission vom Quai des Orfèvres in Paris. Mit der hiesigen Kriminalpolizei habe ich nichts zu tun.«

»Aber warum interessieren Sie sich dann für Oliver Savignon?«

»Ich ermittle privat in dem Tötungsdelikt Lefèvre.«

»Inzwischen ist also sicher, dass es ein Tötungsdelikt war? Bisher hat man einen Unfall nicht ausgeschlossen.«

»Hören Sie, das ist vertraulich, dazu darf ich Ihnen nichts sagen. Wenden Sie sich an die Pressestelle der Kriminalpolizei.«

»Aber Sie müssen doch was über Olivier Savignon herausgefunden haben. Das Hick-Hack wegen der Subventionen für das OVPF war bereits vor Wochen in den Medien. Er hatte also an Monsieur Lefèvres Todestag noch Kontakt zu ihm?«

»Zumindest war er an diesem Tag in Saint-Pierre.«

»Es wäre also möglich, dass er ihn getötet hat?«

»Dafür gibt es keine Beweise.«

»Er hat ein Motiv und kein Alibi?«

»Chère Madame, ich bin nicht in der Position, auf Ihre Fragen zu antworten.«

»Okay. Nichts für ungut. Darf ich noch mit Ihnen essen, wenn ich verspreche, Sie nicht mehr mit Fragen zu Xavier Lefèvres Tod zu löchern?« Sie lächelte, aber die Falschheit dieses Lächelns war Lucien unangenehm, genau wie ihre Aufdringlichkeit.

»Ehrlich gesagt – ich habe gerade erst meine Tochter vom Flughafen abgeholt, wir haben uns wochenlang nicht gesehen ...«

»Da freuen Sie sich bestimmt riesig, Sie wiederzusehen.«

»Ja, sicher.«

»Und Sie würden lieber mit ihr allein essen?«

»So ist es.«

»Das verstehe ich natürlich. Sagen Sie, ist die Bouillabaisse hier gut?«

Er zuckte die Schultern. »Ja, das vermute ich.«

»Können wir jetzt endlich was zu essen bestellen?«, warf Alizée ein. »Das Frühstück in der Air France war nicht sehr üppig, und ich hab jetzt echt Kohldampf.«

»Ich lasse Sie allein.« Véronique Courreau nickte ihnen zu. »Genießen Sie Ihr Essen. Und für Sie einen angenehmen Aufenthalt auf unserer schönen Insel, Mademoiselle.«

20

»Ich dachte, ich verbringe idyllische Tage mit meinem Vater und platze mitten in einen Mordfall hinein«, stellte Alizée fasziniert fest, nachdem sie das Restaurant verlassen hatten und zum Auto zurückkehrten. Bereits beim Essen hatte Lucien ihr auf ihr Drängen hin von den Vorfällen der letzten Tage berichtet.

»Damit hätte ich auch nicht gerechnet. – Willst du noch was besichtigen, oder wollen wir nach Hause fahren?«

Alizée gähnte. »Ich bin müde, ich muss mich erst mal akklimatisieren. Lass uns zu dir fahren.«

»Tsss, die jungen Leute von heute – ein Nachtflug, drei Stunden Zeitverschiebung und zwanzig Grad mehr, und schon sind sie total kaputt«, zog er sie auf.

Sie gab ihm einen empörten Klaps, und er lachte.

Sie stimmte ein. »Es ist schön, sich wieder von dir necken zu lassen. Ich hab dich echt vermisst, Papa!«

Lucien legte den Arm um sie. »Ich dich auch.«

»Wie geht es Oma?«

»Gut. Wir werden sie am Wochenende besuchen müssen, sonst ist sie gekränkt.«

»Ja, klasse, dann sehe ich gleich was von der Insel. Ansonsten kann ich ja auch mal allein zu ihr fahren, wenn du mit deinem Mordfall beschäftigt bist. Fahren da Busse hin?«

»Ja, schon. Aber die fahren mit großen Abständen und stehen oft im Stau. Du müsstest es als Tagestour einplanen.«

»Macht nichts, ich hab ja Zeit.«

»Vielleicht kann ich dir auch mal den Wagen leihen, wenn ich ihn gerade nicht brauche. Hast du inzwischen deinen Führerschein?«, wollte Lucien wissen.

Sie schüttelte den Kopf und verzog den Mund.

»Warum nicht?«

»Du weißt, warum«, fauchte sie.

Lucien presste die Lippen zusammen und deutete ein Nicken an. Alizée hatte kurz vor der Führerscheinprüfung gestanden, als der Unfall passiert war. Sie war zu geschockt gewesen, um weiterzumachen.

»Hast du seitdem wenigstens wieder Fahrstunden genommen?«

»Nein. Ich will nicht mehr.«

»Alizée, das ist, als wenn man vom Pferd fällt, da sollte man auch so schnell wie möglich wieder …«

»Spar dir die klugen Sprüche!«

»Hey, Mademoiselle, nicht in dem Ton«, warnte er.

»Ich wollte ja, aber als ich am Steuer gesessen habe, hätte ich fast eine Panikattacke bekommen«, verteidigte sie sich. »Ich bin einfach blockiert.«

»Was soll ich denn da sagen … Und du siehst: ich fahre trotzdem.«

»Das ist deine Sache. Außerdem hattest du schon jahrelange Routine.« Sie wandte das Gesicht ab und starrte auf das Meer, das dicht an der Küstenstraße in der Sonne glitzerte.

Gut zwei Stunden später trafen sie in Saint-Pierre ein.

Lucien stellte Alizées Koffer ins Schlafzimmer. »Nimm die linke Seite vom Schrank, die ist leer.«

Sie warf sich auf das breite Bett. »Ich brauche jetzt eine Siesta.«

»Du hast doch im Auto geschlafen.«

»Nur kurz gedöst.«

»Gut. Wann will Mademoiselle geweckt werden?«

»In einer Stunde. Mit einem Espresso und ein paar Keksen.«

»Sonst noch Sonderwünsche?«

»Ich brauche eine réunionesische SIM-Karte.«

Er verdrehte die Augen. »Kann bis morgen warten, oder?«

»Ja. Und sag mal, wo soll ich denn schlafen? Gibt es ein zweites Schlafzimmer?«

»Nein.« Er hob die Schultern. »Auf der Couch, oder ich pumpe dir eine Luftmatratze auf.«

»Und du machst es dir allein in diesem King-Size-Bett bequem?«, empörte sie sich.

Er reckte seinen Rücken. »Ich habe das Alter überschritten, wo ich unbeschadet auf einer schmalen Couch oder einer Luftmatratze schlafen kann.«

»Ja, aber im Bett ist doch genug Platz für zwei, wir können beide hier schlafen, oder?«

»Von mir aus, mich stört es nicht. Aber dann beschwer dich nicht, wenn ich schnarche.«

»Okay, Deal. Solange du nicht im Schlafzimmer rauchst …« Sie vergrub den Kopf zwischen den Armen und ließ ihre Haare wie einen Vorhang über ihr Gesicht fallen.

Lucien nahm fürsorglich eine dünne Decke aus leichter Baumwolle, die am Fußende lag, faltete sie auseinander und breitete sie über seiner Tochter aus.

Später werkelte Lucien in der Küche herum, um das Abendessen zuzubereiten. Als er ins Wohnzimmer kam, um den Tisch zu decken, fand er Alizée am Regal stehend, wie sie wehmütig ein gerahmtes Foto von sich und Elias betrachtete.

Er trat hinter sie. »Du vermisst ihn auch, hm?«

»Ja. Mein Leben lang hat er mich genervt, aber jetzt, wo er nicht mehr da ist …« Sie presste die Lippen zusammen und stellte das Bild zurück ins Regal.

Lucien lächelte traurig. »Ihr habt euch ganz schön gezofft als Kinder. Du warst irgendwie eifersüchtig auf ihn.«

»Mein Bruder war wenigstens ein Wunschkind, im Gegensatz zu mir«, stieß Alizée hervor. »Darum habe ich ihn beneidet.«

»Ach, Liebes, das stimmt doch gar nicht. Dich haben wir uns auch gewünscht.«

»Lüg mich nicht an. Maman hat mir oft genug vorgeworfen, dass ich sie daran gehindert habe, ihr Studium abzuschließen und Anwältin zu werden.«

»Das ist unsere Schuld gewesen, nicht deine.«

»Ich habe mich trotzdem nicht willkommen gefühlt.«

Er zog sie in die Arme. »Du warst uns immer willkommen. Vielleicht warst du früher dran als geplant, aber wir haben uns über ein Baby gefreut. Und wenn es dich tröstet, Alizée: Im Gegensatz zu Elias bist du gezeugt worden, als wir noch sehr verliebt ineinander waren.«

»Und bei ihm nicht mehr?«

Lucien seufzte. »Ich werde jetzt mal mit dir reden, als ob du erwachsen wärst ...«

»Ich bin erwachsen«, unterbrach sie ihn empört.

»Für mich wirst du immer mein kleines Mädchen bleiben.«

»Jetzt werde nicht rührselig, Papa! Also, was wolltest du mir sagen?«

»Dein Bruder war ein Wunschkind, das stimmt«, begann er langsam. »Aber wir wollten ihn vor allem, um unsere Ehe zu kitten, um die es da schon nicht mehr so gut bestellt war.«

»Blöde Idee. Oder hat es geklappt?«

»Nur für kurze Zeit. Alizée, es ist lieb, dass du versuchst, deine Eltern wieder zusammenzubringen, aber das wird nicht funktionieren. Deine Mutter und ich haben uns schon lange auseinandergelebt. Sie wäre wahrscheinlich glücklicher mit einem anderen Mann.«

»Den hat sie schon«, meinte Alizée düster.

»Ach, tatsächlich? Und was ist das für einer?«

»Ich finde ihn blöd. Ist so ein Spießer. Du bist tausendmal besser.«

Er lachte. »Das will ich doch hoffen.«

»Aber eine Sache habe ich dir echt übel genommen.«

»Was?«

»Dass du dich in der Vorweihnachtszeit vom Acker gemacht hast und nicht noch Weihnachten mit uns gefeiert hast.«

»Weihnachten unter diesen Umständen erschien mir unerträglich«, erwiderte er leise.

»Dachtest du, ohne dich wäre es für uns erträglicher?«

»Tut mir leid.« Er strich ihr übers Haar. »Ich hatte das Bedürfnis, Weihnachten mit meiner Mutter und Schwester zu verbringen. Die vermissen mich auch, weißt du. Ich habe mir schon bei meinem Vater Vorwürfe gemacht, dass ich ihn in den Jahren vor seinem Tod so selten gesehen habe – ich wollte nicht, dass mir das bei meiner Mutter auch passiert.«

»Oma ist erst achtundsechzig und kerngesund«, muffelte Alizée. »So kurz nach Elias' Tod hätten wir dich mehr gebraucht als sie. Sie hat ihn ja kaum gekannt.«

»Denkst du, die Entscheidung war einfach für mich? Aber ich sehe jetzt ein, dass es egoistisch euch gegenüber war.«

»Nur *mir* gegenüber. Maman hielt es ja für einen tollen Zeitpunkt, mir an Weihnachten ihren neuen Freund vorzustellen.«

Lucien runzelte die Stirn. »Seit wann hat sie den?«

»Seit letztem Frühjahr, hat sie erwähnt.«

»Also schon bevor Elias ...«

»Ja, auf jeden Fall. Ich glaube, danach hätte ihr der Sinn auch nicht nach einem Lover gestanden, oder?«

»Wohl kaum.«

»Hast du nichts gemerkt? Ich meine, vorher?«

Er dachte nach. »Im Sommer ist mir aufgefallen, dass sie entspannter und irgendwie glücklicher wirkte, obwohl wir nicht mal richtig zusammen Urlaub machen konnten.«

Alizée knurrte. »Ich verstehe nicht, wie man einen Mann wie dich betrügen kann.«

Er lächelte geschmeichelt und winkte ab. »Ach, ich war wohl nicht immer der beste aller Ehemänner. Mit Polizisten verheiratet zu sein ist schwer, da braucht man viel Geduld und muss immer zurückstecken können. Du weißt ja, wie oft ich mitten in einer Familienzeit zu einem Tatort gerufen wurde oder wegen brisanten Entwicklungen bei den Ermittlungen übereilt ein Abendessen mit euch verlassen musste. Oder erst gar nicht kommen konnte. Und wie oft ich geistig abwesend war, weil ich darüber nachgegrübelt habe, wer der Täter sein könnte.«

»Ja, ich erinnere mich, das war scheiße«, stimmte sie zu. »Ich erinnere mich auch, wie oft wir uns Sorgen gemacht haben, dir könnte was passieren bei einer Schießerei oder so was. Aber das war nun mal dein Job.«

»Der Neue deiner Mutter ist wahrscheinlich nicht bei der Polizei?«

»Nein, er ist Buchhalter.«

Lucien brach in lautes Lachen aus. »Ist nicht dein Ernst, oder?«

»Doch. Jemand aus ihrer Firma. Genau genommen ist er der Leiter vom Controlling.«

Lucien fragte sich, ob es ihm wehtat, dass die Frau, mit der er seit zweiundzwanzig Jahren zusammen war, ihn gegen jemand anderen ausgetauscht hatte. Es versetzte seinem Ego einen Schlag, und es ärgerte ihn, sie sich mit einem anderen Mann im Bett vorzustellen, aber ein Gefühl des Schmerzes wollte sich nicht einstellen. Die leidenschaftliche Verliebtheit, die sie in den ersten Jahren füreinander verspürt hatten, war schon lange in bestenfalls kameradschaftliche Zuneigung übergegangen.

Er drückte Alizées Hand. »Sei nicht sauer auf deine Mutter. Ich bin froh, dass sie jemanden an ihrer Seite hat, um sie zu trösten.«

»Klar, da brauchst du dich nicht mehr so schuldbewusst zu fühlen, weil du abgehauen bist«, kommentierte sie trocken.

»Da ist was dran«, gab er zu. »Und jetzt setz dich, die Pizza ist gleich fertig. Mehr kann ich dir heute Abend nicht bieten, ich habe nicht mit Besuch gerechnet.«

»Macht nichts. Morgen kochen wir zusammen kreolisch«, beschloss sie und strahlte ihn an.

Lucien nickte, küsste schnell ihre Stirn und ging in die Küche, um die Pizza aus dem Ofen zu nehmen.

Lucien fuhr eine schlecht beleuchtete Landstraße entlang, dicht am Tempolimit. Auf Radio Nostalgie spielte ein Song von Johnny Hallyday, und er sang gut gelaunt ein paar Sätze mit, während er lachend die Hand abwehrte, die ihn in der Seite kitzelte. Der entgegenkommende Wagen schien aus dem Nichts aufzutauchen, urplötzlich lösten sich zwei Scheinwerfer aus dem Dunkel des Abends und kamen direkt auf ihn zu. Lucien überlegte den Bruchteil einer Sekunde und riss das Steuer nach rechts. Dann hörte er nur noch einen lauten Knall, splitterndes Glas, das hässliche Geräusch von sich zusammenschiebendem Blech, ein schrilles Quietschen. Als der Lärm verebbte und er nach einem Moment des Schocks zu sich kam, wandte er langsam den Blick zum Beifahrersitz. Doch statt seinem sterbenden Sohn saß dort Alizée, blutüberströmt und mit verrenkten Gliedern …

»Nein!« Lucien erwachte von seinem eigenen Schrei und fuhr im Bett hoch. Er brauchte einige Sekunden, um zu begreifen, wo er war. Nicht auf einer französischen Landstraße, sondern im Haus seiner Mutter auf La Réunion.

Das Nachttischlämpchen wurde angeknipst und Alizée blinzelte ihn verstört an. »Was ist los?«

Er ließ hastig den Blick an ihr hinuntergleiten, um sich davon zu überzeugen, dass sie unversehrt war, dann legte er die Hände vors Gesicht. »Nichts. Nur dieser blöde Albtraum, der immer wiederkommt.«

»Vom Unfall?« Alizée nahm ein Kleenex vom Nachttisch und tupfte ihm behutsam die feuchte Stirn ab. »Träumst du das immer noch?«

»Ja, aber diesmal …« Er brach ab, weil er sie nicht damit belasten wollte, dass er dieses Mal *sie* tot neben sich gesehen hatte. Er zog sie in die Arme und drückte sie kurz an sich. »Schlaf weiter, Schatz.«

21

Am nächsten Vormittag nahm Lucien seine Tochter mit zu seinem samstäglichen Streifzug über den Wochenmarkt von Saint-Pierre. Sie kauften rote Linsen, dazu Krabben, Knoblauch, Ingwer, Zwiebeln, Tomaten und Kurkuma für ein Curry-Gericht ein, das sie anschließend zusammen kochen wollten. Vom Meer wehte ein leichter Wind herüber und verteilte die süße Duftwolke von frischen Vanilleschoten über den Platz.

An einem Stand, der Konfitüren, gezuckerte Papayastreifen und fertige Würzsoßen verkaufte, hob Lucien ein Gläschen in die Höhe. »Hier ist diese Erdbeer-Guaven-Marmelade, auf die du früher so scharf warst. Magst du die noch?«

»Guave – ist das diese Frucht, die wie eine Kreuzung aus Erdbeere und Banane schmeckt?«

»Genau.«

»Oh ja, her damit«, meinte sie begeistert. »Und als frische Beeren möchte ich sie auch, die sind total lecker!«

Danach entdeckte Alizée verschiedene Souvenirstände und kaufte eine Muschelkette für eine Freundin, eine bestickte Tischdecke für ihre Mutter und eine kleine Schale aus Vulkangestein für sich selbst.

Mit vollen Körben kehrten sie nach Hause zurück, kochten zusammen und planten bei ihrem späten Mittagessen den Ausflug, den sie am Nachmittag machen wollten. Lucien wollte seiner Tochter die Gegend zeigen.

Sie waren gerade mit dem Abwasch fertig, und Alizée zog sich im Schlafzimmer um, als Luciens Handy klingelte und eine ihm unbekannte Nummer anzeigte. Er meldete sich.

»Sagen Sie mal, Mahé, sind Sie noch ganz bei Trost?«, polterte eine wütende Männerstimme.

»Wer ist denn da?«, fragte er unwillig, erkannte die Stimme aber im gleichen Moment am Elsässer Dialekt.

»Kommissar Talon. Ich habe eben in den Mittagsnachrichten das Interview gesehen, das Sie Télé Réunion gegeben haben! Das ist eine Frechheit, Mahé! Ich werde Sie dafür zur Verantwortung ziehen, polizeiinterne Dinge auszuplaudern.«

»Wie bitte? Nun mal langsam, wischen Sie sich den Schaum vom Mund, und erklären Sie mir, worum es überhaupt geht, Talon. Was für ein Interview? Und wie soll ich polizeiinterne Dinge ausplaudern, die ich gar nicht wissen kann? Schließlich arbeite ich nicht bei der Polizei.«

»In diesem Interview geben Sie sich als ermittelnder Kommissar aus, das ist grobe Täuschung und wird Konsequenzen für Sie haben.«

Lucien runzelte die Stirn. »Télé Réunion, sagten Sie?« Langsam klingelte es bei ihm. Die Journalistin, die er am Vortag abgewimmelt hatte. »Wie soll ich mich rechtfertigen, wenn ich dieses angebliche Interview gar nicht kenne? Ob das in den Abendnachrichten wiederholt wird?«

»Es steht auch im Netz auf der Webseite des Fernsehsenders. Gucken Sie sich das Video an, und dann melden Sie sich wieder bei mir«, befahl Talon.

»Das werde ich tun. Woher haben Sie überhaupt meine Nummer?«

»Von Melissa Lefèvre. Ich habe ihr gesagt, es wäre ein Notfall.«

»Ja, Sie scheinen echt Panik zu haben«, spottete Lucien.

Die Verbindung brach ab.

»Was ist denn los?« Alizée erschien im Wohnzimmer, einen kleinen Rucksack in der Hand. »Können wir?«

»Schatz, wir müssen erst mal ins Café, ich muss mir einen Online-Bericht angucken. Es sieht so aus, als ob diese Tussi, die sich gestern im Restaurant zu uns gesetzt hat, mich reingelegt hat.«

»Warum hast du dich nicht längst mal um einen Internet-Provider für zu Hause gekümmert?«

»Wozu denn? Bisher war das nicht nötig. Und warum soll ich Gebühren für Installation und regelmäßige Rechnungen zahlen, wenn ich bei einem Kaffee, den ich sowieso trinken würde, meine Nachrichten gratis checken kann.« Er griff nach seinem Laptop.

»Du kannst dir doch wenigstens einen Internet-Stick kaufen, den Preis hast du mit wenigen eingesparten Kaffees wieder raus.«

»Stimmt, daran habe ich noch gar nicht gedacht.«

Sie verdrehte die Augen. »Du bist ein Technik-Dinosaurier.«

Sie kehrten in das gemütliche Café einige Straßen weiter ein, setzten sich an einen der kleinen Tische im Hintergrund des Raumes, bestellten Getränke und loggten sich ins WLAN des Lokals ein.

»Lass mich das machen«, meinte Alizée ungeduldig, als ihr Vater suchend durch die Webseite scrollte. In wenigen Sekunden hatte sie gefunden, wonach er etwas umständlich gesucht hatte: das Video des Berichts, der in den Mittagsnachrichten live gesendet worden war und Kommissar Talon so erbost hatte.

Die brünette Journalistin, die sich am Vortag zu ihnen an den Tisch gesetzt hatte, erschien mit einem Mikrofon vor der Kulisse des Präfekturgebäudes, rechts daneben wurde ein Foto von Xavier Lefèvre eingeblendet.

»Im Mordfall des Vulkanologen Xavier Lefèvre gibt es erste Verdächtige. Wie wir erfahren haben, ermittelt Kommissar Lucien Mahé vom Quai des Orfèvres in Paris in dieser Angelegenheit. Er stammt von La Réunion und hat bei der Pariser Kriminalpolizei Karriere gemacht. Aber hören Sie nun selbst Auszüge aus dem kurzen Interview, das ich gestern spontan mit ihm führen durfte.«

Das Bild von Lefèvre wurde abgelöst durch eines von Lucien mit der Bildunterschrift: Kommissar vom Quai des Orfèvres soll den Mord aufklären.

Luciens Stimme, die Fragen der Journalistin beantwortete, wurde als Audio-Datei dazugespielt, etwas abgehackt, in schlechter Qualität und mit vielen Hintergrundgeräuschen, aber es war eindeutig seine dunkle, etwas rauchige Stimme.

»Ich bin Lucien Mahé, Mordkommission vom Quai des Orfèvres in Paris. Ich ermittle in dem Tötungsdelikt Lefèvre.«

»Inzwischen ist also sicher, dass es ein Tötungsdelikt war? Bisher hat man einen Unfall nicht völlig ausgeschlossen.«

»Ja, sicher, dafür gibt es Beweise.«

»Was für neue Erkenntnisse gibt es? Haben Sie bereits erste Verdächtige?«

»Dazu darf ich Ihnen nichts sagen.«

»Ach, kommen Sie, bitte geben Sie den Zuschauern einen kleinen Hinweis. Wir sind hier in Saint-Denis, und ich habe Sie gerade mit einem Politiker reden sehen, der mit Xavier Lefèvre in Verbindung stand. Vermuten Sie, dass er zum Kreis der Verdächtigen gehören könnte?«

»Ehrlich gesagt – ja, das vermute ich.«

»Er hat ein Motiv und kein Alibi?«

»So ist es.«

»Ich bedanke mich für das Interview, Commissaire Mahé.«

Der Bericht war beendet.

»Wow, das ist ja ein Ding«, staunte Alizée. »Das hast du aber alles gar nicht so gesagt, oder?«

»Nein, das wurde beliebig zusammengeschnitten«, bestätigte Lucien empört.

»Und das Foto? Das hat sie nicht gestern gemacht.«

»Muss sie aus dem Netz haben. Sie wird als Journalistin ja keine Probleme damit haben, so was ausfindig zu machen.«

Er rief Kommissar Talon zurück. »Ich habe es mir angesehen. Diese Journalistin hat mich reingelegt. Zum einen habe ich überhaupt kein Interview gegeben, die muss unser Gespräch heimlich mitgeschnitten haben, hat es dann völlig auseinandergenommen und nach Bedarf wieder zusammengesetzt. Das Ganze ist total getürkt, und meine Tochter, die anwesend war, kann das bezeugen.«

»Was hatten Sie in Saint-Denis zu schaffen?«

»Ich habe meine Tochter vom Flughafen abgeholt«, erwiderte Lucien gelassen.

»Dieser Politiker, auf den die Journalistin anspielt, ist doch mit Sicherheit Olivier Savignon. Sie sagte, Sie hätten mit ihm gesprochen. Oder war das gelogen?«

»Ich habe ihn zufällig im Restaurant getroffen.«

»Zufällig! Verarschen kann ich mich allein, Mahé!«

»Jetzt hören Sie mal zu, Talon, ich habe kein Aufenthaltsverbot für Saint-Denis, und ich habe auch das Recht, mich zu unterhalten mit wem ich will, ohne Ihnen darüber Rechenschaft ablegen zu müssen. Klar?«

»Wenn Sie meine Ermittlungen durch Ihr Einmischen in Gefahr bringen, geht mich das sehr wohl etwas an. Und falls Savignon Sie verklagt, rechnen Sie nicht mit meiner Hilfe!«

»Ich weiß aus eigener Erfahrung, dass Privatermittler bei der Polizei ziemlich unbeliebt sind. Aber Sie können mir nicht verbieten, Madame Lefèvre zu helfen. Sie glaubt nämlich, dass *Sie* dies nicht tun werden.«

»Ich werde keine Mörderin decken. Sie haben damit scheinbar kein Gewissensproblem.«

»Weil ich sie für unschuldig halte.«

»Sie sind nicht objektiv, Sie wollen doch was von ihr«, behauptete Talon.

»Schließen Sie nicht von sich selbst auf mich – Sie wollten was von ihr und haben es nicht bekommen, und deswegen sind Sie angefressen und wollen sich rächen. Und natürlich wegen Melissas Bruder und Ihrer Frau.«

»Das geht Sie einen Dreck an, Mahé.«

»Ich wünsche Ihnen auch noch einen schönen Tag.« Lucien brach die Verbindung ab.

»Puh, was geht denn hier ab?« Alizée machte große Augen.

»Wir haben uns noch nicht angefreundet, der hiesige Kommissar und ich«, erklärte er säuerlich und leerte seine Espressotasse.

Es klingelte erneut, und diesmal erschien Melissas Name im Display.

»Ich wollte dich nur vorwarnen, dass Talon dich anrufen wird ...«

»Zu spät, hat er schon.«

»Ich hoffe, du bist nicht sauer, dass ich ihm deine Nummer gegeben habe.«

»Nein, ist schon okay. Ist besser, dass ich auch Bescheid weiß, was da im Umlauf ist.«

»Es war also wegen des Interviews in den Mittagsnachrichten, ja?«

»Ja. Nur dass ich dieses Interview nie gegeben habe.« Er erklärte ihr kurz den Sachverhalt.

»Ach so. Ich habe mich auch gewundert. Ist deine Tochter gut angekommen?«

»Ja. Sie sitzt gerade neben mir.«

»Dann grüße sie von mir. Ich wollte dich fragen, ob ihr beide heute Abend vielleicht zum Aperitif vorbeikommen wollt. Yannick ist auch hier.«

»Ich frage sie. – Alizée, möchtest du nachher zum Apéro zu Melissa und Yannick fahren?«

»Gern, aber – unser Ausflug?«

Lucien warf einen Blick zur Uhr. »Den müssen wir abkürzen, es ist sowieso schon ein bisschen spät. Ich zeige dir noch kurz die nähere Umgebung. Morgen, wenn wir bei Oma Mittag essen, siehst du was von der Ostküste.«

Er machte mit Alizée zunächst eine kurze Rundfahrt durch Saint-Pierre und begann im Norden, wo ein feineres Villenviertel mit weißen Herrenhäusern lag. Das Zentrum war lebhaft, mit Märkten, Straßencafés, Saft- und Snackbars und Restaurants. Es gab Boulevards, in denen Geschäft neben Geschäft stand, Moscheen, Tempel und Kirchen. Lucien beendete die Rundfahrt im Süden, wo sich schäbigere Wohn- und Büroräume hinter eisenverzierten Balkonen in Nachbarschaft von Lagerhallen der ehemaligen Ostindischen Kompanie befanden.

»Ein schönes Städtchen«, fand Alizée. »Ich steh voll auf diese kolonialen Gebäude, und gleichzeitig hat es kreolischen Charme. Hier ist mehr los, als ich es in Erinnerung habe.«

»In meiner Kindheit und Jugend wurde Saint-Pierre als Provinzstadt belächelt«, erinnerte sich Lucien.

»Von wem? Den Touristen?«

»Nein, von der kolonialen Elite in Saint-Denis und der High Society in Saint-Gilles.«

»Dieser Badeort an der Westküste?«

»Ja, der galt früher als genauso mondän wie Saint-Tropez. Und genau wie Saint-Tropez ist er jetzt nur noch ein belangloser, völlig überlaufener und noch dazu total zugebauter Ferienort. In Saint-Pierre gibt es viel mehr Kultur und Nachtleben als in Saint-Gilles oder Saint-Denis. Und kreolisches und koloniales Flair, wie du schon sagtest.«

»Nachtleben?« Sie spitzte die Ohren.

»Oh nein«, wehrte er ab und lachte. »Ich gehe nicht mit dir in die Disco.«

Sie schnaubte. »Du glaubst doch wohl nicht, dass ich dich dort dabeihaben will?«

»Und du glaubst ja wohl nicht, dass ich dich allein in einen Nachtklub gehen lasse, wo sich all die einheimischen Gigolos auf dich stürzen würden?«

Alizée zog eine Schnute. »Eigentlich bin ich auch nicht so verrückt danach. Ausgehen kann ich in Paris genug mit meinen Freundinnen, das ist sowieso lustiger.«

»Na vielen Dank«, brummelte er.

»Warum tragen eigentlich fast alle Städte die Namen von Heiligen? Saint-Denis, Saint-Pierre, Saint-Benoît, Saint-Gilles, Saint-André, Saint-Joseph … Gibt es hier nichts anderes?«

»In den Anfängen der Kolonie hatte die Bevölkerung große Angst vor Missernten, Krankheiten, Zyklonen und Vulkanausbrüchen, deshalb haben die Stadtväter die Siedlungen unter den Schutz von Heiligen gestellt und nach ihnen benannt«, erklärte Lucien. »Außerdem wurden unzählige Gotteshäuser gebaut, und deswegen verfügt auch jedes noch so kleine Dörfchen zumindest über eine Kapelle.«

»Ach so.«

»Ich glaube, wir haben jetzt alles Interessante hier gesehen. Möchtest du noch eine Spritztour in die Berge machen oder ans Meer? Für beides reicht die Zeit nicht mehr.«

»Ans Meer.«

Lucien fuhr an der zerklüfteten und wilden Südküste entlang, wo vom Wind gebeugte Kiefern auf die an diesem Nachmittag tosende See schauten. Am Cap Méchant schossen die Brecher weit über die zehn Meter hohen schwarzen Basaltwände hinaus und nebelten die ganze Bucht mit glitzernder Gischt ein.

»Wow, das ist großartig!« Alizée war hingerissen von der rauen Schönheit der Landschaft. »Konnte mich gar nicht mehr erinnern, dass es hier so schön ist. Können wir mal aussteigen?«

»Na klar. Aber nicht hier, sonst kommen wir klatschnass zurück.«

Sie fuhren eine Straße entlang, die von kleinen kreolischen Häusern mit gepflegten Blumengärten gesäumt wurde. Lucien stellte den Wagen auf einem Parkplatz ab und führte Alizée zu seinem Lieblingsplatz auf den hohen Klippen, unter der eine Bucht lag. Sie lag etwas geschützt, und das Meer brach sich dort nicht ganz so heftig wie am Cap Méchant.

Während sie den Weg zu der Klippe hinaufstiegen, war Alizées Blick auf den Boden gerichtet statt auf das grandiose Panorama. Hin und wieder blieb sie kurz stehen, bückte sich, nahm einen Stein und betrachtete ihn.

»Sammelst du immer noch Steine?«, erkundigte sich Lucien. Seit vier Jahren hatte Alizée ein Faible für ungewöhnliche Steine und sammelte sie bei jeder Reise.

»Ja. Es hat mich geärgert, dass ich beim letzten Mal, als ich hier war, noch keine Steine gesammelt habe. Es gibt bestimmt tolle Exemplare auf der Insel.«

Lucien hob die Schultern. Er hatte sich nie besonders für Steine interessiert und noch nie darauf geachtet. »Sicher nicht schöner als die, die du in Südmarokko gefunden hast. Hier könntest du höchstens interessante Lavasteine finden.«

»Au ja, das wäre super. Gehen wir da mal rauf, auf den Vulkan?«

»Das geht nicht, der ist gerade erst ausgebrochen, und die Wanderwege sind noch abgesperrt.«

»Dann eben auf den anderen, den erloschenen – wie heißt der noch gleich?«

»Piton des Neiges. Wenn es dir nur um die Steine geht, können wir auch an der Südostküste danach suchen, wo die Lava manchmal vom Piton de la Fournaise ins Meer fließt. Wir können nachher Melissas Stiefsohn fragen, der weiß das bestimmt.«

»Cool, ich freue mich drauf, den kennenzulernen.«

»Apropos, wir müssen jetzt umkehren, sonst schaffen wir es nicht rechtzeitig nach Trois-Mares.«

Die Sonne begann unterzugehen, als sie sich auf den Rückweg machten und hüllte die Insel in ein intensives goldenes Licht, das das Grün der Pflanzen zum Leuchten brachte und sogar den dunklen braungrauen Lavafelsen an der Küste einen warmen Schimmer verlieh.

Alizée faltete andächtig die Hände vor der Brust. »Diese Insel ist einfach atemberaubend.«

Lucien lächelte. »Freut mich, dass es dir so gefällt.«

»Du bist bestimmt mächtig stolz, von hier zu sein, oder?«

Er dachte kurz nach. »Ja, ich glaube schon, dass ich stolz auf meine Heimat bin. Aber es ist auch nicht das reine Paradies, glaub das mal nicht. Schöne Landschaften, ja – aber auch viele Probleme.«

»Wo gibt es die nicht?«

Sie fuhren direkt weiter nach Trois-Mares und trafen kurz nach Sonnenuntergang dort ein.

»Alizée, du bist ja eine wunderschöne junge Frau geworden«, staunte Melissa, als sie sich begrüßten. »Als ich dich das letzte Mal gesehen habe, warst du ungefähr so groß.« Sie hielt die Hand neben die Taille.

Alizée lächelte höflich. Erst am Vormittag hatte sie das gleiche von einem Nachbarn ihres Vaters gehört, der sich auch noch an sie als Kind zu erinnern glaubte. Als ob es nicht völlig normal war, dass man zwischen acht und zwanzig Jahren wuchs.

»Und wie ähnlich du deinem Vater siehst!« Das hörte sie schon lieber.

Ihr Blick glitt über Melissa hinweg zu dem jungen Mann, der dort aufgetaucht war. Sein etwas finsteres Gesicht erhellte sich, als er Alizée betrachtete.

»Du musst Yannick sein.« Sie ließ sich von ihm die Wangen küssen, während Lucien Melissa kurz in die Arme zog.

Sie gingen ins Wohnzimmer, wo auf dem Couchtisch Schälchen mit Oliven, Scheiben von Saucisson und Nüsse bereitstanden.

Yannick ging zur Hausbar. »Was wollt ihr trinken?« Er blickte Alizée fragend an.

»Ich weiß nicht … Habt ihr Cola?«

»Willst du nicht was Regionales probieren? Einen Rumpunsch zum Beispiel?«

»Ich habe vor allem Durst. Kannst mir ja Rum in die Cola mischen.«

»Das ist dann kubanisch.« Er lachte. »Und du, Lucien?«

»Pastis bitte.« Er ließ sich im Sessel der Couchecke nieder.

Während Melissa in die Küche ging, um Cola und eine Flasche Wasser zu holen und Yannick mit Eiswürfelzange, Gläsern und Flaschen hantierte, blickte Alizée aus den großen Fenstern auf das Panorama der tropischen Berglandschaft.

»Tolle Aussicht, was?« Yannick stand plötzlich neben ihr, lächelte auf sie hinunter und reichte ihr das Glas mit Cola-Rum.

Sie nickte begeistert. »Der Wahnsinn.«

»Das ist noch gar nichts. Warte nur, bis du in einem der *Cirques* unterwegs bist. Die steilen Schluchten mit den Wasserfällen und dem üppigen Grün – das ist gigantisch! Komm, setzen wir uns.« Er ließ sich neben sie auf die Couch gleiten. Melissa hatte sich auf den anderen Teil der Eckcouch gesetzt, nahe Luciens Sessel.

»*Santé.*« Sie prosteten einander zu und nippten an ihren Drinks.

»Was war das für eine komische Geschichte, dass du im Fernsehen als offizieller Ermittler im Mord an meinem Vater genannt wurdest?«, wollte Yannick wissen.

Lucien machte eine wegwerfende Handbewegung. »Da hat mir eine Presse-Lady, die unbedingt eine Story haben wollte, die Worte im Munde verdreht.«

»Du ermittelst also weiter nur privat?«

Lucien deutete ein Nicken an.

»Und gibt es was Neues?« Yannick beugte sich vor. »Ist da was dran an den Gerüchten um diesen Senator?«

»Kann ich nicht sagen. Er war nicht gefällig genug, auf der Stelle ein Geständnis abzulegen.« Lucien ließ seine Eiswürfel im Glas kreisen.

»Was hast du dir eigentlich davon erhofft?«, fragte Alizée kritisch. »War doch klar, dass er entweder lügt oder dich abblitzen lässt.«

»Ich wollte ihn kennenlernen. Ich bin zwar nicht Inspektor Columbo, der sofort weiß, wer der Täter ist, aber einem Verdächtigen mal in die Augen gesehen zu haben, ist besser als nichts.«

»Und?«, bohrte Yannick. »Was war dein Eindruck von ihm?«

»Das ist die Art von undurchsichtigem, glattem Typ, wo alles möglich ist. Die Frage ist nur, ob der sich selbst die Finger schmutzig machen würde. Irgendwie sehe ich ihn nicht Xavier auf einen Vulkan folgen, der kurz vor dem Ausbruch steht …« Lucien starrte grüblerisch ins Leere.

»Und sich die teuren italienischen Schuhe zu ruinieren«, warf Alizée spöttisch ein.

»Das kommt noch dazu. Ich hoffe, Talon schafft es, einen Durchsuchungsbefehl für sein Haus und sein Büro zu bekommen. Vielleicht würde man völlig ramponierte Straßenschuhe finden oder aber gute Wanderschuhe, an denen sich Spuren des Piton de la Fournaise nachweisen lassen.«

»Erstere hätte er bestimmt entsorgt. Und letztere – er kann jederzeit mal eine Wanderung auf dem Piton unternommen haben, der ist ja erst seit zwei Wochen gesperrt«, sagte Yannick.

»Woher wusstest du überhaupt, dass er in diesem Restaurant sein würde?«, erkundigte sich Alizée.

»Die Tochter des Lebensgefährten meiner Mutter arbeitet in der Präfektur und kennt die Sekretärin von Savignon. Über die hat sie für mich herausbekommen, dass er mittags fast immer im Restaurant *Au Paradis des îles* isst.«

Yannick rutschte unruhig hin und her. »Wen hast du noch im Verdacht?«

Lucien beugte sich vor und pikte eine Olive auf einen Zahnstocher. »Yannick, ich verstehe, dass du es eilig hast zu erfahren, warum dein Vater ums Leben gekommen ist und durch wen, aber lass mich meine Ermittlungen in Ruhe weiterführen, okay?«

Yannick verzog verdrossen das Gesicht.

»Tut mir leid, wegen deinem Vater«, raunte Alizée ihm zu. »Das muss furchtbar für dich sein.«

»Klar«, murmelte er. »Ich stehe irgendwie noch unter Schock.«

»Verständlich.« Sie hätte gern ihre Hand auf seine gelegt, wagte es aber nicht. Als Yannick schwieg, richtete sich ihre Aufmerksamkeit auf ihren Vater und Melissa, die begonnen hatten, auf Kreolisch miteinander zu reden; es klang putzig und vage familiär, aber schwer verständlich.

»Ich verstehe kein Wort, wenn ihr Kreolisch sprecht«, beschwerte sich Alizée.

»Pardon. Aber gut zu wissen.« Lucien blinzelte ihr zu.

»Man gewöhnt sich daran«, sagte Yannick. »Anfangs habe ich auch kaum ein Wort davon verstanden, aber langsam geht es.«

»Wie lange lebst du schon hier?«, fragte sie, als sich ihr Vater und Melissa wieder ins Gespräch vertieften.

»Genau ein Jahr. Ich habe zu Beginn des Sommersemesters hier angefangen.«

»Beneidenswert.«

»Du studierst Geologie, hat Melissa gesagt. Welches Semester?«

»Zweites – ab übernächster Woche.«

»Weißt du schon, was du für eine Fachrichtung einschlagen willst?«

»Keine Ahnung. Eigentlich wollte ich Biologie studieren, aber dann hätte ich noch länger auf einen Studienplatz warten müssen. Und du willst Vulkanologe werden? Ist ziemlich gefährlich, oder?«

Yannicks grünbraune Augen glitzerten. »Das ist ja gerade das Interessante. Für mich gibt es in der Naturwissenschaft nichts Faszinierenderes als Vulkane.«

»Sag mal, kannst du mir verraten, wo man hier besonders schöne Steine findet – insbesondere Lavasteine? Ich sammle nämlich.«

»Ich kann dich mal mitnehmen und dir einiges zeigen«, bot er an. »Nächste Woche sind ja noch Semesterferien, ich hab Zeit.«

»Oh ja, das wäre super!« Und die Aussicht auf einen Ausflug mit Yannick freute sie nicht nur wegen der Steine.

22

Luciens Mutter Ségolène lebte in Saint-Benoît, einem beschaulichen kleinen Städtchen an der Nordostküste der Insel, knapp anderthalb Stunden Autofahrt von Saint-Pierre entfernt. Als sie am Freitagabend von Lucien erfahren hatte, dass ihre Enkelin zu Besuch war, hatte sie sie sofort für den Sonntag zum Mittagessen eingeladen. Alizée hatte aufgrund der räumlichen Entfernung nie viel Kontakt zu ihrer réunionesischen Großmutter gehabt, aber sie mochte die herzliche Dame mit den wachen blauen Augen sofort. Mit den zum Zopf geflochtenen dichten grauen Haaren, dem orangefarbenen Flatterkleid und dem vielen Modeschmuck wirkte sie wie eine Künstlerin. Und bedeutend jünger als ihre achtundsechzig Jahre.

Das kreolische Häuschen, das von einem prachtvollen Garten mit exotischen Pflanzen umgeben war, passte perfekt zu ihr und ihrem Lebensgefährten Jérôme, einem Beamten im Ruhestand, der madagassisch-französische Vorfahren hatte.

Sie tischten Massala auf, ein Curry-Gericht mit Ziegenfleisch, das in einer würzigen Soße gekocht wurde und so weich war, dass es auf der Zunge zerging.

»Total lecker«, versicherte Alizée und kämpfte gegen die Tränen, die ihr die ungewohnt scharfen Gewürze in die Augen trieben.

Jérôme schob ihr lächelnd den Brotkorb zu. »Nimm ein Stück Baguette. – Ségolène, ich hab dir gesagt, du solltest es nicht so scharf machen, sie wird das nicht gewöhnt sein.«

»Es ist viel weniger scharf als sonst«, meinte Ségolène erstaunt. »Hat dein Vater nie für euch kreolisch gekocht?« Sie warf ihrem Sohn einen vorwurfsvollen Blick zu.

»Doch, hat er«, versicherte Alizée. »Aber anders gewürzt.«

»Ohne diese Gewürze ist es nicht kreolisch«, erwiderte Ségolène entschieden, und Lucien lachte.

»Dein Großvater hatte auch Mühe, sich daran zu gewöhnen«, sagte sie zu Alizée. »Ich musste die Gewürze für ihn wie bei einem Medikament langsam aufdosieren.«

»Tja, die Festland-Franzosen haben einen ganz anderen Geschmack ...« Jérôme winkte ab.

»Trotzdem war er zum Schluss kreolischer als ihr alle zusammen«, verteidigte Lucien seinen Vater. »Er hat La Réunion wahnsinnig geliebt.« Sein Lächeln verblasste. Zum ersten Mal gestand er sich ein, dass er seinen Vater schmerzlich vermisste. Ein aggressiver Krebs hatte ihn in so kurzer Zeit dahingerafft, dass er nicht mehr persönlich hatte Abschied nehmen können. Und das, obwohl Saint-Pierre über das modernste Krankenhaus im Indischen Ozean verfügte.

Lucien war froh, dass seine Mutter den warmherzigen, lustigen Jérôme kennengelernt hatte, der ihr mit seiner heiteren Gelassenheit und seiner inneren Kraft Lebensmut und Fröhlichkeit zurückgegeben hatte.

Zum Dessert gab es Schokoladencreme mit hausgemachter Vanillesoße, danach einen Kaffee mit Vanillearoma und schließlich ein Glas Rumpunsch, der ebenfalls leicht nach Vanille schmeckte. Auf La Réunion wurde so ziemlich alles mit einer Spur der heimischen Bourbon-Vanille bereichert.

Am Nachmittag verabschiedeten sie sich. Alizée versprach ihrer Großmutter, sie vor ihrer Abreise noch einmal besuchen zu kommen.

»Für den Rückweg können wir die Route Nationale nehmen, die quer durch die Insel führt«, erklärte Lucien. »Dann siehst du von dieser Gegend auch gleich was.«

Auf der Hinfahrt hatten sie den etwas längeren Weg an der Küste entlang genommen, wo grüne Zuckerrohrfelder leuchteten, so weit das Auge reichte.

Die Straße, die die Insel schräg durchquerte, führte bald durch den dschungelartigen Forêt de Bébour-Bélouve, wo Bartflechten und Moose die Bäume überwucherten. Beeindruckt betrachtete Alizée die imposanten Riesenbaumfarne und den erloschenen Krater des Piton des Neiges, der gelegentlich zwischen den hohen Baumkronen hervorlugte. Die Luft, die durch die geöffneten Autofenster hereinströmte, war noch feuchter als an der Küste, fast beklemmend, und roch vermodert. Schließlich lichtete sich der Dschungel, und die Vegetation wurde karger, je näher sie dem Gebiet des Piton de la Fournaise kamen. Aber auch hier wuchsen immer wieder Pflanzen aus dem vulkanischen Boden empor.

Lucien wollte auf der abschüssigen Straße abbremsen, doch die Bremsen reagierten nicht. Mit aller Kraft trat er nochmals auf das Pedal. Keine Reaktion.

»Was ist?«, rief Alizée erschreckt.

»Halt dich gut fest. Ich muss eine Art Notlandung machen.«

Er riss das Steuer herum, und der Wagen schoss von der Straße hinunter ins hügelige Gelände, wo er ins Schleudern geriet. Eine Staubwolke wirbelte auf, als Lucien den Peugeot mit quietschenden Reifen über Sandboden und Geröll lenkte und dann seitlich in dichtes Gebüsch fuhr, das dort wuchs. Zweige kratzten über die Tür der Fahrerseite und schlugen ihm durch das geöffnete Fenster ins Gesicht. Langsam kam der Wagen zum Stehen. Lucien hielt die Luft an und wagte kaum, zu Alizée hinüberzusehen – zu groß war seine Furcht, sein Albtraum der letzten Nacht könne sich bewahrheitet haben.

»Boah, krass, was war das denn?«, hörte er ihre entsetzte Stimme. Er atmete erleichtert aus und riskierte nun doch einen Blick. Sie klammerte sich haltsuchend an den Griff über der Beifahrertür und war blass, aber offensichtlich unversehrt.

»Bist du okay, Alizée?« Er lockerte den Sicherheitsgurt, der seinen Oberkörper einschnürte, um sich zu ihr beugen zu können.

»Ja, glaube schon.« Sie drehte prüfend ihren Hals nach rechts und links. »Was ist eigentlich passiert? Trainierst du für eine Karriere als Stuntman?«

»Die Bremsen haben plötzlich versagt.« Er hustete, da die Wolke aus Sand und Staub durch die offenen Wagenfenster in den Fahrzeugraum gedrungen war.

»Wow, ist ja wie im Film. Warum denn?«

»Keine Ahnung, Autos sind nicht mein Fachgebiet.«

Lucien griff nach seinem Handy, rief seine Schwester an und berichtete ihr, was passiert war. »Hatte der Wagen mal Probleme mit den Bremsen?«

»Nein, noch nie. Ist dir wirklich nichts passiert?«, rief sie erschrocken.

»Alles gerade noch mal gut gegangen. Kannst du uns abholen und nach Hause fahren? Wir sind nicht weit von Pont d'Yves. Hast du eine Vertragswerkstatt für den Wagen?«

»Ja, in Le Tampon. Ich werde dir das organisieren. Der Werkstattinhaber ist ein Mandant von Jean-Marc, vielleicht kann er dich bevorzugt drannehmen.«

»Heute ist Sonntag.«

»Mal sehen, was sich tun lässt. Ich werde Jean-Marc bitten, ihn anzurufen. Bleib, wo du bist, ja?«

»Haha, als ob ich mit einer Karre ohne Bremsen die Berge hinunterfahren würde.« Lucien schnitt eine Grimasse.

»Dir traue ich alles zu. Du warst schon immer ein Kamikaze.«

»Nicht, wenn ich Alizée dabeihabe.«

»Was denn, Alizée ist hier? Warum hast du mir nicht erzählt, dass sie kommt?«

»Weil ich es auch erst Donnerstagabend erfahren habe, dass sie Freitag vor der Tür stehen würde. Wir besuchen euch nächste Woche, versprochen.«

Der Werkstattinhaber Hervé öffnete extra seine Türen, als der Abschleppwagen den Peugeot brachte. Jean-Marc war mit Lucien und Alizée hinterhergefahren. Christine war zu Hause bei den Kindern geblieben.

»Ich werfe gleich mal einen Blick auf die Bremsen«, versprach

Hervé. »Dann kann ich euch sagen, was Sache ist. Die Reparatur kann ich aber erst morgen machen.«

»Kein Problem. Wir gehen inzwischen einen Kaffee trinken«, beschloss Jean-Marc.

»Auf den Schreck wäre mir eher nach einem kräftigen Drink«, murmelte Lucien und dachte wieder an seinen Albtraum in der Nacht zuvor, der ein Warntraum gewesen zu sein schien.

Alizée hängte sich bei ihm ein. »Du bist ein großartiger Fahrer, Papa. Siehst du, diesmal hast du völlig richtig reagiert.«

Er schluckte. »Weißt du, dass ich erst gezögert habe? Weil es genau das gleiche Manöver war, das ich damals gemacht habe – scharf nach rechts rüberziehen. Aber diesmal war es hell, und ich hätte gesehen, wenn ein Baum im Weg gestanden hätte.« Er zog sie an sich. »Ich hoffe, du bist jetzt nicht noch mehr traumatisiert vom Autofahren.«

»Ich habe keine Angst als Beifahrerin«, stellte Alizée klar. »Ich schaffe es nur nicht mehr, mich selbst hinters Steuer zu setzen.«

In einem Bistro tranken Alizée und Jean-Marc einen Espresso, und Lucien genehmigte sich einen hochprozentigen Drink aus Rum und Früchten, da er ja nicht mehr fahren musste. Dann kehrten sie in die Werkstatt zurück. Der Kfz-Meister hatte seine Untersuchung gerade beendet.

»Die Bremsleitungen sind undicht«, erklärte er.

Lucien hob die Augenbrauen. »Ist das Material porös geworden?«

Hervé schüttelte mit sorgenvollem Gesicht den Kopf. »Nein. Da hat jemand kleine Löcher in die Schläuche gebohrt. Während Sie heute gefahren sind, haben Sie unbemerkt immer mehr Öl verloren. Bis die Bremsen nicht mehr funktioniert haben.«

Lucien wurde blass. »Sabotage?«

»Sieht ganz danach aus«, bestätigte Hervé. »Noch dazu war jemand am Bremsflüssigkeitsbehälter, vermutlich um Wasser hinzuzufügen. Wenn Sie dann auf abschüssigem Gelände oft bremsen müssen, entsteht Wasserdampf in den Bremsleitungen, und das kann auch zum Versagen der Bremsen führen.«

»Woher wissen Sie, dass da jemand dran war?«

»So ein Behälter ist ja normalerweise immer etwas schmuddelig. Aber er wurde sorgfältig abgewischt und sieht fast aus wie neu.«

»Haben Sie ihn angefasst?«

»Nur oben am Rand.«

»Ich muss den Behälter sicherstellen, falls doch noch Fingerabdrücke drauf sind.«

Alizée riss die Augen auf. »Meinst du, jemand wollte uns umbringen?«

»Sieht so aus«, bestätigte Lucien grimmig. »Da hat wohl jemand Angst, ich würde ihn als Mörder entlarven.«

»Krass«, murmelte Alizée erschüttert, und auch Jean-Marc machte ein betroffenes Gesicht.

»Haben Sie Plastikhandschuhe in der Werkstatt?«

»Ja.«

»Bitte ziehen Sie die an, wenn Sie den Behälter ausbauen, und tun Sie ihn in eine saubere Plastiktüte«, ordnete Lucien an. »Am besten ein noch unbenutzter Gefrierbeutel oder sowas.«

»Und dann?«

»Ich nehme ihn mit – können Sie mir einen neuen Behälter einbauen?«

»Sicher – ich denke, ich habe noch so einen auf Lager.«

»Ich würde den alten gern gleich mitnehmen. Den neuen können Sie morgen in Ruhe einbauen.«

»Okay.«

»Wirst du den Behälter zur Polizei bringen?«, erkundigte sich Jean-Marc, während sich Hervé wieder über die Motorhaube beugte.

»Weiß ich noch nicht. Vielleicht lasse ich das Ding privat in einem Labor untersuchen.«

»Willst du keine Anzeige gegen Unbekannt erstatten?«, fragte Alizée.

»Ach, wozu? Ich weiß, was Kommissar Talon mir dann sagen wird: dass ich meine Nase nicht in seine Ermittlungen hätte stecken sollen«, erwiderte Lucien grimmig.

»Vielleicht steckt er ja sogar selbst dahinter. Wenn du ihn so nervst, will er dich möglicherweise aus dem Weg räumen.«

Es war ein Scherz, aber Lucien nickte. »Traue ich dem sogar zu. Deswegen will ich mich auch nicht an ihn wenden.«

»Du solltest das ernst nehmen«, warnte Jean-Marc. »Wenn jemand versucht hat, euch umzubringen, wird er es sicher noch mal versuchen und dann vielleicht mit mehr Erfolg. Und es geht ja nicht nur um dich, sondern auch um Alizée!«

Lucien schwieg kurz und nickte dann. »Du hast recht. Ich könnte mir nicht verzeihen, wenn ihr was passieren würde. Gut, dann setze uns bitte am Polizeigebäude in Saint-Pierre ab, Jean-Marc. Auch wenn ich nicht glaube, dass die viel tun werden. Talon wird uns kaum unter Personenschutz stellen!«

Mit den Polizisten, die an diesem Spätnachmittag auf der Wache waren, hatte Lucien noch nicht zu tun gehabt, und sie wussten nicht viel über den Mordfall Lefèvre. Einer von ihnen nahm Luciens Anzeige zu Protokoll und versprach, den Bremsflüssigkeitsbehälter an Kommissar Talon weiterzuleiten, der Lucien dann gegebenenfalls kontaktieren würde.

Lucien und Alizée verließen das Hôtel de Police eine halbe Stunde später wieder und gingen zu Fuß nach Hause.

Lucien öffnete den Kühlschrank und nahm eine Dose Schweppes heraus.

»Und was willst du trinken?«

Sie spähte über seine Schulter in den Kühlschrank. »Eistee.«

Er drückte ihr eine Dose in die Hand und ging ins Wohnzimmer.

Lucien stürzte einen Schluck des kalten Getränks direkt aus der Dose hinunter, stützte die Ellenbogen auf den Tisch und legte die Hände vors Gesicht. Nachdem die Anspannung von ihm abgefallen war, fühlte er sich plötzlich erschöpft und deprimiert.

»Hey, was ist?« Alizée zog sich einen Stuhl dicht neben ihn, ließ sich darauf nieder und legte ihm die Hand auf die Schulter.

Er ließ die Hände sinken und blickte sie an. »Das wäre beinahe ins Auge gegangen. Wenn die Bremsen an einer anderen Stelle versagt hätten, zum Beispiel in einer Kurve am Abgrund, säßen wir jetzt nicht hier.«

»Haben sie aber nicht. Und du hast fabelhaft reagiert, du hast uns gerettet.« Sie küsste ihn auf die Wange.

»Sag mal, beunruhigt es dich nicht, dass da draußen jemand herumrennt, der uns tot sehen will?«

»Der *dich* tot sehen will«, korrigierte sie gelassen. »Ich bin noch nicht lange genug hier, um mir Feinde gemacht zu haben.«

»Alizée, ich würde es mir nie verzeihen, wenn dir jetzt auch noch was passiert! Vielleicht solltest du lieber nach Paris zurückfliegen.«

»Kommt nicht infrage«, meinte sie empört. »Es reicht doch, wenn ich nicht mehr mit dir in ein Auto steige, oder?«

»Nein. Wir wissen nicht, mit wem wir es zu tun haben und wozu er fähig ist.« In seinem Berufsleben hatte er genug Leute kennengelernt, denen ein Menschenleben nichts bedeutete und die nicht davor zurückschreckten, Unschuldige zu beseitigen, falls sie ihnen im Weg standen.

»Hast du wirklich noch keine Ahnung, wer Yannicks Vater ermordet hat? In Paris hast du deine Fälle schneller gelöst, oder?«

»Da hatte ich mehr Befugnisse und außerdem entsprechendes Personal. Ermittlungen in so einem Tötungsdelikt sind Teamarbeit. Hier bin ich völlig auf mich allein gestellt.«

Sie stemmte die Fäuste in die Taille. »Du hast immerhin mich. Ich bin dein Dr. Watson, okay? Rekapitulieren wir doch mal alle Verdächtigen.«

Lucien musste schmunzeln. »Na gut. Ich glaube, Melissa können wir nach dieser Sache mit den Bremsen definitiv ausschließen. Sie wird mich nicht erst engagieren, um mich dann umbringen zu wollen, wenn ich einen Haufen anderer Verdächtige habe als sie selbst. Dann wäre da Yannick …«

»Das glaube ich nicht«, widersprach Alizée sofort.

»Er hat ein Motiv und ein noch nicht überprüftes Alibi. Er

hätte uns gestern nachfahren können, um zu sehen, wo ich wohne, und dann warten, bis alles schläft, um sich an den Bremsleitungen zu schaffen zu machen. – Da fällt mir ein, ich muss heute noch die Nachbarn befragen, ob jemand was gesehen hat.«

»Das machen wir anschließend. Weiter. Wer kommt noch infrage?«

»Dieser Feuerwehrmann, Didier Abadie. Bisher wusste der zwar nicht mal meinen Namen, aber dank dieses verdammten Interviews kennt den ja nun die ganze Insel.«

»Den hast du noch gar nicht erwähnt. In welchem Zusammenhang steht der mit Monsieur Lefèvre?«

»Seine Frau war Lefèvres Geliebte. Und er scheint ein eifersüchtiger Typ zu sein.«

»Oh. Autsch.« Sie biss sich auf die Lippen und grinste.

»Die Nummer mit den Bremsen traue ich dem auch zu. Weiß nur nicht, wie er an meine Adresse gekommen sein könnte.« Lucien legte die Stirn in grüblerische Falten. »Oh, doch, ich weiß. Ich habe seine Frau am Mittwochabend getroffen, um sie zu befragen. Vielleicht hat er uns gesehen und mich dann verfolgt.«

»Und das hättest du nicht gemerkt?«

»Ich war in Gedanken.«

Alizée grinste wieder. »Ist sie hübsch?«

»Ja.« Ein winziges Lächeln stahl sich in seine Mundwinkel.

»Dann ist alles klar.«

»Quatsch!«

»Das Motiv für die Sache mit den Bremsen könnte dann aber auch nur Eifersucht sein, oder?«

»Stimmt. Aber wer eifersüchtig genug ist, nur wegen eines Drinks den Wagen des vermeintlichen Rivalen zu sabotieren, ist wahrscheinlich auch zu einem Mord fähig wegen einer handfesten Affäre.«

»Klingt einleuchtend. Und wen haben wir noch?«

»Natürlich Olivier Savignon. Der würde sich wahrscheinlich die Finger nicht selbst an Bremsleitungen dreckig machen, aber der hat bestimmt Leute für so was. Und für jemanden, der in der Präfektur arbeitet, ist es ein Leichtes, meine Adresse herauszufinden. Ich bin ja wegen der Kfz-Versicherung hier gemeldet.«

»Hoffentlich hetzt der dir keinen Auftragskiller auf den Hals«, meinte Alizée besorgt.

»Natürlich wäre es möglich, dass jemand der Täter ist, den ich überhaupt noch nicht auf dem Schirm habe. Und – immer noch dank Télé Réunion – weiß dieser Täter nun auch, dass es mich gibt, wie ich aussehe und wie ich heiße.« Er schlug wütend mit der Faust auf den Tisch.

»Du solltest die Journalistin verklagen.«

»Das überlege ich mir noch.«

»Was ist mit dem beruflichen Umfeld?«

»Von Xaviers Mitarbeitern hat keiner ein echtes Motiv. Marc Vergnier, der seinen Posten bekommen hat, hat ein Alibi, und ihm liegt wohl auch nichts an dem Job. Noch dazu leitet er das Observatorium nur kommissarisch – dieses Institut in Paris wird einen Nachfolger bestimmen, und das könnte genauso gut jemand anders werden.«

»Wen haben wir noch?«

»Das ist fürs erste alles.« Lucien kaute mit finsterem Gesicht auf seiner Lippe herum.

»Mit anderen Worten – du tappst im Dunkeln.«

»Danke für die Zusammenfassung«, knurrte er und trank einen Schluck aus seiner Dose.

Sie gab ihm einen Klaps auf den Oberarm. »Wenn wir den Typen finden, der deine Bremsen manipuliert hat, haben wir den Mörder. Also los, lass uns deinen Nachbarn einen Besuch abstatten!«

23

Pascal Talon begann seine Woche schlecht gelaunt, was in letzter Zeit ein Dauerzustand war. Das Eis war zu Hause sehr dünn, beinahe jedes Gespräch mit seiner Frau endete in einem Streit, die Kinder maulten ständig und gehorchten nicht. Fast war er erleichtert, dass das Wochenende vorbei war und er sich in sein Büro zurückziehen konnte. Seine Mitarbeiter parierten wenigstens, wenn er Befehle gab.

»*Mon Commandant*, Sie glauben gar nicht, wer gestern hier war, um Anzeige zu erstatten«, verkündete Sergent Bonnard, als er am späteren Vormittag nach kurzem Anklopfen Talons Büro betrat.

Talon sah ihn böse an. »Bitte keine Ratespielchen, ja? Sagen Sie einfach, was Sache ist.« Misstrauisch beäugte er das Plastiktütchen, das der Sergent in der Hand trug.

»Lucien Mahé – Sie wissen schon, dieser Ex-Komm…«

»Ich weiß, wer Mahé ist!«, unterbrach Talon ihn ungeduldig. »Weiter!«

»Lieutenant Meunier hat mir gerade berichtet, dass Mahé gestern Anzeige gegen Unbekannt erstattet hat, weil jemand vorsätzlich die Bremsen seines Wagens beschädigt haben soll und er fast einen Unfall gehabt hätte.« Bonnard hob den Beweismittelbeutel mit dem Bremsflüssigkeitsbehälter und stellte ihn Talon auf den Schreibtisch. »Er meint, es könnte sein, dass noch Fingerabdrücke des Täters zu finden sind, obwohl dieser den Behälter augenscheinlich abgewischt hat – aber man weiß ja nie. Er bittet Sie, das prüfen zu lassen.«

Talon wusste nicht, ob er missgestimmt sein sollte, weil Mahé ihn anwies, Beweisstücke untersuchen zu lassen oder ob er sich insgeheim freute, weil es offensichtlich noch jemanden gab, der den kreolischen Ex-Kommissar gern loswerden würde. Wenn ihm das allerdings eine zweite Leiche bescherte, war es auch kein Gewinn.

Bonnard blickte ihn erwartungsvoll an, aber Talon war nicht in Stimmung, mit einem Mitarbeiter über die Neuigkeit zu reden. Er nickte nur und griff nach der Asservatentüte. »Ich kümmere mich drum. Bringen Sie mir diese Anzeige.«

»Hier ist sie.« Pierre-Eric nahm den dünnen hellbraunen Hängehefter, den er unter seinem Arm geklemmt hatte, und reichte ihn seinem Vorgesetzten.

»Danke, Bonnard, das wäre alles.« Mit einer kurzen Handbewegung scheuchte er den Sergent aus seinem Büro und vertiefte sich dann interessiert in die Aussage, die Lucien Mahé am Vortag zu Protokoll gegeben hatte.

Als Talon nach einem hastigen Mittagessen in der brütenden Hitze eines Schnellrestaurants schweißüberströmt ins Hôtel de Police zurückkehrte, klingelte sein Telefon.

»*Bonjour, Commandant.* Thibault Delaborde hier.«

Und da hatte er gedacht, dieser Tag könnte nicht mehr schlimmer werden.

»*Bonjour, mon Général.* Was kann ich für Sie tun?«

»Sie können mir folgende Fragen beantworten, Commandant Talon: Was für Fortschritte machen Sie im Fall Xavier Lefèvre? Und warum wird da ein Pariser Ex-Kommissar als Ermittler in den Medien genannt?«

»Das ist ein Privatermittler, der von der Witwe beauftragt wurde und sich in alles einmischt. Von mir und meinen Leuten hat er aber keinerlei Informationen erhalten, das können Sie mir glauben.« Talon trommelte nervös mit der Spitze des Kugelschreibers auf die Schreibtischunterlage.

»Vielleicht sollten Sie mit dem Mann kooperieren, Talon.«

»Was?« Das verschlug ihm fast die Sprache. Das war ja noch

schlimmer als das erwartete Donnerwetter wegen des Interviews. Oder war es ein Scherz? Allerdings wäre es das erste Mal, das er Général Delaborde scherzen hörte, und sein Tonfall hatte auch nicht danach geklungen.

»Ich habe mich über diesen Mann erkundigt. Er ist gut, war am Quai des Orfèvres bei der Mordkommission. Vielleicht kann er Sie unterstützen.« Es klang freundlich, aber Talon nahm deutlich die Prise Sarkasmus wahr. Er selbst war nicht gut genug, sollte das heißen, und benötigte Unterstützung von einem Externen.

»Ist das ein Befehl, *mon Général*?«, fragte er vorsichtig.

»Im Moment ist es nur eine Anregung.« Der Polizeichef klang beinahe heiter, das war Talon unheimlich.

»Hören Sie, dieser Lucien Mahé mag ja ein guter *Flic* gewesen sein, aber irgendwas stimmt mit dem nicht. Ich habe mich auch bereits über ihn erkundigt. Er hat vor zwei Monaten den Dienst quittiert – angeblich. Da muss doch mehr dahinterstecken. Sicher hat er was ausgefressen.«

Delaborde schwieg kurz. »Ich kenne seinen früheren Vorgesetzten am Quai des Orfèvres und habe gerade mit ihm telefoniert. Kommissar Mahés Sohn ist vor knapp einem halben Jahr bei einem Autounfall ums Leben gekommen. Mahé saß am Steuer, wenn er auch den Unfall nicht verschuldet hat. Danach brauchte er Tapetenwechsel.«

»Ach so. Das tut mir leid.« Es war sogar ehrlich gemeint. Schließlich war Talon selbst Vater. »Trotzdem würde ich lieber ohne seine Hilfe weitermachen.«

»Gut, aber dann bringen Sie auch mal Ergebnisse«, sagte Delaborde ungeduldig.

»Ich habe nicht nur diesen Fall auf dem Tisch«, verteidigte sich Talon. »Da gab es auch noch diesen Mord in Saint-Louis letzten Monat, an dem wir dran sind, und außerdem die Einbruchserie in Le Tampon. Und wenn meine Leute bei jedem Zyklon und jedem Vulkanausbruch abgezogen werden, komme ich nicht voran!«

»Ausreden, Talon! Übertreiben Sie nicht. Der Piton ist ausgebrochen, na schön, aber die Gegend ist jetzt evakuiert, das sollte

Ihre Mitarbeiter nun nicht mehr belasten. Und im letzten halben Jahr gab es nur einen schwachen Wirbelsturm Anfang Januar, das war auch nicht weiter dramatisch. Noch dazu werden Ihnen ja nur die niedrigeren Dienstränge abgezogen. Bauschen Sie das nicht so auf. Ihr Vorgänger hatte damit kein Problem.«

Talon verzog das Gesicht zu einer säuerlich-lächelnden Grimasse. »Sie können ja Monsieur Mahé meinen Job anbieten, und ich kehre früher nach Frankreich zurück.« Bei seinem ironischen Ton musste es nach einem Scherz klingen, aber zu seinem Ärger schien Delaborde tatsächlich darüber nachzudenken.

»Mahé gehört nicht zur Gendarmerie, das wäre kompliziert«, überlegte er. »Obwohl – auf Neu-Kaledonien soll es auch bereits eine Ausnahme von dieser Regelung gegeben haben, vor ein oder zwei Jahren. Und wenn Mahé beim Justizministerium gut angesehen ist, sollte sich so was regeln lassen.«

Talon hielt kurz die Luft an. Das war ein echtes Eigentor gewesen. Wobei es natürlich auf die Alternative ankäme, die man ihm anbieten würde. Für eine gleichwertige Stelle in einer größeren Stadt im Mutterland würde er Mahé den Job mit Vergnügen überlassen und sofort die Umzugsfirma bestellen. Aber er ahnte, dass eine frühzeitige Beendigung seines Postens auf La Réunion unter diesen Umständen nur eine Degradierung zur Folge haben könnte. Wahrscheinlich würde er dann in irgendeinem Provinzkaff Kleindelikte bearbeiten. Oder das Worst-Case-Szenario: Er blieb auf La Réunion, wurde herabgestuft und hatte künftig den Kreolen als Vorgesetzten im Kommissariat.

»Es sollte nur ein Witz sein, *mon Général*. Ich werde mich verstärkt hinter den Mordfall Lefèvre klemmen. Aber wenn ich mir eine Bemerkung erlauben darf: Es würde helfen, wenn ich Olivier Savignon offiziell vernehmen dürfte.« Nachdem er sich an diesem Tag so in die Nesseln gesetzt hatte, kam es darauf nun auch nicht mehr an.

Delaborde knurrte ungehalten. »Bringen Sie mir bessere Indizien, dann dürfen Sie ihn vernehmen. *Au revoir, Commandant.*« Er knallte den Hörer auf, und Talon folgte seinem Beispiel. Er warf einen Blick zur Uhr. Schon dreizehn Uhr dreißig. Es wurde Zeit, seine schwarze Krawatte umzubinden und zur Beerdigung zu gehen.

24

»Willst du *das* etwa zur Beerdigung anziehen?« Lucien starrte seine Tochter ungläubig an, während er die letzten Knöpfe seines schwarzen Oberhemdes schloss.

»Das ist das einzige schwarze Oberteil, das ich dabeihabe«, verteidigte sie sich. »Außer dem schwarzen Tanktop, aber das ist in der Wäsche.«

Er betrachtete mit gerunzelter Stirn den Totenkopf aus weißen Strasssteinchen. »Einen Totenkopf zu einer Beerdigung?!«

»Ich dachte, das wäre passend für den Anlass«, meinte sie mit Unschuldsmiene.

»Das wäre nicht passend, sondern pietätlos. Denk doch mal nach!«

»Soll ich vielleicht nur mit einem schwarzen BH hingehen?«, fauchte sie.

»Du musst überhaupt nichts Schwarzes tragen, du kanntest den Toten ja nicht mal. Du hast schwarze Jeans an, zieh irgendein nicht zu buntes Shirt dazu an, das genügt.«

Murrend verschwand sie im Schlafzimmer und tauchte kurz darauf in einem tief dekolletierten dunkelblauen Top auf, das für einen Gang in die Kirche entschieden zu viel Haut zeigte. Lucien seufzte, aber sie waren bereits spät dran, und er wollte sie nicht erneut zum Umziehen schicken.

Da der Peugeot ja noch in der Werkstatt war, nahmen sie ein Taxi zum Friedhof von Le Tampon.

Als sie vor der Kapelle eintrafen, jeder mit einer weißen Rose in der Hand, warteten dort bereits etliche dunkel gekleidete Menschen. Zu seiner Überraschung entdeckte Lucien auch Pascal Talon unter den Gästen.

Lucien umarmte Melissa und Yannick, begrüßte Melissas Eltern und ihren Bruder Laurent und stellte ihnen Alizée vor. Melissas Familie wurde kurz darauf von anderen Gästen mit Beschlag belegt, und für einen kurzen Moment standen Lucien und Alizée allein zwischen den Grüppchen von Leuten. Er hielt Ausschau nach bekannten Gesichtern und entdeckte Marc Vergnier und Sophie Dumont, die sich etwas abseits in einer Gruppe von sportlich wirkenden Männern hielten. Sicher die früheren Kollegen von Xavier, die aus aller Welt eingeflogen waren. Die attraktive Frau neben Marc, die sich bei ihm untergehakt hatte, musste seine Ehefrau Anne sein.

»Wer ist denn der coole Typ?«, fragte Alizée in seine Gedanken hinein.

Lucien folgte ihrer Blickrichtung zu einem Mann, der sich gerade mit einer Cousine von Melissa unterhielt.

»Das ist Denis, Melissas jüngerer Bruder.«

Denis Brissard hatte etwas dunklere Haut als seine Schwester, aber sein hübsches feingezeichnetes Gesicht wies große Ähnlichkeit mit dem ihren auf. Seine in ein dunkles Honigblond gefärbten Rastazöpfchen waren zu einem Knoten geschlungen und in ein kleines schwarzes Tuch um seinen Kopf gewickelt. Einige der feinen Zöpfchen hatten sich aus dem Dutt gelöst und fielen ihm lang über den Rücken bis zu seinem knackigen Hinterteil. Er trug kein Jackett, und das eng anliegende schwarze T-Shirt verbarg kaum etwas von seinem durchtrainierten Oberkörper. Auf einem seiner beeindruckenden Bizeps prangte eine Tätowierung, die halb von dem Ärmel verdeckt wurde. Ein großes goldenes Kreuz baumelte an einer dicken Goldkette auf seiner Brust, und auch sein linkes Ohrläppchen, sein rechtes Handgelenk und sein linker Zeigefinger wurden von massivem vergoldetem Modeschmuck geziert.

»Hammer«, murmelte Alizée beeindruckt.

»Denk nicht mal dran«, warnte Lucien. »Der ist zu alt für dich und außerdem ein Schürzenjäger.«

»Habe ich gesagt, dass ich mit ihm ins Bett will? Ich finde nur sein Outfit megastark.«

»Wir werden ihm Hallo sagen. Ich kenne ihn gut von früher.«

Denis Brissard unterbrach sofort das Gespräch mit seiner Cousine und umarmte Lucien freudestrahlend. »Hab schon gehört, dass du jetzt wieder hier bist, Lulu, das ist toll.«

Lucien musste lachen. Als Denis noch zu klein gewesen war, um seinen Namen richtig auszusprechen, hatte er ihn Lulu genannt, und bei diesem Spitznamen war es dann geblieben.

Über Luciens Schulter hinweg musterte Denis aus lebhaften dunklen Augen Alizée und zeigte seine ebenmäßigen weißen Zähne, als er ihr zulächelte. »Kaum hier angekommen und schon bist du in junger weiblicher Begleitung. Wer ist denn die schöne Frau?«

»Meine Tochter Alizée. Tatsächlich, ich glaube, ihr habt euch nie kennengelernt.« Lucien hatte Denis zum letzten Mal vor zehn Jahren bei der Beerdigung seines Vaters gesehen, Alizée war damals nicht dabei gewesen.

»Was denn, du hast mir all die Jahre deine hübsche Tochter unterschlagen?« Denis zog Alizée in die Arme und küsste ihr genussvoll die Wangen. Er duftete nach einem angenehmen Parfüm.

»Aus gutem Grund, mein Lieber!«, sagte Lucien streng.

Ein Angestellter des Friedhofs bat die Versammelten in die Kapelle. Yannick, sehr elegant in seinem schwarzen Anzug und mit ausnahmsweise artig zurückgekämmten Haaren, bot seiner Stiefmutter den Arm und schritt mit ihr auf das kleine Gebäude zu.

Da sie den Toten nicht gekannt hatten, setzten sich Lucien und Alizée auf die hinterste Bank. Pascal Talon glitt auf der anderen Seite des Ganges ebenfalls auf die letzte Bank.

Xavier Lefèvre war zwar Katholik, aber nicht besonders religiös gewesen, daher wurde die Trauerfeier eher weltlich als kirchlich gehalten. Während der Redner Xaviers privates und berufliches Leben zusammenfasste, das er seiner Liebe zu seiner Familie und zu Vulkanen gewidmet hatte, schweiften Luciens Gedanken zurück zur Beerdigung seines Sohnes. Er kämpfte dagegen an, aber die Bilder ließen sich nicht abschütteln, so sehr er auch den Jesus am Kreuz fixierte. Die Kerzen am Altar machten ihn noch melancholischer. Er umklammerte den Stil seiner Rose, und prompt durchfuhr ein stechender Schmerz eine seiner Fingerkuppen.

»*Merde!*« Er führte den Finger zum Mund, um den Blutstropfen aufzufangen, den der Rosendorn verursacht hatte.

Alizée warf ihm einen scheuen Seitenblick zu.

Der Redner beendete seine Ansprache und bat die Trauergäste, sich zu einer Schweigeminute zu erheben, um dem Toten zu gedenken. Als Lucien aufstand, merkte er, dass ihm von Weihrauch und schwüler Hitze ein wenig schwindlig war und schloss die Augen. Die einsetzende Orgelmusik gab ihm den Rest – er musste gegen die Tränen kämpfen. Alizées Hand schob sich tröstend in seine, und er drückte sie fest.

Nach der Gedenkminute bildeten die Gäste ein Spalier zu beiden Seiten des Ganges, und die mit einem wunderschönen Blumenstrauß geschmückte Urne wurde vom Altar zum Ausgang der Kapelle getragen. Lucien, Alizée und Pascal Talon schlossen sich dem Trauerzug als Letzte an.

Lucien ließ die Hand seiner Tochter los und wischte sich eine Träne von der Wange.

»Der Tod von Xavier Lefèvre scheint Ihnen nahezugehen«, spottete Talon. »Hätte ich nicht gedacht. Jetzt ist doch die Bahn frei für eine Affäre mit Melissa.«

Am Ende wird er mir noch den Mord in die Schuhe schieben wollen, dachte Lucien. Er warf dem Kommissar einen eisigen Blick zu und schwieg.

Das stachelte Talon noch mehr an. »Oder sind Sie so traurig, weil Ihre teure Freundin bald wieder hinter Gitter gehen wird? Denn alle anderen Spuren verlaufen im Sand, Mahé, und Melissa bleibt diejenige mit dem guten Motiv, der Gelegenheit und dem fehlenden Alibi.«

»Sie sollten sich wegen Befangenheit von dem Fall abziehen lassen«, erklärte Lucien verärgert. »Sie sind doch nicht objektiv.

Sie wollen sich an Melissa rächen, weil sie nicht mit Ihnen in die Kiste hüpfen wollte und weil Melissas Bruder genau das mit Ihrer Frau tut.«

»Vorsichtig mit Ihren Anschuldigungen«, warnte Talon.

Lucien zuckte die Schultern. »Das sieht ein Blinder, dass Sie ein persönliches Problem mit Melissa haben.«

»Apropos persönliches Problem: Habe gehört, Sie hatten gestern beinahe einen Unfall? Sergent Bonnard hat mir gesagt, dass Sie Anzeige erstattet haben.«

»Jemand hat meine Bremsen funktionsunfähig gemacht.«

»Woher wollen Sie wissen, dass es Sabotage war? Vielleicht können Sie einfach nicht gut Autofahren«, bemerkte Talon mit einem boshaften Lächeln. »Hatten Sie nicht erst vor einem halben Jahr einen Unfall?«

Alizée funkelte ihn wütend an. »Mein Vater kann fabelhaft Autofahren, er hat uns gestern das Leben gerettet«, fauchte sie.

Lucien überging Talons gehässige Bemerkung, auch wenn sie ihn wie ein Fausthieb in den Magen getroffen hatte. »Finden Sie raus, wer meine Bremsen sabotiert hat, dann haben Sie Lefèvres Mörder.«

»Sie haben für mich keine Priorität, Mahé. Falls ein Zusammenhang zwischen den Vorfällen besteht, haben Sie sich das selbst zuzuschreiben. Was mischen Sie sich auch in die Ermittlungen ein.«

»War ja klar, dass Sie das sagen würden.«

»Von mir aus dürfen Sie gern selbst in Ihrer eigenen Sache ermitteln.«

»Das würde ich auch ohne Ihre Erlaubnis.« Leider hatte die Befragung der Nachbarn nichts ergeben. Da er den Wagen in einer winzigen Seitenstraße neben seinem Grundstück geparkt hatte, war die Auswahl der infrage kommenden Nachbarn gering, und niemand hatte jemanden bemerkt, der sich in der Nacht an Luciens Wagen zu schaffen gemacht hatte,

»Aber ich werde mal nicht so sein und den Bremsflüssigkeitsbehälter ans kriminaltechnische Labor weiterleiten.«

»Was machen Sie überhaupt hier?«, wollte Lucien wissen. »Kann mir nicht vorstellen, dass Sie eine Einladung bekommen haben.«

»Bei Beerdigungen tauchen oft Leute auf, die sich als neue Verdächtige eignen. Also sehe ich mich um.«

»Und? Schon eine neue Spur gefunden?«

»Nicht solange Sie mich hier vollquatschen«, knurrte Talon, wandte sich ab und schloss sich dem Trauerzug an, der dem Urnenträger zur Grabstelle folgte.

Lucien atmete tief durch. Wenigstens hatte dieser Idiot es geschafft, dass es ihm besser ging. Das Gefühl von Wut hatte die Melancholie vertrieben.

»Ist dieser Vollpfosten etwa der ermittelnde Kommissar?«, fragte Alizée entsetzt und hakte sich bei ihm ein.

»Leider ja.«

»Dann kann ich verstehen, warum Melissa dich engagiert hat.«

Langsam schritten sie hinter den anderen Trauergästen her, bis sie die Grabstelle erreicht hatten. Der Totengräber legte die Blumengebinde und Kränze auf die Wiese. Langsam wurde die Urne in das dafür vorgesehene Loch versenkt. Die Gäste traten nacheinander vor, legten ihre Blumen ab und warfen eine Handvoll Erde aus der bereitstehenden Schale auf die Urne.

Pascal Talon hatte keine Blume dabei und hielt sich als Beobachter im Hintergrund. Lucien, der ebenfalls recht weit hinten stand, bemerkte, wie er Denis unverwandt anstarrte und hatte beinahe Mitleid mit ihm. Wenn man rassistisch eingestellt war und die Ehefrau einen mit einem so exotisch-erotischen Typen wie Denis betrog, musste das ein doppelter Schock sein. Andererseits – recht geschah es ihm.

Lucien war auf einer Insel aufgewachsen, auf der die unterschiedlichsten Rassen und Religionen miteinander in friedlicher Gemeinschaft lebten, und Rassenhass war ihm fremd. Er hatte die in Marseille und Paris verbreitete Feindseligkeit gegenüber den dort lebenden Immigranten stets als sehr befremdlich empfunden.

Denis trat an Luciens Seite, nachdem er seine Schwester und ihren Stiefsohn umarmt hatte.

»Melissa soll froh sein, dass sie ihn los ist«, kommentierte er. »Er hat sie betrogen und geschlagen. Wenn er nicht schon tot wäre, würde ich ihn mir vorknöpfen!«

Er hatte lauter gesprochen als beabsichtigt, und Lucien fing Talons Blick auf. Er zog Denis mit sich außer Hörweite des Kommissars.

»Oh oh, das war leichtsinnig – er hat dich gehört. Du solltest dir schon mal überlegen, wo du letzten Mittwochnachmittag warst.«

Denis dachte nach und stöhnte auf.

»Was ist? Hast du etwa kein Alibi?«

»Doch. Aber es ist nicht gut.«

»Was heißt das?«

Denis winkte ab und musterte interessiert Alizée, die sich auf der anderen Seite der kleinen Wiese neben Yannick gestellt hatte. »Deine Tochter ist umwerfend.«

»Vergiss es«, warnte Lucien. »Lass die Finger von meiner Tochter.«

»He, Lulu, reg dich ab!« Denis gab ihm einen Knuff in die Seite. »Ich darf sie doch wohl ansehen, oder?«

»Es sind schon Frauen schwanger geworden, weil du sie zu lange angesehen hast, mein Lieber.«

Denis kicherte und schlug sich dann schnell die Hand vor den Mund, als ihm einfiel, dass er sich auf einer Beerdigung befand.

»Sag mir lieber, ob du die junge Blonde da kennst.« Lucien wies mit dem Kinn auf eine pummlige junge Frau in einem schwarz-weiß gemusterten Kleid, die ihr dünnes blondes Haar zu einem unvorteilhaften Dutt gezwirbelt hatte.

»Die, die Yannick und Alizée anstarrt? Keine Ahnung, kenne ich nicht. Die ist nicht mein Typ.«

Alizée legte ihre Rose neben die Grabstelle, warf eine Handvoll Erde auf die Urne und trat dann zu Melissa und Yannick, die nahe am Grab standen und die Beileidsbekundungen ihrer Gäste entgegennahmen.

Es entging Alizée nicht, dass Yannick sie ein wenig länger und fester in den Armen hielt als es die Situation erforderte, und es war ihr überaus angenehm.

»Bist du okay?«, flüsterte sie ihm teilnahmsvoll zu.

Er löste sich langsam von ihr, nickte und deutete ein Lächeln an.

»Bleib hier«, sagte er leise, als sie Anstalten machte, zu Lucien zurückzukehren. Er wollte noch etwas sagen, wurde aber von Marc Vergnier unterbrochen, der ihm die Schulter klopfte.

»Das geplante Praktikum können Sie trotzdem bei uns machen, Yannick, dafür werde ich mich einsetzen.«

Alizée warf dem Vulkanologen einen neugierigen Blick zu. Zwar mochte er bereits Mitte Vierzig sein, aber sie fand ihn dennoch sehr attraktiv mit seinem gebräunten, sympathischen Gesicht, den wachen braunen Augen und der sportlichen Figur. Seit sie auf der Insel war, entdeckte sie andauernd neue interessante Männer, was war nur los mit ihr? Wahrscheinlich lag es an der lockeren Atmosphäre auf der Insel und dem schwülen Tropenklima. Sie fragte sich, wie es die Trauergäste in ihren dunklen Anzügen und langärmeligen Kleidern unter der brennenden Sonne aushielten. Aber vielleicht war das Gewohnheitssache.

Nachdem Marc sich entfernt hatte, bemerkte sie eine junge blonde Frau, die sie feindselig musterte. Als sie Yannick gerade nach ihr fragen wollte, näherte sich die Frau. Sie hatte keine Blume dabei und warf auch keine Erde auf die Urne, sondern steuerte geradewegs auf Yannick zu.

»Delfine«, meinte er erstaunt, als sie vor ihm stehen blieb. »Was machst du hier?«

»Ich wollte dich wissen lassen, dass du auf mich zählen kannst an so einem schweren Tag«, sagte sie etwas hölzern und umarmte ihn beinahe heftig. Alizée bemerkte, dass Yannick überrumpelt wirkte und so aussah, als wolle er zurückweichen.

»Ich habe dich vorhin gar nicht gesehen.«

»Ich bin zu spät gekommen und habe vor der Kapelle gewartet, bis ihr rausgekommen seid. Aber du hattest den Arm um deine

Stiefmutter gelegt, da hab ich nicht stören wollen.« Es klang so schnippisch, als sei sie eifersüchtig auf Melissa.

»Delfine, das ist Alizée, die Tochter eines Freundes meiner Stiefmutter. Alizée, das ist Delfine, eine Kommilitonin.«

Die beiden jungen Frauen nickten sich mit verhaltener Höflichkeit zu. Als Yannick sich Alizée zuwandte, glitt sein Blick unwillkürlich in ihren tiefen Ausschnitt. Delfine presste die schmalen Lippen zusammen, bis sie nur noch ein blasser Strich waren, und ihre Augen hinter der Hornbrille blitzten verärgert auf.

»Bist du mit ihr zusammen?«, fragte Alizée leise, als Delfine sich abgewandt hatte, um Melissa zu kondolieren.

»Um Himmels willen«, wehrte er ab. »Wir lernen nur manchmal zusammen. – Hast du eigentlich einen Freund?«

Alizée schüttelte lächelnd den Kopf.

Yannicks Miene hellte sich auf. »Dann möchte ich dich morgen Abend zum Essen einladen. Hast du Zeit?«

»Ja«, stimmte Alizée zu und bemühte sich, ihre Freude nicht zu zeigen. »Warum nicht. Saint-Pierre soll ja so was wie ein Nachtleben haben, habe ich gehört.«

»Ist sicher nicht, was du aus Paris gewöhnt bist, aber – es ist ganz nett, ja.« Er griff kurz nach ihrer Hand und drückte sie.

Delfines Blick bohrte sich in seinen Rücken wie ein Dolch. Dann wandte sie sich ab und verließ mit der sich zerstreuenden Menge die Grabstelle.

Lucien warf als letzter Erde auf die Urne. Er wischte sich die Hand an seiner schwarzen Hose ab und zog dann Melissa in die Arme, die in ihrem zarten Spitzenkleid zerbrechlich und edel wirkte.

»Danke, dass du gekommen bist«, sagte sie leise und schmiegte sich an ihn. »Das hat mir viel bedeutet.«

»Du hast mich doch kaum gesehen bei all den Leuten.«

»Aber ich habe deine Anwesenheit gespürt.«

Er vergrub kurz sein Gesicht in ihren Haaren, die nach Vanille dufteten und die sie trotz der Hitze offen trug. »Du hältst dich bewundernswert, Melissa.«

»Ich bin froh, dass es gleich vorbei ist«, gestand sie. Lucien fiel auf, wie erschöpft sie aussah. »Kommt ihr noch mit zum Kaffeetrinken? Ich habe in einem Restaurant einen Raum reserviert.«

»Natürlich, gern. Hast du noch zwei Plätze in deinem Wagen frei? Wir sind mit dem Taxi gekommen.«

»Wieso das denn?«

Lucien hielt es für den falschen Zeitpunkt, um Melissa damit zu belasten, dass jemand versucht hatte, ihn umzubringen. Er winkte ab. »Die olle Karre streikt. Ich kann sie aber auf dem Rückweg gleich von der Werkstatt in Le Tampon abholen.«

»Ach so. Ja, ihr könnt bei uns mitfahren.«

Lucien genoss es, bei der nachfolgenden Trauerfeier im kleineren Kreis ausgiebig mit Melissas Brüdern und Eltern reden und in alten Zeiten schwelgen zu können. Alizée und Yannick saßen einander gegenüber an der Kaffeetafel und waren ebenfalls tief in ihr Gespräch vertieft, das sich mal um ihr Studium und mal um ihr Privatleben drehte.

Es war Balsam für Luciens Seele, Kindheitserlebnisse aufzuwecken, über Jugendtorheiten zu lachen und mit Vertrauten zu reden, die den gleichen kulturellen Hintergrund hatten wie er. Er stellte fest, dass er sich nicht von ihnen entfernt hatte in all den Jahren im Mutterland, sondern dass er sich in dieser Zeit lediglich von sich selbst entfernt hatte. Es tat gut, zu den Wurzeln zurückzufinden.

Nach dem Kaffeetrinken brachte Denis sie in seinem Wagen zur Werkstatt, wo der reparierte Peugeot bereits auf sie wartete – nebst einer gesalzenen Rechnung.

»Hoffentlich hat jetzt keiner 'ne Bombe unter dem Wagen angebracht«, meinte Alizée lakonisch, als sie die Beifahrertür öffnete.

Lucien starrte sie kurz an, dann ging er auf die Knie, um das Untere des Wagens zu inspizieren.

»Sieht nicht so aus, aber – steig noch nicht ein, ich werde erst den Motor anlassen.«

Sie lachte auf. »Das war eigentlich ein Scherz – wirst du jetzt paranoid?«

»Ja, kann sein. Geh schon mal die Straße hinunter.« Da hatte er das Schicksal wochenlang mit Haien, Haarnadelkurven und Klippen herausgefordert, und nun ging es ihm gewaltig gegen den Strich, dass jemand anders versuchte, ihn ins Jenseits zu befördern. Wobei es ihm natürlich in erster Linie um Alizée ging. Er würde es nicht ertragen, wenn nach seinem Sohn auch noch ihr etwas zustoßen würde.

Er ließ den Motor an und rannte. Angespannt wartete er einige Sekunden, in denen es in seinem Nacken zu prickeln begann – aber eine Explosion blieb aus. Erleichtert atmete er auf, stieg in den Wagen und fuhr zu Alizée, die an der nächsten Straßenecke wartete. Dort öffnete er die Beifahrertür für seine Tochter.

»Du bereust es bestimmt schon, dass du gekommen bist, was?«, meinte er.

»Nein. Hier ist wenigstens mal was los.« Sie lachte. »Wenn ich mir Sorgen um dich gemacht habe, hat Maman immer gesagt, ich übertreibe. Wenn die wüsste!«

Lucien warf ihr einen überraschten Seitenblick zu. »Du hast dir Sorgen um mich gemacht?«

»Ich hab ja mitgekriegt, wie schlecht du in letzter Zeit drauf warst. Und wenn jemand wie du einfach seinen Job schmeißt, finde ich es ein beunruhigendes Zeichen. Und am Telefon warst du immer kurz angebunden. Deswegen wollte ich dich auch besuchen – um zu sehen, wie es dir geht.«

Er drückte kurz ihre Hand. »Das ist lieb.«

»Ich gehe übrigens morgen Abend aus«, teilte sie ihm mit, als sie sich Saint-Pierre näherten.

»Mit wem?«, wollte Lucien misstrauisch wissen, obwohl er die Antwort bereits kannte.

»Yannick hat mich zum Essen eingeladen.«

»Du willst mit Yannick ausgehen?«, fragte er entsetzt. »Das geht nicht.«

»Wieso nicht?«

»Für mich gehört er zum Kreis der Verdächtigen.«

»Blödsinn. Nur weil er mal Meinungsverschiedenheiten mit

seinem Vater hatte? Da gäbe es nicht mehr viele lebende Väter, wenn das alle machen würden.« Sie warf ihm einen schrägen Blick zu. »Du wärst auch schon lange tot.«

»Na vielen Dank!«, empörte er sich. »Bei Yannick ist es die Summe einiger Dinge: natürlich nicht nur die Streits, sondern vor allem das Vermögen und die Gelegenheit und das unsichere Alibi.«

»Aber Melissa erbt doch das meiste.«

»Entweder ist sie dann auch ihres Lebens nicht mehr sicher oder er bandelt mit ihr an, damit sie es mit ihm teilt.«

»Mit ihr anbandeln? Die ist doch uralt!«

»Alizée!« Er sah sie empört an.

»Hey, ist ja okay, wenn du auf sie stehst. Aber Yannick ist dreiundzwanzig, der wird sich nicht eine so alte … eine so viel ältere suchen«, verbesserte sie sich hastig, um es nicht auf die Spitze zu treiben.

»Wenn Geld im Spiel ist, sind viele Männer sehr tolerant mit dem Alter der Dame.«

»Dieses Misstrauen muss bei dir eine Berufskrankheit sein.«

»Kann sein«, gab er zu. »Ich habe einfach schon die unmöglichsten Dinge gesehen und gehört. Du hast keine Vorstellung davon, für wie wenig manche Leute bereit sind, einen Mord zu begehen. Oder plötzlich dermaßen austicken, dass sie jemanden im Affekt töten.«

»Das trifft auf Yannick sicher nicht zu.« Alizée wirkte verunsichert, und Lucien stimmte einen milderen Ton an.

»Er gefällt dir, was?«

Sie zögerte. »Ja, schon. Es ist aber auch nicht so, dass ich mich sofort in ihn verknallt habe, falls du das meinst.«

»Schon klar. Dann geh einfach mit ihm aus, und hab einen netten Abend«, sagte er widerstrebend. »Aber pass auf dich auf.«

»Meine Güte, er wird mir schon nicht im Restaurant einen Stein über den Kopf schlagen.«

Lucien lächelte. »Ich dachte eher, dass du dich nicht sofort von ihm verführen lässt. Gut sieht er ja aus.«

»Ja, nicht wahr?«, stimmte sie mit verträumtem Lächeln zu.

25

Pascal Talon rieb sich die Hände. Es hatte sich gelohnt, zu der Beerdigung von Xavier Lefèvre zu gehen. Zum einen für die kleine Befriedigung, den arroganten Ex-Kommissar vom Quai des Orfèvres angeschlagen und mit Tränen in den Augen zu sehen. Und zum anderen hatte er einen neuen Verdächtigen. Und die Befriedigung, den Lover seiner Frau in Handschellen abführen zu können, wäre noch weitaus größer als der gramgebeugte Mahé in der Kapelle. Warum hatte er nicht eher daran gedacht, dass Melissas Bruder ein Motiv haben könnte, seinen Schwager zu töten?

Im Gegensatz zu seinem unkonventionellen Look lebte Denis Brissard in einer sehr modernen Wohnung im Neubauviertel von Le Tampon. Als Talon in Begleitung von Sergent Bonnard dort eintraf, schickte sich der Fitnesstrainer offensichtlich gerade an, zur Arbeit zu gehen. Er trug eine graue Jogginghose und ein eng anliegendes weißes T-Shirt. Seine unzähligen langen Zöpfchen waren auf dem Hinterkopf zu einem kompliziert wirkenden dicken Knoten geschlungen, und sein Kopf wurde von einem seidigen weißen Tuch geziert.

Denis wirkte nicht überrascht, die Polizei bei sich auftauchen zu sehen – nach Luciens Worten hatte er sie eher bereits erwartet.

»Dürfen wir hereinkommen?«, fragte Talon höflich, aber die Art, wie er sich vor Denis aufbaute, machte klar, dass er eine abschlägige Antwort nicht gelten lassen würde. Auch wenn der Staatsanwalt nicht bereit gewesen war, einen Durchsuchungsbeschluss auszustellen.

»Bitte.« Denis ließ die beiden in seine geräumige, ordentliche Einzimmerwohnung eintreten.

Talon hatte sich vorgenommen, ruhig und professionell zu bleiben, doch als er das breite Bett in einer Ecke des Zimmers sah, überfiel ihn sofort die Vorstellung, wie sich seine Frau dort mit diesem braunhäutigen Rastafari in den Kissen wälzte, und heiße Wut stieg in ihm auf.

Er baute sich drohend vor dem kleineren Denis auf. »Wo waren Sie letzten Mittwochnachmittag?«

»Ich habe bis dreizehn und ab achtzehn Uhr Fitnesskurse gegeben.«

»Es ist aber genau die Zeit dazwischen, die mich interessiert. Wo waren Sie von drei bis sechs?«

»Ich war mit einer Frau zusammen«, sagte Denis zögernd. »Bei mir zu Hause.«

»Name, Adresse?«

Sergent Bonnard zückte sein Notizbuch.

Denis hielt Talons Blick stand, ohne mit der Wimper zu zucken. »Das kann ich nicht sagen.«

Talon packte ihn wütend am Ausschnitt seines T-Shirts und zog ihn zu sich heran. »Wenn Sie nicht mit der Sprache rausrücken, nehme ich Sie mit.«

»Mit welcher Begründung?«

»Sie hatten ein Motiv, Ihren Schwager zu töten: Er hat Ihre Schwester betrogen und misshandelt.«

»Lassen Sie mich los«, erwiderte Denis ruhig. »Dass er meine Schwester betrogen hat, habe ich erst nach seinem Tod erfahren. Und er hat sie nicht systematisch misshandelt – soviel ich weiß, hat er sie ein einziges Mal geschlagen, aber deswegen würde ich ihn nicht gleich umbringen.« Er spannte seine Oberarmmuskeln an. »Eine Abmahnung hätte sicher genügt – danach hätte er sie nie wieder angefasst, das können Sie mir glauben.«

Talon zog noch mehr an dem Shirt. »Vielleicht wollten Sie ihn ja mit einem Stein abmahnen, und die Sache ist aus dem Ruder gelaufen?«

»Warum sollte ich deswegen auf einen scheiß Vulkan kraxeln, der noch dazu jeden Moment ausbrechen kann?«

»Weniger Zuschauer.«

»Da hätte ich ihm auch spätabends irgendwo auflauern können. Weniger Aufwand.«

Talon ließ ihn los. »Nennen Sie mir einfach den Namen der Dame, dann ist die Sache beendet – wenn das Alibi stimmt.«

»Na schön, Sie haben es so gewollt.« Denis hob herausfordernd das Kinn. »Valérie Talon.«

Der Kommissar sog hörbar Luft durch die Nase ein und ballte die Hand zur Faust. »Du Scheißkerl hast dich also erneut an sie rangemacht!«

»Nein. Ihre Frau war es, die die Affäre nicht wirklich beenden wollte. Ich bin wohl erheblich besser im Bett als das, was sie von zu Hause gewohnt ist.« Er lächelte breit.

Talon holte mit aller Kraft aus, doch Denis fing den Schlag mühelos ab. »Nur zu, versuchen Sie es noch mal, irgendwann wird es schon klappen«, spottete er.

Talon erinnerte sich daran, wie er sich mit ihm hatte prügeln wollen, nachdem er von der Affäre erfahren hatte, und unterlegen gewesen war. Sein Rivale war zwar kleiner und feingliedriger als er selbst, aber auch Trainer für Thai-Boxen, und Talon war k. o. gegangen, bevor er wusste, wie ihm geschah. Die Erinnerung an diese Schmach steigerte seine Wut noch.

»Lass mich los!«, zischte er und legte unwillkürlich die linke Hand auf den Griff seiner Dienstwaffe.

Denis gab sein Handgelenk frei und blieb vorsichtshalber in Abwehrstellung.

Talon zückte sein Handy und wählte eine eingespeicherte Nummer.

»Valérie? Wo warst du vorletzte Woche Mittwoch?«, blaffte er, als seine Frau sich meldete.

»Vorletzte Woche? Das weiß ich jetzt nicht mehr. Wieso?«

»Erinnere dich. Oder schau in deinen Terminkalender«, befahl er. »Mittwoch zwischen fünfzehn und achtzehn Uhr.«

»Moment.« Er hörte, wie sie den Hörer aus der Hand legte und ihre Schritte sich entfernten.

»Ich war einkaufen. Lebensmittel und ein paar Sachen für die Kinder«, sagte sie, als sie den Hörer wieder aufnahm.

»Waren die Kinder dabei?«

»Nein, sie waren bei Freunden. Ich habe sie gegen achtzehn Uhr abgeholt. Willst du mir nicht sagen, was los ist?« Sie klang beunruhigt und irritiert.

»Ich bin gerade bei deinem Lover. Er behauptet, ihr wärt an diesem Nachmittag zusammen gewesen. Ist das wahr, Valérie?!« Talon lief unruhig auf und ab. Denis beobachtete ihn mit gerunzelter Stirn.

»Nein, ist es nicht. Ich habe dir gesagt, dass ich mit ihm Schluss gemacht habe, schon vor drei Wochen«, beteuerte sie.

Talon hätte ihr gern in die Augen gesehen, um besser erkennen zu können, ob sie log oder nicht. Aber es passte ihm ausgezeichnet, dass Denis kein Alibi hatte.

»Wir sprechen uns noch«, knurrte er und drückte die Verbindung weg.

Zufrieden blickte er dann Denis an. »Meine Frau war an Lefèvres Todestag nicht mit Ihnen zusammen.«

»Ist ja klar, dass sie leugnen würde. Warum sollte sie durch die Wahrheit ihre Ehe riskieren?«, meinte Denis resigniert.

»Meine Frau hat mir versichert, dass es aus ist zwischen euch, und ich zweifle nicht an ihren Worten.« Das tat er durchaus, aber in diesem Moment kam es ihm gelegen, ihr zu vertrauen. Er zückte die Handschellen. »Denis Brissard, Sie sind vorläufig festgenommen.«

Gelassen streckte ihm Denis die Unterarme entgegen, während Talon ihm seine Rechte erklärte und die Stahlschellen einschnappen ließ. Komischerweise fühlte es sich nicht halb so befriedigend an, wie er gedacht hatte, den Réunionesen abzuführen. Falls dieser tatsächlich die Wahrheit sagte, war er, Talon, nach wie vor der Gehörnte und würde sich ernsthaft mit seinen Eheproblemen auseinandersetzen müssen. Er liebte seine attraktive, kluge und charmante Frau, aber er würde sich von ihr nicht ewig betrügen lassen.

26

Beunruhigt betrat Yannick das Haus von Delfines Eltern, bedankte sich höflich bei Madame Dupin, die ihn hineingelassen hatte und stieg langsam die Treppe zu Delfines Zimmer empor.

»Was soll das? Warum hast du so einen Druck gemacht, dass wir uns heute treffen?«, fragte er unwillig, als sie sich gegenüberstanden. Delfine hatte ihn eine Stunde zuvor angerufen und beinahe genötigt, sie sofort zu besuchen.

Sie lächelte und zupfte an ihrem weitfallenden T-Shirt, das ihre Rundungen kaschierte. »Tut mir leid, wenn es so klang. Ich wollte dich einfach schnell wiedersehen. Das war auf dem Friedhof gestern sehr unbefriedigend.«

Nun war Yannick verwirrt. »Was meinst du?«

»Du hast mich kaum beachtet, obwohl ich extra deinetwegen gekommen bin.«

»Sorry, da waren so viele Leute – es ist wohl auch kaum der Moment für lange Gespräche gewesen, oder?«

Sie ließ ihre Hand langsam an seinem Arm hinaufwandern und streichelte dann über seine Wange. »Ich hab dich vermisst. Wir haben uns nicht mehr gesehen, seit der Sache mit deinem Vater.«

Sein Gesicht verfinsterte sich. »Delfine, ich hatte viel zu tun, und außerdem ... wir sind doch nur Kommilitonen, also was willst du?«

»Ich will, dass sich das ändert«, sagte sie geradeheraus. Sie stellte sich auf die Zehenspitzen und küsste ihn.

Yannick wich zurück. »Pardon, aber ...«

»Ich will, dass du mein fester Freund wirst.«

Er starrte sie ungläubig an. »Ich fühle mich geschmeichelt, dass du das willst, aber ich …« Wie konnte er ihr nur diplomatisch klarmachen, dass er sie nicht die Spur anziehend fand?

»Sonst erzähle ich der Polizei, dass ich dir ein falsches Alibi geben sollte.« Ihre kleinen Augen hinter der Hornbrille blickten ihn hinterlistig an.

»Du scheinst mich ja echt gern zu haben«, murmelte er. Er dachte kurz nach. Er fühlte sich absolut nicht zu Delfine hingezogen, und noch dazu wollte er Alizée erobern. Aber konnte er es sich leisten, kein Alibi zu haben? Der Kommissar würde ihn mit Vergnügen einlochen, und wer weiß, ob er da so schnell wie Melissa wieder herauskam.

Was für eine Unverschämtheit von Delfine, ihn nun zu erpressen, nachdem sie ihm so eifrig versprochen hatte, für ihn zu schwindeln.

»Was willst du – mit mir schlafen?«, fragte er kalt und öffnete mit einer heftigen Bewegung seine Gürtelschnalle. »Ist das der Preis für dein Schweigen?« Wenn er die Augen schloss und dabei an Alizée dachte, könnte es vielléicht klappen.

»Nein, so eine bin ich nicht!«, wehrte sie ab. »Ich bin nicht auf schnellen Sex aus.«

»Ah, verstehe, du willst Blumen, Restaurant, Kinobesuche und das ganze Programm«, meinte er sarkastisch.

»Was ist daran falsch?«

»Nichts.« Nur war sie die falsche Frau. Er hatte große Lust, sie einfach stehen zu lassen, aber er malte sich aus, dass Kommissar Talon ihn noch am selben Tag festnehmen würde. Sein Rendezvous mit Alizée konnte er dann vergessen. Er atmete tief durch und zwang sich, Delfines pummligen Oberarm zu streicheln. »Du hast recht, lassen wir es langsam angehen. Wir könnten morgen zusammen ausgehen.«

»Warum nicht heute?« Sie beobachtete ihn listig.

»Weil ich schon was vorhabe.« Er fuhr sich nervös durch die Haare, die nun förmlich zu Berge standen.

»Dein Alibi sollte es dir wert sein, das abzusagen, oder?«

»Ist was familiäres, ist wirklich wichtig«, schwindelte er. »Morgen, ich verspreche es dir.«

»Morgen kann ich nicht. Donnerstag.«

»Von mir aus. Donnerstag. Überleg dir, was du unternehmen willst«, sagte er widerstrebend.

»Mach ich, chéri.« Sie bot ihm ihre Lippen zum Kuss.

Yannick schluckte seinen Widerwillen hinunter, aber mehr als ein flüchtiger Schmatzer gelang ihm nicht. Delfine schien fürs Erste damit zufrieden zu sein, und er durfte sich verabschieden.

27

»Denis ist seit heute Vormittag in Haft«, erzählte Melissa, als Lucien am Nachmittag zu ihr kam. Er hatte beschlossen, sich noch einmal in Xaviers Arbeitszimmer umzusehen und dabei auch Yannicks Zimmer unter die Lupe zu nehmen. Obwohl dieser inzwischen reichlich Gelegenheit gehabt hätte, eventuelle Indizien zu beseitigen. Aber möglicherweise war ihm etwas entgangen.

»Da bin ich nicht überrascht. Ist er noch nicht wieder draußen?«

»Nein, ich glaube nicht. Er hat mich von der Polizei aus angerufen, damit ich ihm einen Anwalt besorge. Er hat nur so was wie ein halbes Alibi.«

»Ein halbes? Für die Hälfte der Zeit oder wie?«

»Nein. Die Frau, mit der er zusammen war, ist Talons Ehefrau – und die leugnet, sich mit ihm getroffen zu haben.«

Lucien lachte auf und schüttelte den Kopf. »Also das meinte er gestern damit, dass sein Alibi nicht gut sei. Ach, Denis ...«

»Geh ruhig schon mal nach oben und schau dich um«, meinte Melissa. »Ich habe inzwischen noch in der Küche zu tun.«

Das war ausgezeichnet. So hatte Lucien Gelegenheit, auch noch Yannicks Zimmer und das Schlafzimmer der Eheleute heimlich zu untersuchen.

Er fand jedoch nichts, dass ein Indiz oder gar einen Beweis hätte darstellen können. Unter den gegebenen Umständen war er allerdings froh darüber.

»Lass uns ein wenig spazieren fahren«, bat Melissa, als er die Treppe hinunterkam. »Hast du noch Zeit?«

Er warf einen Blick zur Uhr. »Ja.«

»Wo ist Alizée?«

»Die ist heute Abend mit Yannick verabredet.« Er beobachtete genau ihre Reaktion.

Aber Melissa lächelte nur. »Die beiden mögen sich, was? Kann mir vorstellen, dass sie sogar gut zueinander passen würden.«

Lucien verzog den Mund und zog es vor, nicht zu antworten.

Sie griff nach ihrer Handtasche. »Nehmen wir deinen Wagen oder meinen?«

»Deinen«, erwiderte er sofort und erzählte ihr nun doch von dem Bremsversagen am Sonntagnachmittag.

Melissa wurde blass. »Um Himmels willen. Dann solltest du lieber mit den Ermittlungen aufhören, Lucien. Ich will nicht, dass du deswegen in Gefahr gerätst.«

Er zuckte die Schultern. »Zu spät. Der Täter ahnt, dass ich ihm auf den Fersen bin und wird es wahrscheinlich wieder versuchen – falls ich jetzt aufhöre, weiß er das ja nicht. Außerdem kennst du mich schlecht: Jetzt erst recht.«

»Das habe ich mir gedacht.« Sie seufzte.

Er zögerte. »Melissa – ist Yannick am Samstag, nachdem wir bei euch waren, noch mal weggefahren?«

Sie hob die Augenbrauen. »Wieso?«

»Ist er oder nicht?«, fragte er etwas barsch zurück.

»Er wollte nach Hause fahren, er hat nicht in meinem Haus übernachtet. Lucien, du denkst doch wohl nicht etwa, dass Yannick deine Bremsen beschädigt hat?«

»Ich kann es jedenfalls nicht ausschließen.«

Sie wich seinem Blick aus. »Lass uns fahren, bevor die Sonne weg ist.«

Sie fuhren an der Küste entlang gen Nordwesten, wo immer wieder kleine Strände mit dunklem Lavasand zwischen den Klippen lagen.

Melissa wirkte unruhig. »Ich möchte ein bisschen spazieren gehen, das würde mir guttun.«

Lucien nickte zustimmend, und sie parkte ihren Renault in der

Nähe von einem der Strände. Sie stiegen aus und schlenderten an der Strandpromenade entlang.

Melissas bunter Rock flatterte im warmen Wind, genau wie ihre Haare, die sie mit einem gelben Tuch aus der Stirn gebunden hatte. Die vielen Armreifen an ihrem Handgelenk klimperten fröhlich, und ihre Miene entspannte sich.

Lucien warf ihr einen Seitenblick zu. Jetzt war sie wieder die Melissa, an die er sich vage erinnerte. Sie gingen so dicht nebeneinander her, dass sich ihre Hände und Arme streiften, was wohlige Schauer durch seine Lenden schickte. Unwillkürlich griff er nach ihrer Hand.

»Setzen wir uns an den Strand«, schlug sie vor und zog ihn von der Promenade auf den grobkörnigen dunklen Sand zu einer abgelegenen Ecke mit großen Felsen, die sie vor den Blicken der wenigen anderen Strandbesucher verbargen. Sie setzten sich nah beieinander so dicht ans Meer, wie es möglich war, ohne von den Ausläufern der Wellen nass zu werden. Die untergehende Sonne färbte Himmel und Wasser in herrliche orange- und rosafarbene Schattierungen. Vor ihnen rauschten die Wellen, hinter ihnen rauschten Palmenwedel im Wind. Es klang wie das Prasseln von Regen.

»Oh, wie habe ich das vermisst in Paris.« Lucien schloss kurz die Augen und atmete die feuchte, salzgeschwängerte Luft ein, die nach Seetang roch.

»Weißt du noch, die Strandpartys, die wir hatten? Wir haben Würstchen überm Lagerfeuer gegrillt und zu kreolischer Musik getanzt«, erinnerte sich Melissa.

Er nickte lächelnd und öffnete die Augen. »Ja, das waren schöne Zeiten.«

»Ich kann mich noch so gut an die Geburtstagsfeier von Christine erinnern, ihre Sweet-Sixteen-Party.« Melissa kicherte. »Und gleichzeitig war es deine Abschiedsparty, weil du zum Wehrdienst musstest.«

»Wir haben die halbe Nacht am Lagerfeuer gesessen und uns gefühlt wie Hippies auf Ibiza«, ergänzte Lucien und schmunzelte.

»Wir haben zu Flower-Power-Musik getanzt und uns vorgestellt, die Gauloises wären Joints. Und sind nackt ins Meer gehüpft, mitten in der Nacht.«

»Und dann hast du mich lange geküsst – aber das weißt du bestimmt nicht mehr.« Sie suchte seinen Blick.

»Doch, das weiß ich noch. Ich hatte zwar einige Rumpunsch, aber ich war nicht sooo betrunken.« An diesem Abend hatte Lucien zum ersten Mal bemerkt, dass die kleine Melissa zur Frau herangereift war. Zu einer ausgesprochen hübschen. Und so hatte er bei dieser Entdeckung gleich testen wollen, ob sich ihre Lippen so samtig und prall anfühlten, wie sie aussahen. Aber es gab auch noch die blonde Cathérine, die dunkelhäutige Amira und die mandeläugige Xiao. Die Welt war voll von schönen Mädchen, die nur darauf warteten, mit dem gut aussehenden und charmanten jungen Mann zu flirten und mehr. Er wäre ja dumm gewesen, sich auf eine festzulegen.

Er lächelte Melissa an, und sein Blick irrte wohlgefällig zwischen ihren Lippen, ihren leuchtenden Augen und ihrem verlockenden Brustansatz herum.

»Warum bist du danach weggegangen, Lucien?«, flüsterte sie.

»Ich musste wenige Tage später meinen Wehrdienst antreten, das hast du doch gerade selbst gesagt.«

»Nach dem Wehrdienst bist du für ein paar Monate wiedergekommen und danach endgültig weggegangen. Und vorher hast du mich noch mal geküsst.«

An dieses Mal konnte er sich nicht mehr erinnern. Er hatte bei seiner Abschiedsparty vermutlich viele Mädchen geküsst. »Ich hatte einen Studienplatz in Paris«, verteidigte er sich.

»Warum hast du keinen Kontakt zu mir gehalten?«

Er seufzte. »Melissa, du warst erst siebzehn. Ich zwanzig. Und gut, ich hab dich vielleicht zweimal geküsst, aber wir sind nicht miteinander gegangen oder so was.«

»Ich war trotzdem wahnsinnig in dich verliebt«, gestand sie.

»Wirklich?« Er strich ihr zärtlich über die Wange. »Das geht schnell in dem Alter, oder?«

»Ja«, gab sie zu. »Ein Jahr, nachdem du weg warst, habe ich mich in Tomás verliebt, der war eine Klasse unter dir. Er hat zwar nicht so gut ausgesehen wie du, aber er konnte mindestens genauso gut küssen.«

Er gab ihr lachend einen kleinen Knuff. »Ich habe seitdem an meiner Technik gearbeitet«, versicherte er.

In Melissas Augen blitzte es auf, und unwillkürlich öffneten sich ihre Lippen ein wenig.

Ohne zu überlegen, zog Lucien sie in die Arme. Während er sie lange küsste und ihr dabei das Tuch von den Haaren streifte, ließ er sich mit ihr in den Sand sinken. Er spürte ein Verlangen in sich brennen, von dem er bis zu der Begegnung mit Inès geglaubt hatte, dass es ihm abhandengekommen war. Seine Hand fuhr unter ihren Rock, dessen weicher Stoff sich genauso seidig anfühlte wie die zarte Haut ihres Oberschenkels. An seinen Rippen piks-ten zersplitterte Muschelstückchen und abgestorbenen Korallen-teilchen durch sein dünnes Oberhemd, aber er nahm es kaum wahr.

Anfangs gab sie sich seinem Kuss hin, doch als sein Atem schneller ging und seine Berührungen fordernder wurden, stemmte sie sich gegen ihn.

»Nein, Lucien«, flüsterte sie, als er ihren Mund einen Moment freigab.

»Nein?« Er sah sie verständnislos und etwas gekränkt an. »Ich dachte, du würdest es auch wollen.«

»Himmel, ja, aber Xavier ist noch nicht einmal zwei Wochen tot.«

»Er hat dich auch betrogen«, murmelte er in ihre Halsbeuge.

»Wenn ich heute mit dir schlafe, hätte ich das Gefühl, ich würde mich nur rächen wollen. Dazu bist du mir zu wichtig. Außerdem – er war mein Mann, und ich finde, es gehört sich nicht, mit einem anderen zu schlafen, kaum dass er unter der Erde ist.«

»Tut mir leid.« Widerstrebend ließ er sie los und stützte sich seufzend auf den Unterarm. Er erinnerte sich plötzlich wieder daran, dass er das Private eigentlich nicht mit dem Beruflichen hatte vermischen wollen. Wenigstens wollte er zuerst völlig ausschließen können, dass Melissa selbst hinter dem Mord an ihrem Gatten steckte oder zumindest Yannicks Komplizin war, der eigenmächtig entschieden hatte, Luciens Bremsen zu manipulieren.

»Außerdem bist du verheiratet.« Melissa stand auf und klopfte sich Sand vom Rock.

»Nicht mehr lange.« Lucien kam ebenfalls auf die Füße. »Ich werde nicht zu Suzanne zurückkehren.« Nach Wochen des Zögerns war dieser Entschluss soeben geboren worden.

Melissa stand mit dem Rücken zu ihm und warf ihm einen scheuen Blick über die Schulter zu. »Lass mir ein wenig Zeit.«

Lucien umschlang sie von hinten, und sie schmiegte ihren Rücken gegen seine Brust, während sie auf den breiten lachsfarbenen Streifen am Horizont starrten, der immer mehr von violetten Wolken überschattet wurde.

Er küsste ihre Schläfe. »Ich werde mich künftig besser benehmen.«

»Ich wäre enttäuscht gewesen, wenn du mich nicht geküsst hättest«, gab sie zu und lächelte. »Ich meine: Sonnenuntergang am Strand, ich schwärme von alten Zeiten, von vergangenen Küssen und gestehe dir, dass ich in dich verliebt war … Wenn du mich da nicht geküsst hättest, wann dann?«

»Lass uns gehen, sonst tue ich es sofort noch mal«, sagte er rau und löste sich von ihr.

Sie band sich das Tuch wieder in die flatternden Haare und warf einen prüfenden Blick auf das Licht am Horizont. »Wir werden Sturm bekommen.«

»Den Eindruck habe ich auch. Es ist extrem schwül. Meinst du, es wird ein Zyklon?«

»Nein, da hätte die Präfektur bereits Warnstufe eins ausgerufen. Ich schätze mal, ein mittlerer Tropensturm, mehr nicht.«

»Hoffentlich. Die Erfahrung eines Zyklons würde ich Alizée gern ersparen.«

Melissa drehte sich zu ihm um und küsste ihn schnell noch einmal. »Gehen wir noch was essen? Ich lade dich ein.«

Lucien nickte und legte den Arm um sie, als sie zum Auto zurückgingen.

28

Die Abenddämmerung senkte sich über Saint-Pierre, als Alizée und Yannick durch das belebte Ausgehviertel schlenderten, in dem sich Touristen und Einheimische mischten, junge und ältere Leute.

»Es muss schön sein, auf La Réunion zu studieren«, meinte Alizée. »Auf mich wirkt hier alles weniger stressig als zu Hause.«

»Stimmt. Ich vermisse Lyon überhaupt nicht.«

»Ist bestimmt schwer, hier einen Studienplatz zu bekommen.«

»Für Vulkanologie ist es nicht leicht«, gab er zu. »Aber mein Vater hatte gute Beziehungen zum Dekan.«

»Na, wenigstens zu einem«, entschlüpfte es ihr.

Als er sie etwas befremdet ansah, schlug sie sich die Hand vor den Mund. »Verzeih. Ich meine nur, er hat sich viele Feinde gemacht, oder?«

»Das bleibt wohl nicht aus, wenn man erfolgreich ist«, erwiderte Yannick. »Aber ich möchte heute Abend nicht über meinen Vater sprechen.«

»Klar. Wie gesagt – tut mir leid.«

»Schon okay.« Er legte ihr die Hand auf den nackten Oberarm, und die leichte Berührung ging ihr durch und durch.

»Wollen wir hier essen?« Yannick blieb vor einem kleinen Restaurant stehen, auf dessen Terrasse die Lichter aufflammten.

»Gern.«

»Willst du draußen sitzen?« Er wies auf einen freien Tisch auf der Terrasse.

»Ja, cool.« Alizée folgte Yannick zu dem Tisch und hängte ihre Jeansjacke, die sie bei sich hatte, über die Stuhllehne. Nach Sonnenuntergang wurde der Wind, der vom Meer wehte, oft frisch.

Aber noch war die Luft warm und duftete verlockend nach Blüten und Essen.

Der Ober brachte ihnen Speisekarten, sie wählten aus und bestellten.

»Da fällt mir ein, ich habe was für dich. Du hast ja erwähnt, dass du besondere Steine sammelst.« Yannick kramte etwas aus seiner Hosentasche. Vorsichtig wickelte er einen flachen schwarzen Lavastein aus dem Kleenextuch und hielt ihn Alizée hin. »Aus meiner Sammlung vom Piton. Vielleicht gefällt er dir ja.«

»Das ist lieb, zeig mal.« Sie wollte danach greifen.

»Pass auf, der ist so scharf wie eine Messerklinge«, warnte Yannick und legte ihn vorsichtig auf ihre Handfläche.

»Wow.« Sie betrachtete bewundernd den leichten, scharfkantigen Stein, der an einigen Stellen rötlich schillerte. »Er ist toll. Vielen Dank.«

Sie wickelte den Lavastein wieder in das schützende Kleenextuch und ließ ihn in die Brusttasche ihrer Jeansjacke gleiten.

Yannick lächelte sie an und griff nach ihrer Hand, die sie wieder auf den Tisch gelegt hatte. »Den Ausflug zum Piton des Neiges können wir natürlich trotzdem noch machen. Aber das ist mit einer Wanderung verbunden. Bist du gut zu Fuß?«

Alizée nickte und schloss die Finger um seine. Er hatte schöne Hände, schmal und mit langen Fingern, wie ein Pianist. Sein Daumen streichelte zärtlich über ihren Handrücken, und die zarte Berührung schickte einen wohligen Schauer über ihren Nacken. Sie hatte das Gefühl, in seinen Augen zu versinken.

»Hi Leute, ich sehe schon, ich störe – aber ich setze mich trotzdem«, riss eine weibliche Stimme Alizée aus ihren Träumereien.

Unwillig wandte sie ihren Blick von Yannicks liebevoll lächelndem Gesicht ab und richtete ihn auf die junge Frau, die sich auf den Stuhl neben ihr plumpsen ließ. Dünne blonde Haare, Kartoffelnase, eine Hornbrille, die zu dunkel für ihr blasses Gesicht war – sie erkannte die junge Frau wieder, die Yannick ihr auf dem Friedhof als Kommilitonin vorgestellt hatte.

»Was willst du denn hier, Delfine?«, fragte er verärgert.

Sie verzog die schmalen Lippen zu einem Lächeln. »Chéri, ich konnte nicht mehr bis Donnerstag warten. Ich musste dich heute Abend schon sehen.«

Alizée blieb der Mund offen stehen, während Delfine nach einer Speisekarte griff und hineinschaute.

»Woher wusstest du, dass ich hier sein würde?«, fragte Yannick perplex.

Sie zuckte die Schultern. »Habe gewartet, bis du aus dem Haus kommst und dann bin ich dir gefolgt, ganz einfach.«

»Du stalkst mich jetzt also«, knurrte er.

Sie überging die Bemerkung und wedelte mit der Speisekarte. »Hm, nicht billig hier. Aber jetzt kannst du es dir ja leisten.« Sie hob die Mundwinkel zu einem falschen Lächeln.

In diesem Moment brachte der Ober die Vorspeisen, zwei Krabbencocktails auf kreolische Art, sowie eine Flasche Weißwein.

»Ich nehme auch so einen«, sagte Delfine und klappte die Karte zu.

»Yannick, was soll das?« Alizée entzog ihm ihre Hand.

»Ich habe keine Ahnung.« Er warf ihr einen entschuldigenden Blick zu und starrte dann Delfine mit zusammengezogenen Augenbrauen an. »Delfine, hast du nicht den Eindruck, dass wir hier einer zu viel sind?«

»Ja. Die da.« Sie wies mit dem Kinn auf Alizée.

Diese funkelte Yannick wütend an. »Bist du etwa doch mit ihr zusammen, Yannick?«

»Nein, ich schwöre es!«

»Und was tut sie dann hier bei unserem Date?«

»Schätzchen, du kannst ja meinetwegen heute mit ihm ausgehen, da will ich mal nicht so sein – aber Yannick gehört mir«, stellte Delfine klar.

Alizée holte tief Luft. War Yannick eigentlich nur zu sehr Gentleman, um Delfine die Meinung zu sagen oder war er etwa feige? »Das sieht er offensichtlich anders. Also, könntest du uns bitte allein lassen?«

»Ich habe gerade bestellt«, sagte Delfine unverfroren. »Nach dem Dienst, den ich Yannick geleistet habe, ist eine Einladung zum Essen das Mindeste, was er tun kann.«

»Was für ein Dienst?« Alizée hatte eine Vorahnung, dass sie etwas hören würde, was sie lieber nicht wissen wollte.

»Hat dir Yannick nicht erzählt, dass er mich bekniet hat, ihm ein falsches Alibi zu geben?« Sie schenkte sich Wasser aus der Karaffe in das Glas ein, das vor ihr stand.

»Wofür?«, fragte Alizée mit steifen Lippen.

»Na, für den Mord an seinem Vater natürlich.«

»Ist das wahr, Yannick?« Sie sah ihn entsetzt an.

Er mied ihren Blick und nickte.

Sie schluckte.

Bevor sie etwas erwidern konnte, brachte der Ober den dritten Krabbencocktail. »Bon appétit«, rief Delfine fröhlich und pikte ein Stückchen Ananas auf ihre Gabel.

Yannick stocherte nur appetitlos in seiner Schale herum, und auch Alizée schmeckte die süßlich-pikante Vorspeise wie Stroh. Der Zauber des Abends war zerstört. War es möglich, dass ihr Vater Recht hatte und Yannick tatsächlich in den Tod seines Vaters verwickelt war? Und als Nächstes mit seiner attraktiven Stiefmutter anbandeln würde, um an sein Erbe zu kommen?

Delfine beendete mit Genuss ihre Vorspeise und legte die kleine Gabel neben die Glasschale. »Na schön, dann lasse ich euch wieder allein. Aber du solltest mir bei unserem Date am Donnerstag was Besonderes bieten, Yannick.«

»Sonst?«, fragte Alizée kühl.

»Sonst sitze ich Freitag früh beim Kommissar und erzähle ihm, was ich wirklich an jenem Nachmittag gemacht habe. Und dann kann sich der liebe Yannick auf ein Wochenende in der Zelle einstellen. Mindestens. – Tschüss, ihr beiden, viel Spaß noch.« Sie verließ die Terrasse und winkte ihnen von der Straße aus noch einmal zu.

»Es tut mir leid«, murmelte Yannick. »Das ist mir wirklich peinlich.«

»Peinlich ist wohl kaum das richtige Wort dafür, wenn ein falsches Alibi auffliegt. Was bedeutet das alles?« Alizée musterte ihn bestürzt.

»Bitte glaub mir, dass ich nicht mit Delfine zusammen bin, es nie war und das auch überhaupt nicht möchte.«

»Ja, ich glaube dir, dass du einen besseren Geschmack hast. Sie erpresst dich also, weil sie dir ein falsches Alibi gegeben hat.«

Er nickte betreten. »Aber ich habe meinen Vater nicht umgebracht, ich hoffe, du denkst das nicht!«

»Nein, das denke ich nicht«, bestätigte Alizée, doch es klang nicht sehr überzeugt.

»Er war nicht immer ein toller Vater und – ja, ich habe Geld geerbt, aber deswegen bringt man doch keinen um.« Er wollte wieder nach ihrer Hand greifen, aber Alizée zog ihre Hände zurück und legte sie auf die Tischkante.

Der Ober servierte die Hauptspeise.

»Willst du dich von Delfine erpressen lassen oder dem Kommissar die Wahrheit gestehen?«, erkundigte sie sich, als der Kellner außer Hörweite war.

»Ich habe noch nicht darüber nachgedacht. Sie erpresst mich erst seit heute Vormittag.«

»Die muss einen Knall haben. Und kein bisschen Stolz.«

»Ich glaube, sie ist schon lange in mich verknallt.«

»Pfff«, machte sie verächtlich. »Ist ja eine tolle Basis für eine Beziehung, wenn man den anderen dazu erpressen muss.«

Yannick presste die Fingerspitzen gegen die Schläfen. »Ich weiß nicht, wie ich aus der Nummer rauskommen soll, ohne in den Knast zu gehen.«

»Deine Stiefmutter ist doch auch schnell wieder entlassen worden, weil es keine Beweise gab. Oder ist das bei dir anders?« Alizée legte misstrauisch den Kopf schief.

Er seufzte. »Na, ich kenne immerhin das Terrain des Vulkans recht gut, und es wäre plausibel, dass mein Vater mich kurz vor dem Ausbruch mit raufgenommen hat. Außerdem wäre ich kräftig und groß genug, um ihm einen Stein über den Kopf schlagen zu können. Und natürlich würde man an einigen meiner Schuhe Spuren des Piton finden. All das trifft auf Melissa nicht zu.«

Sie verzehrten schweigend ihr Abendessen.

»Was machen wir jetzt?«, erkundigte sich Yannick, nachdem er die Rechnung bezahlt hatte.

»Ich werde nach Hause fahren.«

»Willst du nicht mehr in einen Klub gehen?«

Alizée schüttelte bedrückt den Kopf. »Danach ist mir nicht mehr.«

»Mir auch nicht«, gab er zu. »Dumm gelaufen heute Abend. Hatte ich mir anders vorgestellt.« Er sah sie ein wenig traurig an.

»Ich mir auch. Aber vielleicht soll es eben nicht sein.« Sie dachte daran, dass sie die Insel in ein oder zwei Wochen wieder verlassen musste und dann neuntausenddreihundert Kilometer zwischen Yannick und ihr liegen würden. Wenn sie sich in ihn verlieben würde, wäre Herzschmerz vorprogrammiert. Und davon hatte sie in letzter Zeit genug gehabt.

Er biss sich auf die Lippen. »Ich bring dich nach Hause.«

Ganz Kavalier hatte er sie zu Beginn des Abends bereits abgeholt. Die Polizei hatte Xaviers Geländewagen inzwischen freigegeben, und Melissa hatte ihn Yannick überlassen.

Sie fuhren schweigend die wenigen Kilometer zu Luciens Wohnviertel am Stadtrand. Yannick hielt vor Ségolènes Häuschen, in dem Licht brannte.

»Danke für das Abendessen. Mach's gut«, sagte Alizée gepresst und wollte ihren Sicherheitsgurt lösen. Es gelang ihr nicht, und sie zottelte nervös am Schloss herum.

»Warte, ich helfe dir. Der Verschluss klemmt.« Yannick beugte sich zu ihr und löste behutsam den eingeklemmten Gurtverschluss. Sein Gesicht war dem ihren sehr nahe, und ihre Blicke trafen sich. Kaum eine Sekunde später fanden sich ihre Lippen zu einem zarten Kuss, und er zog sie in die Arme.

Alizée entwand sich Yannicks Armen, bevor sie vollends schwach wurde. »Kläre erst mal deine Angelegenheiten. Gute Nacht.«

Er seufzte. »Gute Nacht, Alizée.«

Während der Geländewagen davonfuhr, ging sie langsam durch den kleinen Vorgarten auf das Haus zu und öffnete es mit dem Zweitschlüssel, den Lucien ihr gegeben hatte.

Ihr Vater saß mit einem Glas Wein auf der Couch und schaute die Spätausgabe der Nachrichten. Alizée ließ sich neben ihn sinken.

»Was ist los? Hat er sich daneben benommen?«, fragte Lucien alarmiert mit einem Blick auf ihr verstörtes Gesicht.

»Nein, nur ...« Sie kaute auf ihrer Unterlippe herum. »Okay, ich glaube, du solltest das sowieso erfahren: Yannick hat sich ein falsches Alibi geben lassen, und nun wird er erpresst.«

»Von wem? Der Studentin, bei der er angeblich war?«

»Genau.« Sie schenkte sich ein Glas Rotwein ein und berichtete ihrem Vater von dem Intermezzo mit Delfine.

»Ach herrje – so ein Dummkopf. Nun, wenigstens erspart mir das, sein Alibi nachzuprüfen.«

»Was soll ich jetzt machen? – Ach, was frage ich dich, du wirst mir sagen, ihn zum Teufel zu schicken«, brummelte sie.

»Als Vater würde ich dir das empfehlen. Für mich als Privatdetektiv wäre es allerdings vorteilhaft, du würdest dir ein Türchen offen lassen. Wir werden uns nämlich in seiner Wohnung umsehen müssen – und da ich keine Chance habe, einen Durchsuchungsbeschluss zu erhalten, müssen wir uns eben auf andere Weise Zutritt verschaffen.«

Alizée fand die Aussicht, Detektiv zu spielen, auf einmal weit weniger amüsant als zuvor. Sie wollte Yannick nicht hintergehen und ausspionieren. Und sie hatte Angst, ihr Vater würde etwas finden, was seine Schuld bewies.

»Du bist ganz schön berechnend geworden«, klagte sie und nippte an ihrem Glas. »Früher hast du dir ein Bein ausgerissen, um mich von deinem Berufsleben fernzuhalten.«

Lucien strich ihr zärtlich über die Wange. »Ich habe leider nicht die Wahl. Aber ich werde dafür sorgen, dass du nicht in Gefahr gerätst.«

»Ich glaube nicht, dass mir Gefahr von Yannick droht.«

»Das mit dem erlogenen Alibi gefällt mir gar nicht, das ist ein schlechtes Zeichen.« Lucien dachte nach. »Du könntest morgen noch mal mit ihm ausgehen und dabei versuchen, an seinen Wohnungsschlüssel zu kommen. Ich werde mich versteckt in der Nähe halten. Du wirst mir den Schlüssel zuspielen, und während ihr im Kino seid oder wo auch immer, werde ich einen Zweitschlüssel anfertigen lassen. Ich gebe dir heimlich den Originalschlüssel zurück, und du steckst ihn ihm wieder zu, bevor ihr euch voneinander verabschiedet.«

»Ob das funktioniert?«, murmelte sie skeptisch.

»Es ist einen Versuch wert. Du sagtest, Yannick hat Donnerstagabend ein Treffen mit dieser Delfine – in der Zeit kann ich mich bequem bei ihm umsehen.«

Bei der Vorstellung, Yannick bereits am nächsten Tag wiederzusehen, mischten sich Freude, Angst und Beklemmung in Alizée.

»Kannst du nicht erst mal Melissa fragen, ob sie einen Zweitschlüssel zu seiner Wohnung hat? Ich könnte mir vorstellen, dass sein Vater einen Schlüssel hatte.«

»Vielleicht würde Melissa es ihm aber stecken, und dann ist er gewarnt. Solange wir nicht ausschließen können, dass die beiden gemeinsame Sache machen …«

»Aber warum haben sie sich dann nicht gegenseitig ein Alibi gegeben?«

»Dann könnte man sofort darauf kommen, dass sie unter einer Decke stecken.«

»Deine Verabredung mit Melissa heute war wohl auch nicht so toll, was?« Sie studierte aufmerksam sein Gesicht, das nicht besonders heiter wirkte. »Noch gestern warst du überzeugt davon, dass sie mit dem Mord nichts zu tun hat. Hast du bei deiner Durchsuchung was gefunden?«

»Nein.« Er nahm ihre Hand. »Weder Yannick noch Melissa stehen auf meiner Verdächtigenliste ganz oben – aber ausschließen werde ich es erst können, wenn es Beweise gibt, dass jemand anders Xavier getötet hat.«

»Soll ich Yannick jetzt anrufen?«, fragte sie mit steifen Lippen.

»Schlaf eine Nacht drüber. Wenn du es nicht tun willst, musst du es nicht. Falls du dich morgen früh dafür entscheidest, ist immer noch Zeit, ihn anzurufen und ihm ein Date vorzuschlagen.«

Alizée nickte und leerte ihr Weinglas. »Ich gehe jetzt ins Bett, ich bin müde. Gute Nacht.« Sie küsste ihn auf die Wange und verschwand im Bad.

Kurz darauf legte sie sich ins Bett und fiel bald in unruhigen Schlaf. Sie träumte wirre Dinge, die sich um Yannick drehten. In einem Traum besaß sie einen riesigen Zweitschlüssel zu seiner Wohnung, mit dem sie die Tür öffneten, als sie gemeinsam zu ihm gingen. Yannick führte sie zu seinem Bett, auf dem ein großer blutiger Stein lag, den er einfach hinunterschubste. Alizée bemerkte mit erschreckter Faszination, dass der Stein in einen glühenden Lavastrom fiel, der unter Yannicks Bett floss. Dann lag sie in seinen Armen, und sie küssten sich leidenschaftlich. Doch plötzlich drückte Yannick ihr die Kehle zu. Sie bekam keine Luft mehr und kämpfte um ihr Leben.

»Alizée, wach auf!«

Sie schlug um sich, und Yannick ließ von ihrer Kehle ab, um ihre Handgelenke zu packen. »Nein!«, wimmerte sie.

»Alizée!« Sie fühlte sich an der Schulter gerüttelt und kam langsam zu sich. Ihr wurde bewusst, dass es ihr Vater war, der sie festhielt, nicht Yannick. Als sie still hielt, gab Lucien sie frei.

»Was hast du geträumt?«, fragte er besorgt. »Du hast geschrien und um dich geschlagen.«

Bei der Erinnerung an den Albtraum begann sie zu weinen.

»Schatz, es wird alles gut.« Lucien zog sie tröstend in die Arme und wiegte sie leicht hin und her. Stockend berichtete sie ihm von dem Traum.

»Vergiss, was ich gestern gesagt habe. Wir lassen die Idee fallen«, meinte er gepresst. »Ich finde andere Wege, mich bei Yannick umzusehen. Du musst ihn nicht wiedersehen, wenn du nicht willst.«

»Ich will ja«, schluchzte sie. »Aber nur, wenn er kein Mörder ist.«

Lucien streichelte beruhigend ihr wirres Haar. »Das wird sich alles bald aufklären.«

»Pfff!«, machte sie verächtlich. »Bis du das aufgeklärt hast, muss ich nach Paris zurückfliegen.«

Er seufzte. »Das musst du so oder so. Besser, du fängst nichts mit Yannick an, selbst wenn er unschuldig ist. Versuch jetzt weiterzuschlafen.«

Sie nickte folgsam und ließ sich in die Kissen zurücksinken.

29

»Commissaire, was soll das?«, fragte Ermittlungsrichter Payot genervt. »Ohne echte Indizien kann ich keine Untersuchungshaft für Monsieur Brissard anordnen, nur weil Sie meinen, Sie hätten es im Gefühl, dass der Mann seinen Schwager erschlagen hat. Haben Sie die Gesetze vergessen oder was? Wir hatten bereits den gleichen Sachverhalt bei der Schwester.«

»Er hat beim Alibi gelogen, das ist verdächtig«, beharrte Talon.

»Es steht Aussage gegen Aussage. Wenn er mit Ihrer Frau zusammen war, wie es im Vernehmungsprotokoll steht, hat diese natürlich Gründe zu leugnen. Und Sie haben Gründe, den Verdächtigen hinter Gitter sehen zu wollen. Ich frage mich, ob ich Sie nicht wegen Befangenheit von dem Fall abziehen lassen sollte.«

»Nein, alles in Ordnung, ich habe das unter Kontrolle«, beteuerte Talon hastig. »Die Affäre zwischen Monsieur Brissard und meiner Frau ist beendet, das hat sie mir geschworen, und ich glaube ihr.«

»Mag ja sein, aber hegen Sie keinen Groll gegen Monsieur Brissard?«, fragte Richter Payot ungläubig.

Talon wand sich innerlich vor Unbehagen. »Vergeben und vergessen.«

»Außerdem hat Maître Bellancourt sich über Ihre Methoden beschwert. Wenn Sie das nächste Mal jemanden zur Befragung mitnehmen, dann bitte ohne Handschellen.«

»Monsieur le Juge, bei Kapitalverbrechen setzen wir für vorläufige Festnahmen immer Handschellen ein, das wissen Sie doch sicher.«

»Mag sein, aber die Familie von Xavier Lefèvre ist ja nun nicht mit Schwerverbrechern gleichzusetzen«, tadelte Payot.

»Brissard hat sich widersetzt«, behauptete Talon. »Glauben Sie mir, bei so einem Muskelprotz ist es schwer, ihn ohne Handschellen ins Auto zu bekommen. Und wenn ich einen Durchsuchungsbeschluss kriege, werde ich Ihnen die Indizien bringen, die Sie benötigen.«

»Kein Durchsuchungsbeschluss aufgrund von bloßen Vermutungen«, erwiderte der Richter ungerührt. »Und jetzt entschuldigen Sie mich, Commissaire.«

Grummelnd verließ Talon das Büro des Richters. Offensichtlich hatten sich alle gegen ihn verschworen. Es kam gar nicht infrage, dass er sich wegen Befangenheit von dem Fall abziehen ließ. Zwar hatte er auch so schon genug zu tun, aber der Fall Lefèvre war tatsächlich eine zu persönliche Angelegenheit für ihn, um ihn freiwillig abzugeben. Das käme einer Schlappe gleich. Der Polizeichef hätte seine Bestätigung, dass Kommissar Talon nicht in der Lage war, diesen Fall zu Ende zu bringen. Und wie peinlich, wenn dadurch alle Welt davon erfahren würde, dass seine Ehefrau eine Affäre hatte! Noch dazu mit einem Tatverdächtigen. Langsam machte er sich auf den Rückweg ins Kommissariat.

Immerhin hatte er die Genugtuung, dass er die Vernehmung von Denis Brissard am Vorabend so lange hatte hinauszögern können, bis der Ermittlungsrichter nicht mehr im Dienst war und der Verdächtige die Nacht in seiner Arrestzelle hatte verbringen müssen.

Bevor er ihn freiließ, gönnte sich Talon noch eine kurze Kaffeepause.

Als er endlich die Zelle öffnete, lag Denis in entspannter Haltung auf seiner Pritsche und starrte an die Decke. Sein Kopf ruhte auf seinem flachen breiten Haarknoten wie auf einem Kissen.

»Sie können gehen, Brissard«, knurrte Talon.

Der Réunionese erhob sich mit der Geschmeidigkeit einer Raubkatze.

»Aber ich warne Sie nochmals: Lassen Sie in Zukunft die Finger von meiner Frau!«

Denis zuckte die Schultern und lächelte ihn an, dass seine weißen Zähne im Halbdunkel nur so blitzten. »Sie haben es ja gehört – wir haben schon vor Wochen Schluss gemacht. Ich dachte, Sie vertrauen ihr?«

»Ihr schon, aber dir nicht. Und jetzt zisch ab.«

An diesem Vormittag war der Himmel wolkenlos blau, nur ein wenig dunstig. Trotz der Sturmwarnung für den Tag darauf regte sich noch kein Lüftchen, und Saint-Pierre lag wie unter einer Dunstglocke.

Lucien hatte bereits sein Fitnessprogramm absolviert, das er trotz der schwülen Hitze fast jeden Morgen eisern durchzog. Danach hatte er geduscht, Baguette geholt, das Frühstück zubereitet und Alizée geweckt. Nun hatten sie es sich auf der Veranda des Häuschens gemütlich gemacht.

Alizée wippte mit dem Schaukelstuhl vor und zurück, dachte an Yannick und grübelte. Sie war sehr blass, und Lucien blickte immer wieder von seiner Tageszeitung auf, um sie besorgt zu mustern. Nach dem Tod ihres Bruders und nachdem ihr letzter Freund sie sitzengelassen hatte, sollte sie nicht schon wieder Kummer haben müssen. Er wünschte sich nichts mehr als sie wieder so fröhlich und unbekümmert zu sehen wie früher.

Sein Handy klingelte, und Melissas Foto erschien im Display. Er meldete sich sofort.

»Ich komme gerade aus dem Fitnessstudio«, begann sie, und ihre Stimme klang verstört. »Ich war dort, um Valérie Talon zu treffen, und wir hatten gerade ein vertrauliches Gespräch. Ich habe sie gebeten, die Wahrheit zu sagen, um Denis' Alibi zu bestätigen und ihn zu entlasten. Aber sie hat mir geschworen, dass sie wirklich nicht mit ihm zusammen war an jenem Nachmittag. Dass es tatsächlich aus ist zwischen ihnen.«

»Und du glaubst ihr?«

»Ja, sie wirkte ehrlich. Und sie sagte, sie hätte Kreditkartenbelege von jenem Nachmittag, die beweisen, dass sie um diese Uhrzeit einkaufen war – und nicht im Bett mit meinem Bruder. Ihrem Mann hat sie die aber noch nicht gezeigt, um Denis nicht unnötig zu belasten.«

»Also hat Denis gelogen. Mist!« Lucien schlug mit der Hand auf den Tisch.

»Ist das strafbar?«, fragte Melissa ängstlich.

»Nein, aber er macht sich damit noch verdächtiger. Gibt es was Neues von ihm?«

»Nein. Was machst du heute?«

»Ich wollte …« Er unterbrach sich gerade noch rechtzeitig. Melissa sollte lieber nichts davon wissen, dass er sich Yannick vorknöpfen wollte. Je eher er ihn als Verdächtigen ausschließen oder bestätigen konnte, desto besser für Alizée.

»Ich melde mich später bei dir, ich bekomme einen anderen Anruf«, sagte sie hastig und unterbrach die Verbindung.

Lucien warf das Handy auf den Tisch und rieb sich die Augen.

»Was ist los?«, fragte seine Tochter.

»Yannick ist nicht der einzige, der bei seinem Alibi gelogen hat.«

In diesem Moment kam ein athletischer braunhäutiger Mann in Sportkleidung mit geschmeidigen Schritten durch den Vorgarten.

»Wenn man vom Teufel spricht«, brummte Lucien und erhob sich. »Wann haben sie dich freigelassen?«

Denis klopfte ihm zur Begrüßung auf die Schulter und beugte sich dann zu Alizée hinunter, um ihr die Wangen zu küssen. »Gerade eben. Ich wollte dich fragen, ob du mich nach Hause fahren kannst. Ich habe mein Handy nicht dabei, sonst hätte ich Melissa angerufen.«

»Kann ich machen. Aber setz dich doch erst mal.« Lucien wies auf den freien Stuhl an dem kleinen Holztisch und ging ins Haus, um einen weiteren Stuhl zu holen. »Willst du einen Kaffee?«, rief er Denis von drinnen aus zu.

»Bei der Hitze, bist du verrückt? Hast du ein Bier?«

»Klar.« Lucien kehrte mit einem Stuhl und einer Flasche Bier zurück. Er setzte sich Denis gegenüber. »Du hast bei deinem Alibi gelogen, stimmt's?«

Denis setzte die Flasche an die Lippen und trank durstig ein paar Schlucke. Dann nickte er.

»Warum? Wo warst du wirklich?«

»Zu Hause. Habe ein langes Nickerchen gemacht zwischen den Vormittags- und den Abendkursen. Ich bin nicht mehr der Jüngste, und da ...«

»Schon gut. Aber warum hast du ausgerechnet die Frau des Kommissars als Alibi angegeben? Kennst du kein Mädchen, das für dich gelogen hätte?«

»Valérie war die erste, die mir einfiel, als ich Talons Visage gesehen habe. Ich wollte ihm gleichzeitig eins auswischen.«

»Seid ihr nun noch zusammen oder nicht?«

»Nein.«

»Aber dann war es doch klar, dass sie nicht für dich lügen würde, oder?«

»Ich habe darauf spekuliert, dass es klar ist, dass sie leugnet, wieder mit mir zusammen gewesen zu sein.«

»Ganz schön raffiniert«, warf Alizée aus dem Hintergrund ein.

»Hey! Wenn vor dir ein rachsüchtiger Kriminalkommissar mit den Handschellen klimpert, dann würdest du auch erfinderisch werden«, verteidigte sich Denis.

Alizée grinste. »Ja, das glaube ich dir!«

Lucien faltete seine Zeitung zusammen. »Da du gerade hier bist, Denis: Wie gut kennst du Yannick? Kannst du mir was über das Verhältnis von Yannick zu seinem Vater und zu Melissa erzählen?«

»Ich kenne ihn nicht besonders gut, wir sind uns höchstens drei- oder viermal begegnet. Er lebt ja erst seit einem Jahr auf La Réunion. Soviel ich von Melissa weiß, hat er sich mit seinem Vater nicht immer gut verstanden, aber ich halte den Jungen nicht für einen Mörder.« Denis trank sein Bier. »Mit Xavier bin ich nie so richtig warm geworden. Er war immer ziemlich gönnerhaft mir gegenüber.«

»Nach allem, was ich über ihn höre, frage ich mich, warum Melissa ihn überhaupt geheiratet hat.«

»Oh, sie war sehr in ihn verliebt. Er war recht attraktiv, erfolgreich in seinem Beruf, hat die Sicherheit vermittelt, nach der sie sich gesehnt hat. Ein Mann zum Anlehnen eben. Er hat sie bestimmt auch geliebt, aber auf eine etwas kühlere, rationellere Art ...«

»Naturwissenschaftler sind halt selten Romeos. Genauso wenig wie Kriminalkommissare«, fügte Lucien selbstkritisch hinzu.

»Ach komm, Junge, du hast réunionesisches Blut, in dir schlummert sicher ein leidenschaftlicher und romantischer Liebhaber.« Denis lachte.

»Vielleicht, aber dann schläft er seit zwanzig Jahren wie Dornröschen – wenn ich meiner Frau glauben darf.«

»Frauen sind eh nie zufrieden, egal wie du es anstellst.«

»Ist ja gar nicht wahr!«, protestierte Alizée empört.

Denis lächelte sie an. »Du darfst mir gern das Gegenteil beweisen.«

»Stop!«, sagte Lucien entschieden, und Denis grinste.

Luciens Smartphone klingelte, und eine ihm unbekannte Handynummer erschien im Display. Er meldete sich.

»Hier ist Inès«, sagte eine leise Stimme. »Ich wollte mal Hallo sagen – nicht dass Sie denken, ich hätte Sie vergessen.«

»Habe ich nicht«, versicherte er. »Bei mir war viel los. Wie geht es Ihnen?«

»Ganz gut. Haben Sie was Neues, was Xaviers Tod betrifft?«

»Ich bin dran«, erwiderte er vage.

»Ich weiß – ich habe Sie am Samstag in den Nachrichten gesehen.«

»Das hat wohl die halbe Insel«, knurrte er.

»Didier hat es auch gesehen. Er hat Sie erkannt und war ziemlich sauer wegen Ihrer Komödie mit der *Sécu*.«

»Da Sie gerade dran sind: Wo war er am Samstagabend?«

»Wir haben uns mit Freunden zum Essen getroffen.«

»Und war er die ganze Zeit bei Ihnen, auch in der Nacht?«

»Ja. Wieso?«

»Meine Bremsen sind in der Nacht von Samstag zu Sonntag sabotiert worden, und ich hätte fast einen gefährlichen Unfall gehabt.«

»Ist Ihnen was passiert?«, fragte Inès erschrocken.

»Nein, aber es war knapp.«

»Wie kommen Sie auf Didier?«

»Ich dachte mir, falls er uns am Mittwoch zusammen gesehen und die falschen Schlüsse gezogen hat, könnte er mir nachgefahren sein, um meine Adresse herauszufinden.«

Sie dachte kurz nach. »Am Mittwochabend war er zu Hause, als ich von unserem Treffen zurückgekommen bin. Und in der Nacht zu Sonntag hätte ich sicher mitbekommen, wenn er das Bett verlassen hätte – ich habe schlecht geschlafen.«

»Alles okay bei Ihnen, Inès?«

»Ich glaube, ich werde ihn verlassen, sobald ich den Mut finde«, wisperte sie.

Das freut mich, wollte Lucien sagen und konnte die unpassende Bemerkung gerade noch hinunterschlucken.

In die Gesprächspause hinein drangen Hintergrundgeräusche des Friseursalons, er hörte Wasser plätschern und das Rauschen einer Trockenhaube.

»Sie müssen die Entscheidung treffen, mit der Sie sich wohlfühlen«, meinte er schließlich.

»Vielleicht können wir mal bei einem Essen darüber reden?«

Lucien zögerte. Zwischen den aufkeimenden Gefühlen für Melissa, ihrem leidenschaftlichen Kuss am Vorabend, ihrer Zurückweisung und der spontanen Anziehungskraft, die er für Inès empfand, herrschte gerade Chaos in seinem Gefühlsleben – und wie immer bei solchen Problemen, die sich nicht durch analytisches Denken lösen ließen, zog er sich zurück. Auch wenn Melissa ihm klargemacht hatte, dass sie derzeit nichts mit ihm anfangen wollte, hatte er das Gefühl, Verrat an ihr zu begehen, wenn er mit der Frau ein Rendezvous hatte, mit der bereits ihr Mann sie betrogen hatte.

»Ich würde gern, aber meine Tochter ist überraschend aus Paris zu Besuch gekommen und hier ist im Moment viel los«, wich er aus. »Am Montag war Xaviers Beerdigung ...«

»Da wäre ich sicher nicht willkommen gewesen, daher habe ich mich nicht blicken lassen.«

»Das war sicher besser«, bestätigte er.

»Also haben Sie keine Zeit, sich mit mir zu treffen?« Sie klang enttäuscht, und so versprach er: »Wir sehen uns wieder. Nur in den nächsten Tagen wird es schwierig, da ich auch mitten in den Ermittlungen stecke.«

»Sagen Sie mir Bescheid, wenn Sie wissen, wer es getan hat? Ich möchte es natürlich auch gern erfahren. – Es sei denn, es war doch mein Mann, dann werde ich es ja merken, wenn sie ihn in Handschellen abführen.« Sie lachte unfroh auf.

»Ich melde mich bei Ihnen. So oder so. Und wir gehen mal miteinander essen.« Lucien lächelte.

»Ich muss Schluss machen«, sagte sie hastig. »Meine nächste Kundin ist da.«

»Machen Sie es gut, und passen Sie auf sich auf.«

Als Lucien sein Smartphone auf den Tisch zurücklegte, fühlte er Denis' neugierigen Blick auf sich gerichtet. Er legte den Kopf schief und grinste Lucien an.

Lucien hob abwehrend die Hände. »Das war rein beruflich. Ich meine, es hatte mit dem Fall zu tun.«

»Ja, klar. Das war deinem verklärten Lächeln deutlich anzumerken, mein Guter.« Denis' Zähne blitzten in seinem amüsierten Gesicht.

»Tut mir leid, wenn ich dir ein Date versaue«, erklang Alizées Stimme aus dem Hintergrund. »Aber du darfst ruhig ohne mich ausgehen, tu dir keinen Zwang an.«

Er wandte sich zu ihr um. »Ach, verstehst du nun doch kreolisch?«

»Na ja, eine richtige Fremdsprache ist es ja nun nicht. Wie Yannick sagte – man gewöhnt sich dran.«

»Wer ist die Braut?«, wollte Denis gespannt wissen.

Lucien schwieg.

»Jemand, der Xavier gekannt hat, aber nicht bei seiner Beerdigung war ...« Er legte die Stirn in grüblerische Dackelfalten. »Ach, alles klar. Das war seine Geliebte, stimmt's?«

»Der Kandidat hat hundert Punkte.«

»Dann ist es besser, du lässt die Finger von ihr. Erstens, weil ihr Mann möglicherweise ein eifersüchtiger Mörder ist und zweitens, weil es Melissa wehtun würde, wenn du auch noch ...«

Lucien seufzte.

»Sie mag dich sehr, glaube ich.«

»Ja, platonisch.«

»Lass ihr ein bisschen Zeit. Sie ist frisch verwitwet, was erwartest du?«

»Du hast recht.«

Denis leerte seine Flasche und stellte sie auf den Tisch. »Können wir fahren? Ich habe heute Nachmittag einen Termin zum Personal Training, den will ich nicht auch noch ausfallen lassen. Ich werde eh schon Stress mit dem Studio kriegen, weil ich gestern und heute Vormittag so kurzfristig nicht gekommen bin.«

»Ist ja nicht deine Schuld.«

»Soll ich denen etwa sagen, dass ich in Haft war wegen Mordverdacht??!«

»Nein, würde ich auch nicht tun.« Lucien holte seine Wagenschlüssel aus dem Haus.

»Kann ich mitkommen?«, fragte Alizée.

»Wenn du möchtest.« Lucien hatte einen Nachbarn gefunden, in dessen Garage er den Wagen nun nachts unterbringen durfte. Das Risiko erneuter Sabotage war also minimiert.

Sie fuhren Denis nach Hause und holten sich auf dem Rückweg aus einer Garküche Samoussas, mit Fleisch und Gemüse gefüllte Teigdreiecke.

»Glaubst du, er könnte es gewesen sein?«, fragte Alizée, als sie ihren Mittagsimbiss mit Blick aufs Meer verzehrten.

»Nein. Denis ist einer der nettesten, friedlichsten Menschen, die ich kenne.«

»Du hast ihn aber nur früher gut gekannt – Menschen ändern sich«, gab sie zu bedenken.

»Das Motiv ist mir einfach zu klein – er hätte Xavier nicht hinterrücks erschlagen, weil dieser Melissa mal eine geklebt hat. Allenfalls hätte er sich mit ihm geprügelt – und davon fehlte an der Leiche jede Spur.«

»Vielleicht gab es noch andere Motive. Melissa könnte ihn dazu angestiftet haben.«

»Spielst du jetzt Kommissar Talon oder was?«, fragte Lucien halb verärgert, halb belustigt.

»Dachte, es hilft dir beim Abwägen. Ihr lasst doch eurer Fantasie freien Lauf und benutzt solche Kreativtechniken, hast du mal erzählt.«

»Passt es dir nicht vielmehr gut, wenn Yannick dadurch unschuldiger wirkt?«

»Ja, das natürlich auch«, gab sie unumwunden zu.

»Hast du dich entschieden, ob du mir helfen möchtest, an seinen Schlüssel zu kommen?«

»Sag mal, hat ein eventueller Beweis vor Gericht überhaupt Bestand, wenn du mit solchen Methoden in seine Wohnung gelangst?«, wollte sie kritisch wissen.

»Hach, da spricht die Kommissarentochter! Nein, hat er nicht, denn theoretisch könnte ich Yannick ja auch was unterjubeln, was ihm gar nicht gehört. Außerdem wäre es natürlich nicht legal, auf diese Weise ohne sein Einverständnis seine Wohnung zu betreten – selbst wenn mir Melissa einen Zweitschlüssel geben würde.«

»Dann sollten wir es lassen«, meinte Alizée fest.

»Gut. Inzwischen hatte er sowieso reichlich Zeit, eventuelle Beweise zu vernichten.« Er wischte sich Blätterteig-Krümel vom Mund.

»Was sagt eigentlich dein Bauchgefühl?«

»Nichts.« Lucien starrte mit zusammengekniffenen Augen über den tiefblauen Ozean. »Ich bin in dieser ganzen verdammten Geschichte einfach nicht objektiv genug. Wenn ich hier der ermittelnde Kommissar wäre, müsste ich mich von dem Fall abziehen lassen. Aber Melissa zählt auf mich, ich werde es wenigstens versuchen.«

»Was ist mit dem Senator aus Saint-Denis?«

»Der wirkt auf mich verdächtiger als alle anderen. Gleichzeitig ist es am schwersten, an den heranzukommen.«

»Soll ich mit ihm ausgehen, damit du an seinen Wohnungsschlüssel herankommst?«, scherzte sie.

»Bloß nicht! Das würde mir noch viel weniger gefallen, als wenn du mit Yannick ausgehst.« Er zauste ihr liebevoll das in der Meeresbrise flatternde Haar.

30

Am Donnerstagmorgen verdüsterte sich der Himmel. Das aufgewühlte Meer bekam eine fahle bleierne Farbe. Die Präfektur in Saint-Denis gab eine Sturmwarnung heraus. Allerdings drohte kein Zyklon, sondern nur ein gewöhnlicher kleiner Tropensturm, der weitaus weniger Sicherheitsmaßnahmen erforderte.

Pascal Talon begann den Tag mit einer Teambesprechung. Der Fall Lefèvre schien in einer Sackgasse zu enden; nach zwei Wochen waren die Spuren bereits erkaltet, und es war zu befürchten, dass die Akte auf dem Stapel ungeklärter Tötungsdelikte landen würde. So viele Verdächtige, und niemandem konnte etwas bewiesen werden, es war zum Verzweifeln. Allen voran dem Senator für Forschung und Finanzen, der unter Delabordes persönlichem Schutz stand und gegen den er nicht ermitteln durfte.

Zu gern hätte Talon auch den Namen von Lucien Mahé als Verdächtigen an der Magnettafel des Büros hängen sehen, aber der hatte leider ein wasserdichtes Alibi. Fünf Personen hatten bestätigt, dass er sich zur Tatzeit im Haus seiner Mutter in Saint-Benoît aufgehalten hatte. Von allen war er der einzige mit einem hieb- und stichfesten Alibi.

An diesem Morgen saß er nicht wegen Lefèvre mit seinem Team zusammen, sondern wegen eines neuen Tötungsdelikts, zu dem er am Vortag gerufen worden war. Es schien sich um eine klassische Beziehungstat zu handeln, bei der Drogen involviert gewesen waren – ein Zusammenhang mit dem Mord an Lefèvre konnte also ausgeschlossen werden.

Routiniert verteilte Talon die Aufgaben unter seinen Mitarbeitern.

»Besuch für Kommissar Talon«, meldete der Polizeibeamte, der an diesem Tag im Empfangsbüro Dienst hatte.

Talon erhob sich, halb erleichtert, halb ungehalten über die Unterbrechung. »Ich komme. Wer ist es?«

»Ein Ingo Steinert.«

Talon dachte kurz nach. »Ach ja, das ist dieser Vulkanologe. Schicken Sie ihn in mein Büro. – Wir machen danach weiter, Leute«, sagte er zu seinen Mitarbeitern. »Und dann ist Themenwechsel – wir müssen uns um die Sturmwarnung kümmern.«

Der junge deutsche Vulkanologe stand mit Französisch genauso auf Kriegsfuß wie Kommissar Talon mit Englisch, aber als Elsässer war sein Deutsch recht passabel, und so hatte er den Vulkanologen bereits in Deutsch befragt, als er alle Alibis überprüft hatte.

»Herr Steinert, was führt Sie zu mir?«, erkundigte er sich und bot seinem Besucher den Stuhl vor seinem Schreibtisch an.

»Ich hatte Ihnen gesagt, dass Marc Vergnier an jenem Tag, als Monsieur Lefèvre gestorben ist, den ganzen Nachmittag bis zum frühen Abend mit mir im Observatorium war«, begann er zögernd und kratzte sich die Wange unter dem blonden Bart.

Talon blickte ihn abwartend an und trommelte ungeduldig mit dem Kugelschreiber auf seiner Schreibtischplatte herum. »Und?«

»Das stimmt nicht. Marc Vergnier hat das Observatorium ungefähr um fünfzehn Uhr verlassen, etwa zur gleichen Zeit, als auch Xavier verschwunden ist. Xavier und Marc haben zusammen im Büro gesessen. Ich ging ins Labor, und als ich nach rund zwanzig Minuten wiederkam, stand die Tür zu Xaviers Büro offen und beide waren nicht mehr da.«

»Hat Sie das nicht gewundert?«

»Nein. Marc hatte schon vorher erwähnt, dass er früher gehen müsste, weil er noch einen Termin in Le Tampon hatte. Und Xavier, nun ja, er ist der Chef. Ich meine, er muss sich nicht rechtfertigen, wenn er mal früher geht.«

»Aber ist so kurz vor einem Vulkanausbruch nicht besonders viel zu tun im Observatorium?«

»Zu Xaviers Aufgaben gehörte es auch, die nötigen Sicherheitsmaßnahmen mit Gendarmerie und Verkehrspolizei zu koordinieren und den Medien Interviews zu geben. Ich dachte, er hätte wahrscheinlich einen solchen Termin und hätte bestimmt auch kurz Bescheid gesagt, wenn ich am Platz gewesen wäre. Nein, ehrlich gesagt, habe ich mich nicht gewundert.«

»Und auch nicht, als er am nächsten Morgen um neun Uhr noch nicht im Büro war?«

Ingo Steinert zuckte die Schultern. »Da ich Spätschicht hatte, war ich am nächsten Vormittag ebenfalls nicht im Observatorium, erst ab Mittag – und da hatten sie Xaviers Leiche gerade gefunden. Danach hat Marc mich gebeten, der Polizei zu sagen, er wäre mit mir bis um achtzehn Uhr im Observatorium gewesen.«

»Kam Ihnen das nicht merkwürdig vor?«

»Ich habe ihn natürlich nach dem Grund gefragt, und er sagte, er wäre bei einer Freundin gewesen und hätte Angst, dass seine Frau davon erfährt, wenn die Polizei das nachprüfen würde. Das habe ich ihm abgekauft.«

»Kennen Sie seine Frau?«

»Ja. Auf der Beerdigung hat Anne beiläufig erwähnt, dass sie an jenem Nachmittag mit Marc verabredet gewesen sei, der sie zum Arzt begleiten wollte. Aber er habe kurzfristig abgesagt, weil er unverhofft länger bleiben müsse, da Xavier früher gegangen ist. Das kam mir nun doch sonderbar vor. Ich meine, warum verabredet er sich gleichzeitig mit seiner Frau und seiner Freundin? Könnten Sie vielleicht überprüfen, ob es diese geheimnisvolle Dame überhaupt gibt und ob er tatsächlich bei ihr war?«

Talon machte sich eine Notiz. »Machen wir. Können Sie sich einen Grund vorstellen, warum Monsieur Vergnier Monsieur Lefèvre ermordet haben könnte?«

»Nicht so richtig, aber nun ja ... Jetzt ist er der Chef.«

»Herrje, wenn das alle machen würden, die auf den Job ihres Vorgesetzten scharf sind ... War er so karrieregeil?«

»Nein, den Eindruck hatte ich nie. Hin und wieder hatten sie Meinungsverschiedenheiten, aber nichts Ernstes, soviel ich weiß.«

Talon klappte sein Notizbuch zu. »Vielleicht hatte er schlicht und einfach mehr Bock, mit seiner Geliebten rumzumachen, als seine Frau zum Arzt zu begleiten, hat den Termin nur zugesagt, um seine Ruhe zu haben und wollte hinterher von Ihnen ein Alibi, das sowohl für seine Frau als auch für die Polizei taugt. Und das nächste Mal sagen Sie gleich die Wahrheit, verstanden?«

»Versprochen.« Der junge Mann wirkte erleichtert, dass seine Lüge offenbar keine Konsequenzen für ihn haben würde. »Werden Sie der Sache nachgehen?«

»Ja, das sagte ich doch.«

»Aber Sie sagen Marc nicht, dass ich das Alibi widerrufen habe, ja?«

»Haben Sie Angst vor ihm?«

»Nein, aber um meinen Job.«

»Machen Sie sich keine Sorgen, er wird sich hüten, Ihnen zu kündigen, weil Sie sich weigern, für ihn die Polizei anzulügen.«

»Danke, Herr Kommissar.« Ingo Steinert verließ das Büro.

Das war ja eine hoffnungsvolle neue Spur. Er würde sich Lefèvres Stellvertreter noch mal gründlicher ansehen. Allerdings nicht mehr heute – das neue Tötungsdelikt und die Sicherheitsmaßnahmen für den Sturm duldeten keinen Aufschub.

Talon ging wieder zu seinem Team. Noch bevor er sich setzen konnte, erschien der Beamte vom Empfang erneut im Türrahmen. »Noch ein Besucher für Sie, Commissaire.«

»Das geht ja zu wie im Taubenschlag«, brummelte Talon. »Wer ist es diesmal?«

»Yannick Lefèvre.«

»Ach!«, machte Talon interessiert. »Der kann sofort kommen. Lieutenant Collet, fangen Sie mit den Vorbereitungen wegen des Sturms an. Erwartete Windstärke rund hundert Stundenkilometer. Ausgangssperre muss nicht verhängt werden, aber unterstützen Sie die Kollegen von der Verkehrssicherheit und der Wasserschutzpolizei auf gewohnte Weise – Sie wissen ja Bescheid. – Ach, und Sergent Bonnard, besorgen Sie mir noch heute einen Durchsuchungsbeschluss für die Wohnung, in der die Frau gestern gestorben ist. Und den Ehemann will ich auch noch heute vernehmen.«

Nach der zu befürchtenden Schlappe wegen Xavier Lefèvre musste er Général Delaborde wenigstens zügig Erfolge in einem anderen Mordfall präsentieren.

Schwungvoll eilte Pascal Talon in sein Büro zurück und fragte sich flüchtig, ob wohl die Rivalität zu Lucien Mahé ihm diese neue Motivation verlieh.

Yannick Lefèvre wirkte ungewohnt unsicher, als er das Büro des Kriminalkommissars betrat.

»Ich hatte Ihnen gesagt, dass ich zur Tatzeit bei Delfine Dupin war«, begann er zögernd, nachdem er vor dem Schreibtisch Platz genommen hatte.

Talon nickte und beobachtete ihn aufmerksam. Ihn durchzuckte die Hoffnung, dass der junge Mann ein Geständnis ablegen wollte.

»Nun, das stimmt nicht. Ich war zu Hause – allein.« Yannick kaute auf seiner Unterlippe herum.

Talon triumphierte insgeheim – er hatte ja geahnt, dass diese Delfine geschwindelt hatte. Aber verdammt, hatte denn hier außer Mahé niemand ein richtiges Alibi?

»Warum haben Sie gelogen?«

»Ich habe befürchtet, Sie würden mich dann sofort verdächtigen.«

»Und nun wollen Sie es der jungen Frau nicht länger zumuten, für Sie zu lügen, falls es zu einem Prozess kommt?«

»Ihr zumuten? Pfff«, machte er verächtlich. »Sie erpresst mich, das Miststück.«

Talons Augen bohrten sich in Yannicks. »Also treibt nicht Ihr Gewissen Sie her, sondern Sie sind nur hier, weil Sie sonst zahlen müssten.«

Das Gesicht des jungen Mannes verfinsterte sich. »Sie hat mich nicht um Geld erpresst. Noch nicht jedenfalls.«

Ein kurzes Grinsen huschte über Talons Gesicht. »Ich kann es mir in etwa vorstellen. Wenn die junge Dame Ihr Typ wäre, dann wären Sie jetzt nicht hier, was?«

Yannick starrte an ihm vorbei auf die große Landkarte von La Réunion, die mit unzähligen Nadeln und Fähnchen gespickt an der Wand hing.

»Ob Sie es mir glauben oder nicht, ich habe meinen Vater geliebt. Klar hatten wir mal Streit, aber ich hätte ihn nie umgebracht. Er war in so vielerlei Hinsicht mein Vorbild, und er fehlt mir.«

»Sparen Sie sich das für eine eventuelle Vernehmung.«

»Wollen Sie mich denn nicht festnehmen? So richtig in Handschellen und mit allem Drum und Dran?«

»Auch wenn Ihnen das vielleicht Spaß machen würde und Sie Ihren Freunden dann was zu erzählen hätten – nein.« Talon wusste, dass er dem Haftrichter nicht mit noch einem Verdächtigen ohne Beweise kommen konnte. »Außerdem habe ich jetzt keine Zeit dafür – wir bekommen heute Nacht einen handfesten Tropensturm, und meine Leute müssen die Kollegen von der *Sécurité du Département* unterstützen.«

»Ich kann also gehen?«, vergewisserte Yannick sich verblüfft.

»Ja. Aber halten Sie sich zu unserer Verfügung.«

31

Alizée war allein zu Hause. Am Vormittag hatten Lucien und sie Einkäufe im Supermarkt gemacht – zusammen mit der halben Stadt. Alle Einwohner schienen vor dem angekündigten Sturm Vorräte hamstern zu wollen. Die Inselbewohner waren vertraut mit Zyklonen, die sie mitunter tagelang ans Haus fesselten, und kannten die Notwendigkeit, genug Lebensmittel, Wasser, Batterien und Kerzen vorrätig zu haben. Dies sollte zwar nur ein mittlerer Tropensturm werden, aber man konnte ja nie wissen.

Nach dem Mittagessen war Lucien nach Saint-Leu gefahren, um sich mit Xaviers Kumpel vom Paragliding zu treffen. Da es ein möglichst vertrauliches Männergespräch werden sollte, konnte Alizée ihn nicht begleiten. Bei dem schlechten Wetter hatte sie auch keinen gesteigerten Wert darauf gelegt.

Sie wanderte unruhig in den Räumen auf und ab. Heftige Windstöße, die Regen mit sich brachten, hatten sie aus dem Schaukelstuhl der Veranda vertrieben.

Alizée sah den dicken Bildband über Vulkane, den Lucien aus Xaviers Arbeitszimmer mitgenommen hatte, auf dem Schreibtisch liegen und beschloss, sich das Buch näher anzusehen. Lucien war noch nicht dazu gekommen, es zu lesen. Gerade als sie angefangen hatte, die ersten Seiten durchzublättern, klingelte es an der Haustür.

Sie blickte durch den Spion, und ein Schreck durchfuhr sie, als sie Yannick erkannte. Sie zögerte einen Moment, doch es erschien ihr albern, nicht zu öffnen.

»Hi.« Er lächelte sie an.

»Salut.« Unschlüssig blieb sie im Türrahmen stehen.

»Darf ich nicht reinkommen?«

»Doch, klar.« Alizée trat einen Schritt zurück, und Yannick beugte sich zu ihr und küsste ihre Wangen zur Begrüßung. »Willst du mich besuchen?«

»Eigentlich wollte ich zu Lucien, aber ich freue mich natürlich auch, dich zu sehen.«

»Lucien ist nicht da. Worum geht es denn?«

»Er hat von meinem Vater ein Buch über Vulkane mitgenommen, sagt Melissa.«

»Das hier?« Alizée deutete auf den Bildband. »Das wollte ich mir gerade ansehen.«

»Es gehört wohl eigentlich Marc Vergnier, und der möchte es so schnell wie möglich zurückhaben. – Ich kann dir ein anderes Buch über Vulkane leihen, wir haben Stapel davon.«

»Okay.«

»Ich fahre jetzt ins Observatorium, um Marc sein Buch zu bringen und einige persönliche Sachen zu holen, die sie noch von meinem Vater gefunden haben. Willst du mitkommen? Ich könnte dir ein paar Messgeräte zeigen, das interessiert dich ja, hast du gesagt.«

»Ja, stimmt schon.« Sie zögerte wieder. »Bei dem Wetter?«

Yannick lachte. »Das Observatorium ist sturmsicher.« Er griff nach Alizées Händen. »Ich war übrigens vorhin bei der Polizei und habe dem Kommissar gestanden, dass ich ein falsches Alibi angegeben habe. Ich will mich nicht von Delfine erpressen lassen.«

Alizée atmete auf. Es beruhigte sie, dass Yannick sich nicht in ein Lügengespinst verwickeln wollte. »Und, verdächtigt er dich jetzt?«

Er zuckte die Schultern. »Offensichtlich nicht mehr als jeden anderen im Umkreis. – Verdächtigst du mich?«

»Etwas weniger als vorher.« Sie lächelte verlegen.

Yannick zog sie zu sich heran und küsste sie. Sie schlang die Arme um seinen Hals und erwiderte seinen Kuss leidenschaftlich.

»Lass uns gehen, sonst vergesse ich mich«, murmelte er schließlich. »Und wenn dein Vater nach Hause kommt und uns zusammen im Bett findet, schleift er mich wahrscheinlich aufs Kommissariat zurück, damit die mich einsperren.«

»Quatsch, ich bin doch nicht mehr fünfzehn. – Oder doch, kann sein, dass du recht hast«, gab sie zu. »Er ist ein bisschen verklemmt, wenn es um das Sexualleben seiner Tochter geht.«

Sie lachten und lösten sich voneinander. Yannick klemmte sich den dicken Bildband unter den Arm und Alizée schlüpfte in ihre Jeansjacke. Regen und Wind hatten die Luft abgekühlt.

Mit dem Geländewagen fuhren sie zum Observatorium. Sie gingen durch das große Büro am Eingang und winkten Sophie zu, die dort als einzige saß.

»Wo sind die denn alle?«, fragte Yannick verwundert.

»In einer Besprechung. Aber Marc nimmt nicht daran teil, er ist in seinem Büro. Er erwartet Sie, Yannick.«

Yannick betrat, gefolgt von Alizée, das ehemalige Büro seines Vaters, wo Marc Vergnier am Computer arbeitete. Er trug seinen roten Overall aus dünner Baumwolle und sah darin aus, als sei er gerade erst von einer Expedition auf den Vulkan zurückgekehrt. Er erhob sich und begrüßte sie mit Handschlag.

»Wie geht's Ihnen, Yannick? Hat die Polizei endlich den Mörder Ihres Vaters gefasst?«

»Nein, die scheinen sich gerade viel mehr für den aufziehenden Sturm zu interessieren.«

Marc lächelte. »Da kann man nichts machen. Die Sicherheit der Inselbewohner geht vor.«

»Schon klar. Das hier ist übrigens Alizée Mahé, eine Freundin von mir, die in Paris Geologie studiert. Ich wollte fragen, ob ich ihr ein paar Messgeräte im Labor zeigen darf.«

»Na sicher, warum nicht. Haben wir uns nicht auf der Beerdigung gesehen, Mademoiselle?«, wandte er sich an Alizée.

Sie nickte, geschmeichelt, dass er sich an sie erinnerte. »Mein Vater ist ein Freund von Melissa Lefèvre, und ich besuche ihn gerade.«

»Ach ja, der Privatermittler.« Ein Schatten flog über Marcs Gesicht, und Alizée stutzte. »Aber ich muss sagen, er hat eine charmante Tochter. Sie studieren also Geologie?« Er blickte ihr tief in die Augen, und Alizée war für einen Moment regelrecht verwirrt.

Yannick räusperte sich. »Ich habe Ihnen Ihr Buch mitgebracht«, sagte er und wollte es auf den Besprechungstisch legen. Durch sein Gewicht rutschte es ihm beinahe aus der Hand, fast hätte er es fallen gelassen und konnte es gerade noch auffangen. Ein Zeitungsausschnitt fiel heraus und flatterte zu Boden.

Yannick hob ihn auf und warf unwillkürlich einen Blick darauf. Ungläubig las er weiter, sein Mund öffnete sich leicht.

»Was ist?«, fragte Alizée neugierig.

Marc löste seinen Blick von ihren Lippen und sah zu Yannick, der das kleine Blatt sinken ließ und ihn fassungslos anstarrte.

»*Sie* haben meinen Vater getötet! Er wusste Bescheid und hat Ihnen auf den Kopf zugesagt, dass das Konsequenzen haben würde.« Seine Augen glühten in seinem blass gewordenen Gesicht.

»Ich weiß nicht, wovon Sie reden«, erwiderte Marc gepresst.

Yannick hob das Papier und schwenkte es. »Sumatra, Ausbruch des Sinabung in 2015. Klingelt es da?« Er atmete schwer und Alizée konnte förmlich das Herz ins seiner Brust schlagen sehen. »Mein Vater hat es herausgefunden, und Sie haben ihn umgebracht.«

Sie schlug erschrocken die Hand vor den Mund. Im nächsten Moment fühlte sie sich von einem starken Arm gepackt. Marc hatte sie von hinten umklammert. Und dann hörte sie ein klickendes metallisches Geräusch und spürte etwas messerscharfes Kaltes an ihrer Kehle.

»Marc, tun Sie jetzt nichts Unüberlegtes«, bat Yannick entsetzt.

»Das liegt ganz bei dir.« Marc begann Alizée mit sich in Richtung Tür zu zerren. Sein Unterarm würgte dabei, absichtlich oder unabsichtlich, ihren Hals, und sie fühlte Panik in sich aufsteigen.

»Yannick, tu doch was!«, kreischte sie verängstigt. Wenn nur ihr Vater hier wäre, der würde wissen, was in so einem Fall zu tun war.

Wie war das noch mal mit den Tricks zur Selbstverteidigung, die er ihr beigebracht hatte? Ellenbogen in den Solarplexus, Fuß ins Knie treten? Galt das auch, wenn ihr jemand ein Messer an die Kehle hielt? Nein, wohl kaum. Vor Schreck konnte sie keinen klaren Gedanken fassen.

»Wenn ihr die Polizei ruft oder mich verfolgt, ist sie tot!«, warnte Marc und zog Alizée mit sich durch das große Büro.

Sophie sprang vor Schreck auf und griff unwillkürlich nach dem Telefonhörer. Yannick, der Marc gefolgt war, bedeutete ihr, es nicht zu tun. Er dachte fieberhaft nach, fand jedoch keine Möglichkeit, Marc unschädlich zu machen, ohne Alizée zu gefährden. Noch dazu wäre der große, kräftige Vulkanologe kein leichter Gegner.

»Du bleibst hier. Wenn ich sehe, dass du aus der Tür kommst, bevor ich weg bin, schneide ich deiner Freundin die Kehle durch«, warnte Marc. In seinen Augen flackerte es.

»Bleib ganz ruhig, Alizée«, beschwor Yannick sie. »Er wird dir nichts tun, das wäre sehr dumm von ihm. Und er ist nicht dumm, oder?« Yannick starrte Marc einen Moment lang in die Augen, als versuche er, ihn zu hypnotisieren. Er war sicher nicht dumm, aber plötzlich erinnerte er sich daran, dass sein Vater Marc einmal als zu impulsiv und unberechenbar bezeichnet hatte.

»Bleib da sofort stehen, sonst bist du der Dummkopf«, rief Marc und bewegte das Messer an Alizées Hals, sodass es ihre Haut ritzte.

Sie schrie auf vor Schmerz und Panik. »Tu, was er sagt!«

»Wir finden euch!«, rief Yannick ihr hinterher, als Marc sie aus dem Observatorium zerrte.

Sophie war wie erstarrt und lauschte dem Geräusch von Marcs anspringendem Wagen. »Oh mein Gott, was war das denn?«

Yannick hielt sich nicht lange mit Erklärungen auf, sondern griff nach seinem Smartphone und wählte Luciens Nummer, die er für alle Fälle gespeichert hatte, nachdem dieser sie ihm gegeben hatte.

»Bitte, bitte, geh ran«, murmelte er nervös, als es lange klingelte.

32

Der Anruf erreichte Lucien, als er auf dem Rückweg nach Saint-Pierre war. Christines Wagen hatte keine Freisprecheinrichtung, und noch dazu war ihm die im Display angezeigte Nummer unbekannt, und so zögerte er, ob er überhaupt rangehen sollte. Aber irgendein Hilferuf schien von der unbekannten Nummer auszugehen, und wie so oft folgte Lucien seinem Instinkt.

»Du musst sofort kommen, Lucien. Marc Vergnier hat meinen Vater getötet, und jetzt hat er Alizée entführt und bringt sie um, wenn wir die Polizei rufen. Was sollen wir tun?«

»Yannick, beruhige dich, ich verstehe kein Wort.« Aber Lucien hatte genug verstanden, um starke Unruhe in sich aufsteigen zu spüren. »Wo bist du?«

»Im Observatorium.«

»Und wo ist Alizée?«

»Weg. Marc hat sie entführt, das habe ich dir doch gerade erklärt.«

»Warum hat er sie entführt?« Lucien versuchte, sachlich zu bleiben und nur als Ermittler zu denken, nicht als Vater.

»Er hat meinen Vater ermordet, hast du nicht zugehört?«

»Und das hat er dir einfach so gestanden, oder wie?« Langsam wurde Lucien ungeduldig und trommelte nervös mit den Fingern auf dem Lenkrad herum, während er an der roten Ampel wartete.

»Natürlich nicht, ich habe es zufällig herausgefunden. Hör zu, Lucien, kannst du nicht einfach herkommen? Dann erkläre ich es dir. Erst mal ist doch wichtiger, Alizée vor ihm zu retten, oder?«

»Allerdings. Hast du eine Ahnung, wo sie hin sind?«

»Denkst du etwa, das hat er mir gesagt?«

»Hast du gesehen, in welche Richtung er gefahren ist?«

»Es gibt nur eine Straße, die vom Observatorium wegführt. Wie hätte ich sehen sollen, ob er ein paar hundert Meter weiter rechts oder links abbiegt? Und er hat gedroht, dass er Alizée auf der Stelle die Kehle durchschneiden würde, wenn ich ihm folge oder die Polizei rufe.«

Lucien schluckte. Es würde schwer werden, den besorgten Vater außen vor zu lassen. »Ich bin gerade an der Abzweigung nach Le Tampon vorbeigefahren. Ich werde umdrehen, und wir treffen uns bei Melissa in Trois-Mares. Wir werden die Pistole deines Vaters holen.«

In Le Tampon herrschte der typische Feierabend-Stau, noch verstärkt durch Wind und Regen, wodurch die Autos langsamer vorankamen. Alizée war in der Gewalt eines unberechenbaren Mörders, und er kam nicht vorwärts, es war zum Verrücktwerden. Und die Luftfeuchtigkeit lag bei gefühlten hundert Prozent. Lucien fingerte am Kragen seines kurzärmeligen Oberhemds und öffnete einen weiteren Knopf.

Als er endlich Melissas Haus erreichte, war Yannick bereits dort.

»Es tut mir leid, ich konnte nichts machen«, sagte er sofort, als Lucien das Wohnzimmer betrat. »Er hatte das Messer an ihrer Kehle, was hätte ich tun sollen? Was hättest du getan?«

»Schon gut, ich mache dir ja keine Vorwürfe. Was genau will Vergnier?«

»So genau hat er das nicht gesagt. Er will fliehen und sicher sein, dass wir nicht die Polizei rufen.«

Melissa lief unruhig durch das Wohnzimmer. »Marc Vergnier hat also Xavier getötet. Das hätte ich nicht gedacht. Ich fand ihn immer sympathisch. Manchmal etwas großspurig, aber sympathisch.« Sie knetete nervös ihre Finger. »Willst du einen Drink, Lucien?«

Alles in ihm schrie nach einem Drink, um seine aufgewühlten Nerven zu beruhigen, aber er konnte es sich nicht erlauben, seinen Geist einzulullen. Außerdem würde er mit Sicherheit noch fahren müssen.

»Lieber nicht. Darf ich rauchen?«

»Ausnahmsweise.« Sie öffnete eine Schranktür, um einen Aschenbecher zu suchen.

Lucien ließ sich auf die Couch fallen und zündete sich eine Zigarette an. Auf dem Couchtisch lag bereits Xaviers Beretta. »Also, noch mal von vorn, Yannick. Wie ist das alles passiert?«

»Da ist dieses Buch über Vulkane, das du dir ausgeliehen hast«, begann Yannick und setzte sich in den Sessel.

»Stimmt. Bin noch nicht dazu gekommen, es mir anzusehen.« Lucien inhalierte tief den beruhigenden Rauch seiner Zigarette. »Und?«

»Es gehört eigentlich Marc, und der hat Melissa heute Morgen gesagt, dass er es so schnell wie möglich wiederhaben will. Melissa hat mich gebeten, es von dir wiederzuholen. Du warst nicht da, und Alizée hat mir geöffnet, und …«

Lucien wedelte ungeduldig mit der Hand. »Bitte komm auf den Punkt.«

»Alizée und ich sind ins Observatorium gefahren. Als ich …«

»Wieso hast du sie mitgenommen?«, unterbrach Lucien.

»Weil ich Zeit mit ihr verbringen wollte, okay? Außerdem hatte ich gehofft, Marc würde ihr ein paar Sachen im Labor zeigen. Sie interessiert sich für Vulkanologie.«

»Das fehlte gerade noch. Und dann?«

»Als ich Marc das Buch geben wollte, ist dieser Zeitungsausschnitt herausgefallen.« Yannick zog das Papier, das er zusammengefaltet hatte, aus seiner hinteren Hosentasche und reichte es Lucien. »Mein Vater muss ihn hineingelegt haben. Oder aber Marc hatte ihn da drin vergessen und Papa ist drauf gestoßen, als er das Buch angesehen hat.«

Mit gerunzelter Stirn überflog Lucien den Artikel einer englischsprachigen indonesischen Tageszeitung, der vom Juni 2015 datiert war und in dem der in Indonesien stationierte französische Vulkanologe Marc V. beschuldigt wurde, beim Ausbruch des Sinabung auf Sumatra einen schweren Fehler gemacht zu haben. Durch seine Schuld seien einige Dörfer nicht rechtzeitig evakuiert worden, wodurch hundertachtunddreißig Menschen ums Leben gekommen waren.

Lucien ließ das Blatt sinken. »Aber ich dachte immer, es ist sowieso sehr schwer, Vulkanausbrüche so genau vorauszusagen. Kann man einen Vulkanologen dafür zur Verantwortung ziehen, wenn er sich irrt?«

»Strafrechtlich gesehen nicht. Klar ist es bei den meisten Vulkanen schwierig, aber die Fehler, die dort beschrieben werden – Messungen mit falschen Referenzwerten vergleichen und so weiter – sind auf grobe Fahrlässigkeit zurückzuführen. Und da kriegt das professionelle Ansehen einen Knacks. Ich kenne meinen Vater, der hätte nicht lange gefackelt und Marc rausgeworfen, nachdem er davon Kenntnis erlangt hat. Solche Schlampigkeit könnte er niemandem nachsehen, und schon gar nicht seinem Stellvertreter. Während ich auf dich gewartet habe, habe ich versucht, darüber noch ein wenig zu recherchieren. Man findet allerdings kaum was im Netz, denn die Affäre scheint damals unter den Teppich gekehrt worden zu sein. Aber offensichtlich musste Marc daraufhin seinen Posten in Indonesien verlassen. Einige Monate später ist er vom *Institut de Physique du Globe de Paris* eingestellt worden und hat auf La Réunion seinen neuen Job angetreten.«

»Okay, also haben wir hier sein mutmaßliches Motiv – Xavier hat ihm gedroht, ihn rauszuschmeißen und den Skandal öffentlich zu machen. Schlimmstenfalls hätte Marc nie wieder einen Job als Vulkanologe bekommen. Und ich hatte dieses Indiz die ganze Zeit auf meinem Schreibtisch liegen, zu blöd.« Lucien knurrte. »Wie ging es dann weiter? Er hat gesehen, dass du den Artikel gelesen hast und hat sofort ein Messer an Alizées Kehle gehalten?«

Yannick nickte. »Wenn wir die Polizei rufen, würde er sie umbringen.«

»Was für ein Messer? Woher hatte er das?«

»Er hat eine Art Jagdmesser in einem Lederetui an seinem Gürtel getragen. Kann in den Bergen immer mal nützlich sein. Mein Vater war auch oft mit so was ausgerüstet.«

Lucien sprang auf und wanderte nervös im Wohnzimmer herum. »Wie war Marc drauf? Panisch? Kühl berechnend?«

»Irgendwo dazwischen. Als er Alizée mit sich gezerrt hat, hatte er etwas im Blick, das mir Angst macht«, gestand Yannick. »Mein Vater hat mal erwähnt, er sei zu impulsiv und unberechenbar.«

»Wahrscheinlich neigt er zu Kurzschlussreaktionen und ist dann zu allem fähig«, folgerte Lucien mit aufsteigendem Grauen.

»Sollten wir trotzdem riskieren, die Polizei zu informieren?«, fragte Yannick.

»Hm, die könnten zumindest ihr Handy orten – hatte sie es dabei?«

»Weiß ich nicht. Sie hatte ihre kleine Rucksack-Handtasche dabei. Keine Ahnung, ob da ihr Handy drin war.«

Lucien dachte nach. »Wenn ich denke, dass ich Alizées Leben in Pascal Talons Hände legen müsste, der sich wie ein Elefant im Porzellanladen benehmen könnte – nein, das Risiko ist mir zu groß. Keine Polizei«, entschied er.

»Dann war es also Marc, der deine Bremsen manipuliert hat?«, meinte Melissa.

»Mit Sicherheit. Ich frage mich nur, wie er an meine Adresse gekommen ist.«

»Ich habe sie ihm nicht gegeben«, versicherte sie.

Lucien schlug sich die Hand vor die Stirn. »Ich habe sie Sophie aufgeschrieben, damit sie und ihre Kollegen mich kontaktieren können, falls ihnen noch was einfällt – ich Rindvieh!«

Yannick zuckte die Schultern. »Hast du ja nicht ahnen können.«

»Ich hätte früher NIE meine Privatadresse an Zeugen herausgegeben. Never ever!«

»Da konntest du sie ja auch ins Präsidium bestellen.«

»Das stimmt. Aber Telefonnummer und Mailadresse hätten ja wohl auch genügt! Ich muss irgendwie neben der Spur gewesen sein.« Er schlug mit der geballten Faust in die Luft.

»Nun mach dich nicht zur Schnecke, es ist ja noch mal gut gegangen. Vielleicht hätte er dich auch so gefunden. Wo kann er hingefahren sein?«, grübelte Melissa.

Lucien starrte aus dem Fenster auf die windgepeitschten Bäume des Gartens. Die Berge dahinter wurden von dicken Wolken verschluckt.

»Wenn ich Marc wäre, wo würde ich hinwollen? Nach Hause wohl kaum, da würde man ihn als erstes suchen. Höchstens, um schnell was zu holen. Aber dann ist er bereits wieder weg, schätze ich.«

»Auf den Piton?«, schlug Yannick vor.

»Das ist keine Lösung. Irgendwann müsste er ausgehungert wieder runterkommen, und bei Sturm dort oben zu sein, wäre alles andere als gemütlich. Er wird die Insel verlassen wollen, das ist klar.«

»Dann brauchen wir doch die Polizei, damit die die Flughafenkontrolle informieren.«

»Damit wird er rechnen. Und was soll er mit Alizée machen? Am Flughafen könnte sie Alarm schlagen.«

»Er könnte sie vorher gefesselt und geknebelt irgendwo zurücklassen«, schlug Yannick vor.

Luciens Züge verhärteten sich bei der Vorstellung. »Möchte ich ihm nicht raten. Nein, er wird den Seeweg wählen. Mauritius – nahegelegen, aber kein französisches Territorium mehr. Ich an seiner Stelle würde nach Mauritius übersetzen.«

»Aber nicht bei Sturm«, warf Melissa ein. »Der Fährverkehr ist schon eingestellt worden, und mit einem kleinen Privatboot ist es erst recht gefährlich.«

Lucien nickte. »Er wird heute Nacht nicht mehr wegkommen. Das ist unser Vorteil.« Er nahm die Pistole vom Tisch, überprüfte das Magazin und steckte sie mit einer entschlossenen Geste in seinen Hosenbund.

33

Die kurvige Landstraße führte geradewegs in den Nebel der Sichel-tannenwäldchen und gefächerten Höhentamarinden. Wenig später stieg sie hinaus über das dichte Wolkenmeer, das sich unter ihnen ausbreitete wie ein Watteteppich, der den Ozean verdeckte. Einige Sonnenstrahlen durchbrachen die Wolken über ihnen und ließen die Bergspitzen grüngolden leuchten. Unter normalen Umständen hätte Alizée den Anblick bombastisch gefunden. Aber dies waren keine normalen Umstände. Sie saß gefesselt neben einem Mörder, der sie entführt und mit einem Messer bedroht hatte. Der Ritzer an ihrem Hals brannte höllisch.

Seit Marc sie in seinen Geländewagen gestoßen und gefesselt hatte, hatte er noch kein Wort an sie gerichtet.

Marc also hatte Yannicks Vater getötet, und Marc war es sicher auch gewesen, der die Bremsen von Luciens Wagen sabotiert hatte. Er hatte bezweckt oder zumindest billigend in Kauf genommen, dass sie und ihr Vater einen tödlichen Unfall haben würden – also war er sicher auch skrupellos genug, sie zu töten, wenn er sie nicht mehr als Geisel benötigte. Würde ihr Vater sie rechtzeitig finden und befreien können? Alizées Herz klopfte vor Angst so laut, dass sie befürchtete, ihr finsterer Fahrer würde sich dadurch gestört fühlen.

Die Straße war nass und glitschig, und Marc nahm die Kurven sehr rasant. Zur einen Seite lagen unter ihnen drohende Schluch-ten.

»Wenn Sie sich sowieso umbringen wollen, lassen Sie mich wenigstens vorher aussteigen!«, schrie sie ihn an.

»Ich habe nicht vor, mich umzubringen, ich bin ein ausgezeichneter Fahrer. Aber wenn du mir noch mal so ins Ohr schreist, klebe ich dir den Mund zu«, drohte er.

Sie presste die Lippen zusammen und versuchte, die aufsteigende Panik zu bekämpfen. Auf einem Straßenschild las sie, dass sie sich auf der Route Nationale in Richtung Nordosten befanden. Es war die gleiche Straße, die sie mit Lucien genommen hatte, als sie von ihrer Großmutter zurückgekehrt waren.

Lucien … sie konnte nur hoffen, dass Yannick ihn sofort informiert hatte. Sie hatte großes Vertrauen in den Spürsinn ihres Vaters. Weitaus mehr als in die Fähigkeiten dieses zynischen Kommissars, den sie auf der Beerdigung kennengelernt hatte.

Regen und Wind nahmen weiter zu, und Alizée war heilfroh, als sie die nassen Kurvenstraßen endlich hinter sich gelassen hatten. In der Umgebung hatten sich die Bäume verdichtet und waren von Flechten und Moosen überwuchert. Sie mussten sich in der Nähe des dschungelartigen Waldgebietes befinden.

Marc schaltete das Autoradio ein. In den lokalen Nachrichten wurde berichtet, dass der Fährverkehr wegen des Sturms gerade eingestellt worden war. Er fluchte.

»Wollten Sie nach Mauritius übersetzen, Monsieur Vergnier?«, fragte Alizée höflich.

Er warf ihr einen Seitenblick zu. »Kannst ruhig Du sagen. Monsieur erscheint mir etwas zu steif für diese Situation.«

Alizée zuckte die Schultern und schluckte die bissige Bemerkung, die ihr auf der Zunge lag, hinunter. Als ob ein vertrauliches Duzen ihre missliche Lage verbessern könnte.

Auf einmal gab es einen Stau vor ihnen. Marc ließ sein Fenster hinunter und steckte den Kopf hinaus. »*Merde!*«

»Was ist denn?«, fragte sie nervös.

»Ein entwurzelter Baum versperrt die Straße!« Er legte den Rückwärtsgang ein. Hinter ihnen erklangen Polizeisirenen. Alizée horchte auf. Hatte sie eine Chance, die Polizei auf sich aufmerksam zu machen? Aber durch die regennassen Fenster müssten sie schon direkt in den Wagen schauen, um zu erkennen, dass sie gefesselt war. Und von hinten durch die Heckscheibe würden sie es sowieso nicht sehen. Oder galten die Sirenen sogar ihnen? Hatte ihr Vater sich doch dafür entschieden, die Polizei zu benachrichtigen?

Marc zerrte heftig an der Gangschaltung und riss das Lenkrad nach rechts. Der Geländewagen schoss mit aufspritzender Wasserfontäne in einen schmalen Pfad zwischen dem Unterholz und raste ihn hinunter. Rechts und links kratzten Zweige den Lack vom Wagen und schlugen gegen die Fenster. Das Sirenengeräusch wurde leiser und verklang.

Es war dämmrig geworden, und hier im Wald war es nahezu dunkel. Marc schaltete die Scheinwerfer ein und preschte mit verbissener Miene weiter.

Alizée hätte am liebsten vor Verzweiflung die Augen geschlossen, aber sie dachte, dass es besser wäre, ihren Verstand zu bemühen und die Entfernung, die sie zurücklegten, abzuschätzen.

Nach einigen Minuten verringerte sich das dichte Unterholz an den Rändern des schmalen Wegs und gab den Blick auf eine Lichtung frei, wo Alizée im letzten Tageslicht eine kleine Holzhütte sah, sicher eine Notunterkunft für Wanderer. Sie war von Unterholz umgeben, und nur über einen schmalen Fußweg zu erreichen.

Marc parkte das Auto in einiger Entfernung neben dem Gebüsch. »Ist nicht das Hilton, aber besser, als im Wagen schlafen.« Er löste das Seil, mit dem er Alizée am Sitz festgebunden hatte, sodass nur noch ihre Handgelenke mit Paketklebeband aneinandergefesselt waren, und stieg aus. Flüchtig zog sie in Erwägung, einen Fluchtversuch zu unternehmen, aber da öffnete er bereits ihre Tür von außen und zerrte sie hinaus.

»Denk nicht mal dran, wegzurennen«, warnte er und hob ihre Handgelenke, um zwei zusammengerollte Wolldecken auf ihre angewinkelten Arme zu legen. »Nimm das.« Er selbst nahm seinen Rucksack und eine große Wasserflasche vom Rücksitz. »Vorwärts!« Er schubste Alizée auf die Hütte zu.

Die Tür quietschte fürchterlich, als er sie öffnete und mit der Taschenlampe hineinleuchtete. Die Hütte war sauber, besaß aber nicht das geringste Mobiliar. Immerhin schien sie gut isoliert zu sein und hielt Wind und Regen ab. So gut, dass die Luft stickig und schwül war.

»Mir ist heiß, ich will meine Jacke ausziehen«, sagte Alizée. Eigentlich war ihr nicht übermäßig warm, aber nur so hatte sie eine kleine Chance, an ihre Rucksack-Handtasche heranzukommen. Solange diese auf ihrem Rücken saß, nützte sie ihr nicht viel. Auffordernd hielt sie Marc ihre gefesselten Handgelenke hin.

Er verzog den Mund, nahm sein Messer aus der ledernen Scheide, die er am Gürtel trug, und durchschnitt das Klebeband.

Alizée ließ ihren Rucksack möglichst unauffällig zusammen mit der Jacke zu Boden gleiten und hielt Marc artig wieder ihre Handgelenke hin.

Er verbog ihr die Hände auf den Rücken, um sie dort zu fesseln.

»Bitte nicht! Das tut weh, und so werde ich nicht schlafen können.«

»Gut«, gab er nach. »Ich bin ja kein Unmensch.«

Hastig fesselte er ihre Handgelenke erneut vor dem Körper und verklebte ebenfalls ihre Fußgelenke miteinander.

»Ich gehe zum Wagen zurück und hole noch ein paar Sachen. Nicht weglaufen«, sagte er ironisch.

»Haha, sehr komisch.« Scheinbar resigniert kniete sie sich auf den Boden. Kaum war Marc aus der Tür, öffnete sie ihre Tasche. Da ihre Finger frei waren, gelang es ihr trotz der verbundenen Handgelenke, ihr Smartphone herauszuholen und eine schnelle SMS an Lucien zu tippen. Als Marc mit dem Seil, einem Schlafsack und einer Wasserflasche zurückkehrte, saß Alizée abwartend auf dem Boden, die gefesselten Hände graziös auf die angezogenen Knie gelegt.

Er warf ihr einen prüfenden Blick zu. Dann öffnete er den Reißverschluss des mitgebrachten Schlafsacks und breitete ihn in einer Ecke der Hütte auf dem Boden aus.

»Setz dich hier herüber.«

Sie stellte fest, dass es schwierig war, derart gefesselt aus dem Sitzen hochzukommen. Marc griff sie schließlich an den Oberarmen und zog sie hoch.

»Lass mich los!«, fauchte sie.

Er schüttelte sie verärgert. »Solange du alles tust, was ich dir sage, wird dir nichts passieren. Aber widersetz dich mir nicht!«

Er bugsierte sie auf den zur Decke ausgebreiteten Schlafsack, hockte sich neben sie und hielt sie an den Schultern fest. Für einen Moment waren sich ihre Gesichter sehr nahe. Alizée versuchte zurückzuweichen und starrte ihn angsterfüllt an. Würde er mit allen Mitteln versuchen, Macht zu demonstrieren?

Marc schien ihre Gedanken zu erraten. »Ich mag ein Mörder sein, aber ich bin kein Vergewaltiger, also entspann dich.«

»Soll mich das wirklich beruhigen?« Alizée bemerkte erst jetzt, dass sie vor innerlicher Anspannung zitterte. Sie fragte sich, wohin die Anziehungskraft verschwunden war, die sie noch vor Kurzem für ihn verspürt hatte. Die Tatsache, dass sie ihm so hilflos ausgeliefert war, und die Vorstellung, dass er einen Mann kaltblütig von hinten erschlagen hatte, war alles andere als verführerisch.

Er ließ sie los und griff nach einer kleinen weißen Tasche mit einem roten Kreuz darauf, die er aus dem Auto mitgebracht hatte. Dann schob er ihren Kopf am Kinn zurück, begutachtete im Schein der Taschenlampe ihren Hals und wischte mit einem feuchten Tüchlein über den Ritzer, den sein Messer verursacht hatte. Es brannte höllisch, und Alizée zuckte zusammen. »Was soll das?«

»Das ist nur zum Desinfizieren. Das Messer war nicht sauber«, erklärte er ruhig, säuberte ihren Hals von dem Blut, das bis zum Schlüsselbein gelaufen war, und klebte ein Pflaster über die Wunde.

Plötzlich sprang er auf, schnappte sich Alizées Tasche und holte zielsicher ihr Handy heraus. Mit einer wütenden Geste öffnete er die Abdeckung und nahm den Akku heraus, um an die SIM-Karte zu gelangen. Er steckte sie in die Brusttasche seines Overalls und warf die Einzelteile des Smartphones in die Handtasche zurück. Er untersuchte sie noch auf Gegenstände, die sich als Waffe oder zum Zerschneiden von Fesseln benutzen ließ, fand aber nichts.

»Ich habe Hunger«, klagte Alizée.

Marc kramte in seinem Rucksack, den er ebenfalls aus dem Auto geholt hatte, und reichte ihr einen Power-Müsliriegel.

»Trägst du eigentlich immer eine Erste-Hilfe-Ausrüstung, Decken, einen Schlafsack und einen Snack mit dir herum?«, fragte sie verblüfft.

»Ja. Ein Survival-Kit gehört zu unserer Standardausrüstung. Ich habe es immer im Auto.«

»Ach so. Aber das Seil ist ursprünglich nicht zum Fesseln gedacht, oder?«

»Nein. Ist zur Sicherung beim Abstieg in den Krater.«

Sie bemühte sich vergeblich, das Stanniolpapier zu öffnen. Marc nahm ihr den Müsliriegel aus der Hand, öffnete die Verpackung und drückte ihn wieder zwischen ihre Finger. Als sie fertig war, öffnete er die Wasserflasche und hielt sie ihr so hin, dass sie trinken konnte.

»Du bist ja wie ein Vater zu mir.« Es hatte spöttisch klingen sollen, kam aber recht unsicher heraus. »Hast du Kinder, Marc?« Vielleicht sollte sie versuchen, ein vertrauliches Verhältnis zu ihm aufzubauen. Wenn er kein abgebrühter Killer war, fiel es ihm dann möglicherweise schwerer, sie in den Tod zu schicken. Verzweifelt versuchte sie, sich daran zu erinnern, was ihr Vater in den letzten Jahren beiläufig über Täterpsychologie erwähnt hatte. Hätte sie nur besser zugehört.

»Einen Sohn. Er ist achtzehn und lebt in Grenoble, bei meiner Ex-Frau.«

»Wie wird das jetzt weitergehen?«, wagte sie endlich zu fragen.

»Besser, du weißt es nicht.« Er nahm ihr die Flasche aus der Hand, trank selbst einen langen Schluck und stellte sie zur Seite.

»Warum hast du mich als Geisel genommen?«

»Weil ihr sonst sofort die Polizei gerufen hättet, du Dummchen. Ich hoffe mal, dein Vater und dein Freund sind intelligent genug, das nicht zu tun.«

Sie schluckte die Bemerkung hinunter, dass ihr Vater ihn auch ohne Polizei rasch finden würde. Zumindest hoffte sie inständig, dass er mit ihrer Ortsbeschreibung etwas anfangen konnte.

Alizée ahnte, dass es keine gute Idee war, Marc darauf anzusprechen, aber die Neugier war einfach stärker.

»Warum hast du ihn umgebracht?«, flüsterte sie. »Ich habe das vorhin nicht richtig verstanden.«

Sein Gesicht verhärtete sich. »Mein Boss hat mir schwere berufliche Fehler vorgeworfen und wollte es dem Vulkanologenverband melden und mich fristlos feuern. Dann wäre ich erledigt gewesen.«

»Und du meinst nicht, dass es Fehler waren?«

»Blödsinn. Meine Messungen waren richtig. Demnach hätte der Sinabung in dieser Nacht noch nicht ausbrechen können.«

»Ist er aber?«

»Ja, ist er, aber ist das meine Schuld? Dieser Vulkan ist unberechenbar. Zwei Jahre vorher hatte ich Stress mit den Behörden, weil ich einen unmittelbar bevorstehenden Ausbruch vorhergesagt habe, sie mit viel Aufwand und Kosten alles evakuiert haben, und dann ist der scheiß Vulkan gar nicht ausgebrochen. Und ich Idiot habe damals den Zeitungsausschnitt in ein Buch getan und vergessen. Und ausgerechnet dieses Buch habe ich Xavier geborgt! Wie konnte ich nur so blöd sein!«

Alizée beobachtete besorgt, wie die Ader an seiner Schläfe anschwoll und zu pochen begann, und versuchte, ihn zu beruhigen.

»Müsste Xavier nicht verstehen, dass du den Ausbruch nicht so genau berechnen konntest? Er ist doch selbst Vulkanologe. Und wart ihr da nicht ein ganzes Team?«

»Ach, Xavier, der hat doch nach einem guten Grund gesucht, mich loszuwerden. Ich konnte es ihm nie recht machen! Das war schon fast Mobbing. In Wirklichkeit war ich zu gut. Der hatte Angst, ich wollte ihm seinen Posten wegschnappen.«

»Aber ... musstest du ihn denn gleich umbringen?«

Marc fuhr zu ihr herum. »Ich hab das nicht geplant, okay? Xavier hat mich extrem provoziert, mich als Versager bezeichnet und gedroht, mir meinen Job wegzunehmen und mich beruflich fertigzumachen. Da habe ich Rot gesehen. Ich bin explodiert. Ist doch normal, oder?«, fauchte er und warf die Taschenlampe zu Boden. Er nahm ein loses Brett, das an die Wand gelehnt stand, und schlug es wütend gegen die Hüttenwand, die knirschte und wackelte. Alizée zuckte zusammen.

»Bitte lass das Haus stehen, reg dich doch nicht so auf«, sagte sie hilflos.

»Sag du mir nicht, was ich zu tun habe!«, schrie er. »So was brauche ich mir von einem jungen Ding nicht sagen zu lassen. Wenn du nicht endlich die Klappe hältst, werde ich dich knebeln!«

»Tut mir leid, wird nicht wieder vorkommen«, flüsterte sie. Normalerweise hätte sie ihm auf andere Art Kontra gegeben, aber in dieser Situation hielt sie es für klüger, sich zu entschuldigen. »Es war echt total ungerecht, was Xavier mit dir gemacht hat. Verständlich, dass du da ausgerastet bist. Und das mit dem Zeitungsausschnitt war ja wirklich ein Riesenpech.«

Tatsächlich schien ihn das ein wenig zu beruhigen. Er nahm die Taschenlampe wieder auf und näherte sich Alizée langsam. Sie knetete nervös ihre durch die Fesseln ineinander verschränkten Hände.

Im Licht der Taschenlampe sah sie ein Tier über die rohgezimmerte Holzwand huschen und schrie auf.

»Das war nur ein Gecko, die tun dir nichts«, sagte Marc unwirsch.

»Ich weiß. Das sind die Nerven«, murmelte sie.

Sie hatte erneut begonnen, unkontrollierbar zu zittern. »Bitte gib mir meine Tasche. Da sind Tabletten drin, die ich brauche.«

Er kramte in ihrer Handtasche herum und förderte eine Blisterpackung mit dunkelroten Dragees zutage. »Das hier?«

»Ja.« Sie streckte die Hände danach aus.

»Was ist das?«

»Baldriantabletten – zur Beruhigung. Manchmal kann ich nicht einschlafen, und das hilft. Willst du auch eine?«

»Könnte nicht schaden«, murmelte Marc. Er wirkte erschöpft von seinem Wutanfall und der Erinnerung an den Mord.

Er drückte ein Dragee aus dem Blister und reichte es ihr zusammen mit der Wasserflasche. Danach nahm er sich selbst zwei und spülte sie hinunter. Alizée beobachtete ihn hoffnungsvoll. Sie hatte geschwindelt. Die Tabletten waren verschreibungspflichtig und enthielten ein weitaus stärkeres Beruhigungsmittel als nur Baldrian. Wenn Marc nicht daran gewöhnt war, würden zwei Stück davon ihn einlullen. Allerdings nützte ihr das wenig, solange sie gefesselt war. Aber wenigstens würde er sie dann mit Wutausbrüchen verschonen.

Sie sank auf den Rücken, benutzte ihre Jeansjacke als Kopfkissen und suchte vergeblich eine bequeme Position. Marc breitete fürsorglich eine der Wolldecken über sie aus und legte sich neben sie.

Das Beruhigungsmittel, das sie nun schon seit einiger Zeit nicht mehr benötigt hatte, entfaltete schnell seine Wirkung, und Alizée fiel in unruhigen Schlummer.

34

»Lass uns zusammen den Geländewagen nehmen«, beschloss Lucien und erhob sich. »Mein Peugeot bleibt bei dem Regen sofort im Matsch stecken, falls wir von den Straßen abweichen.«

Yannick nickte. »Klar. Ich lass dich sogar fahren, wenn du willst.«

»Soll ich mitkommen?«, wollte Melissa wissen.

Lucien schüttelte den Kopf. »Nein, ich glaube, da kannst du nichts tun. Halte lieber hier die Stellung.«

»Wo willst du anfangen zu suchen?«, erkundigte sich Yannick.

»Fahren wir erst mal zu Marcs Wohnung, vielleicht hat er ja seine Frau über irgendwas informiert. Hast du zufällig die Adresse, Melissa?«

»Nein, aber ich kann in Xaviers Tablet in den Kontakten gucken.« Die Kriminalpolizei hatte ihr vor einigen Tagen Xaviers elektronische Geräte zurückgegeben.

Sie fand die Adresse und notierte sie auf einem Zettel, zusammen mit Marcs Handynummer. »Er wohnt auch in Le Tampon, ist nicht weit von hier.«

»Gut. Melissa, kannst du uns zwei Wasserflaschen geben? Und wenn du was hast, das sich als Snack eignet, wäre das toll. Es könnte länger dauern, und wer weiß, wohin es uns verschlägt.«

»Kommt mit in die Küche, wir finden sicher was.«

»Außerdem brauchen wir Taschenlampen und Regenjacken. Yannick, nimm deine Bergschuhe, man weiß ja nie.«

»Zwei Taschenlampen liegen im Auto. Regenhaut kannst du von meinem Vater haben. Aber woher weißt du, dass meine Berg-

schuhe hier sind? – Du hast in meinem Zimmer herumgeschnüf-
felt, stimmt's?«

»Hab ich nur vermutet«, wehrte Lucien ab. »Schließlich bist du
oft mit deinem Vater wandern gegangen, oder?«

»Da reden wir noch drüber«, erwiderte Yannick verärgert und
ging in Richtung Treppe.

Zehn Minuten später umarmte Melissa Lucien und Yannick.
»Viel Glück, ihr beiden. Ich bete dafür, dass Alizée nichts passiert.
Passt auf euch auf!«

Und wieder standen sie im Stau. »Verdammt, ist denn hier immer
und überall Stau?!« Lucien umklammerte verbissen das Lenkrad.
»Und am Ende ist Madame Vergnier gar nicht zu Hause. Marc
wird ja wohl nicht so blöd sein, sich dort aufzuhalten.«

»Meinst du, es bringt was, ihn anzurufen? Vielleicht kannst du
ihm ins Gewissen reden?«

»Glaube ich nicht. Schlimmstenfalls gerät er in Panik, und das
wäre schlecht für Alizée. Und falls er mich sprechen will, kann er
sich ja melden. Außerdem hat er sicher sein Handy ausgeschaltet,
damit es nicht geortet werden kann.«

Während sie in der Nähe von Marcs Haus einen Parkplatz
suchten, kündigte ein Piepsen auf Luciens Handy eine eingehende
SMS an. Er warf einen Blick aufs Display.

»Eine SMS von Alizée!«, sagte er alarmiert und öffnete die
Nachricht.

*Bin im Forêt de Bélouve oder Bébour, nach Abzweigung von der
N3 ca. 2 km, in einer Hütte. SOS!*

Lucien atmete auf und zeigte Yannick die Nachricht. »Gott sei
Dank.«

»Hm. Das Gebiet ist aber nicht gerade klein«, bemerkte Yannick skeptisch. »Von der N3 zweigen oft kleine Straßen ab – und
wenn sie nicht mal sicher ist, ob sie nun in Bébour oder Bélouve
ist ...«

»Na gut, aber wir sind schlauer als vorher, oder? Und Hütten
gibt es da ja auch nicht Hunderte.«

»Hmm. Wir müssen sie im Dunkeln nur noch finden«, meinte Yannick lakonisch.

Lucien warf einen Blick zum düsteren Himmel und runzelte sorgenvoll die Stirn. Spätestens in einer halben Stunde würde es stockdunkel sein, und in den Wäldern würden ihnen höchstens die Scheinwerfer etwas Licht bringen.

»Ich lege mich jetzt nicht ins Bett und warte darauf, dass es morgen heller und windstiller ist«, sagte er grimmig. »Ich kann dich zu Hause absetzen, wenn du nicht mitkommen willst.«

»So war das nicht gemeint!«, protestierte Yannick. »Natürlich komme ich mit.«

Lucien wendete den Wagen, schlängelte sich zurück durch das Verkehrsgetümmel von Le Tampon auf die Route Nationale und preschte die N3 entlang, bis sie zu kurvig wurde, um noch schnell fahren zu können.

Bei der Ortschaft La Pleine-des-Palmistes war die Straße gesperrt, und Polizisten in gelben Warnwesten, die in der Dunkelheit leuchteten, winkten sie zurück.

Lucien kurbelte sein Fenster hinunter und sprach einen der Polizisten an. »Was ist los? Ist ein Baum umgestürzt?«

»Ja, Monsieur. Einer hier und einer fünf Kilometer weiter.«

»Wann sind die Bäume umgestürzt?«

»Heute Abend.«

»Ja, natürlich heute Abend. Wann genau?« Lucien wurde ungeduldig.

»Der hier erst vor einer Viertelstunde. Bei dem weiter hinten, ist es etwa eine Stunde her.«

»Wie lange wird es dauern, bis die Bäume entfernt werden?«

»Eine Weile. Vielleicht erst morgen früh. Fahren Sie bitte zurück.«

Lucien bedankte sich höflich, schloss das Fenster, durch das Wind und Regen hereinfegten, und fluchte leise.

»Vielleicht haben sie ja bereits eine der Abzweigungen genommen, an denen wir gerade vorbeigekommen sind«, meinte Yannick.

»Glaube ich nicht. Marc wollte sicher auf der Route Nationale bis zur Küste durchfahren. Dann hat ihm ein entwurzelter Baum den Weg versperrt. Aber wenn dieser hier erst vor fünfzehn Minuten umgekippt ist, passt das zeitlich nicht. Um diese Zeit war er mit Alizée bereits in jener Hütte. Ich schätze, die Abzweigung, von der sie geschrieben hat, liegt genau zwischen den beiden umgestürzten Bäumen. Verdammt!« Er hieb mit der Hand auf das Lenkrad. Mit einem Knurren legte er den Rückwärtsgang ein und wendete rasant.

»Wir versuchen von der anderen Seite aus ranzukommen?«, vermutete Yannick.

»Genau. Allerdings ist das ein verflucht riesiger Umweg.«

»Willst du etwa die N5 nehmen?«

»Fällt dir was Besseres ein?« Lucien war schon lange nicht mehr in den tief im Inneren der Insel liegenden Wäldern gewesen.

»Bei La Plaine-des-Cafres gibt es eine Abzweigung in Richtung des Forêt de Bébour, aber ich bin nicht sicher, ob wir mit dem Wagen bis zum Ziel kommen. Ich war da vor ein paar Monaten mit dem Mountainbike. Irgendwann wird die Straße zur Piste und dann zum schmalen Weg.«

»Wir versuchen es; vielleicht finden wir noch eine andere Straße. Notfalls müssen wir zu Fuß weiter.«

»Hoffentlich liegen da nicht auch Bäume auf der Straße.«

Schweigend fuhren sie in Richtung des Observatoriums zurück. Die Ortschaften, die an der Route Nationale lagen, waren menschenleer. Der Sturm pfiff zwischen den Häusern durch die Straßen und trieb abgerissene Zweige und allerlei Unrat vor sich her. Verkehrsschilder quietschten, Ampeln schwankten bedrohlich hin und her, Lichter flackerten.

»Warum habe ich das Buch nicht schon gestern zurückgebracht, da war noch nicht so ein Schietwetter«, brummelte Yannick.

»Was meinst du, wie ich mich ärgere – tagelang hatte ich das Indiz quasi vor der Nase herumliegen«, sagte Lucien grimmig. »Was hätte ich mir alles ersparen können, wenn ich nur mal in dieses blöde Buch geguckt hätte.«

Die Straßen zum Forêt de Bébour waren voll von abgerissenen Zweigen, aber kein Baum versperrte den Weg, und sie gelangten ungehindert in den Wald. Dort war es stockdunkel bis auf das grelle Licht der Scheinwerfer. Der Sturm heulte, die riesigen Bäume ächzten, Zweige knackten bedrohlich, und mehrmals knallte einer auf das Wagendach.

Lucien hielt den Wagen an, als die schmale geteerte Straße sich zu einem Weg verengte, den nur Fußgänger oder Radfahrer passieren konnten. Das Unterholz war zu dicht, um den Weg mit dem Auto zu erzwingen, noch dazu war die Erde aufgeweicht. »Du hast auch noch keine Hütte gesehen, oder?«

»Nein. Vielleicht sollten wir umkehren und nach einer anderen Straße suchen, die in den Wald führt.«

Lucien zündete sich eine Zigarette an und zog heftig daran.

Yannick wedelte mit der Hand den Rauch von sich. »Ich versteh ja, dass du nervös bist, aber muss das sein?«

»Pardon.« Lucien ließ das Autofenster hinunter und hielt die Zigarette nach draußen. »Ich wollte eigentlich aufhören, aber das ist nicht der Moment.«

»Versteh ich. Ich mache mir genau solche Sorgen wie du«, versicherte Yannick.

Lucien blickte ihn an. »Nein, das kannst du gar nicht. Wenn Alizée etwas zustößt ...« Er brach ab. »Ich würde es nicht ertragen«, murmelte er dann.

Binnen eines halben Jahres beide Kinder zu Grabe zu tragen, an deren Tod ihn eine Mitverantwortung traf, würde er nicht überleben. Vielleicht würde er nicht an dem sprichwörtlich gebrochenen Herzen sterben, aber in seinem Hosenbund steckte eine geladene Beretta.

»Ich glaube nicht, dass Marc Vergnier ein Psychopath ist oder ein Sadist«, meinte Yannick unbehaglich. »Der will nur seine Haut retten. Und ein zweiter Mord wäre dabei nicht gerade hilfreich, das wird er einsehen.«

»Wenn er einmal genug ausgetickt ist, um jemanden zu ermorden, könnte er es ein zweites Mal tun. Fehlende Selbstkontrolle hebelt jegliche Vernunft aus«, erklärte Lucien düster.

»Meinst du nicht, dass er den Mord geplant hat? Dass er meinen Vater in dieser Absicht auf den Piton gelockt hat?«

»Möglich wäre es. Aber es kann genauso gut im Affekt geschehen sein, bei einem heftigen Streit.«

»Hm, darüber weißt du besser Bescheid als ich. Ich hatte nur gehofft…« Yannick presste die Lippen zusammen.

»Dass er kontrolliert und berechnend genug ist, um einen Mord lediglich zu begehen, wenn er einen Vorteil davon hat?«

»Ja.«

Luciens Stimme wurde milder. »Du hast sie gern, oder?«

»Sehr. Und ich fühle mich total mies, weil sie meinetwegen in Gefahr geraten ist. Ich hätte Marc nicht auf den Kopf zusagen sollen, dass er meinen Vater getötet hat.« Yannick ballte die Hände zu Fäusten.

Lucien hob die Schultern und ließ sie wieder fallen. »Er hat gesehen, dass du diesen Artikel gelesen hast und dir deinen Reim darauf machen konntest. Es hätte vermutlich wenig geändert.«

»Danke. Willst du wirklich zu Fuß weiter?«, erkundigte sich Yannick unbehaglich.

»Wenn ich wüsste, dass in ein oder zwei Kilometern diese verdammte Hütte steht, würde ich es tun – aber die kann genauso gut ganz woanders sein. Wir können ja nicht zu Fuß Dutzende von Quadratkilometern absuchen.«

Bei dieser Wetterlage durch die Wälder zu laufen, kam einem Suizidversuch gleich. Wenn sie von herabfallenden Ästen erschlagen wurden, würde Alizée das auch nichts nützen. Und Lucien spürte eine gewisse Verantwortung für den jungen Mann an seiner Seite, der schließlich auch völlig unschuldig in diese missliche Situation geraten war.

»Ich werde Kommissar Talon anrufen«, beschloss er mit Überwindung.

»Marc hat aber gesagt, keine Polizei, sonst…«

»Das sagen sie alle. Er kann Alizée so oder so etwas antun – oder auch nicht. Wir kommen hier allein nicht weiter.« Lucien nahm noch einen tiefen Zug von seiner Zigarette und drückte sie dann im Aschenbecher aus.

»Außerdem: Marc Vergnier ist ein flüchtiger Täter – ich mache mich sowieso strafbar, wenn ich nicht die Polizei über Hinweise auf seinen Aufenthaltsort informiere. Nicht auszudenken, wenn er durch meine Mitschuld entkommen würde. Und Alizée vielleicht trotzdem vorher noch was antut.«

Yannick warf einen Blick auf seine Armbanduhr. »Ob der so spät noch im Dienst ist?«

»Ich habe seine Handynummer.« Lucien zückte sein Smartphone, suchte in seinen Kontakten, in die er Pascal Talon nach dessen Anruf wegen des Interviews eingespeichert hatte, und tippte auf die Wahltaste.

»Oh nein, das darf doch nicht wahr sein!«

»Was?«

»Kein Netz! Versuch es mal mit deinem Handy.«

Yannick warf einen Blick auf sein Display und schüttelte den Kopf. »Ich habe auch kein Netz. Bestimmt wegen des Sturms.«

Lucien hieb wütend aufs Lenkrad. »Immer die gleiche Scheiße!«

Bei starken Stürmen wurden regelmäßig die Sendemasten beschädigt und hinterließen weite Gebiete der Insel ohne Netzabdeckung.

Erschöpft fuhr sich Lucien über das Gesicht. Nun war er schon verzweifelt genug gewesen, um seinen Stolz hinunterzuschlucken und den Kommissar um Hilfe zu bitten, und dann hatte er keine Möglichkeit dazu.

»Wir könnten ja auch zur nächsten Polizeidienststelle fahren«, schlug Yannick vor.

Lucien schüttelte den Kopf. »Und dort ewig Zeit verlieren mit Aussagen und pipapo? Und mir dann anhören, dass sie im Moment nichts tun können? Das kommt mir vor, als würde ich Alizée im Stich lassen. Für sie zählt vielleicht jede Sekunde! Wir werden umdrehen und es noch ein oder zwei Stunden versuchen – nicht zu Fuß, aber mit einer anderen Straße.«

»Okay.« Yannick starrte in den Wald, wo Büsche und Schlingpflanzen im Scheinwerferlicht bedrohliche Schatten warfen und die hohen Baumwipfel im Wind zischten. Wie schön wäre es, jetzt mit Alizée bei Kerzenschein in einem sicheren Haus zu sitzen. Und wie beruhigend, wenn die Polizei das Gebiet mit Spürhunden durchkämmen und sie schnell finden würde.

Aber stattdessen waren sie auf sich allein gestellt.

Im ersten Morgengrauen, das durch die Hütte fiel, erwachte Alizée endgültig aus unruhigem Schlaf. Der Sturm heulte um die Hütte und pfiff durch eine Ritze im Fensterrahmen. Wegen ihrer Fesseln hatte sie eine unbequeme Schlafposition gehabt und fühlte sich wie zerschlagen. Der Bewegungsdrang wurde so stark, dass sie am liebsten um sich geschlagen hätte. Damit angefangen, dass sie Marc gern erschlagen hätte.

Sie zwang sich zur Ruhe – hysterisch werden nützte ihr nichts. Sie dachte an Yannick. Wie vielversprechend hatte der letzte Nachmittag begonnen. Trotz allem war sie unsagbar erleichtert, dass er als Täter endgültig ausschied. Ihre Gedanken glitten zu ihrem ersten Rendezvous zurück, als er sie ins Restaurant eingeladen hatte. Bevor diese dämliche Delfine aufgetaucht war. Sie sah Yannicks leuchtende Augen vor sich, als er ihr einen Lavastein aus seiner Sammlung geschenkt und dann zärtlich ihre Hand gehalten hatte. Moment mal. Alizée spulte ihren Gedankenfilm vom Händchenhalten zurück zu dem Lavastein.

»Pass auf, der ist so scharf wie ein Messerklinge«, hatte Yannick sie gewarnt. Sie hatte den Stein in die Brusttasche ihrer Jeansjacke gleiten lassen. Und bei allem, was danach geschehen war, hatte sie völlig vergessen, ihn herauszunehmen.

Alizée fuhr hoch, vergewisserte sich, dass Marc neben ihr fest schlief und griff nach ihrer Jacke, die ihr als Kopfkissen gedient hatte. Sie ließ ihre Finger in die Jackentasche gleiten und ertastete den in das Kleenex gewickelten Stein. Ihn auszuwickeln war nicht schwer, aber wie sollte sie damit nun das Klebeband an ihren Handgelenken zerschneiden?

Sie beugte sich zu ihren Füßen und klemmte den flachen Stein vorsichtig zwischen die Sohlen ihrer schlammverkrusteten Sneakers. Nach einigen Anläufen, bei denen der Stein wegrutschte, gelang es ihr, das Paketband zu zerschneiden und ihre Hände zu befreien. Wie gut, dass Marc sie nicht mit dem Seil gefesselt hatte, das wäre wesentlich mühseliger geworden. Es gelang ihr, den festen Seemannsknoten zu lösen, mit dem er das Seil um ihre Fußknöchel geschlungen und an einem Pfosten der Hütte festgebunden hatte. Das Klebeband zu zerschneiden, das ihre Fußgelenke zusätzlich fesselte, war nun nicht mehr schwer. Sie war unsagbar erleichtert, als sie frei war, und gleichzeitig fast gelähmt vor Angst, Marc könne jeden Moment erwachen.

Sie hatte abends gesehen, dass er die Wagenschlüssel in die Hosentasche seines Overalls gesteckt hatte. Sollte sie es riskieren? Sie blickte sich um und holte das Brett, das in einer Ecke der Hütte lehnte, und mit dem er am Vorabend um sich geschlagen hatte. Falls er erwachte, konnte sie ihn immer noch damit k. o. schlagen.

Er lag auf der Seite, mit dem Rücken zu ihr. Behutsam schlug Alizée seine Decke zurück und ließ die Finger in seine vordere Hosentasche gleiten. Er seufzte wohlig auf, und fast hätte sie vor Schreck die Hand wieder zurückgezogen. Aber schon spürte sie das scharfkantige Metall unter ihren Fingern, griff danach und zog die Hand langsam zurück. Marc stöhnte nochmals behaglich auf und drehte sich auf den Bauch. Damit war ihre Hoffnung gescheitert, sich auch noch ihre SIM-Karte aus seiner Brusttasche zu holen.

Alizée schnappte sich ihre Jacke und ihre Tasche und war mit einem Satz an der Tür. Als sie sie öffnete, fegte ein Windstoß in die Hütte, und ein starker Luftwiderstand erschwerte ihr den Weg nach draußen. Blätter wirbelten ihr ins Gesicht. Der Wind riss ihr die Tür aus der Hand und schlug hinter ihr mit einem lauten Knall zu. Sie erschrak fast zu Tode. Davon musste Marc einfach erwachen.

Alizée nahm die Beine in die Hand und rannte um ihr Leben. Vielmehr wollte sie rennen. Aber ihre Füße in den dünnen Sneakers blieben nach jedem Schritt kurz in dem klebrigen Matsch stecken und ließen sich nur mühsam wieder vom Boden heben. Es war wie in diesen Albträumen, in denen man fliehen wollte, aber nicht vom Fleck kam. Gott sei Dank war die Entfernung zum Auto überschaubar.

Als sie vor dem Geländewagen stand, ließ sie vor Nervosität den Wagenschlüssel fallen. Sie bückte sich und fischte die Schlüssel aus der Pfütze. Dann blickte sie sich angstvoll um. Marc konnte jeden Moment aus der Hütte gestürmt kommen – ein sicher fuchsteufelswilder Marc. Alizées Hände waren schweißnass, und ihre Finger zitterten so, dass sie es kaum schaffte, den Schlüssel ins Schloss zu stecken. Ihr Herz klopfte zum Zerspringen.

35

In der Morgendämmerung kam auch Lucien zu sich und blinzelte desorientiert. Statt in seinem Bett zu liegen, saß er in einem Geländewagen mitten im Tropenwald, während ein Sturm die Bäume und Sträucher durchschüttelte. Neben ihm schnarchte Yannick leise. Nun fiel ihm wieder ein, was am Vorabend geschehen war. Bis weit nach Mitternacht waren sie erfolglos alle Straßen abgefahren, die von dieser Seite aus in den Forêt de Bébour führten. An den dahinterliegenden Forêt de Bélouve kam man von hier aus mit dem Auto gar nicht heran. Eine Hütte hatten sie nicht gefunden; vielleicht auch einfach nicht sehen können. Irgendwann hatten sie übermüdet aufgegeben, Lucien hatte den Wagen an einer Stelle geparkt, die ihm einigermaßen windgeschützt erschien, und sie waren eingenickt.

Lucien rieb sich die verquollenen Augen und streckte die eingeschlafenen Glieder. Dann griff er nach seinem Handy. Noch immer kein Netz. Er warf einen Blick auf seine Armbanduhr und schaltete das Autoradio ein. Er lauschte den Verkehrsnachrichten, die über die sturmbedingten Schäden am Verkehrsnetz der Insel informierten, dachte kurz nach, dann wendete er den Wagen.

Yannick erwachte langsam und blickte ihn an. »Morgen. Wo fahren wir jetzt hin?«

»Morgen. Letzter Versuch. In den Nachrichten haben sie gerade gesagt, dass die N3 wieder freigeräumt wurde. Wir fahren jetzt dorthin und nehmen die Abzweigung, von der ich denke, dass Alizée sie gemeint hat. Wenn das auch nichts bringt, fahren wir zur Polizei. Einverstanden?«

Yannick nickte verschlafen und gähnte.

Sie kurvten erneut über die schmalen Landstraßen bis La Plaine-des-Cafres und fädelten sich in den bereits dichten Verkehr auf der Route Nationale ein. Sie passierten die Stelle, wo ihnen am Vorabend der entwurzelte Baum die Straße versperrt hatte und fuhren von dort aus noch gut vier Kilometer weiter. Dann nahm Lucien die erste Abzweigung, die in den Forêt de Bébour führte. Er warf einen Blick auf den Kilometerzähler. Etwa zwei Kilometer hatte Alizée geschrieben. Er wusste, dass seine naturwissenschaftlich orientierte Tochter solche Dinge recht gut einschätzen konnte.

Und tatsächlich tauchte wenig später im ersten fahlen Tageslicht eine Holzhütte auf einer kleinen Lichtung vor ihnen auf.

»Das ist sie!« Triumphierend klatschten sich die Männer ab. Eine Sekunde später erstarb ihr Lachen, als sie den Mann im roten Overall bemerkten, der der Hüttentür einen zornigen Tritt verpasste.

»Da ist Marc!«

Vorsichtshalber stoppte Lucien sofort den Wagen. Er hoffte, dass Marc, der ihnen den Rücken zuwandte, das Brummen des Motors nicht gehört hatte. Noch immer heulte der Wind so in den Bäumen und Sträuchern, dass er alle anderen Geräusche schluckte. Sie mussten auf den Überraschungseffekt zählen, wenn sie ihn überwältigen wollten.

»Schnell, bevor er wieder in die Hütte geht!«

So leise wie möglich verließen sie den Wagen und sahen Marc gerade noch in der Hütte verschwinden.

»Mist.« Lucien blieb stehen und hielt Yannick zurück. »Lass uns besprechen, wie wir jetzt vorgehen.«

»Na wie schon. Du richtest die Knarre auf den Dreckskerl und zwingst ihn dazu, Alizée gehen zu lassen.«

»Wenn wir Pech haben, hat er ihr schneller wieder das Messer an die Kehle gehalten, als wir bis drei zählen können.«

»Eine Kugel ist aber schneller, oder?«

»Bin geschmeichelt, dass du mich für so einen Meisterschützen hältst, aber willst du dich wirklich darauf verlassen, dass er ihr nicht noch in den letzten Sekunden vor dem Ableben den Hals durchschneidet? Außerdem könnte er sie wie ein Schutzschild vor sich halten, dann würde ich sowieso nicht schießen können.«

In diesem Moment trat Marc wieder aus der Hütte, einen Rucksack in der Hand. Er sah die Männer, ließ den Rucksack fallen und sprintete zu dem Weg, der aus der Lichtung herausführte.

»Bleiben Sie stehen, Marc!«, rief Lucien. »Sie werden nicht weit kommen!«

»Hör auf zu quatschen!« Mit einer heftigen Bewegung riss Yannick die Pistole aus Luciens Hosenbund, entsicherte sie und schoss.

Marc schrie auf, strauchelte und fiel.

»Bist du verrückt?!« Lucien streifte Yannick mit einem wütenden Blick.

»Willst du ihn etwa entkommen lassen?« Yannick sprintete los, recht schnell trotz Gegenwind und seiner schweren Bergstiefel.

Lucien, der mit seinen Straßenschuhen immer wieder im Morast steckenblieb, hatte Mühe, ihn einzuholen.

Sie waren bei Marc, als dieser sich gerade aufrappelte und sich mit schmerz- und hasserfülltem Gesicht das angeschossene Bein hielt.

»Gib mir die Waffe wieder!«, befahl Lucien Yannick. Nicht auszudenken, wenn der Kidnapper dem jungen Mann die Pistole abknöpfen und über eine Schusswaffe verfügen würde.

Etwas widerstrebend händigte Yannick sie ihm aus. Lucien sicherte sie und steckte sie hinten in seinen Hosenbund.

»Ihr Schweine!«, fauchte Marc und boxte nach ihm, als er nach ihm griff.

Yannick nahm den Vulkanologen von hinten in den Schwitzkasten.

»Kannst du ihn einen Moment festhalten?«, bat Lucien.

Er öffnete die Tür der Hütte und betrat sie hoffnungsvoll. »Alizée?«

Aber statt seiner Tochter lagen nur ein Schlafsack und zwei Decken auf der Erde. Von Alizée keine Spur. Mechanisch bückte er sich nach dem roten Nylonseil, das auf dem Boden lag und kehrte zu den beiden anderen zurück.

Lucien packte Marc von vorn am Kragen. »Wo ist meine Tochter? Was hast du mit ihr gemacht?«

»Sie ist getürmt. Das kann keine zehn Minuten her sein. Ich bin davon aufgewacht, dass die Tür geknallt hat, und sie war nicht mehr da. Aber bis ich richtig wach war, waren sie und mein Wagen weg. Mann, hab ich fest geschlafen, und das bei dem Sturm.«

Lucien musterte sein vom Schlaf verknautschtes Gesicht. »Hast du sie nicht gefesselt?«

»Doch, natürlich.«

»Und da soll sie getürmt sein? Sie ist keine Entfesselungskünstlerin. Noch dazu mit deinem Wagen? Das würde mich wundern, sie fährt nämlich nicht Auto.« Lucien schüttelte Marc erbost.

»Logisch mit meinem Wagen. Was denkst du denn, wie wir hergekommen sind? Kannst den Wagen ja im Gebüsch suchen, wenn du mir nicht glaubst.«

»Ganz recht, ich glaube dir nicht. Außerdem hätte sie uns dann unterwegs entgegenkommen müssen, wenn es noch keine zehn Minuten her ist.«

Marc zuckte die Schultern und betrachtete besorgt das Blut, das von seiner Wade aus in den Boden sickerte.

»Gib zu, du hast sie umgebracht und im Wald verscharrt«, stieß Lucien hervor und verstärkte seinen Griff.

»Nein, ich schwöre es euch.« Marc versuchte nach Yannick zu treten, doch dieser wich elegant aus.

Lucien nahm das Seil und fesselte damit Marcs Handgelenke hinter seinem Rücken. Keine leichte Aufgabe, da sich der Mann so heftig widersetzte. Wie viel einfacher war das doch mit Handschellen, dachte er grummelnd.

»Verbindet mir wenigstens das Bein, sonst verblute ich noch!« Marc wies hektisch auf sein Gepäck. »In meinem Rucksack ist eine Erste-Hilfe-Tasche. Da ist Verbandszeug drin.«

»Gut. Mich würde es nicht stören, wenn du verblutest, aber ich finde, du solltest vor Gericht gestellt werden«, sagte Lucien grimmig.

»Und ich will keine Sauerei in meinem Wagen«, ergänzte Yannick.

»Ha!« Marc blickte auf den Geländewagen. »Das ist der Wagen deines Vaters, du Klugscheißer.«

»Wenn du ihn nicht getötet hättest, wäre es immer noch seiner, und das wäre mir lieber!«, schrie Yannick. »Und es war unglaublich befriedigend, auf dich zu schießen!«

Er bugsierte Marc in die Hütte und hielt ihn fest, während Lucien das Hosenbein des Overalls hochschob und die blutende Fleischwunde eilig mit Mullbinden aus dem Erste-Hilfe-Täschchen verband. »Los, mitkommen.«

Marc sträubte sich heftig. »Ich werde euch wegen Körperverletzung anzeigen!« tobte er.

»Das sollte im Moment dein kleinstes Problem sein.«

»Der Affe da hat mir die Wade durchschossen!«

»Das ist nur ein Streifschuss. Sei froh, dass ich nicht geschossen habe – ich hätte dein Knie nicht verfehlt! Schon für die Sache mit den Bremsen. Das warst du doch, oder? Warum? Ich habe dich doch gar nicht verdächtigt. Jedenfalls nicht mehr, als jeden anderen auch.«

»So, wie du mich wegen des Ausbruchs des Sinabung ausgequetscht hast?«

»Das nennst du Ausquetschen? Sei froh, dass du mich nie bei einem Verhör erlebt hast. Meine Tochter und ich hätten sterben können.« Lucien gab ihm einen wütenden Schubs.

»Ich habe Panik gekriegt! Ich war sicher, du wüsstest was über die Geschehnisse auf Sumatra oder würdest es zumindest bald herausfinden.« Zornig kickte Marc in einen nassen Erdklumpen, der nach allen Seiten aufspritzte.

»Das hätte ich, wenn ich mehr Zeit zum Lesen gehabt hätte«, knurrte Lucien. »Und jetzt vorwärts!«

Mit vereinten Kräften bugsierten sie Marc auf den Rücksitz des Wagens und fesselten ihm dann die Fußgelenke aneinander.

»Puh.« Erschöpft schwang sich Lucien auf den Fahrersitz. »Ich will sofort nach Alizée suchen.«

»Der zertrümmert uns noch das Auto da hinten«, meinte Yannick besorgt.

Marc hatte trotz seiner Verletzung begonnen, der Wagentür wilde Tritte mit den aneinandergefesselten Füßen zu geben. Er erinnerte an einen angeschossenen Eber, die verwundet bekanntlich am gefährlichsten waren. »Den sollten wir erst mal zur Polizei bringen.«

»Ich will Alizée hinterherfahren, bevor sie einen Unfall hat – wenn es denn stimmt, dass sie mit seinem Wagen weg ist.«

»Bitte doch die Polizei, eine Fahndung nach Marcs Wagen rauszugeben«, schlug Yannick vor.

»Wenn sie wirklich damit getürmt ist, dann fährt sie ohne Führerschein. Wie ich Talon kenne, würde er sie dafür glatt in den Knast schicken«, knurrte Lucien.

»Ach wo. Das ist doch eine absolute Notsituation. Mach dir keine Sorgen.«

»Meine Tochter fährt bei Sturm und Starkregen ohne Führerschein und ohne Fahrpraxis über eine Insel, die schon für geübte Autofahrer eine Herausforderung ist, und du findest, ich soll mir keine Sorgen machen?«, regte sich Lucien auf.

»Sie hat sicher irgendwo angehalten und versucht, dich zu erreichen.«

Marc trampelte heftig gegen Luciens Sitzlehne.

»Hey!« Er zog die Pistole, wandte sich um und richtete sie auf Marc. »Gib sofort Ruhe oder ich verliere die Geduld.«

»Na, drück doch ab«, fauchte der Vulkanologe. »Das erspart mir den Knast.«

Entnervt ließ Lucien den Motor an. »Okay. Wir liefern ihn auf direktem Weg auf dem Kommissariat ab. Oder geht zufällig das Handynetz wieder?«

Yannick blickte auf sein Display und schüttelte den Kopf.

Mit verbissener Miene fuhr Lucien zur Route Nationale zurück und kämpfte sich durch die vom Sturm gezeichneten Straßen von Le Tampon nach Saint-Pierre. Er parkte den Geländewagen vor dem Polizeigebäude und winkte zwei vorbeilaufende Polizisten zur Verstärkung heran, um den widerspenstigen Marc aus dem Auto zu bekommen.

»Ich habe eine Lieferung für Kommissar Talon«, erklärte er. »Ist er schon im Haus?«

»Ich glaube, er ist gerade gekommen. Aber ich weiß nicht, ob er …«

»Glauben Sie mir«, unterbrach ihn Lucien, »das wird ihn interessieren. Sagen Sie ihm, Mahé ist da und bringt ihm einen dringend Tatverdächtigen im Fall Lefèvre.«

»Gut, ich werde ihn benachrichtigen. Kommen Sie mit.«

So sah sich Kommissar Pascal Talon wenige Minuten später einem leicht ramponierten und übernächtigten Lucien Mahé gegenüber, der gemeinsam mit Yannick Lefèvre den gefesselten Vulkanologen wie eine Trophäe vor seinen Schreibtisch schubste.

»Marc Vergnier hat meinen Vater ermordet«, verkündete Yannick. »Wir haben sein Motiv entdeckt.«

»Und daraufhin hat er meine Tochter gestern Nachmittag entführt und über Nacht im Forêt de Bébour festgehalten«, ergänzte Lucien. »Ich denke mal, sein Alibi für die Tatzeit ist falsch.«

»Das weiß ich«, entschlüpfte es Talon.

Lucien stemmte die Hände in die Taille. »Sie wussten das und haben nicht nachgeforscht, warum er ein falsches Alibi hat?«

»Ich weiß es erst seit gestern und musste mich um den Sturm und um einen neuen Mordfall kümmern«, verteidigte sich Talon.

»Hey, und Sie hätten mir sofort melden müssen, dass Sie einen flüchtigen Tatverdächtigen haben, statt das im Alleingang zu erledigen. Sie wissen, dass ich Sie dafür wegen Nichtanzeigen einer Straftat drankriegen kann!«

»Erstens hat er gedroht, meine Tochter umzubringen, wenn wir die Polizei rufen, und zweitens habe ich etwas später mehrmals versucht, Sie zu erreichen, aber wir hatten kein Netz.«

»Offensichtlich sind Teile des Handynetzes wegen des Sturms zusammengebrochen«, ergänzte Yannick.

»Und es war Monsieur Vergnier, der die Bremsen meines Wagens sabotiert hat, um mich an weiteren Nachforschungen zu hindern.«

Talon starrte Marc an. »Und was haben Sie dazu zu sagen?«

»Nichts mehr ohne Anwalt«, knurrte dieser. »Doch, eines: Ich will Anzeige wegen Körperverletzung erstatten. Lefèvre junior hat auf mich geschossen.« Er hob ein wenig seine bandagierte Wade. Der Verband war bereits blutig.

»Er hat versucht zu flüchten – es war Gefahr im Verzug«, erklärte Lucien.

Talon empfand eine leise Erleichterung, dass es einen neuen und diesmal dringend Tatverdächtigen gab. Aber sein Ärger, weil es nicht eine der erhofften Personen war und vor allem, weil nicht er, sondern Mahé ihn gestellt hatte, überwog. Er fühlte Wut und Scham kribbelnd von seinem Bauch in seine Brust aufsteigen und bemühte sich, seine bebenden Nasenflügel unter Kontrolle zu bekommen. Er atmete mehrmals tief durch, um sachlich bleiben zu können.

»Und wo ist nun Ihre Tochter?«

»Verschwunden. Ich will sofort los, um sie zu suchen.« Lucien wollte sich abwenden.

»Moment!«, sagte Talon scharf. »Sie gehen nirgendwohin, bevor Sie nicht Ihre Aussage gemacht haben.«

»Hören Sie, meine Tochter ist in Gefahr. Monsieur Vergnier behauptet, dass sie flüchten konnte, aber vielleicht hat er sie irgendwo gefesselt und geknebelt im Wald ausgesetzt!«

»Habe ich nicht! Das Miststück ist mit meinem Wagen abgehauen!«

»Ruhe! Mahé, Sie geben mir jetzt Ihre Aussage zu Protokoll. Danach können Sie meinetwegen gehen. Sie, Monsieur Vergnier, rufen inzwischen Ihren Anwalt an.«

»Ich kenne keinen auf La Réunion.«

»Dann stellen wir Ihnen einen Pflichtverteidiger. Bis der kommt, lassen Sie sich die Schusswunde fachgerecht versorgen, und dann verhöre ich Sie.«

»Da wäre ich auch gern dabei«, warf Lucien ein.

»Kommt nicht infrage.«

Lucien stemmte empört die Hände in die Taille. »Ich habe

Ihnen den Täter auf dem Silbertablett serviert, da finde ich, ich sollte wenigstens zuhören dürfen.«

»Meinetwegen – aber vom Abhörraum aus.« Talon war wenig dankbar, sondern schlichtweg angefressen, dass Lucien ihm einen Täter präsentiert hatte, auf den er selbst nicht gekommen war, und ihn ohne polizeiliche Hilfe zur Strecke gebracht hatte. Wenn auch mithilfe einer Schusswaffe. Dabei fiel ihm etwas ein.

»Sagen Sie mal, Lefèvre, haben Sie eigentlich einen Waffenschein?«

»Ich sagte doch, es war Gefahr im Verzug«, antwortete Lucien an Yannicks Stelle.

»Sie haben also keinen. Wem gehört diese Schusswaffe?«

»Meinem Vater. Der hatte einen Waffenschein.«

»Hm. Darüber reden wir noch. Und Sie wollen ein Geständnis ablegen?«, wandte er sich an Marc.

Dieser zögerte kurz. Dann schloss er die Augen und nickte.

36

Gaspedal, Bremse, Kupplung, Gangschaltung, Lenkrad, Scheibenwischer – schweißüberströmt kämpfte Alizée mit der widerspenstigen Technik. Und kein Fahrlehrer an ihrer Seite, der im Notfall eingreifen konnte. Warum war die Strecke eigentlich weniger bewaldet als am Vorabend? War ihr das Unterholz durch die Dämmerung lediglich dichter vorgekommen?

Ein eisiger Schreck durchfuhr sie, als ihr klar wurde, dass sie den falschen Weg genommen hatte. In ihrer Eile hatte sie die beiden sich gegenüberliegenden Pfade, die zu der Lichtung führten, verwechselt. Sie hatte keine Ahnung, wo dieser hier hinführte, aber nach ihrem Orientierungssinn, der sich nun wieder zu Wort meldete, konnte sie sich damit nur weiter von Saint-Pierre entfernen. Sollte sie umkehren?

Doch zum einen traute sie sich auf der schmalen, aufgeweichten Piste kein Wendemanöver zu, und zum anderen erschien es ihr höchst riskant, noch einmal an der Hütte vorbeizufahren. Mit Sicherheit würde dort ein höchst gereizter Marc herumlaufen, sich ihr in den Weg stellen oder sogar auf den Wagen aufspringen.

Sie atmete auf, als sich der Pfad zur geteerten Straße verbreiterte und dann zur Route Départementale wurde. Irgendwo würde sie schon ankommen. Hoffentlich. Denn der Tank schien nicht mehr allzu voll zu sein, und sie hatte nur noch fünf Euro in ihrem Portemonnaie. Und keine SIM-Karte in ihrem Handy. Was für ein Mist!

Verzweifelt spähte sie durch die leicht beschlagenen Scheiben. Der Fluss zu ihrer Linken sah so randvoll aus, als könne er jeden Moment über die Ufer treten und die Straße überspülen. Und zu ihrer Rechten klaffte nun eine tiefe, dicht bewaldete Schlucht.

Alizée presste die Lippen zusammen, umklammerte das Lenkrad und nahm den Fuß vom Gas. Lieber Schneckentempo, als auf den nassen Straßen ins Rutschen zu kommen und im Fluss oder im Abgrund zu landen.

Eine Viertelstunde später erreichte sie endlich eine Ortschaft. Der Regen pladderte so heftig gegen die Scheiben, dass sie ihre Umgebung kaum noch erkennen konnte, trotz der hektisch tanzenden Scheibenwischer. Der heulende Wind wirbelte Blätter, Zweige und Unrat durch die Luft. Und die Straßenverkehrsordnung, die sie so mühevoll gepaukt hatte, wurde unter den wetterbedingt chaotischen Zuständen von den Verkehrsteilnehmern nahezu außer Kraft gesetzt.

Gerade als sie überlegte, ob sie in der Ortschaft um Hilfe bitten sollte, erblickte sie ein Richtungsschild nach Saint-Benoît. Sie atmete erleichtert auf. Nun wusste sie, wo sie Zuflucht suchen konnte. Vorausgesetzt, das Benzin würde ausreichen.

»Kannst du mir den Wagen bis heute Abend leihen?«, fragte Lucien, nachdem Yannick und er ihre Aussagen zu Protokoll gegeben hatten.

»Klar, aber … Willst du dich nicht noch ein Stündchen hinlegen, Lucien? Du musst doch ziemlich müde sein, oder?«

»Denkst du, ich kann in Ruhe schlafen, wenn meine Tochter in Gefahr ist?« Lucien fuhr sich über die Stirn und kniff dabei die Augen zusammen.

Sein Handy klingelte.

»Oh, wir haben wieder Netz.« Er blickte aufs Display. »Meine Mutter. Will sicher wissen, ob das Haus noch steht. – *Salut, Maman*. Alles okay bei euch?«

»Bei uns ja. Und bei dir? Vermisst du vielleicht jemanden?«, fragte Ségolène munter.

Er runzelte die Stirn. »Was soll das denn heißen?«

»Alizée ist vorhin bei uns eingetroffen.«

»Sie ist bei euch?! Gott sei Dank!« Er stieß einen tiefen Seufzer aus. »Geht es ihr gut?«

»Ja. Sie ist nur ein bisschen durcheinander. Sie ist entführt worden, sagt sie?! Und du ermittelst in einem Mordfall? Was zum Kuckuck ist da los bei dir?«, forschte Ségolène besorgt.

»Erzähle ich dir bei der nächsten Gelegenheit. Hauptsache, Alizée ist erst einmal in Sicherheit.«

»Ja, keine Sorge, bei uns ist sie gut aufgehoben.«

»Ich komme sie so schnell wie möglich holen. Allerdings wird heute der Mann verhört, der Alizée gekidnappt hat, und da möchte ich dabei sein. Und ich habe heute Nacht nicht viel geschlafen.« Er rieb sich die geröteten Augen.

»Ruht euch beide erst mal aus. Alizée kann hier übernachten.«

»Macht dir das wirklich nichts aus?«

»Na hör mal, ich musste zwanzig Jahre darauf warten, dass meine Enkelin endlich mal bei mir übernachtet, freiwillig gebe ich sie nicht sofort wieder her.« Ségolène lachte vergnügt.

»Danke dir.« Lucien lächelte schwach. Er hätte seine Tochter zu gern noch am gleichen Abend in die Arme geschlossen, aber er war tatsächlich hundemüde und fühlte sich völlig zerschlagen. »Kann ich sie sprechen?«

»Natürlich. Ich reiche weiter.«

»Hallo, Papa.« Sie klang etwas schwach, aber er war erleichtert, ihre Stimme zu hören.

»Stimmt es, dass du flüchten konntest? Vergnier hat das behauptet, aber ich habe ihm nicht so ganz geglaubt.«

»Es stimmt. Habt ihr ihn geschnappt?«

»Ja, wir sind gerade bei der Polizei. Er wird heute Nachmittag verhört.«

»Das ist gut.«

»Hat dir Marc was getan?«, fragte er angespannt. »Wenn ja, dann packen wir das gleich zu den Anklagepunkten hinzu.«

»Nein, hat er nicht. Als Entführer ist er nicht übermäßig geschickt. Oder ich war einfach zu clever.« Es sollte vermutlich triumphierend klingen, kam aber recht piepsig heraus.

»Natürlich bist du clever, du bist schließlich meine Tochter«, meinte er stolz.

»Und ich war gezwungen, über meinen Schatten zu springen und mich hinters Steuer zu setzen.« Sie seufzte auf.

»Bist du wirklich die ganze Strecke selbst mit dem Auto gefahren?«, fragte er ungläubig.

»Ja, ich hatte dem Chauffeur leider freigegeben.«

Er atmete auf, dass sie schon wieder Witze machen konnte. »Na, dann hat die Sache ja was Gutes. Den Führerschein schaffst du jetzt mit links, oder?«

»Glaube schon. Die Place de la Concorde ist ein Dreck gegen die Strecke heute. – Ach, und lass dir von Marc meine SIM-Karte wiedergeben, ja? Er hat sie mir weggenommen – aber zum Glück erst nachdem ich dir die SMS geschickt habe.«

»Ich bin so froh, dass dir nichts passiert ist.«

»Ich auch. Und weißt du, worüber ich noch froh bin?«

»Na?«

»Yannick ist kein Mörder«, frohlockte sie.

Lucien lächelte. »Dann muss ich mir wohl nur noch Sorgen um dein Herz machen. Er steht übrigens neben mir. Ich nehme an, du willst ihn sprechen?«

»Logisch.«

»Ich reiche mal weiter.« Er drückte Yannick, der das Gespräch gebannt verfolgt und ihm bereits wilde Zeichen gegeben hatte, sein Smartphone in die Hand und gab ihm einen Klaps auf die Schulter. »Ich warte im Wagen auf dich.«

37

Lucien stellte erleichtert fest, dass sein Haus keine Sturmschäden davongetragen hatte. Lediglich der Vorgarten war voller abgeknickter Äste und Palmwedel, und die Mülltonne war umgekippt.

Er legte sich einige Stunden ins Bett und fuhr dann zum Hôtel de Police zurück, wo er nahezu zeitgleich mit Marc Vergniers Pflichtverteidiger eintraf. Es juckte ihn förmlich, Marc selbst zu verhören, aber natürlich musste er sich der Anweisung von Kommissar Talon beugen und sich mit einem Platz als stiller Zuhörer im Abhörraum begnügen. Gebannt verfolgte er die Vernehmung über einen Monitor, der Bild und Ton aus dem Verhörraum übertrug.

Marc, der zwar angespannt, aber ruhig wirkte, schilderte den Ablauf der Stunden vor Xavier Lefèvres Tod.

»Ich habe am frühen Nachmittag mit Xavier in seinem Büro zusammengesessen, wir hatten eine kleine Besprechung – erst wegen des Senators Savignon, mit dem er sich gerade getroffen hatte, und dann sind wir auf den bevorstehenden Ausbruch zu sprechen gekommen. Ich war sicher, der Vulkan würde am gleichen Abend ausbrechen. Xavier hielt das für unwahrscheinlich und hat behauptet, dass meine Messungen falsch waren. Ich habe darauf gedrängt, die Umgebung von Sainte-Rose evakuieren zu lassen. Xavier war dagegen, da dies auch Kosten verursachen würde und er gerade mit Savignon über Kosten gesprochen hat und ihm einen Versuch von Sparmaßnahmen zugesagt hat. Es wurde eine hitzige Diskussion daraus, und wir haben uns entschieden, auf den Vulkan zu gehen, um noch mal Gas- und Lavaproben zu entnehmen – das ist die zuverlässigste Methode. Außerdem wollte ich die Sonden überprüfen, ob sie fehlerhafte Messergebnisse geliefert haben.«

»War es so wichtig, ihm zu beweisen, dass Sie recht hatten?«, warf Talon ein.

»Ja, es war mir wichtig. Seit einiger Zeit hat mir Xavier bereits Ungenauigkeiten unterstellt, das grenzte schon fast an Mobbing. Ich hatte den Eindruck, er wollte mich loswerden.«

»Und da wollten Sie ihm zuvorkommen«, sagte der Kommissar trocken.

»Das hatte ich nicht geplant, ehrlich nicht. Ich wollte wirklich nur mit ihm auf den Piton, um ihm zu beweisen, dass ich recht hatte.«

»Sie waren der Meinung, der Vulkan bricht in Kürze aus und wollten trotzdem unbedingt rauf? Ist das nun Mut oder Leichtsinn?«

»Weder noch. Für erfahrene Vulkanologen besteht wenig Gefahr auf dem Piton, selbst während eines Ausbruchs. Es gibt keine pyroklastischen Glutwolken, und er ist für uns relativ berechenbar.«

»So berechenbar wie der Sinabung auf Sumatra, als Ihretwegen die Einwohner von mehreren Dörfern ums Leben kamen?«, bemerkte Talon ironisch, der inzwischen den Zeitungsartikel gelesen hatte.

»Der Sinabung ist ein völlig anderer Vulkantyp, okay? Aber genau darauf kam Xavier während des Aufstiegs auch zu sprechen. ›Ich verstehe ja, dass du nicht dein Erlebnis von vor zwei Jahren wiederholen willst‹, hat er auf dem Weg gesagt, ›aber du kannst es nicht ungeschehen machen.‹ Ich hörte zum ersten Mal, dass er über die Sache Bescheid wusste, und bin aus allen Wolken gefallen.«

»Wie ist er denn überhaupt darauf gekommen?«

»Damals hatte ich einen Zeitungsbericht in einem meiner Bücher verschwinden lassen und es dann völlig vergessen. Ausgerechnet dieses Buch habe ich Xavier kürzlich ausgeliehen und ihn somit erst darauf gebracht, ich Idiot. Nachdem er den Artikel gelesen hat, hat er ein bisschen herumtelefoniert, wie er mir erklärt hat. Er hat ja viele Kontakte, auch nach Indonesien, und jemand hat ihm bestätigt, dass es keine Zeitungsente war und ihm die genauen Umstände erklärt. Beim Aufstieg hat er mich also damit konfrontiert. Für ihn war ich plötzlich ein Krimineller, und er sagte, er müsse daraus die Konsequenzen ziehen. Mich feuern und den Vorfall dem Vulkanologenverband melden. Wir haben uns fürchterlich gestritten. Und dann habe ich Rot gesehen. Ich hab einen großen Lavastein genommen und …« Er brach ab und fuhr sich müde über die zerfurchte Stirn.

»Und ihn kaltblütig und heimtückisch von hinten erschlagen«, ergänzte Talon.

»Das ist Ihre Interpretation«, ging der Anwalt dazwischen. »Antworten Sie nicht darauf«, empfahl er Marc.

»Na schön.« Der Kommissar verschränkte die Arme vor der Brust. »Wo haben Sie bei der Tat gestanden, und wo stand er? Wie ist er gefallen?«

»Ich bin hinter ihm den Pfad hinaufgegangen. Er trug seinen Schutzhelm noch nicht, hat ihn in der Hand gehalten. Nach dem Schlag ist er ins Taumeln gekommen und kopfüber und rücklings den Pfad hinuntergestürzt – ich bin natürlich schnell zur Seite gesprungen.«

Talon nickte. »Und dann?«

»Dann habe ich mich an den Abstieg gemacht.«

»Ohne nachzusehen, ob Ihr Chef da vielleicht noch gelebt hat?«

Marc zuckte die Achseln. »Ich habe ihn für tot gehalten, so reglos wie er nach dem Aufprall dalag.«

»Außerdem wollten Sie ja auch nicht, dass er überlebt, also wozu Erste Hilfe leisten«, ergänzte Talon. »Schon klar. Und falls er noch nicht tot war, hätte der Vulkan den Rest erledigt und auch gleich die Entsorgung der Leiche übernommen – Sie waren ja überzeugt davon, dass er wenige Stunden später ausbrechen würde.«

Marc nickte betreten. »Vorsichtshalber habe ich Xavier aber trotzdem auf den Bauch gedreht, damit es so aussehen könnte, als ob er beim Abstieg dem Krater den Rücken zugedreht hat und von einer ausgestoßenen Lavabombe getroffen wurde.«

»Monsieur le Commissaire, ich möchte mich fünf Minuten unter vier Augen mit meinem Mandanten unterhalten«, warf der Anwalt ein.

»Gut, machen wir eine kurze Pause.« Talon erhob sich.

Auch Lucien stand auf und ging zum Getränkeautomaten auf dem Flur, um sich einen Kaffee zu ziehen. Dort traf er auf Pascal Talon, der sich gerade eine Cola-Dose aus dem Automaten holte. Die feindselige Energie, die von ihm ausging, knisterte förmlich in der Luft, und so verzichtete Lucien darauf, ihn anzusprechen.

Sergent Bonnard betrat den Flur. »Général Delaborde hat angerufen.«

Talon nickte und nahm einen Schluck von seiner Cola. »Ich rufe ihn nach der Vernehmung zurück.«

»*Pardon, mon Commandant*, er wollte nicht Sie sprechen, sondern Kommissar Mahé. Verzeihung, Ex-Kommissar Mahé«, verbesserte er sich hastig, als er Talons Blick sah.

Lucien blickte verblüfft auf den gelben Zettel mit der Telefonnummer, den Bonnard ihm reichte. »Dann werde ich ihn gleich zurückrufen. Darf ich Ihr Büro benutzen, Commissaire?«

»Von mir aus«, knurrte Talon.

Lucien ging ins Büro des Kriminalkommissars hinüber, ließ sich in den Drehsessel gleiten und dachte, wie merkwürdig es sich anfühlte, erneut auf so einem Posten zu sitzen – auch wenn er nur zu Besuch war. Aber es kam ihm seltsam vertraut vor – als habe dieses Büro bereits auf ihn gewartet.

Er wählte die Nummer des Polizeichefs von La Réunion und ließ sich von einer freundlichen Sekretärin verbinden.

»Ich möchte Ihnen gratulieren, Monsieur Mahé«, verkündete Thibault Delaborde jovial. »Sie sind meinen Leuten zuvorgekommen und haben Lefèvres Mörder gestellt.«

»Woher wissen Sie das?«, fragte Lucien verwundert.

»Ich stehe in engem Kontakt mit Maître Payot.«

»Mit wem, bitte?«

»Dem Ermittlungsrichter. Er ist froh, dass der Fall nun endlich zum Abschluss kommt. Und das verdanken wir Ihnen.«

»Eigentlich war das Zufall«, sagte Lucien bescheiden.

»Mag sein, aber Sie haben den Täter auf der Flucht gefasst. Ich habe läuten hören, er habe Ihre Tochter als Geisel genommen – wie geht es ihr?«

»Sie konnte aus eigener Kraft entkommen. Es geht ihr den Umständen entsprechend gut.«

»Großartig, Mahé. Ich wollte Ihnen nur sagen, dass ich mir vorstellen könnte, Sie öfter als privaten Ermittler einzusetzen, wenn meine Leute mal keine Kapazitäten frei haben. Oder vielleicht auch für Undercover-Einsätze. Was halten Sie davon?« Der Polizeichef schien regelrecht stolz auf diese Idee zu sein.

Lucien schwieg einen Moment verblüfft. »Das klingt gut, aber bisher war ich nicht ganz sicher, ob ich überhaupt dauerhaft auf La Réunion bleiben will. Darüber muss ich nachdenken.«

»Tun Sie das, Mahé. Das Angebot steht. Sagen Sie mir in den nächsten ein oder zwei Wochen, wie Sie sich entschieden haben.«

»Das werde ich. Vielen Dank, Monsieur le Général.«

Sehr nachdenklich kehrte er in den Abhörraum zurück.

38

Die Ostküste der Insel, an der sich die Zuckerrohrfelder dicht aneinanderreihten, lag nun wieder in strahlendem Sonnenschein. Die Straßen waren geräumt worden, nur hier und dort erinnerten umgestürzte Bäume und abgeknickte Büsche noch an dem Sturm. Für die Einwohner, an weitaus heftigere Zyklone gewöhnt, war dies jedoch kaum der Rede wert.

Lucien fuhr in Begleitung von Melissa und Yannick nach Saint-Benoît, um Alizée abzuholen. Er hatte Talon angeboten, Marc Vergniers Wagen auf dem Rückweg nach Saint-Pierre zurückzufahren, aber dieser hatte darauf bestanden, dass dies Aufgabe der Polizei war. Was auch stimmte, daher hatte Lucien nicht insistiert.

Er parkte den Peugeot vor dem hellblauen Häuschen von Ségolène und Jérôme.

Als sie durch den Vorgarten gingen, kam Alizée hinter Ségolène aus dem Haus. Sie trug ein lachsfarbenes Flatterkleid ihrer Großmutter, das sie in der Taille eng gegürtet hatte. Erleichtert stürzte sie in Luciens ausgebreitete Arme, und er drückte sie fest an sich.

»Gott, bin ich froh, dass dir nichts passiert ist!«

»Das kannst du auch, es war nämlich ganz schön knapp.«

Nachdem sie sich voneinander gelöst hatten, entdeckte er die Schnittwunde auf ihrem Hals und zog wütend die Luft durch die Nase ein. »War das Vergnier?«

»Ja.«

Luciens Züge verhärteten sich. »Gut, dass du mir das nicht schon gestern gesagt hast, sonst wäre ich beim Verhör auf diesen Dreckskerl losgegangen.«

»Eine Anzeige wegen Körperverletzung wird er aber auf jeden Fall bekommen«, mischte sich Yannick ein. »Wegen Menschenraub natürlich sowieso.«

Alizée wandte sich ihm zu, schlang die Arme um seinen Hals und küsste ihn zärtlich.

»Du bist nicht sauer auf mich?«, fragte er erleichtert. Am Telefon war sie am Vortag etwas reserviert gewesen. Aber vielleicht war das nur auf ihre Erschöpfung zurückzuführen gewesen.

»Warum sollte ich?«

»Weil ich nichts tun konnte, um dir zu helfen.«

»Besser, du hast es nicht versucht, sonst hätte ich wahrscheinlich mehr als nur einen kleinen Ritzer am Hals!«

Ségolène hatte inzwischen Melissa umarmt, die sie als Kind gut gekannt, aber in den letzten Jahren nicht gesehen hatte. »Mein Beileid, Liebes. Und Ihnen auch, junger Mann. Sie müssen Yannick sein. Alizée hat mir schon von Ihnen erzählt.«

Er nickte und küsste Luciens Mutter die Wangen.

Sie folgten Ségolène in den hinteren Teil des Gartens, wo Geranien, Rosen und Orchideen am Rande von Kräuterbeeten leuchteten und Goldfische in einem Teich in der Sonne glitzerten. Jérôme war dabei, Bier, Eistee und Gläser auf einen Tisch zu stellen.

Sie setzten sich auf Gartenstühle in den Schatten der Palmen und erzählten sich gegenseitig ausführlich ihre Odysseen.

»Wie bist du eigentlich freigekommen?«, wollte Yannick wissen.

»Dank deines Lavasteins. Der schneidet wirklich wie ein Messer.«

»Ah!« Er warf sich in die Brust. »Dann war das ja ein richtig nützliches Geschenk.«

»Das kann man wohl sagen. Außerdem hatte ich Glück, dass Marc zwei meiner Beruhigungstabletten genommen und fest geschlafen hat, als ich ihm die Wagenschlüssel geklaut habe und abgehauen bin. Sonst wäre es bestimmt schiefgegangen«, schloss Alizée.

Lucien horchte auf. »Was für Beruhigungstabletten?«

»Oh, äh – nur Baldrian.«

»Ein kräftiger Kerl wie Marc Vergnier schläft wie ein Baby nach zwei Baldriantabletten?«, fragte er misstrauisch.

Sie sah ihn genervt an. »Die hat mir der Arzt nach Elias' Tod verschrieben. Ich habe sie vorsichtshalber bei mir, falls ich mal Panik kriege. Und du kannst mir glauben, das mit Marc war ein guter Anlass, eine zu nehmen.«

»Das wusste ich nicht«, sagte Lucien betroffen.

»Es gibt so einiges, was du in letzter Zeit nicht mitgekriegt hast«, bestätigte sie ohne Vorwurf in der Stimme.

»Ich werde versuchen, es wieder gutzumachen. Lass uns ein paar Tage Urlaub machen – richtig in einem Hotel am Strand. Was hältst du davon?«

Alizée strahlte auf. »Au, klasse! Wohin fahren wir?«

»Muss ich mir noch überlegen.«

»Fahrt jedenfalls nicht nach Saint-Gilles«, riet Melissa. »Es ist seit einigen Jahren völlig zubetoniert und überteuert. Der Strand ist zwar schön, aber es gibt ständig Haiangriffe. Fahrt lieber nach Etang Salé, da kann ich euch ein schönes Hotel empfehlen, das nicht zu teuer ist. Das hat zwar Lavastrand, aber dafür ist es nicht so überlaufen, und die Landschaft ist schöner – finde ich jedenfalls.«

»Habt ihr mit den Haien immer noch Probleme?«, fragte Alizée. »Das hat schon genervt, als wir vor sechs Jahren hier waren.«

Lucien lachte auf. »Als ich auf der Insel angekommen bin, war ich etwas suizidal veranlagt und hab es drauf ankommen lassen. Ich bin sogar dort ins Wasser gegangen, wo vorher Haie gesehen worden waren. Aber Fehlanzeige: Die Viecher wollten mich nicht.«

»Lucien!«, rief Ségolène entsetzt.

»Sei froh, dass sie dich nicht wollten.« Melissa schauderte. »Ist sicher ein scheußlicher Tod. Und es ist wahrscheinlicher, dass du den Rest deines Lebens mit nur einem Bein oder Arm verbringst.«

»Ich weiß. Aber es war mir einfach egal«, gestand er.

»Du wolltest dich bestrafen«, meinte Alizée hellsichtig, streckte die Hand nach seiner aus und drückte sie. »Das ist jetzt hoffentlich vorbei.«

»Ja. Das ist jetzt vorbei.« Er lächelte sie zuversichtlich an und wusste, dass es stimmte.

»Na, das möchte ich ja auch hoffen, Junge!«, warf Jérôme empört ein. »Das kannst du deiner Mutter nicht antun.«

Lucien verwünschte sein unüberlegtes Geständnis. Nun würde seine Mutter ihn in der nächsten Zeit sicher wie einen Patienten behandeln.

Aber dann lachte Jérôme. »Du bist eben ein echter Réunionese. Es gab schon immer Haie, und das war noch nie ein Grund für uns, nicht ins Wasser zu gehen. Beim Autofahren kann man schließlich auch einen Unfall haben. Und wusstet ihr, dass weltweit auf fünf Menschen, die bei einem Haiangriff getötet werden, hundertfünfzig kommen, die durch herabfallende Kokosnüsse sterben?«

Sie lachten.

»Ich möchte mit euch Urlaub machen«, sagte Yannick, und Alizée strahlte ihn an. »Du hast doch nichts dagegen, Lucien?«

Lucien betrachtete die beiden resigniert. »Gut, wenn Alizée das gern möchte … Jetzt, wo ich weiß, dass du und Melissa nichts mit Xaviers Tod zu tun habt, kann ich mich ja nicht mehr dagegenstellen.«

»Was heißt hier ›du und Melissa‹?«, schaltete sich Melissa ein und blickte ihn empört an. »Hast du an mir gezweifelt?«

Er nagte an seiner Unterlippe und schwieg.

»Wirklich? Du dachtest, ich hätte ihn umgebracht?«

»Ich habe diese Möglichkeit kurzzeitig in Betracht gezogen«, erwiderte er ehrlich.

Um ihren Mund zuckte es verärgert. »Du hast mich am Strand so leidenschaftlich geküsst, obwohl du dachtest, ich wäre eine Mörderin?«

Alizée hob die Augenbrauen.

»Oh, oh«, murmelte Yannick und konnte sich ein Grinsen nicht verkneifen.

»In *dem* Moment habe ich es nicht gedacht«, verteidigte sich Lucien.

»In solchen Momenten denken Männer grundsätzlich nicht«, ergänzte Yannick, und Jérôme nickte bekräftigend.

Alizée prustete los. »Frauen schon. Jetzt weißt du, warum ich mich bei unserem ersten Date nicht von dir küssen lassen wollte.«

»Ich hoffe, wir holen das in den nächsten Tagen nach.« Er blinzelte ihr zu.

»Na und wie …« Sie wickelte spielerisch eine Haarsträhne um ihren Zeigefinger.

»Ein Prosit darauf, dass alles gut gegangen ist!« Jérôme hob sein Bier, und sie prosteten einander zu.

»Lucien, hast du dich inzwischen entschieden, wie lange du noch auf Réunion bleiben möchtest?«, wollte Ségolène wissen.

»Jérôme und ich haben beschlossen, in Saint-Benoît wohnen zu bleiben, und so langsam wollte ich das Haus in Saint-Pierre nun doch mal zum Verkauf anbieten.«

»Dann verkaufe es mir.« Lucien sah seine Mutter fest an. »Ich habe mich entschlossen, auf Réunion zu bleiben – für immer.«

Ségolène strahlte, und über Melissas gerade noch verkniffenes Gesicht huschte ein überraschtes Lächeln. Nur Alizée starrte ihren Vater betroffen an.

»Du kommst nicht mit mir zurück?«, fragte sie enttäuscht.

»Schatz, das habe ich auch nie versprochen. Mir ist klar geworden, dass ich hierher gehöre. In Paris könnte ich nie wieder glücklich sein.« Er blickte sie ernst und etwas traurig an.

»Und wovon willst du hier leben?«, erkundigte sie sich skeptisch.

»Ich schwanke noch zwischen einen Coffeeshop eröffnen oder Privatdetektiv werden. – Nein, im Ernst, ich habe ein Angebot vom Polizeichef, als privater Ermittler tätig zu werden. Ob ich davon leben könnte, weiß ich noch nicht, aber vielleicht gelingt es mir, zusätzlich andere Aufträge an Land zu ziehen.«

»Falls du eine Assistentin brauchst, denkst du an mich, ja?«, rief Alizée aufgeregt.

Alle lachten.

»Schatz, da hätte ich keine ruhige Minute mehr, wenn ich

dich weiterhin in meine Fälle verstricke! Die letzte Woche hat mir gereicht.«

»Aber ohne mich wüsstest du immer noch nicht, wer der Mörder ist«, trumpfte sie auf.

»Moment.« Yannick hob den Zeigefinger. »Der Zeitungsartikel ist *mir* aus dem Buch gerutscht. Ich hätte auch meine Schlüsse daraus gezogen, wenn du nicht dabei gewesen wärst.«

»Wahrscheinlich hätte er dir dann auf der Stelle ein Messer in die Brust gerammt.« Alizée schauderte.

»Okay – du hast mir das Leben gerettet und wesentlich zur Aufklärung des Falls beigetragen.« Er lächelte sie friedlich an.

»Also, wenn ich nicht Assistentin eines Privatdetektivs werde, wäre meine Alternative, Vulkanologin zu werden«, verkündete sie. »Ich finde das total interessant.«

»Ach du Schreck! Was sagst du dazu?« Lucien blickte Yannick an.

Dieser machte eine nachdenkliche Miene. »Ich könnte ihr helfen, hier einen Studienplatz zu bekommen. Ich kenne durch meinen Vater den Dekan der Uni sehr gut, und da sie ja bereits Geologie studiert, könnte es vielleicht klappen.«

»Verräter«, brummelte Lucien. So gern er seine Tochter bei sich behalten würde, so sehr erschreckte ihn die Vorstellung, dass sie auf Vulkane klettern wollte, die kurz vor dem Ausbruch standen. Etliche Vulkanologen hatten dabei bereits ihr Leben gelassen. Obwohl es sich da vermutlich wie mit den Haien verhielt.

Alizée lachte über sein Gesicht. »Mach dir nicht schon jetzt ins Hemd. Vielleicht klappt es ja auch nicht, dann kann ich immer noch sehen, ob ich auf La Réunion einen Studienplatz für Biologie oder so was Ähnliches bekomme.«

Lucien atmete auf. Sie war von Natur aus sprunghaft und würde ihre Meinung sicher noch ändern. Sie wollte es bestimmt in erster Linie wegen Yannick. Das konnte in einer Woche bereits wieder anders aussehen.

Lucien blickte sich im Kreise seiner Lieben um und erinnerte sich nicht, wann er sich das letzte Mal so wohl gefühlt hatte.

Selbst vor Elias' Tod musste das schon eine Weile her gewesen sein.

Nun fühlte es sich endlich wie ein Neubeginn an, und zwar wie ein recht verheißungsvoller. Das zermürbende Grübeln der letzten Zeit hatte einer ruhigen Bestimmtheit Platz gemacht. Er würde sich hier in seiner Heimat etwas Neues aufbauen.

Aber erst einmal wollte er mit seiner Tochter entspannte Urlaubstage verbringen. So stellte er es sich jedenfalls vor. Doch er ahnte bereits, dass sich sein künftiges Leben auf La Réunion als eigenwillig und unberechenbar erweisen würde …